Crimes masqués

DU MÊME AUTEUR AUX ÉDITIONS MIRA

Présumée coupable

TESS GERRITSEN

Crimes masqués

Roman

MIRA

Titres originaux :
Première partie : UNDER THE KNIFE
Deuxième partie : CALL AFTER MIDNIGHT

Traduction de l'américain par PIERRE VANDEPLANQUE

Photos de couverture
Escalier en colimaçon : © STEVE WINTER / GETTY IMAGES
Ombre : © MATT CARR / GETTY IMAGES

83/85 boulevard Vincent Auriol 75646 PARIS CEDEX 13.
ISBN 2-280-85571-2 — ISSN 1765-7792

La prochaine victime

Prologue

Pourquoi le passé revient-il toujours nous hanter ?

Debout derrière la fenêtre de son bureau, le Dr Tanaka contemplait d'un œil morne l'averse qui s'abattait sur le parking. Par quel mauvais coup du sort la mort d'une pauvre âme revenait-elle briser sa vie après toutes ces années ?

Dehors, une infirmière courait vers sa voiture, son uniforme trempé de pluie. Encore une qui avait négligé de se munir d'un parapluie. Comme chaque matin à Honolulu, la journée avait commencé sous un soleil radieux. Mais vers 15 heures les nuages s'étaient amoncelés au-dessus des monts Koolau, et, tandis que les derniers membres du personnel de la clinique regagnaient leurs foyers, une pluie diluvienne avait commencé à inonder la ville, transformant les rues en torrents d'eau sale.

Tanaka se retourna et baissa les yeux sur la lettre posée sur sa table de travail. Lorsque sa secrétaire l'avait portée à son attention ce matin, il s'était figé en apercevant au dos de l'enveloppe le nom de l'expéditeur : Joseph Kahanu, avocat, et l'avait ouverte sans plus attendre.

Se laissant tomber dans son fauteuil il la relut une fois encore.

« Cher docteur Tanaka,

» Au titre de représentant de mon client, M. Charles Decker, je vous prie par la présente de bien vouloir nous fournir toutes les pièces du dossier de suivi obstétrique relatif à Mme Jennifer Brook, qui était votre patiente au moment de son décès... »

Jennifer Brook. Un nom qu'il avait espéré rayer pour toujours de sa mémoire...

Un sentiment d'abattement l'envahit : l'épuisement physique et moral d'un homme qui avait fini par comprendre que son passé ne le laisserait jamais en paix. Il tenta de rassembler son courage pour s'extraire de son fauteuil et rentrer enfin chez lui, en vain. Son regard ne pouvait se détacher des quatre murs de la pièce. Ce bureau était son sanctuaire. Il survola d'un œil las les diplômes encadrés, les certificats médicaux et les photographies qui y étaient accrochés. Ce n'étaient qu'instantanés de nouveau-nés au visage fripé, de mères et de pères rayonnant de joie. Combien d'enfants avait-il aidés à venir au monde ? Il en avait depuis longtemps perdu le compte...

Un bruit ténu provenant de la réception le tira finalement de sa torpeur. Le déclic d'une porte qui se referme. Il se leva et alla jeter un coup d'œil dans la pièce attenante.

— Peggy ? Vous êtes encore là ?

La salle d'attente était déserte. Son regard glissa sur les chaises et le sofa tendus de velours fleuri, les magazines empilés avec soin sur la table basse, pour s'arrêter sur la porte donnant sur le hall. Le verrou était ouvert.

Tendant l'oreille dans le silence de la clinique, il perçut un faible cliquetis du côté des salles d'examen.

— Peggy ?

Tanaka sortit dans le hall, ouvrit la porte de la première salle et actionna l'interrupteur. La lumière blanche se refléta sur la surface froide de l'évier en Inox, la table d'examen gynécologique et l'armoire contenant le petit matériel. Il éteignit et referma la porte. La deuxième salle ne présentait rien non plus d'inhabituel. Il traversa alors le hall en direction de la troisième et dernière salle.

A l'instant précis où sa main se tendait vers l'interrupteur, son instinct l'avertit d'une présence hostile, tapie dans l'obscurité, qui l'attendait. Il s'immobilisa, puis s'éloigna de la porte à reculons, saisi d'une terreur glacée. Ce ne fut qu'au moment où il pivotait sur lui-même pour s'enfuir qu'il se rendit compte que l'intrus se tenait juste derrière lui.

La lame lui entailla le cou de part en part.

Titubant en arrière dans la salle d'examen, Tanaka heurta un lourd support en acier, perdit l'équilibre et trébucha sur le sol. Le linoléum était déjà poisseux de son sang. Malgré la conscience aiguë de la vie qui s'échappait inexorablement de sa gorge, une zone rationnelle de son cerveau le força à analyser sa blessure et à évaluer ses chances. Artère sectionnée. Exsanguination totale en quelques minutes. Stopper immédiatement l'hémorragie…

Chaque seconde était précieuse. Déjà, il sentait l'engourdissement monter dans ses jambes. Il rampa en direction de l'armoire vitrée où était rangée la gaze. Luttant contre l'évanouissement, il s'orienta aux reflets sur le verre, tel un naufragé cherchant son salut dans la lointaine lueur d'un phare.

Soudain, une ombre obscurcit la pièce. Il comprit alors que son agresseur s'était avancé dans l'encadrement de la porte pour mieux l'observer. Tanaka poursuivit néanmoins sa progression.

Rassemblant ce qui lui restait de force et de conscience, il parvint à se remettre debout et à ouvrir l'armoire d'une main maladroite. Des paquets stériles chutèrent des étagères et s'éparpillèrent sur le sol. Il déchira un emballage à l'aveuglette et en sortit un tampon de gaze, qu'il pressa aussitôt sur sa gorge.

La lame de son assaillant traça un dernier arc de cercle, mais il ne la vit pas.

Lorsqu'elle s'enfonça dans son dos, Tanaka ouvrit la bouche pour hurler, mais seul un soupir s'échappa de ses poumons brûlants. Le dernier, avant qu'il ne s'affaisse sur le sol.

*
* *

Charlie Decker était allongé, nu, sur son mauvais lit trop étroit. Et il avait peur.

Derrière sa fenêtre clignotaient les néons rouge sang de l'enseigne du Terminal Hotel. L'Hôtel du Terminal, celui du bout du chemin, où tous les espoirs déçus, tous les rêves brisés trouvaient leur ultime destination : les noires profondeurs de l'oubli éternel.

Il ferma les yeux, mais la lumière des néons semblait vouloir forcer son chemin à travers ses paupières. Il se retourna et se couvrit la tête de l'oreiller. L'odeur de linge crasseux était suffocante. Jetant le coussin de côté, il se leva et marcha vers la fenêtre, d'où il observa la rue. Sur le bord du trottoir de l'immeuble, une blonde en minijupe marchandait ses charmes à la portière d'une Chevrolet. Quelque part dans la nuit des gens riaient, et d'un juke-box voisin lui parvenaient des bribes d'une chanson qui disait : « A quoi bon, à quoi bon… » L'odeur fétide, mélange de déchets putréfiés et de frangipane, qui remontait jusqu'à lui, lui soulevait l'estomac. Mais il faisait trop chaud pour fermer la fenêtre. Trop chaud pour dormir. Trop chaud même pour respirer.

Il s'approcha de la petite table carrée et tira sur le cordon du plafonnier. Le même journal affichait toujours le même bandeau à sa une :

UN MÉDECIN ÉGORGÉ À HONOLULU

Un filet de transpiration coula sur son torse. D'un geste agacé, il jeta le journal sur le sol, puis s'assit à la table et enfouit son visage entre ses mains.

La chanson du juke-box arrivait à sa fin. Une autre commença dans un fracas de guitares et de batterie.

Decker releva lentement la tête. Son regard se posa sur la photo de Jenny. Elle souriait. Comme toujours, elle souriait. Il toucha l'image du doigt dans l'espoir de retrouver la douce texture de sa peau, mais les années avaient obscurci sa mémoire.

Après quelques interminables secondes, il ouvrit son cahier à spirale sur une page blanche et commença à écrire :

Seul le temps
Panse les plaies et apporte l'oubli,
Voilà ce que les gens m'ont dit.
Existe-t-il rien de plus faux ?
Pensent-ils que l'oubli soignera mes blessures ?
Non, la guérison viendra
Du souvenir de toi.
L'odeur de la mer sur ta peau,
L'empreinte parfaite de tes pieds sur le sable…
Rien ne meurt jamais dans la mémoire des amants.
Je te revois, là, sur la grève.
Tu ouvres les yeux, ta main se pose sur ma peau,
Tes doigts diffusent en moi
Toute la chaleur du soleil.
Tu me guéris,
Et tu me sauves.

1.

D'un geste sûr, le Dr Kate Chesney injecta deux cents milligrammes de Penthotal de sodium dans la veine cubitale de sa patiente.

— Tu vas vite t'endormir, Ellen, murmura-t-elle en regardant le liquide jaune descendre lentement dans la seringue. Ferme les yeux. Laisse le produit agir…

— Je ne ressens rien encore, Kate.

— Un peu de patience, ma chérie. Cela devrait prendre une bonne minute.

Kate serra l'épaule d'Ellen d'une main rassurante. L'un de ces petits gestes qui confortent le moral des patients : un simple contact, une voix douce.

— Ne résiste pas, laisse-toi aller. Pense au ciel, aux nuages…

Ellen leva vers elle un regard calme mais déjà flou.

— C'est drôle, murmura-t-elle. Je n'ai pas peur…

— Tu n'as pas à t'inquiéter. Je m'occupe de tout.

— Je sais. J'ai confiance en toi.

La porte s'ouvrit soudain sur le chirurgien. Le Dr Guy Santini était aussi massif qu'un ours, et le bonnet de papier bleu qui lui couvrait la tête lui donnait un air vaguement ridicule.

— Alors, où en est-on ici, Kate ?

— Le Penthotal commence à faire effet.

Guy s'approcha de la table et prit la main d'Ellen dans la sienne.

— Encore parmi nous, Ellen ?

— Pour le meilleur ou pour le pire, soupira-t-elle, un sourire résigné sur les lèvres. A vrai dire, je préférerais être à Philadelphie en ce moment.

— Vous y retournerez, répondit-il en riant. Sans votre vésicule biliaire, naturellement.

— Je ne sais pas... Je m'étais prise d'affection pour ce truc...

Ses paupières commençaient à s'affaisser.

— Souvenez-vous, Guy, poursuivit-elle. Vous m'avez promis, n'est-ce pas ? Pas de cicatrice.

— Vraiment ? Je vous ai promis ça ?

— Oui.

Guy se tourna vers Kate, l'œil ironique.

— Si vous voulez mon avis, les infirmières font les pires des patientes. Ces petites bonnes femmes ont de ces exigences !

— Méfiez-vous, docteur, intervint l'une des assistantes. L'un de ces jours, vous pourriez bien vous retrouver à votre tour sur cette table !

— J'en frémis d'avance !

Kate observa Ellen. La mâchoire de celle-ci s'était totalement relâchée. Elle glissa un doigt sur ses paupières fermées.

— Ellen ?

Aucune réponse.

— Elle est prête, annonça-t-elle en levant les yeux vers Guy.

— Ah, Katie ma chérie ! Vous faites un excellent travail, pour une...

— Pour une fille. D'accord, d'accord. Je sais.

— Eh bien, il ne nous reste plus qu'à entrer en scène, dit-il, avant de se diriger vers la salle de lavage chirurgical. Que donnent les examens ?

— Contrôles sanguins parfaits.

— L'électrocardiogramme ?

— Je m'en suis occupée hier soir. Tout est normal.

Guy se retourna depuis la porte et lui adressa un salut admiratif.

— Avec une femme comme vous à ses côtés, Kate, un homme n'a même plus besoin de penser. Oh ! Mesdemoiselles...

Il fit un signe aux infirmières occupées à préparer les instruments.

— Juste un dernier détail. Notre interne est gaucher.

Une aide-soignante haussa les sourcils, l'œil brillant d'intérêt.

— Est-ce qu'il est beau garçon ?

Guy lui lança un clin d'œil entendu.

— Un vrai top model, Cindy ! Je ne manquerai pas de lui faire part de votre question.

Sur ces mots, il disparut dans le couloir en riant.

— Comment sa femme peut-elle supporter un tel individu ? soupira la jeune femme.

Pendant les dix minutes qui suivirent, tout se passa avec une précision d'horloge. Kate s'affaira à sa tâche avec l'efficacité qui la caractérisait. Elle procéda à l'intubation de la patiente, puis brancha le respirateur. Après avoir réglé le débit d'oxygène, elle y ajouta la juste proportion de forane et d'oxyde de nitrate. La vie d'Ellen reposait entre ses mains. Bien que mécanique, chaque étape de son intervention nécessitait une double, voire une triple vérification. S'agissant d'une personne qu'elle connaissait bien et qu'elle aimait, elle y mettait en outre une conscience professionnelle toute particulière. Car, composé à quatre-vingt-dix-neuf pour cent de routine, le travail de l'anesthésiste se comportait également un pour cent d'imprévu — un pour cent de pure angoisse, que Kate anticipait et auquel elle se préparait le mieux possible. Les complications éventuelles ne survenaient-elles pas toujours le temps d'un battement de cils ?

Ce jour-là, cependant, elle se sentait en totale confiance. L'opération devait se dérouler sur du velours : Ellen O'Brien n'avait que quarante et un ans et jouissait d'une parfaite santé, exception faite de l'état de sa vésicule.

Guy fit son retour dans la salle d'opération, les avant-bras encore humides, immédiatement suivi par l'interne. Les deux hommes enfilèrent leurs gants stériles dans des claquements secs de latex.

Tandis que l'équipe prenait place autour de la table, Kate observa derrière les masques chacun de ses membres. Mis à part l'interne, tous lui étaient familiers. Il y avait là l'infirmière, Ann Richter, dont la chevelure blond cendré était soigneusement maintenue sous le bonnet chirurgical. Ann était une professionnelle admirable de sang-froid, qui ne mélangeait jamais travail et divertissement.

Près d'elle se tenait Guy, affable et débonnaire, dont les yeux bruns apparaissaient déformés sous d'épais verres de lunettes. Qu'un homme aussi gauche fût chirurgien ne laissait pas d'étonner, mais le Dr Santini était capable de miracles dès lors qu'il avait un scalpel entre les mains.

Venait enfin Cindy, l'aide-soignante, une adorable nymphe aux yeux noirs et au rire spontané. Elle avait opté ce jour-là pour un fard à paupières métallisé « Malachite de Birmanie », qui lui donnait un regard aussi coloré qu'un poisson tropical.

Guy tendit la main de son côté, attendant un scalpel.

— Joli maquillage, Cindy, observa-t-il.

— Merci, docteur Santini, répondit-elle en plaquant sèchement l'instrument sur sa paume.

— Je préfère de beaucoup cette nuance. Comment s'appelait l'autre, déjà ? « Boue d'Espagne » ?

— « Mousse d'Espagne ».

— Tout à fait étonnant, n'est-ce pas ? ajouta-t-il à l'intention de l'interne.

Le jeune homme eut la sagesse de ne pas répondre.

Guy entama la première incision. A mesure que le filet écarlate perlait à la surface de la paroi abdominale, l'interne épongeait le sang d'un geste automatique. Leurs quatre mains travaillaient en parfaite synchronisation, tel un duo de pianistes.

Postée derrière la tête de la patiente, Kate suivait avec attention le déroulement de l'intervention, l'oreille constamment tendue vers le rythme cardiaque d'Ellen.

C'était lorsque les choses se déroulaient ainsi, que chaque détail était sous contrôle, qu'elle appréciait le mieux son travail. Dans cet environnement aseptisé de carrelage et d'acier, elle se sentait chez elle. Le léger vrombissement du ventilateur, les bips du moniteur cardiaque baignaient le spectacle qui se déroulait sous ses yeux d'une musique de fond familière et rassurante.

Guy procéda à une incision plus profonde, révélant une couche de graisse blanche et luisante.

— Les muscles semblent un peu contractés, Kate, observa-t-il. Je crains que nous ayons quelque difficulté à les écarter.

— Je vais voir ce que je peux faire.

Se tournant vers le chariot d'anesthésie, elle tira le minuscule tiroir portant l'étiquette « Succinylcholine ». Administrée en intraveineuse, la solution était censée détendre les muscles, et permettre ainsi à Guy d'accéder plus aisément à la cavité abdominale. Elle fronça les sourcils à la vue du contenu du tiroir.

— Ann ? Il ne me reste qu'une seule ampoule de Succinylcholine. Va vite m'en chercher d'autres, veux-tu ?

— C'est curieux, s'étonna Cindy. Je suis sûre d'avoir approvisionné ce chariot hier après-midi.

— Eh bien, il ne reste qu'une seule ampoule.

Kate préleva cinq centimètres cubes de la solution cristalline et l'injecta dans la veine d'Ellen. Le produit n'agissait qu'après quatre ou cinq minutes. Elle se rassit et attendit.

Le scalpel de Guy dégagea la couche de graisse, révélant progressivement l'enveloppe des muscles abdominaux.

— Ils sont encore très fermes, Kate, lui fit-il remarquer.

Elle leva les yeux vers l'horloge murale.

— Cela fait maintenant trois minutes. Vous devriez observer un début de relâchement.

— Pas le moindre.

— Très bien. J'augmente la dose.

Kate injecta cette fois trois centimètres cubes de la solution.

— Il me faudra rapidement une autre ampoule, Ann. Celle-ci est presque...

La tonalité continue du moniteur s'était arrêtée.

Kate leva vivement les yeux, et sursauta de frayeur à la vue de l'écran : le cœur d'Ellen O'Brien avait cessé de battre.

Dans la minute qui suivit, un vent de panique s'empara de l'équipe. Les ordres fusèrent, tandis que les plateaux d'instruments étaient poussés de côté. L'interne se jucha sur un escabeau et appuya à plusieurs reprises de tout son poids sur la cage thoracique d'Ellen.

Le un pour cent tant redouté venait de se produire.

Ce fut le pire moment de la vie de Kate.

Luttant pour garder son sang-froid, elle injecta ampoule après ampoule d'adrénaline, d'abord dans la veine cubitale d'Ellen, puis directement dans le cœur.

« Seigneur, songea-t-elle, je la perds. Je suis en train de la perdre. »

Le tracé de l'oscilloscope ne montrait plus qu'une brève pulsation de temps à autre, signe qu'il restait peut-être encore un ultime espoir.

— Le défibrillateur ! cria-t-elle en se tournant vers Ann, debout près de l'appareil. Deux cents joules !

Ann ne réagit pas. Elle semblait paralysée, le visage aussi pâle qu'un linge.

— Ann ! hurla Kate. Deux cents joules !

Ce fut Cindy qui, bondissant vers la machine, appuya sur le bouton de charge. L'aiguille atteignit rapidement la puissance demandée. Guy se saisit des poignées du défibrillateur, les plaqua sur la poitrine d'Ellen et envoya la décharge électrique.

Le corps d'Ellen tressauta comme celui d'un pantin désarticulé.

Les pulsations s'étaient à présent réduites à une très faible oscillation. Le cœur était en train de lâcher.

Kate injecta un nouveau produit, puis un autre encore, dans

une tentative désespérée pour redonner à ce cœur devenu inerte un soupçon de vie. Mais ce fut peine perdue. Les yeux brouillés de larmes, elle ne put qu'observer, impuissante, la sinistre ligne continue que traçait à présent l'oscilloscope.

— C'est terminé, dit doucement Guy.

Il fit signe à l'interne de cesser son massage cardiaque. Celui-ci s'écarta de la table, le visage dégoulinant de transpiration.

— Non, ce n'est pas terminé ! s'insurgea Kate en prenant aussitôt sa place.

Elle poursuivit alors le massage avec toute l'énergie dont elle était capable, s'acharnant avec obstination sur la paroi récalcitrante des muscles et des côtes d'Ellen. Le cœur devait absolument être massé pour que le cerveau fût irrigué. Ellen « devait » rester en vie. Puisant dans ses dernières ressources, les bras tremblants, elle s'activa sans relâche, refusant de capituler.

« Reviens, Ellen, supplia-t-elle en une prière muette. Je ne veux pas que tu meures. »

Guy lui toucha gentiment le bras.

— Kate…

— Nous n'allons pas laisser tomber. Pas encore…

Guy l'écarta avec douceur de la table d'opération.

— C'est inutile, Kate, murmura-t-il. Il n'y a plus rien à faire.

Quelqu'un coupa le son du moniteur cardiaque. Le miaulement de l'alarme laissa place à un silence terrible. Lentement, Kate se retourna et vit que chacun des membres de l'équipe l'observait. Elle leva alors une dernière fois les yeux vers l'oscilloscope. Une ligne absolument plane traversait l'écran.

Lorsqu'un vieil infirmier remonta la fermeture du linceul sur le corps sans vie d'Ellen O'Brien, Kate ne put réprimer un frisson. Qu'une femme qui, quelques heures plus tôt, resplendissait encore de santé fût ainsi emballée dans un sac de vinyle pour son dernier voyage représentait à ses yeux un ultime outrage. La dépouille fut ensuite chargée sur un chariot à destination de la morgue. Kate détourna les yeux.

Longtemps après que le bruit des roues se fut évanoui dans le hall, elle se tenait encore seule, immobile dans la salle d'opération. Retenant les larmes qui lui brûlaient les yeux, elle contempla les bandes de gaze ensanglantée et les ampoules brisées qui jonchaient le sol. C'était le même désordre triste qui suivait chaque décès dans un hôpital. La pièce serait bientôt nettoyée, les déchets incinérés, et il ne resterait plus aucune trace de la tragédie qui venait de se jouer. Rien qu'un cadavre dans le tiroir d'une morgue... Et de nombreuses questions. Celles des parents d'Ellen, et celles des autorités de l'hôpital, auxquelles elle était incapable de fournir la moindre réponse.

Kate ôta son bonnet d'un geste las. La masse de ses cheveux retomba sur ses épaules, lui procurant comme un vague soulagement. Elle avait à présent besoin de solitude. Pour réfléchir, et pour comprendre. Reprenant ses esprits, elle se retourna pour quitter à son tour la pièce.

Guy l'attendait devant la porte. A l'expression de son visage, elle comprit aussitôt qu'il y avait un autre problème.

Sans dire un mot, il lui tendit le dossier opératoire d'Ellen.

— L'électrocardiogramme, dit-il enfin. Vous m'aviez dit qu'il était normal.

— C'est exact.

— Vous feriez mieux d'y jeter de nouveau un coup d'œil.

Intriguée, elle ouvrit le dossier sur le relevé dont il était question. Ses propres initiales y figuraient, signe qu'elle avait elle-même visé la page. Mais à peine avait-elle commencé à examiner le tracé qu'un détail lui sauta aux yeux. Pendant une bonne minute elle contempla, ébahie, la série de douze hauts gribouillis noirs que formait la ligne. Le diagnostic était à la portée d'un étudiant de troisième année.

— Voilà pourquoi elle est morte, Kate.

— Mais... c'est... c'est impossible ! s'écria-t-elle. Comment aurais-je pu commettre une telle erreur ?

Guy ne répondit pas. Il détourna simplement la tête, geste qui exprimait ses sentiments mieux qu'aucune parole.

— Guy, vous me connaissez, protesta-t-elle. Vous savez bien que cela m'aurait immédiatement sauté aux yeux...

— C'est pourtant là noir sur blanc, nom de Dieu ! Vous avez vous-même apposé vos initiales !

Ils s'affrontèrent du regard plusieurs secondes, choqués tous deux par la rudesse de sa voix.

— Pardonnez-moi, s'excusa-t-il enfin.

Soudain nerveux, il secoua la tête et se passa une main dans les cheveux.

— Seigneur ! Elle nous a fait une attaque cardiaque. Une attaque cardiaque ! Et nous l'avons fait passer sur le billard.

Levant alors vers elle un visage grave, il ajouta :

— Nous l'avons tuée, Kate.

— Il s'agit là d'un cas manifeste d'erreur médicale.

L'avocat David Ransom referma le dossier portant l'inscription : « O'Brien, Ellen », et observa ses deux clients, assis de l'autre côté de son vaste bureau de bois de teck. S'il lui avait fallu d'un mot définir Mary et Patrick O'Brien, l'adjectif « terne » eût parfaitement convenu. Cheveux ternes, visages ternes, vêtements ternes.

Patrick O'Brien secouait inlassablement la tête.

— Elle était notre unique enfant, monsieur Ransom. Nous n'avions qu'elle. Elle était toujours si gentille, vous savez ? Jamais elle ne se plaignait. Même lorsqu'elle était bébé, elle ne faisait que sourire et babiller dans son berceau. Un vrai petit ange. C'est le ciel qui nous l'avait env...

Il s'arrêta brusquement, au bord des larmes.

— Monsieur O'Brien, dit doucement David, je sais que cela n'atténuera pas votre chagrin, mais je vous promets ceci : je ferai tout ce qui est en mon pouvoir pour que vous obteniez réparation.

— L'argent est secondaire, monsieur Ransom, quand bien même

l'état de mon dos m'interdit de travailler. Ellie avait d'ailleurs souscrit une assurance vie, et…

— A combien se monte la prime ?

— Cinquante mille dollars, répondit son épouse. Notre fille était ainsi. Elle se préoccupait constamment de nous.

Assise très droite sur son siège, à contre-jour dans la lumière de la fenêtre, Mary O'Brien présentait un profil aussi acéré qu'une lame. Contrairement à son mari, elle avait épuisé toutes ses larmes. Seule la raideur de son corps trahissait toute la douleur qui l'accablait. La douleur, mais aussi la colère. Une colère glacée qui transparaissait dans la fièvre qui habitait son regard.

Patrick ne cessait de renifler. Calmement, David sortit une boîte de mouchoirs en papier d'un tiroir de son bureau, et la glissa devant lui.

— Peut-être serait-il préférable de parler de tout cela à un autre moment, suggéra-t-il. Quand vous vous sentirez prêts, tous les deux…

Mary O'Brien leva vivement le menton.

— Nous sommes prêts, monsieur Ransom. Vous pouvez poser vos questions.

David se tourna vers le mari. Celui-ci acquiesça d'un faible hochement de tête.

— Je risque de vous paraître quelque peu brutal, je dois vous en avertir.

— Allez-y, dit Mary.

— Avant toute chose, j'ai l'intention d'engager dès à présent une procédure judiciaire. J'ai toutefois besoin d'un complément d'informations pour être en mesure d'évaluer les dommages et intérêts. Vous me dites que votre fille était infirmière ?

— Sage-femme.

— Connaissiez-vous son salaire ?

— Non, mais je peux consulter ses fiches de paie.

— Avait-elle des personnes à charge ?

— Non, aucune.

— Ne s'était-elle jamais mariée ?

Mary secoua la tête en soupirant.

— Ellie était la fille parfaite, monsieur Ransom. Et ce, dans presque tous les domaines. Elle était belle, intelligente… Brillante, même. Mais s'agissant des hommes, eh bien… elle a commis quelques erreurs.

David fronça les sourcils.

— Des erreurs ?

— Oh ! répondit-elle avec un haussement d'épaules, je suppose que c'est ainsi que les choses se passent de nos jours. Et lorsqu'une femme atteint un… certain âge, elle s'estime heureuse de pouvoir encore trouver un homme.

Elle s'interrompit, baissant les yeux sur ses mains nouées.

David comprit qu'ils venaient de s'aventurer sur un terrain glissant. Quoi qu'il en fût, la vie sentimentale d'Ellen O'Brien ne l'intéressait pas. Dans l'affaire qui les concernait, cet aspect de la personnalité d'Ellen venait hors de propos.

— Si nous parlions de la santé de votre fille, dit-il prudemment, tout en ouvrant le dossier médical qu'il avait sous les yeux. Ces rapports décrivent une jeune femme de quarante et un ans en excellente santé. A votre connaissance, avait-elle précédemment rencontré un quelconque problème cardiaque ?

— Non, jamais.

— S'était-elle jamais plainte de douleurs dans la poitrine, d'insuffisance respiratoire ?

— Ellie était nageuse de fond, monsieur Ransom. Elle était capable de nager des journées entières sans être le moins du monde essoufflée. C'est d'ailleurs la raison pour laquelle je ne crois pas à la version de cette… prétendue crise cardiaque.

— L'électrocardiogramme est pourtant sans ambiguïté, madame O'Brien. Si nous avions pu procéder à une autopsie, nous en aurions eu la confirmation. Mais je crois qu'il est un peu tard pour cela.

— C'est Patrick, répondit-elle en se tournant vers son mari. Il ne pouvait simplement pas supporter l'idée…

— Ne l'ont-ils pas assez découpée en morceaux ? s'insurgea aussitôt ce dernier.

Un long silence suivit. Ce fut Mary qui, finalement, le rompit.

— Nous allons jeter ses cendres à la mer, dit-elle d'une voix douce. Depuis sa plus tendre enfance, Ellie adorait la mer.

Ils se retirèrent dans la plus grande dignité. Quelques mots de condoléances, avant qu'un pacte tacite ne fût scellé par un serrement de mains. Le couple O'Brien se retourna pour prendre congé, mais, arrivée devant la porte, Mary s'arrêta.

— Je tiens à insister sur le fait que ce n'est pas l'argent qui nous motive, déclara-t-elle. A la vérité, il me serait parfaitement égal de ne pas toucher le moindre cent. Mais ils ont ruiné nos vies, monsieur Ransom. Ils nous ont enlevé notre seule enfant. Je prie Dieu qu'ils ne l'oublient jamais.

David hocha lentement la tête.

— Je veillerai personnellement à ce qu'il en soit ainsi.

Dès que ses clients furent sortis, David Ransom s'avança devant la fenêtre du bureau. Il inspira à fond, puis relâcha lentement l'air de ses poumons, afin d'évacuer ses émotions. Un nœud subsista cependant dans son estomac. L'infinie tristesse et la colère dont il avait été témoin persistaient à lui obscurcir l'esprit.

Six jours auparavant, un médecin avait commis une terrible erreur, qui avait coûté la vie d'une femme d'à peine quarante et un ans.

« Elle n'avait que trois ans de plus que moi. »

Il regagna son siège et ouvrit le dossier O'Brien. Passant rapidement sur les rapports médicaux, il s'arrêta à la page où figuraient les curriculum vitæ des deux praticiens impliqués dans la malheureuse intervention.

Celui du Dr Santini était pour le moins édifiant. Après une solide spécialisation en chirurgie à Harvard, il était à quarante-huit ans au sommet de sa carrière. La liste de ses publications couvrait quatre pages, la plupart traitant de recherches en physiologie hépatique. Il n'avait comparu qu'une seule fois en justice, huit ans auparavant, et avait gagné le procès. Rien à redire. De toute manière, Santini n'était pas sa cible. Des deux médecins, c'était l'anesthésiste qui intéressait David.

Il tourna rapidement les pages, pour arriver enfin à celles où était résumé le parcours du Dr Katharine Chesney.

La formation qu'avait suivie celle-ci était impressionnante. Licence de chimie à l'université de Berkeley ; thèse de doctorat en médecine à la faculté John Hopkins ; internat en anesthésie et soins intensifs à l'université de San Francisco. A seulement trente ans, elle comptait déjà à son actif une liste plus que respectable d'articles publiés. Le Mid Pacific Hospital l'avait intégrée à son équipe d'anesthésistes moins d'un an auparavant.

Le dossier ne contenait pas de photographie, mais David n'eut aucun mal à se représenter le personnage : une femme médecin aussi dépourvue de grâce et de douceur qu'elle était brillante. Trop brillante même. Son parcours ne collait pas avec le profil d'un médecin incompétent. Comment cette femme avait-elle pu commettre une erreur aussi élémentaire ?

Il referma le dossier. Quelles que fussent ses excuses, cependant, les faits étaient indiscutables. Par sa négligence, le Dr Katharine Chesney avait condamné sa patiente à mourir sous le scalpel d'un chirurgien. A présent, elle allait devoir en affronter les conséquences.

Et il comptait bien s'assurer qu'elle le fît.

George Bettencourt méprisait les médecins. Cette opinion personnelle rendait son travail au Mid Pacific Hospital d'autant plus difficile qu'il n'avait d'autre choix que de les fréquenter au quotidien. Titulaire d'un magistère en Administration des entreprises et d'une maîtrise en Santé publique, il avait en dix ans de direction de l'hôpital réussi ce que le conseil d'administration – composé, il est vrai, de vieux médecins – avait été incapable de faire. D'une institution sclérosée, il avait transformé le « Mid Pac » en une entreprise moderne et florissante. Tout cela pour n'essuyer que des critiques de la part de ces petits mandarins en blouse blanche, qui voyaient avec un dégoût non dissimulé leur fonction de droit divin être régie par les tableaux des pertes et des profits. Après tout, sauver des vies n'était rien d'autre qu'une activité commerciale, au même titre que la vente d'aspirateurs, Bettencourt en était foncièrement convaincu. Mais pas les docteurs. Ce n'étaient que des imbéciles, et les imbéciles lui donnaient la migraine.

Quant aux deux spécimens assis en face de lui, celle qu'ils lui donnaient était la pire qu'il eût connue depuis des années.

Le Dr Clarence Avery, qui dirigeait l'équipe d'anesthésistes, n'était pas le problème. Le vieux médecin aux cheveux blancs était un homme trop timoré pour oser se risquer dans le moindre conflit. Non, c'était l'autre personne qui inquiétait véritablement Bettencourt. La femme. Elle était nouvelle dans l'équipe, et il la connaissait peu. A la seconde même où elle avait mis les pieds dans son bureau, il avait flairé les ennuis. Elle possédait ce je-ne-sais-quoi dans le regard, cette mâchoire volontaire de « Pasionaria »… Certes, elle était jolie malgré ses cheveux auburn en broussaille et son absence totale de maquillage. Et l'intensité qui émanait de son regard vert faisait oublier les petites imperfections de son visage, a fortiori aux yeux d'un homme. Le Dr Kate Chesney était indéniablement une jeune femme fort séduisante. Dommage qu'elle eût commis une telle faute….

Kate tressaillit au moment où Bettencourt laissa tomber le courrier sur son bureau, juste devant elle.

— Cette lettre est arrivée ce matin chez notre avocat, docteur Chesney. Remise en mains propres par un coursier. Je crois que vous feriez mieux de la lire.

Son estomac se noua lorsqu'elle en remarqua l'en-tête : « Uehara et Ransom, avocats. »

— L'un des meilleurs cabinets de la ville, précisa Bettencourt.

Devant son expression stupéfaite, il poursuivit d'un ton impatient :

— Une procédure judiciaire est engagée contre vous et contre cet hôpital, docteur Chesney. Pour erreur médicale ayant entraîné la mort.

Elle releva lentement les yeux, la gorge sèche.

— Mais comment… Comment peuvent-ils… ?

— Oh, il suffit d'avoir un avocat. Et un décès sur une table d'opération.

— Mais j'ai clairement expliqué ce qui s'était passé ! s'exclama-t-elle, avant de se tourner vers Avery. Souvenez-vous, docteur, la semaine dernière, je vous ai dit que…

— Clarence m'a déjà fait son rapport, coupa Bettencourt. Ce n'est pas le point qui nous intéresse ici.

— Quel est-il, dans ce cas ?

L'administrateur parut un peu décontenancé par la franchise de la question.

— Le problème est le suivant, répondit-il après un bref soupir : nous sommes confrontés à une affaire qui risque de nous coûter un bon million de dollars. En tant que votre employeur, c'est à nous d'en assumer la charge. Mais ce n'est pas uniquement l'aspect financier qui nous préoccupe… Notre réputation est également en jeu.

Le ton sur lequel il avait prononcé cette dernière phrase était lourd de sous-entendus. Kate savait ce qui allait venir, et les mots se bloquèrent dans sa gorge. Elle se contenta de rester immobile, les mains crispées sur les genoux et l'estomac serré, attendant le coup de grâce.

— Cette procédure aura une incidence fâcheuse sur le renom de l'hôpital, reprit Bettencourt. Si l'affaire est portée devant les tribunaux, il y aura de la publicité. Les journaux prendront le relais, et tout le monde sera effrayé, à commencer par les patients.

Il baissa les yeux sur le bureau.

— Je note que votre dossier professionnel est jusqu'à présent tout à fait acceptable…

— Acceptable ? s'indigna Kate.

Elle se tourna vers le Dr Avery. Celui-ci connaissait ses états de service : ils étaient en tout point exemplaires.

Le vieux médecin se tortilla sur sa chaise, ses yeux bleu pâle évitant son regard.

— Eh bien, bredouilla-t-il… En fait… Jusqu'à ce jour, du moins, le Dr Chesney a assumé ses fonction d'une manière… euh… plus qu'acceptable. A vrai dire…

« Allez-y, docteur ! voulut-elle crier. Défendez-moi, pour l'amour du ciel ! »

— Nous n'avons jamais eu de plaintes, termina-t-il d'une voix éteinte.

— Certes, poursuivit Bettencourt. Mais vous nous mettez dans une position délicate, docteur Chesney. C'est pourquoi nous pensons qu'il serait préférable que votre nom ne soit plus associé à celui de cet hôpital.

Un long silence suivit, seulement perturbé par les toussotements nerveux du Dr Avery.

— Nous vous demandons votre démission, conclut Bettencourt.

Et voilà. Le coup de grâce venait d'être donné. Le choc la submergea telle une lame de fond, la laissant abasourdie et vidée de ses forces.

— Et si je refuse ?

— Croyez-moi, docteur. Une démission fera nettement meilleur effet sur vos états de service qu'un…

— Qu'un renvoi ?

— Je vois que nous nous comprenons.

Kate leva fièrement le menton. Quelque chose dans le regard et l'attitude supérieure de Bettencourt lui était insupportable.

— Non, dit-elle froidement. Je ne pense pas que vous me compreniez.

— Vous êtes une femme intelligente, docteur Chesney, c'est à vous de décider. Mais quel que soit votre choix, il est clair que nous ne pouvons vous reprendre au bloc opératoire.

— Ce n'est pas correct, objecta Avery.

Bettencourt fronça aussitôt les sourcils en direction du vieil homme.

— Je vous demande pardon ?

— Vous ne pouvez pas la renvoyer ainsi. Elle est médecin. Vous êtes tenu de suivre les procédures. Il existe des commissions…

— Je suis parfaitement au courant des procédures à suivre, Clarence ! J'espérais simplement que le Dr Chesney saisirait la gravité de la situation et agirait en conséquence.

Il se tourna vers celle-ci.

— Ce serait tellement plus simple, ne croyez-vous pas ? Aucune trace sur votre dossier, si ce n'est la mention d'une démission volontaire. Je peux vous fournir une lettre type d'ici à une heure. Il vous suffira juste de…

Sa voix s'éteignit devant l'expression de Kate.

Elle se mettait rarement en colère. D'une manière générale, elle parvenait à rester maîtresse de ses émotions en toutes circonstances. Et la vague de fureur qui s'emparait à présent d'elle ne l'en surprenait que davantage, l'effrayait presque.

— Epargnez-vous cette peine, monsieur Bettencourt, répliqua-t-elle d'une voix glaciale.

L'administrateur serra les mâchoires.

— Si telle est votre décision… Dites-moi, Clarence, quand doit se tenir la prochaine réunion de la commission Qualité et Assurance ?

— Mardi prochain, je crois, mais…

— Inscrivez donc le cas O'Brien sur l'ordre du jour, ordonna-t-il, avant de se tourner vers Kate. Mlle Chesney défendra en personne son dossier. Vous serez jugée par vos pairs, docteur. Cela me semble… correct, n'est-ce pas ?

Kate serra les dents, préférant garder sa réponse par-devers elle. Qu'elle ajoutât un seul mot, qu'elle exprimât le fond de ses sentiments à l'égard de George Bettencourt, et ses chances de retrouver un jour une place au sein du Mid Pac Hospital, ou de tout autre établissement, se réduiraient à néant.

Ils prirent congé civilement. Pour une femme qui venait de voir détruire sa vie professionnelle, elle était parvenue à offrir une remarquable prestation. Affichant une froide indifférence, elle serra mollement la main de Bettencourt et sortit du bureau, gardant toute sa contenance dans le long couloir, jusqu'au hall moquetté du palier. Mais au moment où les portes de l'ascenseur se refermèrent sur elle, quelque chose se brisa en son for intérieur. Et lorsque la cabine eut atteint le rez-de-chaussée, un violent tremblement lui secouait tout le corps.

Ce ne fut qu'en traversant le hall d'accueil, indifférente au bruit et à l'agitation qui y régnaient, que la réalité la frappa dans toute sa brutalité.

« Seigneur. Je suis poursuivie en justice. Après moins d'un an d'activité, je suis poursuivie… »

Soudain prise de nausée, elle tituba jusqu'aux cabines téléphoniques pour y trouver appui. Tandis qu'elle luttait pour calmer les spasmes de son estomac, son regard tomba sur l'annuaire local qui pendait au bout de sa chaîne.

« Si seulement ils savaient ce qui s'est réellement passé, songea-t-elle. Si je parvenais à leur expliquer… »

Il ne lui fallut que quelques secondes pour trouver l'adresse. « Uehara et Ransom, avocats. » Le cabinet se trouvait sur Bishop Street.

Elle arracha la page, puis, animée d'un ultime mais fragile espoir, se précipita vers la sortie de l'hôpital.

2.

— M. Ransom ne peut pas vous recevoir.

Avec ses épais cheveux gris et son regard de plomb, la réceptionniste semblait tout droit sortie d'un vieux film d'angoisse. Les bras croisés, droite comme un i, elle mettait silencieusement l'intruse au défi de faire la moindre tentative pour accéder au saint des saints.

— Il faut absolument que je le voie ! insista Kate. C'est au sujet de l'affaire…

— Je n'en doute pas, répondit la femme d'un ton sec.

— Je suis venue lui expliquer…

— Comme je viens de vous le dire, docteur, il est actuellement en conférence.

Kate était à bout de patience. Se penchant au-dessus du bureau, elle déclara d'une voix glaciale :

— Toutes les réunions ont une fin.

— Pas celle-ci, répondit la réceptionniste en souriant.

« Ah, elle voulait jouer au plus fin. Eh bien, elle n'allait pas être déçue ! » Kate lui rendit son sourire.

— Dans ce cas, j'attendrai, susurra-t-elle. Je suis dotée d'une patience infinie.

— Vous perdez votre temps, docteur. M. Ransom refuse toute rencontre avec les parties adverses. Maintenant, s'il vous faut une escorte pour vous raccompagner, je me ferai un plaisir de…

La sonnerie du téléphone retentit, coupant court à sa menace. La vieille dame avisa le combiné d'un œil las et décrocha.

— Uehara et Ransom, grogna-t-elle, tournant délibérément le dos à sa visiteuse. Oh ! Excusez-moi, monsieur Matheson… Les dossiers… ? Oui, monsieur Matheson, ils sont en face de moi.

Bouillant de frustration, Kate examina la pièce autour d'elle, remarquant au passage le lourd canapé en cuir, l'ikebana composé d'épilobes et de protées, ainsi que l'estampe de Hiroshige accrochée au mur. L'ensemble d'un goût exquis et, sans aucun doute, hors de prix. De toute évidence, les affaires du cabinet Uehara et Ransom étaient prospères. Cela, grâce aux pauvres médecins qui avaient eu la malchance d'affronter les deux avocats, songea-t-elle avec dégoût.

Soudain, des bruits de voix attirèrent son attention. Elle se retourna et aperçut, de l'autre côté du hall, une escouade de jeunes cadres des deux sexes émergeant de la salle de conférences. Lequel était Ransom ? Elle étudia leurs visages, mais aucun ne semblait assez marqué pour appartenir à l'un des deux fondateurs du cabinet. Reportant son regard vers la réceptionniste, elle constata que celle-ci avait toujours le dos tourné.

C'était le moment ou jamais.

Relevant le menton, elle se dirigea d'un pas décidé vers la salle de conférences.

Arrivée devant la porte ouverte, elle cligna des yeux, éblouie par la lumière. Une longue table de teck trônait au centre de la pièce, encadrée par une rangée de sièges capitonnés de cuir, alignés tels des soldats au garde-à-vous. Depuis les baies vitrées orientées au sud, un soleil aveuglant inondait la salle, baignant la tête et les épaules de l'homme assis seul à l'extrémité de la table, et donnant à ses cheveux blonds des reflets d'or. Absorbé dans la lecture des documents étalés devant lui, il ne remarqua pas sa présence. Seul le bruit des pages qu'il tournait perturbait le silence.

Kate déglutit, redressa les épaules, et s'avança.

— Monsieur Ransom ?

L'homme leva la tête et la regarda d'un œil neutre.

— Oui ? A qui ai-je l'honneur…

— Je suis…

— Je suis navrée, monsieur Ransom, coupa d'une voix outragée la réceptionniste, avant de saisir Kate par le bras et de grommeler : Je vous ai dit qu'il ne pouvait pas vous recevoir. A présent, si vous voulez bien m'accompagner…

— Je veux seulement lui parler !

— Préférez-vous que je fasse appel aux gardiens pour qu'ils vous mettent à la porte ?

— Ne vous gênez pas pour moi ! rétorqua Kate en libérant son bras.

— Ne me provoquez pas, espèce de petite…

— Pour l'amour du ciel, que se passe-t-il donc ici ?

Le grondement de la voix de Ransom fit écho dans la vaste pièce, réduisant aussitôt les deux femmes au silence. Il adressa un long regard hautain à Kate.

— Qui êtes-vous, à la fin ?

— Kate…

Elle s'interrompit, confuse, puis s'efforça d'adopter un ton plus en accord avec la dignité de l'endroit.

— Dr Kate Chesney.

— Je vois, répondit l'avocat après une courte pause.

Il baissa alors les yeux sur ses dossiers, avant d'ajouter :

— Montrez-lui le chemin de la sortie, madame Pierce.

— Je suis juste venue vous soumettre les faits, persista Kate.

Malgré sa résistance, elle se retrouva acculée vers la porte par la vieille réceptionniste.

— Mais peut-être préférez-vous ne pas savoir ce qui s'est réellement passé ! s'insurgea-t-elle. Est-ce ainsi que les avocats agissent ?

Ransom fit mine de l'ignorer.

— Je vois, poursuivit-elle. La vérité vous est bien égale, n'est-ce pas ? Apprendre ce qui est vraiment arrivé à Ellen O'Brien est le cadet de vos soucis.

Cette fois, la remarque lui fit lever les yeux ; il lui lança un regard noir et appuyé.

— Attendez, madame Pierce. Je viens juste de changer d'avis. Laissez donc le Dr Chesney.

La vieille dame écarquilla les yeux, incrédule.

— Mais… elle est peut-être violente !

L'avocat étudia longuement le visage rougissant de Kate.

— Je crois que je saurai faire face. Vous pouvez disposer, madame Pierce.

La réceptionniste quitta alors la pièce en maugréant. Après que la porte se fut refermée derrière elle, un silence tendu retomba sur la salle de conférences.

— Très bien, docteur Chesney, dit enfin Ransom. Maintenant que vous avez réussi le tour de force de passer outre Mme Pierce, avez-vous l'intention de rester plantée là ?

Il lui désigna un siège.

— Asseyez-vous. A moins que vous préfériez m'invectiver à travers la pièce.

La froide désinvolture dont il faisait preuve accentua encore le malaise de Kate, et il lui fallut tout son courage pour s'avancer vers lui, consciente du regard aigu qui suivait chacun de ses pas.

Pour un homme à la réputation bien établie, David Ransom était bien plus jeune qu'elle ne l'avait imaginé. Quarante ans maximum, estima-t-elle. Depuis la coupe sur mesure de son costume jusqu'à l'épingle de cravate estampillée « Université de Yale », tout en lui dénotait son appartenance à l'establishment. En revanche, ses mèches décolorées par le soleil, son bronzage et sa carrure impressionnante évoquaient plus un surfer qu'un avocat. Seuls le nez irrégulier et la ligne dure du menton le sauvaient de l'étiquette joli garçon. Mais ce furent ses yeux qui retinrent d'emblée l'attention de Kate : d'un bleu froid et pénétrant, ils semblaient remarquer chaque détail.

— Je suis ici pour vous relater les faits, monsieur Ransom, annonça-t-elle.

— Les faits tels que vous les voyez ?

— Les faits tels qu'ils se sont déroulés.

— Epargnez-vous cette peine.

Saisissant son attaché-case, il en sortit le dossier O'Brien et le jeta sur la table d'un geste éloquent.

— Tous les faits sont consignés ici. Du moins, ceux dont j'ai besoin.

— Non, vous n'avez pas tout.

— Et vous prétendez, bien sûr, me fournir les détails manquants.

Kate perçut la menace latente contenue dans le sourire qu'il lui adressa. Un sourire de carnassier.

Elle se pencha vers lui, les mains plaquées sur la table.

— Ce que je m'apprête à vous fournir n'est rien d'autre que la stricte vérité.

— Naturellement.

Il se renversa en arrière dans son fauteuil et la considéra d'un œil profondément ennuyé.

— Dites-moi une chose : votre avocat sait-il que vous êtes venue me voir ?

— Mon avocat ? Je… Je n'ai encore vu aucun avocat.

— Alors vous feriez mieux de vous en trouver un, docteur. Et vite. Parce que vous allez sacrément en avoir besoin, si vous voulez mon avis.

— Pas nécessairement, monsieur Ransom. Cette affaire repose en réalité sur un énorme malentendu. Si vous consentiez à entendre ce que j'ai à vous dire, je suis persuadée que…

— Un instant.

Il plongea la main dans son attaché-case et en sortit un petit magnétophone.

— Qu'est-ce que cela signifie ? demanda-t-elle.

Il enclencha l'appareil et le poussa dans sa direction.

— Je ne voudrais pas que des détails essentiels soient perdus. Vous pouvez commencer votre histoire, à présent. Je vous écoute.

Furieuse, Kate tendit la main et appuya sur la touche « off ».

— Il ne s'agit pas d'une déposition ! Rangez donc ce maudit engin !

Pendant quelques secondes, ils se toisèrent du regard dans un silence tendu. Kate ressentit un pincement de triomphe lorsqu'il fit disparaître le magnétophone dans son attaché-case.

— Bien. Où en étions-nous ? s'enquit-il avec une politesse exagérée. Ah, oui. Vous étiez sur le point de me dire ce qui s'était « réellement » passé.

Il se cala contre son dossier et l'observa en silence, comme s'il s'attendait déjà à un spectacle réjouissant.

Kate hésita. Maintenant qu'elle était parvenue à éveiller son intérêt, elle ne savait plus très bien par où commencer.

— Je suis une personne très... prudente, monsieur Ransom, déclara-t-elle enfin. En toutes choses, je prends toujours mon temps. Sans doute ne suis-je pas le plus brillant des médecins, mais j'ai pour habitude de ne rien laisser au hasard. Et je ne commets pas d'erreurs stupides.

Ransom haussa un sourcil, l'air dubitatif. Kate l'ignora et poursuivit :

— Le soir de son admission dans le service, Ellen O'Brien a été prise en charge par Guy Santini, mais c'est moi qui me suis occupée de l'anesthésie. J'ai personnellement vérifié les résultats des analyses et effectué les relevés de l'électrocardiographe. C'était un dimanche soir. N'étant pas submergée de travail, j'ai pris tout le temps nécessaire. Plus, même, dans la mesure où Ellen était membre de notre équipe... Elle était l'une d'entre nous, monsieur Ransom. C'était également une amie. Je me souviens, j'étais assise dans sa chambre à examiner les résultats des tests. Elle voulait savoir si tout était normal...

— Et vous lui avez dit que c'était le cas.

— Oui, y compris pour l'électrocardiogramme.

— Il est donc évident que vous avez commis une erreur.

— Je viens de vous le dire, monsieur Ransom : je ne commets pas d'erreurs stupides. Ce jour-là pas plus que les autres jours.

— Pourtant, le relevé indique…

— Le relevé est faux.

— J'ai ici l'enregistrement noir sur blanc de cet électrocardiogramme. Il montre sans le moindre doute que votre patiente avait été victime d'une attaque cardiaque.

— Ce n'est pas celui que j'ai examiné !

Il la regarda comme s'il n'était pas sûr d'avoir bien entendu.

— Celui que j'ai visé était tout à fait normal, insista-t-elle.

— Alors expliquez-moi comment l'autre a pu se glisser dans le dossier.

— Quelqu'un l'y a mis, de toute évidence.

— Qui ?

— Je ne sais pas.

— Je vois.

Il fit pivoter son siège et poursuivit en baissant la voix :

— Je suis impatient de voir comment cette version tiendra devant un tribunal.

— Monsieur Ransom, si j'ai commis une erreur, je serai la première à le reconnaître.

— Vous seriez alors d'une honnêteté surprenante.

— Croyez-vous vraiment que j'aurais pu inventer une histoire aussi… aussi tirée par les cheveux ?

Face au rire cynique qui accueillit sa question, Kate sentit ses joues s'empourprer.

— Non, répondit Ransom. Je suis persuadé que vous nous avez concocté une argumentation bien plus convaincante.

D'un léger hochement de tête, il l'invita à poursuivre.

— Je vous en prie, docteur, dit-il d'un ton railleur, je brûle de savoir comment cet extraordinaire tour de passe-passe a pu se produire. Par quel miracle ce faux électrocardiogramme s'est-il retrouvé dans le dossier ?

— Comment le saurais-je ?

— Vous devez bien avoir une petite idée.

— Non.

— Allons, docteur. Vous me décevez.

— Je vous ai dit que je ne savais pas.

— Essayez de deviner !

— Peut-être le Dr Spock l'a-t-il envoyé depuis l'espace par rayon laser ! s'emporta-t-elle, ulcérée.

— Intéressante théorie, observa-t-il sans se départir de son calme. Mais revenons à la réalité. Qui s'avère en l'occurrence tenir à ce produit d'usage courant et dérivé du bois, communément appelé papier.

Il ouvrit alors le dossier à la page où figurait le relevé incriminé.

— Expliquez-moi donc ceci.

— Je ne cesse de vous répéter que j'en suis incapable ! Je me suis torturé les méninges à essayer de trouver une explication ! Nous effectuons chaque jour des dizaines d'électrocardiogrammes dans cet hôpital. Peut-être est-ce dû à la distraction d'un employé, ou à une erreur d'étiquetage. Quoi qu'il en soit, ce relevé a été inséré dans le mauvais dossier.

— Vous y avez pourtant apposé vos initiales.

— Certainement pas.

— Existe-t-il chez vous d'autres K.C., docteurs en médecine ?

— Ce sont mes initiales, en effet. Mais elles ne sont pas de ma main.

— Que voulez-vous dire ? Qu'il s'agirait d'un faux ?

— Je... je ne vois pas d'autre solution. Je veux dire... oui, probablement.

Soudain embarrassée, Kate écarta d'une main nerveuse une mèche qui lui retombait devant les yeux. Le calme imperturbable de l'avocat l'exaspérait au plus haut point. De toute évidence, il la prenait pour une folle. Le pire était qu'elle ne pouvait l'en blâmer : son histoire tenait plus des délires d'une paranoïaque que du récit d'une personne sensée.

— D'accord, reprit-il enfin d'un ton compréhensif. Supposons pour le moment que vous me dites la vérité.

— Mais c'est la vérité !

— Je ne vois que deux raisons pour lesquelles on aurait intentionnellement interverti les électrocardiogrammes : soit quelqu'un cherche à briser votre carrière…

— C'est absurde. Je n'ai aucun ennemi.

— … Soit cette même personne cherche à couvrir un meurtre.

Devant son expression stupéfaite, il afficha un sourire condescendant qui la mit hors d'elle.

— Puisqu'il semble évident que la deuxième proposition nous frappe tous deux par son invraisemblance, la seule conclusion qui me vienne à l'esprit est que vous mentez.

Il se pencha alors vers elle, et sa voix se fit soudain très douce, presque intime. Le loup se faisait agneau, ce qui ne le rendait que plus redoutable encore.

— Allons, docteur, insista-t-il. Faites-moi plaisir. Dites-moi ce qui s'est vraiment passé dans la salle d'opération. Un geste maladroit avec le scalpel ? Une erreur d'anesthésie ?

— Vous vous trompez du tout au tout !

— Trop de gaz hilarant et pas assez d'oxygène ?

— Je vous répète qu'aucune erreur n'a été commise !

— Dans ce cas, pourquoi Ellen O'Brien est-elle morte ?

Kate le regarda fixement, ébranlée par la dureté de sa voix… Et subjuguée par le bleu profond de ses yeux. Une étincelle sembla flotter quelques instants entre eux, provoquée par quelque détail insolite qui avait dû lui échapper. A sa grande confusion, elle se rendit alors compte que David Ransom était un homme très séduisant. Bien trop séduisant… Et que la réponse qu'elle pourrait lui donner, quelle qu'elle fût, la mettrait en danger. Elle sentit son visage s'empourprer.

— Vous ne répondez pas ? insista-t-il doucement.

Savourant à l'évidence l'ascendant qu'il prenait sur elle, il se renversa dans son fauteuil d'un air satisfait.

— Dans ce cas, docteur Chesney, laissez-moi vous dire ce qui s'est réellement passé. Dans la soirée du dimanche 2 avril, Ellen O'Brien a été admise au Mid Pac Hospital pour une banale ablation de la vésicule biliaire. En tant que médecin anesthésiste, vous vous êtes chargée des tests préopératoires de routine, incluant l'électrocardiogramme, que vous avez visé avant de quitter l'hôpital ce même soir. Peut-être étiez-vous pressée, peut-être aviez-vous un rendez-vous galant à l'extérieur, toujours est-il que vos préoccupations vous portaient ailleurs, ce qui vous a amenée à commettre une erreur qui s'est avérée fatale. Les signes évidents d'une grave anomalie dans l'activité cardiaque vous ont échappé. Vous avez de fait considéré l'électrocardiogramme de votre patiente comme normal, sans vous douter le moins du monde qu'elle venait de subir une attaque cardiaque.

— Ellen n'en a jamais présenté le moindre symptôme ! Aucune douleur dans la poitrine...

— Mais il est noté ici, objecta-t-il en posant le doigt sur une nouvelle page du dossier... Voilà. Je cite le rapport de l'infirmière de garde : « La patiente s'est plainte d'une gêne dans l'abdomen. »

— C'était la vésicule...

— Ou peut-être le cœur. Quoi qu'il en soit, la suite des événements est indiscutable. Le Dr Santini et vous-même avez transporté la patiente au bloc opératoire, et une anesthésie inadaptée a provoqué un stress trop violent pour un cœur affaibli. Celui-ci a très vite cessé de battre. Et vous n'êtes pas parvenus à le relancer.

Ransom fit une pause à dessein, le regard aussi dur que du diamant.

— Et voilà, docteur Chesney, conclut-il d'un ton dramatique. Vous venez de perdre votre patiente.

— Les choses ne se sont pas du tout passées ainsi ! J'ai un souvenir très net de cet électrocardiogramme. Il était normal, vous m'entendez ?

— Vous devriez peut-être relire vos manuels de cardiologie.

— Je n'ai pas besoin de manuel. Je sais qu'il était normal !

Kate reconnut à peine comme sienne la voix stridente qui résonnait dans la vaste salle.

Loin d'être impressionné, Ransom affichait une mine presque ennuyée.

— Voyons, docteur. Ne serait-il pas beaucoup plus simple d'admettre enfin que vous avez fait une erreur ?

— Plus simple pour qui ?

— Pour chacune des parties concernées. Ecoutez. Nous pourrions très bien convenir d'un arrangement, ce qui réglerait le problème d'une manière rapide et relativement sans douleur.

— Un arrangement ? Mais ce serait reconnaître une erreur que je n'ai jamais commise !

Le mur de sérénité qu'affichait Ransom s'effondra brusquement.

— Vous voulez amener cette affaire devant les juges ? s'emporta-t-il. Très bien. Mais laissez-moi vous dire de quelle manière je travaille. Lorsque j'engage une procédure, je vais jusqu'au bout, croyez-moi. Si je dois vous mettre en pièces devant un tribunal, je le ferai sans états d'âme. Et lorsque j'en aurai fini avec vous, il ne vous restera que vos yeux pour pleurer ! Regardez les choses en face, docteur Chesney : vous n'avez pas l'ombre d'une chance de gagner devant un jury.

Kate dut se retenir pour ne pas l'agripper par les revers de son luxueux costume. Elle avait envie de lui hurler que, au-delà de ses beaux discours sur les arrangements et les procès, à aucun moment il ne s'était préoccupé de ce qu'elle avait ressenti face à la mort d'Ellen O'Brien.

Mais toute la rage et l'énergie qui l'animaient l'abandonnèrent soudain. Ecœurée, elle s'affaissa contre le dossier de son siège.

— J'aimerais pouvoir admettre que j'ai commis une erreur, dit-elle d'une voix éteinte. J'aimerais pouvoir déclarer : je suis coupable et je suis prête à expier ma faute. Depuis une semaine, je ne cesse de fouiller dans ma mémoire pour comprendre ce qui a pu se produire. Ellen me faisait confiance et je l'ai laissée mourir. Il m'arrive de maudire le jour où je suis devenue médecin. J'aurais pu être secrétaire, ou serveuse, ou n'importe quoi d'autre. Mais il se trouve que j'aime mon métier. Vous n'imaginez pas comme le chemin a été dur, ni les sacrifices qu'il m'en a coûté, pour en arriver là où je suis. A présent, il semble bien que je sois sur le point de tout perdre…

Elle déglutit péniblement, avant de baisser la tête en signe de capitulation.

— Je me demande si je serai un jour capable de reprendre le travail…

David Ransom observa en silence le beau visage de Kate Chesney, qui luttait pour refouler ses larmes. Il s'était toujours considéré comme un fin psychologue, et pouvait généralement juger de la sincérité d'une personne rien qu'en lisant dans ses yeux. Pendant toute la durée du court monologue de Kate, il avait scruté son regard à l'affût du moindre trouble, du moindre clignement inconscient de paupières qui eût trahi le mensonge, même voilé.

Mais il n'avait décelé dans ces yeux à la pureté d'émeraude qu'une absolue et constante droiture.

… Ainsi qu'une intensité dont l'impact le faisait frémir. Le Dr Kate Chesney, dut-il reconnaître en son for intérieur, était une très belle femme. Elle ne portait qu'une simple robe vert tendre, négligemment serrée à la taille par une fine ceinture, mais un seul regard lui avait suffi pour deviner les courbes épanouies que dissimulait la texture soyeuse du tissu. Quant au visage qui surmontait ce corps délicieusement féminin, il n'était pas dépourvu de ces discrètes imperfections qui confèrent ce que l'on nomme le charme. L'épaisse chevelure acajou qui retombait sur ses épaules, associée à la ligne anguleuse du menton et à un front haut et intelligent, octroyait à la jeune femme une beauté singulière.

Il se secoua mentalement, contrarié par ses propres pensées — mais aussi et surtout par l'effet qu'elles produisaient sur lui. Bon sang !

Il n'était plus un adolescent pour se laisser ainsi dominer par ses pulsions ! Baissant ostensiblement les yeux sur sa montre, il referma d'un geste sec son attaché-case et se leva.

— J'ai une déposition à enregistrer, déclara-t-il. Et je suis en retard. Par conséquent, si vous voulez bien m'excuser...

Il était presque arrivé à la porte lorsque la voix de Kate l'interpella.

— Monsieur Ransom ?

Il se retourna et la regarda d'un air irrité.

— Oui ?

— Je sais que mon histoire paraît insensée, et je ne peux pas vous forcer à me croire. Mais je vous le jure : c'est la vérité.

— Que je vous croie ou non est sans importance, répondit-il. Ne perdez donc pas votre énergie avec moi, docteur. Gardez-la pour le procès.

Les mots étaient sortis avec plus de froideur qu'il ne l'aurait voulu.

Kate accusa durement le coup.

— Alors il n'y a rien que je puisse faire, rien que je puisse ajouter...

— Non.

— J'avais espéré que vous m'écouteriez. Je pensais que, peut-être, je parviendrais à vous faire changer d'avis...

— Je crois dans ce cas qu'il vous reste beaucoup à apprendre sur les avocats. Bonne journée, docteur Chesney.

Sur ces paroles, il se retourna vers la porte.

— Je vous verrai au tribunal, lança-t-il par-dessus son épaule.

3.

« Vous n'avez pas l'ombre d'une chance de gagner devant un jury. »

Assise seule à une table de la cafétéria de l'hôpital, Kate tournait et retournait cette phrase dans sa tête. « Pas l'ombre d'une chance ». L'expression lui sembla soudain absurde, désespérément vide de sens.

Savoir gérer les questions de vie et de mort était depuis longtemps devenu chez elle une seconde nature. Lorsqu'une crise survenait dans un service, elle ne perdait pas de temps à tergiverser, prenait les choses en main d'une manière quasi automatique. Entre les murs aseptisés d'un bloc opératoire, rien n'échappait à son contrôle. Mais une salle de tribunal était un univers très différent — l'univers de David Ransom. Là, les choses étaient sous son contrôle à lui, et elle y serait aussi vulnérable qu'un patient sur une table d'opération. Comment, dès lors, pouvait-elle parer les attaques d'un homme qui avait bâti sa réputation sur la ruine de carrières de médecins ?

Jamais elle ne s'était senti à ce point menacée par un homme. David Ransom était le premier qui l'eût jamais réellement intimidée, et cela sans qu'il fasse le moindre effort. Si seulement il avait été petit, ou gros, ou chauve ; si seulement elle avait pu déceler en lui une once d'humanité, une faille dans la cuirasse... L'idée d'avoir à affronter son regard bleu et froid dans un tribunal lui nouait l'estomac.

— On dirait que vous avez besoin de compagnie, la surprit une voix familière.

Levant les yeux, elle vit Guy Santini, aussi négligé qu'à l'ordinaire, la regarder derrière les verres à double foyer de ses lunettes.

— Bonjour, répondit-elle sans enthousiasme.

Guy émit un drôle de petit gloussement, puis tira une chaise à lui pour s'installer à sa table.

— Comment allez-vous, Kate ?

— A part le fait que je sois au chômage, répondit-elle avec un sourire amer, je me porte merveilleusement bien.

— J'ai appris que le vieux Clarence vous avait mise à la porte du bloc. Je suis navré.

— Je ne peux pas vraiment lui en vouloir. Il n'a fait qu'obéir aux ordres.

— Bettencourt ?

— Qui d'autre ? Il paraît que je suis devenue un « risque financier ».

— Ouais, cela devait arriver un jour ou l'autre avec ce Bill Gates de la médecine. Profits et pertes, il n'a que ces mots-là à la bouche ! Si cela peut vous consoler, vous aurez de la compagnie au tribunal. J'ai été cité à comparaître, moi aussi.

Kate lui adressa un regard atterré.

— Oh, Guy ! Je suis désolée…

— Ce n'est rien, dit-il en haussant les épaules. J'ai déjà été poursuivi par le passé. Croyez-moi, c'est la première fois qui fait le plus mal.

— Que vous reprochait-on ?

— J'étais en traumatologie à cette époque. Un patient nous avait été amené avec une rate éclatée. Je n'ai rien pu faire pour le sauver…

Il hocha lentement la tête avant de poursuivre :

— Après avoir reçu la lettre de l'avocat, j'étais si déprimé que je ne pensais qu'à me jeter par la fenêtre la plus proche. A tel point que Susan voulait m'emmener voir un psychologue. Mais vous savez quoi ? J'ai survécu. Et il en sera de même pour vous.

Tant que vous vous souviendrez que ce n'est pas vous en tant que personne qui êtes poursuivie, mais l'anesthésiste.

— Je ne vois pas où est la différence.

— C'est bien là votre problème, Kate. Vous n'avez pas appris à faire la part des choses, entre vie privée et professionnelle. Nous savons, vous et moi, que vous ne comptez pas vos heures à l'hôpital. Il me semble parfois que vous habitez ici. Oh ! je ne dis pas qu'un tel dévouement soit un défaut, non. Mais vous avez tendance à trop en faire.

La flèche atteignit d'autant mieux son but que Kate savait que Guy disait vrai. Elle passait en effet le plus clair de son temps à l'hôpital. Sans doute était-ce devenu un besoin, un moyen de lui faire oublier le vide de sa vie personnelle.

— J'existe aussi hors de mon travail, protesta-t-elle pourtant. La semaine dernière, j'ai même accepté une invitation à dîner.

— Il était temps. Qui est l'heureux élu ?

— Elliot.

— Le type du service informatique ?

Elle perçut une pointe d'amusement dans la voix de Guy. Il est vrai qu'Elliot Lafferty devait mesurer un bon mètre quatre-vingt-quinze pour environ cinquante kilos, et présentait une ressemblance frappante avec Mr. Bean.

— J'imagine que vous vous êtes bien amusés.

— Eh bien, nous... Nous avons passé un très bon moment. Il m'a proposé de m'emmener chez lui.

— Vraiment ?

— Et j'ai accepté.

— Vous avez accepté !

— Il voulait me montrer son dernier équipement informatique.

Guy se pencha en avant, impatient d'en savoir davantage.

— Que s'est-il passé, ensuite ?

— Nous avons écouté ses derniers CD, joué sur son ordinateur...

— Et puis ?

Kate soupira.

— Après une heure et demie de « Tomb Raider », je suis rentrée chez moi.

Guy poussa un grognement et se redressa sur sa chaise.

— Elliot Lafferty, le dernier des grands séducteurs ! Kate, voilà ce qu'il vous faudrait : placer une petite annonce dans la rubrique matrimoniale du *Honolulu Observer*. Tenez, je me propose même de la rédiger pour vous. « Femme intelligente, la trentaine séduisante, cherche homme… »

— Papa !

Le cri de joie couvrit soudainement le brouhaha qui régnait dans la cafétéria.

Guy se retourna aussitôt vers le frêle petit garçon qui courait vers lui, le visage illuminé d'un grand sourire.

— Mais n'est-ce pas là mon petit Willy ?

Il se leva en riant de sa chaise, et souleva son fils au moment où celui-ci se jetait dans ses bras. Sans effort, il le fit ensuite tournoyer dans les airs. A cinq ans, l'enfant était si léger qu'il sembla flotter un instant, avant d'atterrir de nouveau, en douceur, dans les bras de son père.

— Je t'attendais plus tôt, mon garçon, dit Guy. Que s'est-il donc passé ?

— Maman est rentrée tard.

— Encore ?

Willy se pencha vers l'oreille de son père avec une mine de conspirateur.

— Adèle était très en colère, chuchota-t-il. Son copain devait l'emmener au cinéma.

— Oh, oh ! Nous ne voulons certainement pas qu'Adèle soit fâchée contre nous, n'est-ce pas ?

Guy lança un regard complice à sa femme, tandis que celle-ci se frayait un chemin entre les tables.

— Hé ! cria-t-il. J'espère que nous n'aurons pas à nous trouver une nouvelle baby-sitter !

Susan éclata de rire, et ramena d'un geste machinal une longue mèche de ses cheveux roux et bouclés derrière l'oreille.

— La faute à la pleine lune ! plaisanta-t-elle. A croire que tous mes patients sont devenus fous. Impossible de les chasser de mon bureau.

— Elle m'a juré qu'il s'agissait d'un temps partiel, grommela Guy en se penchant vers Kate. Bon Dieu ! Et devinez à qui le patron fait appel presque tous les soirs ?

— Tu as encore oublié de faire repasser ta chemise ! le tança Susan, avant de lui tapoter affectueusement la joue.

C'était là, songea Kate, un geste maternel qui définissait parfaitement la personnalité de Susan. « Une vraie mère poule », lui avait un jour confié Guy. La remarque était alors empreinte d'une profonde tendresse, mais elle n'en était pas moins des plus pertinentes.

La beauté de Susan Santini ne résidait pas dans son visage — celui-ci était plutôt ordinaire et couvert de taches de rousseur ; ni dans sa silhouette — aussi robuste que celle d'une femme de cultivateur. Non, tout son charme provenait du sourire patient et serein qu'elle arborait en toutes circonstances, et qui rayonnait à présent devant son fils et son mari.

— Encore, papa ! réclama Willy en s'agrippant tel un lutin aux jambes de son père.

— Comment ? Mais tu me prends pour une rampe de lancement !

— Juste une fois, papa !

— Plus tard, Willy, intervint Susan. Nous devons aller chercher la voiture de ton père avant la fermeture du garage.

— S'il te plaît !

— Tu as entendu ? demanda Guy avec un sourire contrit. Il a prononcé le mot magique.

Poussant un rugissement de lion, il bondit alors sur le petit garçon, qui hurla de bonheur lorsque son père le projeta en l'air.

Susan adressa à Kate un regard désespéré.

— Deux enfants, voilà ce que j'ai. Dont l'un pèse plus de cent vingt kilos.

Guy posa le petit Willy au sol et glissa un bras possessif autour de la taille de son épouse.

— Je t'ai entendu, tu sais. Pour la peine, madame Santini, c'est vous qui prendrez le volant.

— Gros malin. Que dirais-tu d'un arrêt dans un fast-food ?

— Hum ! Il semblerait que quelqu'un ici n'a pas envie de cuisiner, ce soir.

Tout en guidant son petit monde vers la sortie, Guy souhaita le bonsoir à Kate d'un geste de la main.

— Alors, fiston, l'entendit-elle demander à Willy. Que prendras-tu ? Un cheeseburger ?

— Non. Je veux une crème glacée.

— Une crème glacée ? En voilà une idée !...

Kate observa non sans mélancolie la petite famille Santini s'éloignant dans la cafétéria. Elle pouvait déjà imaginer ce qui se passerait ensuite. Les deux parents taquinant Willy dans le fast-food pour l'inciter à avaler une bouchée de plus, la moue frondeuse de celui-ci, le trajet en voiture jusqu'à la maison, la séance du pyjama à enfiler, l'histoire racontée au coin de l'oreiller et le dernier baiser à papa, les bras lancés autour de son cou.

« Et toi ? songea-t-elle. Qu'espères-tu trouver en rentrant chez toi ? »

Guy lui adressa un dernier salut depuis la porte, puis ils disparurent dans le couloir.

Kate soupira, le cœur serré. D'une certaine manière, elle l'enviait.

*
* *

En sortant de son bureau, cet après-midi-là, David monta dans sa voiture, remonta Nuuanu Avenue, puis bifurqua dans l'allée de terre qui sinuait à travers le vieux cimetière. Après s'être garé à l'ombre d'un banian, il traversa à pied la pelouse fraîchement taillée, dépassa les stèles de marbres agrémentées d'angelots et de fleurs, et pénétra enfin dans la dernière division. Des plaques de bronze y étaient disposées à même le sol, navrante concession à la modernité. Arrivé sous un araucaria, il s'arrêta devant l'une d'elles et baissa les yeux sur l'inscription qu'elle portait.

NOAH RANSOM (1991-1998)

Situé sur un talus en pente douce, l'endroit ne manquait pas de charme et offrait une vue privilégiée sur la ville. Une brise y soufflait en permanence, venue tantôt de la mer, tantôt de la vallée. Même en fermant les yeux, il était aisé d'en deviner la direction rien qu'en humant le parfum de l'air.

David n'avait pas choisi l'emplacement de la tombe, il avait même oublié qui en avait décidé. Sans doute s'était-il agi, à l'époque, d'une question de disponibilité. Qui se soucie du panorama, de l'odeur du vent ou d'un araucaria quand son unique enfant vient de mourir ?

Après s'être penché pour débarrasser la plaque des feuilles qui l'encombraient, il se redressa et se tint immobile près de la sépulture. C'est à peine s'il eut conscience du froissement de robe derrière lui, qu'accompagnait le bruit étouffé d'une canne dans le gazon.

— Alors tu es là, David.

Il se retourna. Une femme de haute taille aux cheveux argentés s'avançait vers lui en claudiquant.

— Tu ne devrais pas sortir, maman, avec ta cheville foulée.

La vieille dame leva sa canne vers la maison de bois blanc qui apparaissait derrière la limite du cimetière.

— Je t'ai vu depuis la fenêtre de la cuisine. Et je me suis dit qu'il ne coûtait rien de venir te dire bonjour. Crois-tu que je vais passer ma vie à attendre que tu daignes me rendre visite ?

— Pardonne-moi, maman, s'excusa David en l'embrassant sur la joue. J'ai été très occupé ces derniers temps. Mais j'avais l'intention de venir te voir.

— Oh, naturellement.

Elle détourna la tête, et son regard bleu se posa sur la tombe. S'il était une chose que Sarah Ransom partageait avec son fils, c'était bien la nuance de bleu si particulière de leurs prunelles. A l'âge de soixante-huit ans, elle jouissait encore d'une étonnante acuité visuelle.

— Certains anniversaires méritent parfois d'être oubliés, dit-elle doucement.

Devant le silence de son fils, elle poursuivit :

— Tu sais, David, Noah aurait adoré avoir un petit frère. Peut-être est-il temps pour toi d'y penser.

Il esquissa un vague sourire.

— Que cherches-tu à insinuer, maman ?

— Rien qui ne nous vienne naturellement à l'esprit un jour ou l'autre.

— Que je me marie, par exemple ?

— Oh ! Bien sûr, bien sûr...

Elle se tut un instant, puis demanda d'un ton chargé d'espoir :

— Songes-tu à une femme en particulier ?

— Non. Je n'en vois guère.

Avec un soupir, elle glissa un bras sous le sien.

— C'est bien ce que je craignais. Accompagne-moi, s'il te plaît. Puisque aucune Cendrillon ne t'attend, tu peux bien venir prendre le café chez ta vieille maman.

Bras dessus, bras dessous, ils traversèrent alors la pelouse en direction de la maison. Le terrain était irrégulier, obligeant la vieille dame à se déplacer avec précaution. Interdiction lui avait été faite de poser le pied sur le sol, mais Sarah Ransom était bien trop têtue pour se plier aux ordres d'un médecin.

Ils se faufilèrent hors du cimetière par un trou dans la haie de seringa, avant de s'avancer vers les marches du perron de la cuisine. Gracie, la gouvernante, les accueillit devant la double porte à moustiquaire.

— Vous voilà enfin ! s'exclama-t-elle, avant de tourner ses petits yeux noirs vers David. Je n'ai aucune prise sur cette femme, monsieur David. Absolument aucune !

— Rassurez-vous, répondit-il en haussant les épaules. Personne n'en a jamais eu.

Mère et fils s'installèrent à la table du petit déjeuner. La cuisine était une véritable jungle de plantes suspendues, qu'un léger courant d'air balançait doucement au-dessus de leurs têtes.

Sarah observa le cimetière par la large fenêtre.

— Quelle tristesse qu'ils aient élagué l'araucaria ! déplora-t-elle.

— C'était indispensable, dit Gracie en versant le café. Il donnait tellement d'ombre que l'herbe ne poussait plus au-dessous.

— Peut-être. Mais, depuis, le paysage a perdu beaucoup de son charme.

David écarta d'une main une branche d'asparagus qui lui chatouillait l'oreille.

— Personnellement, je n'ai jamais aimé ce paysage, déclara-t-il. Je ne comprends d'ailleurs pas comment vous supportez d'avoir un cimetière sous les yeux toute la journée.

— J'aime beaucoup ce cimetière ! protesta Sarah. Chaque fois que je regarde par la fenêtre, je retrouve mes vieux amis : Mme Goto, enterrée là-bas, près de la haie, M. Carvalho, non loin du micocoulier, et bien sûr notre petit Noah, plus haut sur le talus. Pour moi ils ne sont pas morts, mais simplement endormis.

— Je t'en prie, maman...

— Ton problème, David, c'est que tu n'as jamais pu conjurer ta peur de la mort. Et cela t'empêche de vivre pleinement ta vie.

— Que me suggères-tu ?

— Pose un nouveau jalon vers l'immortalité. Fais un autre enfant.

— Je n'ai pas l'intention de me remarier, maman. Tu ferais mieux d'abandonner cette idée.

Sarah Ransom fit ce qu'elle avait toujours fait lorsque son fils lui demandait une chose ridicule : elle l'ignora.

— Te souviens-tu de cette jeune femme rencontrée à Maui, l'an dernier. Qu'est-elle devenue ?

— Saundra ? Elle s'est mariée. Avec un autre.

— Quel dommage !

— Oui. Pour le mari.

— Oh, David ! Quand te décideras-tu à devenir adulte ?

David se contenta de sourire. Portant sa tasse de café à ses lèvres, il fit aussitôt la grimace. C'était là l'une des raisons pour lesquelles il évitait les visites trop fréquentes à sa mère. Non contente de prendre un malin plaisir à remuer des souvenirs douloureux, elle le forçait en outre à boire l'horrible mixture que préparait sa gouvernante.

— Comment s'est passée ta journée, maman ? s'enquit-il poliment.

— Détestable. Avec cette cheville…

Gracie s'approcha de lui, le pot de café redouté à la main.

— Encore un peu de café, monsieur David ?

— Non ! cria-t-il presque en couvrant sa tasse de la main.

Les deux femmes le regardèrent avec surprise.

— Pardon, je… Non, merci Gracie.

— Quelle délicatesse ! observa Sarah. Quelque chose ne va pas ? Je veux dire, en dehors de ta vie sentimentale ?

— Juste un peu plus de travail que d'habitude. Hiro est toujours alité à cause de son dos.

— C'est drôle, j'ai l'impression que ton nouveau travail te réussit moins que le précédent. N'étais-tu pas plus heureux quand tu étais au bureau du procureur ? Si je puis me permettre, tu sembles prendre les choses beaucoup trop au sérieux ces derniers temps.

— Les affaires que je traite sont on ne peut plus sérieuses.

— Attaquer des médecins ? Ah ! Voilà bien le moyen le plus rapide pour se remplir les poches !

— Mon docteur est un jour passé au tribunal, intervint Gracie. J'en étais toute retournée. Toutes ces choses qu'ils ont dites sur lui ! Un homme si bon, un véritable saint…

— Personne n'est un saint, Gracie, objecta David d'une voix grave. Les médecins moins que quiconque.

Son regard se porta à l'extérieur, et le cas O'Brien lui revint soudain à l'esprit. Il avait, du reste, accaparé ses pensées durant tout l'après-midi. Ou plutôt, « elle » avait accaparé ses pensées.

Kate Chesney, et ses yeux verts, qui lui avait menti effrontément. Car elle lui avait menti, il en était sûr, à présent. L'affaire allait se conclure encore plus facilement qu'il ne l'avait prévu. Son témoignage ne pèserait pas lourd à la barre, et il savait déjà comment la manipuler devant un jury. Un frisson désagréable le traversa en pensant à ce qu'il aurait à faire pour lui porter l'estocade : l'exposer, la détruire… Mais ne s'agissait-il pas là de son travail ? Et il avait toujours mis un point d'honneur à se montrer à la hauteur de sa charge.

Il termina sa tasse de café à contrecœur, puis se leva.

— Je dois partir, annonça-t-il en se baissant sous la branche menaçante d'un asparagus. Je t'appellerai, maman.

— Quand ? L'année prochaine ?

Posant une main chaleureuse sur l'épaule de la gouvernante, il se pencha vers son oreille.

— Bonne chance, Gracie. Et ne la laissez pas vous rendre folle.

— Comment ? Moi, la rendre folle ? s'insurgea Sarah. Ah ça !

Gracie accompagna David jusqu'à l'entrée, d'où elle le regarda s'en aller.

— A bientôt, monsieur David, lança-t-elle d'une voix émue.

Après que celui-ci eut rejoint sa voiture de l'autre côté du cimetière, elle se retourna vers Sarah, la mine attristée.

— Il a l'air si malheureux. Si seulement il pouvait oublier…

— Il n'oubliera jamais, soupira Sarah. David ressemble trop à son père : il portera sa peine comme un fardeau jusqu'à la fin de ses jours.

4.

Un vent de force 4 soufflait vers l'intérieur des terres, tandis que le canot portant les cendres d'Ellen O'Brien mettait le cap vers le large. Leur dispersion dans la mer à la tombée du soir, le retour de la chair et du sang à leur élément originel, tout cela constituait pour la vie de la jeune femme un aboutissement naturel et purificateur, une sorte d'adieu symbolique. Et lorsque, depuis la vieille jetée, le prêtre lança sur les flots une gerbe de fleurs jaunes que le courant emporta lentement, Patrick O'Brien ne put retenir ses larmes.

Transporté par le vent, l'écho de sa douleur flotta jusqu'au point isolé où se trouvait Kate. Seule, à l'écart de la foule réunie sur le quai, elle se tenait près d'une rangée de barques de pêche multicolores, s'interrogeant sur les raisons de sa présence. Etait-ce une forme cruelle de pénitence ? Une tentative dérisoire de dire au monde son affliction ? Elle savait seulement qu'une voix intérieure lui avait ordonné de venir et d'implorer un hypothétique pardon.

D'autres membres du personnel de l'hôpital étaient également présents. Un groupe d'infirmières, serrées l'une contre l'autre pour mieux partager leur chagrin ; deux obstétriciens un peu raides dans leurs costumes de ville ; Clarence Avery, dont la crinière blanche se soulevait tristement dans la brise… Même George Bettencourt avait fait le déplacement. Il se tenait un peu à distance, le visage aussi impénétrable qu'un masque. Pour chacun d'eux, l'hôpital représentait bien plus qu'un simple lieu de travail. C'était comme un second foyer, une seconde famille.

Un lointain reflet du soleil sur des cheveux blonds attira l'attention de Kate vers l'extrémité du quai. Elle reconnut David Ransom, dont la haute stature se détachait parmi la foule. Vêtu pour la circonstance d'un costume sombre et d'une cravate noire, il affichait autant d'émotion qu'une statue de pierre. Existait-il en lui la moindre parcelle d'humanité ? se demanda-t-elle.

Une rafale de vent fit claquer les drisses des voiliers contre les mâts, couvrant les derniers mots de l'officiant. Lorsque la cérémonie fut terminée, Kate se sentit incapable de bouger, et regarda sans les voir les personnes endeuillées passer devant elle. Clarence Avery s'arrêta à son niveau, mais, ne trouvant rien à lui dire, s'éloigna d'un air gêné. Mary et Patrick O'Brien ne daignèrent même pas lui adresser un regard. Lorsque David s'approcha, une brève lueur de surprise sembla briller dans ses yeux, mais il poursuivit son chemin en l'ignorant, comme si elle avait été invisible.

Le quai était désert lorsque, enfin, elle trouva la force de s'en aller. Dans la lumière mordorée du jour finissant, les mâts des bateaux se dressaient vers le ciel tels des arbres morts, tandis que le bruit de ses talons résonnait sèchement sur les planches de l'embarcadère. Enfin parvenue à sa voiture, elle se sentit aussi épuisée qu'après une journée de marche. Elle plongea la main dans son sac pour y prendre ses clés, mais celui-ci lui échappa des mains et tomba sur le sol, laissant échapper tout son contenu. Kate ne bougea pas, tétanisée par un sentiment d'impuissance devant l'inévitable. Une image absurde s'imposa alors à son esprit : elle se vit rester là debout toute la nuit, toute la semaine, figée au même endroit sans que personne remarquât sa présence.

Elle ignorait que David Ransom, lui, l'avait remarquée. Même lorsque, après être allé les saluer, il avait suivi des yeux la voiture de ses clients qui s'éloignait, la conscience de sa présence sur le quai ne l'avait pas quitté un seul instant.

Il se retourna pour observer sa marche solitaire le long du quai.

C'est alors seulement qu'il nota ses épaules affaissées, ses traits tirés, et qu'il comprit tout le courage qu'il lui avait fallu pour se montrer ce jour-là. Mais son expérience ne lui avait-elle pas appris que certains médecins étaient prêts à tout pour échapper à un procès ?

Se détournant de la jeune femme, il se dirigea sans plus attendre vers sa voiture. Après avoir fait quelques pas dans le parking, il entendit un bruit derrière lui… Tournant la tête, il aperçut alors Kate qui contemplait d'un œil vide son sac tombé à ses pieds. Pendant ce qui sembla durer une éternité, elle resta debout, immobile, son trousseau de clés à la main, affichant la mine désespérée d'un enfant perdu. Enfin, elle se pencha et, lentement, commença à rassembler ses affaires éparpillées sur le sol.

David se sentit poussé vers elle presque contre son gré. Elle ne le vit pas approcher. Accroupi à son côté, il ramassa quelques pièces dispersées et les lui tendit. S'apercevant alors de sa présence, Kate tourna les yeux vers lui et fronça les sourcils.

— Il semble que vous ayez besoin d'aide, dit-il.

— Oh.

— Voilà. Je crois que tout y est.

Ils se relevèrent en même temps. David tenait toujours les pièces, qu'elle semblait avoir oubliées.

— Merci, articula-t-elle faiblement lorsqu'il les lui déposa dans la main.

Leurs regards se rivèrent quelques instants l'un à l'autre.

— Je ne m'attendais pas à vous voir ici, dit-il. Pourquoi êtes-vous venue ?

Kate haussa les épaules.

— C'était probablement… une erreur de ma part.

— Est-ce votre avocat qui vous l'a suggéré ?

— Que voulez-vous dire ?

— Afin de montrer aux O'Brien que vous compatissez.

La colère lui fit aussitôt monter le rouge au front.

— Est-ce là ce que vous croyez ? Qu'il s'agit d'une sorte de... de stratégie ?

— Cela se serait déjà vu.

— Et vous, monsieur Ransom, pourquoi êtes-vous venu ? Est-ce là aussi une stratégie de votre part ? Pour assurer à vos clients que vous vous souciez de leur sort ?

— Je partage leur peine, en effet.

— Et vous croyez que ce n'est pas le cas, en ce qui me concerne ?

— Ne prenez donc pas tout ce que je vous dis comme une attaque personnelle.

— Je le prends comme cela me chante.

— Vous avez tort. Je ne fais que mon travail.

D'une main agacée, Kate replaça une mèche rebelle derrière son oreille.

— Quel est-il, ce travail ? Tueur à gages ?

— Contrairement à ce que vous semblez croire, ce ne sont pas les personnes que j'attaque, mais leurs erreurs. Même les meilleurs médecins en commettent.

— Je vous en prie. Epargnez-moi ce genre de discours !

Elle détourna la tête et contempla l'étendue de l'océan, où les cendres d'Ellen O'Brien dérivaient à présent vers le large.

— Mon métier fait en quelque sorte partie de moi, monsieur Ransom. Pendant chaque seconde que je passe à l'hôpital, à chaque manipulation, à chaque ampoule que j'utilise, je garde une conscience aiguë des vies humaines qui sont en jeu. Pouvez-vous seulement imaginer ce que nous ressentons lorsque les choses tournent mal, et que nous perdons un patient ?

— Je sais ce que cela représente pour une famille. Chaque fois qu'une faute est commise par l'un d'entre vous, d'autres personnes souffrent.

— Je suppose que vous êtes infaillible, n'est-ce pas ?

— Personne ne l'est. La différence, c'est que vous refusez d'assumer vos erreurs.

— Ne me laisserez-vous jamais en paix avec cela ?

Elle se tourna vers lui. Les derniers feux du crépuscule embrasaient ses cheveux et coloraient ses joues d'un velouté de pêche. Une envie soudaine le saisit de glisser les doigts dans ses longues mèches décoiffées par le vent, d'effleurer son visage de ses lèvres. Surgie de nulle part, l'idée s'était imposée sans crier gare à son esprit, balayant toute autre considération. C'était sans doute la dernière chose à faire en cet instant précis. Mais elle se tenait si dangereusement près de lui qu'il craignait de succomber au désir de l'embrasser s'il ne s'en allait pas sur-le-champ.

Au prix d'un intense effort, il parvint à recouvrer un peu de son sang-froid.

— Comme je vous l'ai dit, docteur Chesney, je ne fais que mon travail.

Kate secoua la tête. Sa magnifique chevelure auburn voleta contre ses joues.

— Non, vous ne faites pas que cela. Je crois, au contraire, qu'il s'agit d'une sorte de vendetta personnelle, et que vous n'aurez de cesse que vous n'ayez cloué tout le corps médical au pilori. Est-ce que je me trompe ?

L'accusation le laissa sans voix. Au fond de lui, cependant, il se devait de reconnaître qu'elle était passée très près de la vérité. Quelqu'un venait de mettre le doigt sur une vieille blessure, et la rouvrait avec des mots aussi tranchants qu'un scalpel.

— Clouer le corps médical au pilori, hein ? parvint-il enfin à répondre. Laissez-moi vous dire une bonne chose, docteur Chesney : ce sont des incompétents tels que vous qui rendent mon travail si aisé !

La rage fit étinceler les yeux de Kate, et il crut un instant qu'elle allait le gifler. Au lieu de cela, elle pivota sur elle-même, grimpa dans sa voiture et claqua violemment la portière. David dut s'écarter in extremis lorsqu'elle quitta en trombe sa place de stationnement.

Tandis que la voiture s'éloignait, il se prit à regretter la brutalité inutile de ses paroles. Les mots étaient sortis presque malgré lui, dans un réflexe d'autodéfense. Mais l'attraction irrésistible et perverse que cette femme exerçait sur lui constituait un réel danger. Il devenait urgent d'y mettre un terme.

Il se retournait pour partir lorsqu'un reflet métallique sur le sol attira son attention. C'était un stylo en argent, qui avait dû rouler sous la voiture de Kate après qu'elle eut fait tomber son sac. Il le ramassa et l'examina. Les initiales K.C. y étaient gravées. « Katharine Chesney ».

Il s'attarda un instant, seul dans le parking balayé par la brise, soupesant le stylo et songeant à sa propriétaire. Allait-elle regagner, elle aussi, un foyer où personne ne l'attendait ? La conscience de sa propre solitude le frappa alors, lui laissant un étrange sentiment de vide et de malaise.

S'il avait pu, parfois, bénir cette solitude qui lui avait épargné de nombreuses souffrances, il ressentait à présent un terrible besoin d'émotions, ne fût-ce que pour se prouver qu'il était encore en vie. Oui, ses émotions étaient encore là, enfouies depuis longtemps au plus profond de lui. Et elles s'étaient manifestées lorsqu'il avait croisé le regard ardent de Kate. Il ne s'était alors agi que d'un léger sursaut, un bip sur l'électrocardiogramme d'un cœur en catalepsie.

Mais le patient n'était pas mort. Pas encore.

Esquissant un sourire, il lança le stylo en l'air et le rattrapa d'un geste habile, avant de le glisser dans sa poche et de se diriger vers sa voiture.

Endormi par l'anesthésique, le chien était allongé sur le dos, le ventre rasé et badigeonné de teinture d'iode. C'était un berger allemand visiblement de bonne lignée, mais abandonné par ses maîtres.

Guy Santini détestait voir un tel animal finir sur sa table de recherches. Mais les animaux de laboratoire se faisaient de plus en plus rares, et il devait se contenter de ceux qu'on voulait bien lui procurer. Il se consola en se disant que le pauvre chien ne ressentirait aucune douleur. Il dormirait comme un chiot pendant toute la durée de l'intervention, avant de recevoir une dose létale de Penthotal. La mort viendrait paisiblement, ce qui était beaucoup plus que ne pouvaient espérer la plupart des chiens errants.

Il jeta un coup d'œil au plateau où étaient disposés les instruments : scalpel, pinces, cathéters… Au-dessus de la table, le moniteur de pression n'attendait plus qu'un dernier branchement. Tout était prêt. Il tendit la main vers le scalpel.

Le léger couinement de la porte du labo se refermant lui fit suspendre son geste, tandis que des pas légers s'approchaient de lui sur le linoléum du laboratoire. Levant les yeux de la table, il reconnut Ann Richter. Ils se regardèrent quelques secondes en silence.

— Je vois, observa-t-il, que vous non plus n'êtes pas allée aux funérailles d'Ellen.

— J'en avais l'intention. Mais j'ai eu peur.

— Peur ? s'étonna-t-il en fronçant les sourcils. Mais de quoi donc ?

— Je suis désolée, Guy. Mais je n'ai plus le choix.

Elle sortit une lettre de sa poche, et la lui tendit.

— Elle vient de l'avocat de Charles Decker. Ils veulent des renseignements sur Jenny Brook.

— Quoi ?

Guy se débarrassa promptement de ses gants, avant de lui arracher la lettre des mains. Après l'avoir parcourue, il leva vers Ann un visage alarmé.

— Vous n'allez rien leur dire, n'est-ce pas ? Vous ne pouvez pas…

— Il s'agit d'une assignation à témoin.

— Mentez-leur, pour l'amour du ciel !

— Decker est en ville, Guy. Vous n'étiez pas au courant ? Il est sorti de l'hôpital d'Etat il y a un mois. Il a cherché à m'appeler, a laissé des messages à mon appartement… J'ai eu plusieurs fois l'impression qu'il me suivait.

— Il ne s'en prendra pas à vous.

— Pourquoi pas ?

Elle désigna du menton la lettre qu'il tenait entre les mains.

— Henry avait reçu la même. Ellen également, juste avant qu'elle ne…

Ann s'interrompit soudain, comme si le fait de mettre des mots sur ses pires angoisses risquait de les transformer en réalité. C'est alors que Guy remarqua son visage hagard, les cernes grisâtres qui s'étaient formés sous ses yeux. Ses cheveux blond cendré dont elle avait toujours été si fière étaient à présent ternes et emmêlés.

— Il faut que tout cela se termine, Guy, dit-elle doucement. Je ne peux pas passer le reste de ma vie à avoir peur.

Le médecin serra la feuille de papier dans son poing, puis se mit à marcher de long en large, l'air paniqué.

— Vous pourriez quitter les îles, suggéra-t-il. Disparaître pendant quelque temps…

— Combien de temps, Guy ? Un mois ? Un an ?

— Aussi longtemps que l'affaire ne se sera pas tassée. Ecoutez, je vais vous donner de l'argent…

Il sortit son portefeuille et lui tendit trois billets de cinq dollars.

— Tenez. Je vous en enverrai davantage…

— Ce n'est pas votre argent dont j'ai besoin.

— Allez-y. Prenez-le.

— Je viens de vous le dire, je…

— Prenez-le, bon sang !

Sa voix résonna dans la pièce, dure et désespérée.

— Je vous en prie, Ann, insista-t-il d'un ton pressant. Je vous le demande en tant qu'ami. S'il vous plaît.

Elle baissa les yeux sur les billets qu'il tenait à la main, puis, lentement, les lui prit.

— Je pars ce soir, annonça-t-elle. Je vais à San Francisco. J'y ai un frère, et…

— Appelez-moi dès que vous y serez. Je vous ferai parvenir tout l'argent dont vous aurez besoin.

Ann semblait ne pas l'entendre.

— Ann ? Vous ferez cela pour moi, n'est-ce pas ?

Elle releva la tête et regarda fixement le mur du fond. Guy voulut la rassurer, lui dire que tout ne pouvait que bien se passer, mais ils savaient tous deux que c'était faux. Il la regarda, impuissant, se diriger vers la porte.

— Merci, Ann.

Elle ne se retourna pas. La main sur la poignée, elle haussa brièvement les épaules, puis disparut dans le couloir.

Durant tout le trajet jusqu'à la gare routière, Ann garda à la main les billets que Guy lui avait donnés. Quinze dollars ! Comme si c'était suffisant ! Un millier, un million de dollars seraient encore trop peu.

Une fois installée dans le car pour Waïkiki, elle contempla par la vitre le défilé monotone des blocs d'immeubles, puis, une fois descendue à l'arrêt de Kalakaua, se dirigea d'un pas rapide vers l'immeuble où elle résidait. Des bus passèrent tout près d'elle, dégageant une fumée suffocante. Ses mains devenaient poisseuses de transpiration. De chaque côté de la rue, les bâtiments semblaient se resserrer sur elle, tandis que des grappes de touristes obstruaient les trottoirs. A mesure qu'elle se frayait un chemin parmi eux, un sentiment grandissant de malaise l'envahit. Elle accéléra le pas.

Une fois chez elle, elle entreprit de préparer ses valises, tout en réfléchissant à ce qu'elle ferait ensuite. L'avion de San Francisco décollait à minuit. Son frère l'hébergerait quelque temps, sans lui poser de questions. C'était une qualité qu'elle appréciait chez lui. Aux yeux de ce dernier, tout le monde cachait un secret, tout le monde fuyait quelque chose.

« Les choses ne devraient pas se dérouler ainsi, lui souffla une petite voix intérieure. Tu pourrais te rendre à la police. »

Mais pour leur dire quoi ? La vérité sur Jenny Brook ? Au risque de briser une vie innocente ?

Ann fit les cent pas dans son appartement, hésitant sur la conduite à tenir et déchirée par ce douloureux dilemme. Passant devant le miroir du séjour, elle s'arrêta soudain. Les cheveux hirsutes, les yeux maculés de mascara, elle peina à se reconnaître. Le visage que lui renvoyait son miroir était devenu celui d'une étrangère.

Un simple coup de fil suffirait, une confession. Une fois révélé, un secret n'est plus dangereux…

Elle se dirigea vers le téléphone, puis composa d'une main tremblante le numéro personnel de Kate Chesney. Son cœur se serra lorsque, après quatre sonneries, le répondeur s'enclencha.

— Ici Ann Richter, dit-elle après s'être éclairci la gorge. Il faut que je te parle. C'est au sujet d'Ellen. Je sais pourquoi elle est morte.

Elle raccrocha, puis attendit.

Plusieurs heures s'écoulèrent avant que Kate n'entendît ce message.

Après avoir quitté le quai, cet après-midi-là, elle conduisit longtemps sans but précis, différant au maximum l'inévitable retour dans son logement vide. Se souvenant alors qu'elle était en week-end, elle décida de passer la soirée dehors, et commença par se rendre dans un restaurant à la mode en bord de plage. Le steak qu'on lui servit lui parut sans goût, et la seule odeur de la mousse au chocolat qu'elle avait commandée en dessert suffit à lui soulever le cœur.

Elle tenta ensuite un cinéma, où elle se retrouva coincée entre un gamin de huit ans passablement agité et deux adolescents occupés à s'embrasser. N'y tenant plus, elle sortit en milieu de séance, ne se souvenant même plus du titre du film.

Quand elle rentra enfin chez elle, il était près de 22 heures. Elle était à moitié déshabillée, assise sur son lit et l'esprit encombré de pensées contradictoires, lorsqu'elle remarqua la petite lumière clignotante du répondeur. Elle appuya sur la touche « lecture », avant de se lever pour se diriger vers la penderie.

« Bonjour, docteur Chesney. Ici l'hôpital Est-Central. Ce message pour vous signaler que le taux de glucose de M. Berg est de... » « Allô ! C'est June, du bureau du Dr Avery. Je vous rappelle que la réunion de la commission Qualité et Assurance se tiendra mardi à... » « Mademoiselle Chesney ? Agence immobilière Winward. Nous avons à votre disposition une liste de... »

Elle était occupée à accrocher sa jupe sur un cintre lorsque défila le dernier message :

« Ici Ann Richter. Il faut que je te parle. C'est au sujet d'Ellen. Je sais pourquoi elle est morte. »

Kate se précipita vers le répondeur et appuya sur la touche « relecture », le cœur battant à tout rompre dans sa poitrine. Les premiers messages repassèrent avec une lenteur exaspérante.

« C'est au sujet d'Ellen. Je sais pourquoi elle est morte. »

Kate se saisit aussitôt de l'annuaire posé sur sa table de nuit. Après avoir noté l'adresse et le numéro de téléphone d'Ann Richter, elle composa ce dernier, mais la ligne était occupée.

Elle réitéra plusieurs fois sa tentative, sans plus de succès.

Plaquant rageusement le combiné sur son support, elle sut aussitôt quelle décision prendre.

Sans perdre une seconde, elle bondit vers le placard et se rhabilla.

La route d'accès à Waïkiki était saturée de véhicules avançant pare-chocs contre pare-chocs.

Comme à l'accoutumée, ses rues étaient envahies par un curieux mélange de touristes, de militaires en permission et de riverains, marée humaine se mouvant de manière quasi surréaliste dans les lumières colorées des néons. Peuplée de bermudas et de chemises à fleurs, Waïkiki était une station courue pour son extravagance et ses excès, mais, ce soir-là, derrière les vitres de sa voiture, Kate ne put s'empêcher de trouver la ville effrayante. Les visages des passants semblaient exsangues sous la lumière blanche des lampadaires, des militaires avinés et hilares titubaient à l'entrée des boîtes de nuit, et un soi-disant évangéliste haranguait la foule, une bible à la main, en criant : « La fin du monde est proche ! »...

Elle s'arrêta à un feu rouge. L'homme la remarqua et se tourna vers elle. Elle crut alors lire dans son regard enflammé un message lui étant spécialement destiné, et son sang se glaça dans ses veines. Le feu passa au vert. Elle engagea aussitôt sa voiture dans le carrefour, tandis que les imprécations de l'illuminé se perdaient derrière elle dans la nuit.

Elle en tremblait encore, dix minutes plus tard, en gravissant les marches de l'immeuble où logeait Ann Richter. Au moment où elle s'avançait vers la porte du hall d'entrée, un jeune couple en sortit, lui octroyant ainsi l'accès à l'intérieur.

Le couloir du septième étage était désert. Une moquette d'un vert grisâtre en tapissait le sol. S'y avançant d'un pas prudent, elle eut l'étrange sensation de se déplacer dans un rêve, et que rien de ce qu'elle vivait en cet instant n'était réel, moins encore le papier floconneux qui recouvrait la porte 610.

Elle s'approcha. Celle-ci était entrouverte.

— Ann ?

Aucune réponse.

Elle poussa doucement la porte, et se figea aussitôt devant le spectacle qu'offrait l'intérieur de l'appartement : le fauteuil renversé, les magazines éparpillés, et les larges traînées rouge sombre qui maculaient le mur. Son regard suivit les sinistres méandres jusque sur le tapis, avant de remonter lentement la piste qui menait à leur origine.

Le corps d'Ann Richter gisait face contre terre dans une mare de sang.

Du coin d'une table, le combiné du téléphone pendait au bout de son flexible, émettant des bips faibles et réguliers. La tonalité, froide et électronique, sonnait aux oreilles de Kate comme une alarme, lui enjoignant d'agir, d'entrer en action. Mais elle resta paralysée dans l'entrée, comme frappée d'engourdissement, avant de glisser accroupie sur le sol, une main crispée sur le montant de la porte. Toute son expérience médicale, toutes les années passées à voir du sang ne purent prévenir la violence de sa réaction viscérale. A travers les battements sourds de son cœur, elle perçut un autre bruit, rauque et irrégulier. Une respiration. Qui n'était pas la sienne.

Il y avait quelqu'un d'autre dans la pièce !

Un mouvement furtif lui fit tourner les yeux vers le miroir du séjour. C'est alors qu'elle aperçut le reflet du visage de l'homme. Il se dissimulait derrière un meuble, à quelque trois mètres d'elle seulement.

Leurs regards se croisèrent dans le miroir. Pendant une infime fraction de seconde, Kate eut l'impression de voir au fond des yeux sombres de l'inconnu un appel d'outre-tombe, un abysse dont toute évasion était impossible.

L'homme ouvrit la bouche pour parler, mais aucun son n'en sortit, si ce n'est une sorte de chuintement animal, le sifflement d'une vipère s'apprêtant à donner le baiser de la mort.

Kate se rétablit promptement sur ses pieds, glacée d'effroi. La pièce sembla tournoyer comme au ralenti lorsqu'elle fit demi-tour pour s'enfuir, et le couloir s'étirer sur des kilomètres devant elle. Elle entendit alors l'écho de son hurlement se répercuter entre les murs, comme si elle assistait au spectacle de sa propre terreur.

Seule issue possible, l'escalier de secours se trouvait à l'autre extrémité du couloir, et elle ne pouvait perdre de temps à attendre l'ascenseur.

Emportée par sa course, elle se jeta sur la barre d'ouverture, envoyant la porte percuter le mur de la cage d'escalier, puis entama sa descente sur les marches de béton.

A peine avait-elle atteint le demi-palier inférieur, que le bruit de la porte frappant de nouveau le mur résonna à ses oreilles, suivi du même sifflement, aussi terrifiant que le chuchotement d'un démon.

Elle dévala sans attendre la deuxième volée de marches, et secoua la poignée intérieure de la porte palière. Celle-ci était verrouillée. Kate cria de toutes ses forces, martela le panneau métallique de ses poings. Quelqu'un devait bien l'entendre ! On allait répondre à son appel au secours !

Les pas s'approchaient inexorablement derrière elle. Elle ne pouvait plus attendre.

Elle se précipita alors vers le palier du cinquième étage dans un état second, mais, emportée par son élan, rata la dernière marche et se tordit le pied. Une douleur aiguë lui traversa la cheville. Les yeux brouillés de larmes, elle se releva d'un mouvement rageur pour constater que, là aussi, la porte était verrouillée.

L'homme était à présent juste derrière elle.

Mue par l'énergie du désespoir, elle se jeta à corps perdu dans l'escalier, atteignit l'étage inférieur, puis le suivant. Son sac glissa de son épaule, mais elle ne s'arrêta pas pour le ramasser. Le souffle court, oubliant les élancements qui mettaient sa cheville à l'agonie, elle poursuivit sa folle descente jusqu'à la dernière porte. Rassemblant ce qui lui restait d'énergie, elle s'arc-bouta contre celle-ci et en actionna la poignée sans aucun ménagement. A sa grande surprise, elle s'ouvrit alors toute grande sur le garage privatif de l'immeuble.

Sans prendre le temps de réfléchir, Kate se jeta dans l'obscurité, puis plongea derrière un fourgon au moment précis où la porte de l'escalier s'ouvrait de nouveau.

Accroupie près de la roue avant du véhicule, elle tendit l'oreille à l'affût du bruit de pas, mais aucun son ne lui parvint, excepté celui du sang qui grondait tel un torrent dans ses veines. Plusieurs secondes s'écoulèrent, qui se transformèrent bientôt en minutes. Où était-il ? Avait-il abandonné la poursuite ? Son corps était tellement pressé contre le fourgon que la saillie de l'aile lui rentrait presque dans la hanche.

Un caillou ricocha sur le béton non loin de là, et résonna dans l'espace du garage comme un coup de feu.

Elle tenta d'en localiser l'origine, mais le même bruit se multiplia, provenant, semblait-il, de dizaines d'endroits différents autour d'elle.

« Allez-vous-en ! voulut-elle hurler. Mon Dieu, faites qu'il s'en aille ! »

Les impacts cessèrent, laissant place à un silence total. Kate sentait néanmoins la présence de l'homme. Il se rapprochait d'elle. Elle pouvait presque entendre sa voix lui murmurer : « Je viens te chercher, je suis là, j'arrive... »

Il fallait qu'elle sache où il était. Crispant les mains sur la roue, elle se baissa et risqua un œil sous le plancher du véhicule. Ce qu'elle vit la fit aussitôt sursauter de terreur.

Il se tenait de l'autre côté du fourgon et le contournait par l'arrière.

En un instant, elle bondit sur ses pieds et prit la fuite tel un animal aux abois. Les véhicules alignés semblèrent se fondre en un flou continu. Elle plongea vers la rampe de sortie, mais ses jambes, ankylosées par une trop longue position accroupie, refusaient de la suivre. L'homme était sur ses talons, elle l'entendait. La rampe se déroulait interminable devant elle, chaque courbe menaçant de la faire chuter sur le sol.

Son poursuivant gagnait du terrain. Kate ahanait à présent. L'air qui s'engouffrait dans ses poumons lui brûlait la gorge.

Dans un ultime effort, désespéré et quasi surhumain, elle aborda enfin le dernier virage. Les feux d'une voiture apparurent à l'entrée de la rampe, mais elle les vit trop tard.

Dans un éclair de conscience, elle aperçut brièvement derrière le pare-brise deux visages, un homme et une femme, la bouche grande ouverte. Un flash l'aveugla lorsqu'elle heurta le capot du véhicule, des étoiles explosèrent devant ses yeux, puis la lumière s'évanouit et elle ne vit plus rien. Pas même l'obscurité.

5.

— C'est la saison des mangues, grogna le sergent Brophy, avant de plonger le nez dans son mouchoir détrempé. La pire période de l'année pour mes allergies…

Il se moucha de nouveau, puis renifla avec concentration, s'assurant que plus rien ne venait obstruer ses fosses nasales. Le policier ne semblait nullement perturbé par l'environnement sordide dans lequel il se trouvait. Comme si les corps sans vie, les murs ensanglantés et l'armée de techniciens du labo faisaient partie de son quotidien. Lorsque Brophy entrait dans l'une de ses crises d'éternuements, plus rien d'autre n'importait que l'état de ses sinus.

Le lieutenant Francis « Pokie » Chang avait fini par s'habituer aux bruyantes démonstrations nasales de son second. Démonstrations qui, du reste, avaient leur utilité : il savait toujours dans quelle pièce se trouvait Brophy.

En l'occurrence, ce dernier venait de disparaître dans la chambre de la victime, le nez enfoui dans son éternel mouchoir. Pokie reporta son attention sur le carnet où il notait toutes ses données. Il y griffonna quelques notes dans son style personnel, mi-sténo, mi-hiéroglyphes, mis au point durant les vingt-six années passées dans la police, dont dix-sept aux homicides.

Sur les huit pages se rapportant aux différentes pièces de l'appartement, quatre concernaient le séjour. Malgré son minimalisme, son art avait l'avantage de la clarté. Ici, le corps. Là, le mobilier renversé. Et partout, le sang.

Le médecin légiste, une jeune femme aux allures d'adolescent, plus connue dans les services sous les initiales M.J., fit une rapide inspection des lieux avant de s'intéresser au corps de la victime. Tout en circulant d'une pièce à l'autre, elle enregistrait ses observations sur un petit Dictaphone.

— Projection artérielle sur trois murs, à une hauteur de 1,50, 1,60 m... Large flaque de sang dans la partie est du séjour, à l'endroit où se trouve le corps... La victime est de sexe féminin, blonde, âgée de trente à quarante ans. Trouvée couchée sur le ventre, bras droit replié sous la tête, bras gauche étendu... Aucune lacération visible sur les mains ni sur les bras... Hmm...

Elle s'accroupit, puis tâta un bras nu en fronçant les sourcils.

— Refroidissement significatif du corps. Il est 12 h 15 à ma montre.

Après avoir coupé le Dictaphone, elle se tint un moment silencieuse près du corps.

— Quelque chose ne va pas ? demanda Chang.

— Pardon ? Oh, je réfléchissais...

— Quelles sont vos premières conclusions ?

— Voyons... Il n'y a qu'une seule entaille, très profonde, qui a sectionné la carotide gauche. Le coup a vraisemblablement été porté avec une lame très affûtée. Les choses ont dû se passer très vite : la victime n'a pas eu le temps de lever les bras pour se protéger. J'en saurai davantage à la morgue, lorsque le corps aura été nettoyé.

— La carotide sectionnée, répéta-t-il pensivement. Cela ne vous rappelle rien ?

— Si. J'y ai pensé, moi aussi. C'était il y a deux ou trois semaines, n'est-ce pas ? Comment s'appelait ce type ?

— Tanaka. Lui aussi a eu la carotide sectionnée.

— Et dans des conditions tout aussi épouvantables.

Pokie réfléchit quelques instants, puis se tourna vers le corps.

— Tanaka était médecin, reprit-il. Et celle-ci était sage-femme. Je me demande...

M.J. referma la sacoche contenant son matériel d'examen.

— Les docteurs et les sages-femmes ne manquent pas dans cette ville, fit-elle observer. Que deux d'entre eux aient fini de la même manière ne signifie pas pour autant qu'ils se connaissaient.

Un reniflement puissant annonça le retour de Brophy dans le séjour.

— J'ai trouvé ce billet d'avion sur sa coiffeuse, annonça-t-il. A destination de San Francisco. Départ à minuit. Elle l'a raté, dirait-on.

Une valise prête, un billet d'avion. Ann Richter était donc sur le point de quitter la ville. Mais pourquoi ?

Tout en ruminant cette question, Pokie inspecta une nouvelle fois l'appartement, pièce par pièce. Arrivé dans la salle de bains, il tomba sur un technicien occupé à examiner le lavabo à la loupe.

— J'ai relevé des traces de sang, déclara ce dernier. Il semble bien que notre assassin soit venu s'y laver les mains.

— Très bien. Des empreintes ?

— Quelques-unes, ici et là, anciennes pour la plupart. Probablement celles de la victime. J'ai également trouvé un jeu d'empreintes toutes fraîches sur la porte d'entrée. Elles pourraient appartenir à votre témoin.

Pokie hocha la tête et regagna le séjour. La présence de cette femme sur les lieux du crime était un atout précieux. Malgré le choc psychologique, elle avait eu la présence d'esprit d'appeler une ambulance. L'obligeant par ailleurs à faire une croix sur une bonne nuit de sommeil.

— Avez-vous retrouvé le sac du Dr Chesney ? demanda-t-il en se tournant vers Brophy.

— Non, lieutenant. Il n'est pas dans l'escalier. M'est avis que quelqu'un l'a emporté.

Pokie ne répondit pas, mais fit mentalement l'inventaire des objets que pouvait contenir le sac d'une femme : porte-monnaie, portefeuille, permis de conduire, jeux de clés…

Il referma brusquement son carnet.

— Sergent !

— Oui, lieutenant ?

— Je veux une garde vingt-quatre heures sur vingt-quatre devant la chambre du Dr Chesney. Applicable immédiatement. Je veux également un homme dans le hall d'accueil de l'hôpital. Et vous me relèverez tous les appels à son sujet venant de l'extérieur.

Brophy écarquilla les yeux.

— Tout ça ? Pendant combien de temps ?

— Aussi longtemps qu'elle sera hospitalisée. En cet instant, elle est aussi exposée qu'une cible dans un stand de tir.

— Vous pensez vraiment que ce tordu pourrait s'en prendre à elle jusque dans l'hôpital ?

— Je n'en sais rien, soupira Chang. Nous ignorons ce qu'il y a derrière cette affaire. Mais nous avons sur les bras deux meurtres identiques…

La mine lugubre, il glissa son carnet dans sa poche.

— Et c'est notre seul témoin, ajouta-t-il.

Comme à son habitude, Phil Glickman s'ingéniait à se rendre insupportable.

Le samedi était le seul jour de la semaine où David pouvait travailler au cabinet dans le calme, le seul où il pouvait se mettre à jour dans les dossiers qui menaçaient perpétuellement de submerger son bureau. Ce matin-là, cependant, au lieu d'y trouver la sérénité tant attendue, il avait vu arriver Glickman, l'un de ses jeunes collaborateurs. Ce dernier était certes un garçon intelligent, vif et dynamique, mais il était affligé d'une incapacité totale à rester silencieux plus de dix secondes. David le suspectait même de parler en dormant.

— Alors je lui ai dit : « Docteur, êtes-vous en train de m'affirmer que l'artère auriculaire postérieure sort avant l'artère superficielle temporale ? » Le gars commence alors à s'énerver, et me répond : « Voyons, mais je n'ai rien dit de tel ! C'est exactement le contraire qui se passe. » Et voilà, j'étais parvenu à le coincer.

Glickman frappa du poing sur sa paume, la mine triomphante.

— Sacré bon sang ! Il était cuit, et il le savait. Nous venons juste de recevoir la proposition d'arrangement. Pas mal, hein ?

Devant le hochement de tête laconique de David, le jeune avocat sembla quelque peu décontenancé. Il se reprit aussitôt, un large sourire sur le visage.

— Où en êtes-vous avec le cas O'Brien ? Sont-ils enfin prêts à rendre les armes ?

David secoua la tête.

— Pas si je connais Kate Chesney.

— Serait-elle à ce point stupide ?

— Non, têtue et intransigeante.

— Ah ! Les médecins...

— J'espère que nous pourrons éviter un procès, dit David tout en se recoiffant d'une main lasse.

— Je vous approuve. Autant tirer un lapin dans un clapier. Facile.

— Trop facile.

Glickman éclata de rire, avant de s'éloigner vers la porte.

— Cela n'a jamais semblé vous gêner jusqu'à présent, lança-t-il par-dessus son épaule.

Pourquoi en allait-il autrement aujourd'hui ? se demanda David après son départ. Le cas O'Brien était comme une pomme mûre prête à lui tomber entre les mains. Tout ce qu'il avait à faire, c'était présenter quelques documents, se montrer vaguement menaçant et tendre la main pour recevoir le chèque. Tout autre que lui eût déjà sablé le champagne. Au lieu de cela, il se morfondait dans son bureau par une magnifique matinée de week-end, mal à l'aise.

Il se renversa dans son siège en bâillant, puis se frotta les yeux. La nuit avait été exécrable. Il s'était tourné et retourné dans son lit, ne dormant que par intermittence, et hanté par des rêves qu'il n'avait pas faits depuis des années.

Il avait vu cette femme, calme et immobile dans la pénombre

de sa chambre, sa silhouette se détachant en contre-jour dans une sorte de halo diaphane. Après avoir d'abord pensé qu'il s'agissait de son ex-épouse, Linda, quelque chose en elle l'avait intrigué. Elle se tenait debout, comme aux abois, telle une biche surprise dans la forêt. Il avait tendu la main avec avidité pour la déshabiller, mais une incroyable maladresse lui avait fait arracher l'un de ses boutons, et elle avait ri. D'un délicieux rire de gorge, qui, étrangement, lui avait rappelé le goût du brandy.

C'est alors qu'il s'était rendu compte qu'il ne s'agissait pas de Linda. Levant les yeux, il avait croisé le regard vert de Kate Chesney. Sans prononcer la moindre parole, elle lui avait caressé le visage.

Il s'était réveillé en sursaut, le corps moite de désir. Malgré ses tentatives obstinées pour se rendormir, le même rêve était revenu le harceler, encore et encore.

Même à présent, il lui suffisait de fermer les yeux pour que le visage de Kate s'imposât de nouveau à son esprit.

S'arrachant à ses pensées, David se leva de son fauteuil et marcha jusqu'à la fenêtre.

Seigneur ! Il ne comptait plus les femmes séduisantes qui mettaient les pieds dans son bureau. Et nombreuses étaient celles qui lui avaient adressé l'un de ces signaux que tout mâle normalement constitué reconnaît aussitôt — mouvement provocant de la tête, déhanchement suggestif… Pourtant, s'il avait pu parfois s'en amuser, jamais il n'avait été tenté de se prendre au jeu. Coucher avec ses clientes n'entrait pas dans la liste de ses services.

Kate Chesney, elle, ne lui avait adressé aucun de ces signaux. De fait, elle détestait les avocats autant que lui-même les médecins. Alors pourquoi, parmi toutes les femmes croisées dans son cabinet, était-elle la seule à accaparer ainsi ses pensées ?

Glissant la main dans la poche de sa veste, il en sortit le stylo en argent trouvé sur le parking. L'idée le frappa soudain qu'il ne s'agissait pas du type d'objet qu'une femme achetait pour elle-même. Le cadeau d'un petit ami ?

Il devait restituer ce stylo à sa propriétaire.

Cette décision le réveilla aussitôt de sa torpeur. Le Mid Pacific Hospital n'était éloigné que de quelques blocs, et se trouvait sur la route de son domicile. La plupart des médecins étaient de garde le samedi matin, il avait donc de bonnes chances d'y trouver Kate. A la perspective de la revoir, il sentit son cœur s'emballer, tel un lycéen avant son premier rendez-vous. C'était très mauvais signe...

Mais le stylo lui brûlait les doigts. Il le remit dans sa poche, puis rassembla ses documents, qu'il fourra dans son attaché-case.

Quinze minutes plus tard, il pénétrait dans le hall d'accueil de l'hôpital et se dirigeait vers les cabines téléphoniques.

Une standardiste décrocha à la première sonnerie.

— Je voudrais parler au Dr Kate Chesney. Est-elle dans l'hôpital ?

— Le Dr Chesney ? Un instant, je vous prie...

Une longue pause suivit.

— Allô ! reprit la voix féminine. Oui, elle est là. C'est de la part de qui ?

— Je... je suis un ami, répondit-il après une courte hésitation.

— Ne quittez pas.

David tambourina d'une main nerveuse sur le support du téléphone, tandis qu'une musique insipide s'éternisait sur la ligne. C'est alors qu'il réalisa qu'il brûlait d'impatience de la revoir.

« Je dois être devenu fou, songea-t-il en raccrochant brutalement. Ou désespérément en manque. Ou les deux à la fois. »

Agacé par son propre comportement, il fit demi-tour pour s'en aller, mais la silhouette massive de deux policiers surgit aussitôt devant lui, lui barrant le chemin.

— Auriez-vous l'obligeance de nous suivre, monsieur ?

— A vrai dire, je ne pense pas que...

— Je crois que vous n'avez pas bien compris, insista le premier policier d'un ton menaçant.

David ne put s'empêcher d'éclater d'un rire incrédule.

— Que vous arrive-t-il, les gars ? Je me suis garé en double file ? J'ai insulté vos parents ?

Il se vit alors fermement agrippé par les deux bras, et emmené de force à travers le hall jusqu'à l'aile administrative.

— Hé là ! protesta-t-il. Suis-je en état d'arrestation ? Je croyais que vous étiez censés me réciter mes droits.

Les deux policiers demeurèrent imperturbables.

— Très bien. Il est peut-être temps, dans ce cas, que je vous en informe.

Toujours aucune réponse. David décida alors de jouer son dernier atout.

— Je suis avocat, déclara-t-il d'un ton solennel.

— Ravis de le savoir.

Sans plus de commentaires, ils le guidèrent vers l'une des salles de conférences.

— Vous n'avez pas le droit de m'arrêter sans charges.

— Nous ne faisons que suivre les ordres, monsieur.

Arrivés à destination, ils lui ouvrirent la porte.

— Les ordres de qui ? rétorqua-t-il sèchement.

— « Mes » ordres !

La réponse avait fusé de l'intérieur de la pièce, portée par une voix que David reconnut aussitôt.

Il se retourna vivement, pour se retrouver face à un visage qu'il n'avait pas vu depuis ses années passées au bureau du procureur. La physionomie du lieutenant « Pokie » Chang reflétait un métissage typique de cette région du Pacifique. Un zeste de Chinois pour la forme des yeux, un peu de Portugais dans la mâchoire, et une peau cuivrée de Polynésien. Exception faite de l'augmentation impressionnante de son tour de taille, il avait peu changé depuis l'époque où ils travaillaient ensemble, huit ans plus tôt. Il portait toujours le même costume léger bon marché, même s'il semblait évident que les boutons n'en avaient pas été fermés depuis des lustres.

— Si ce n'est pas David Ransom ! s'écria Pokie. Je jette mes filets, et voilà le poisson que je ramène !

— Ouais, grogna David. Impropre à la consommation, malheureusement.

Le lieutenant fit un signe de tête aux deux policiers.

— Pas de problème avec celui-ci. Vous pouvez nous laisser.

Les deux hommes se retirèrent. A l'instant où la porte se refermait derrière eux, David explosa.

— Peux-tu m'expliquer ce que cela signifie ?

Chang s'avança calmement vers lui, et le toisa de la tête aux pieds d'un œil appréciateur.

— Travailler dans le privé paye bien, à ce que je vois. Costume sur mesure, chaussures italiennes. Chères, je suppose... Les choses semblent plutôt bien marcher pour toi, David, je me trompe ?

— Je n'ai pas à me plaindre.

Le policier s'assit sur un coin de table et croisa les bras.

— Quel effet cela fait-il de travailler dans un beau bureau tout neuf ? Je suis sûr que les cafards te manquent.

— Tous les jours.

— Savais-tu que j'avais été promu lieutenant un mois après ton départ ?

— Mes félicitations.

— Mais je porte toujours ce même vieux costume, et je roule toujours dans ma vieille guimbarde. Quant à mes chaussures...

David sentait que sa patience approchait de son point de rupture

— Vas-tu enfin te décider à me dire ce qui se passe ? coupa-t-il. Ou dois-je le deviner tout seul ?

Chang sortit une cigarette d'un paquet fripé, et l'alluma sans hâte.

— Tu es un ami de Katharine Chesney ?

— Je la connais, répondit David, déconcerté par le brusque changement de sujet.

— Tu la connais comment ?

— Nous nous sommes croisés deux ou trois fois. En fait, j'étais venu lui rendre son stylo.

— Tu ignorais donc qu'elle avait été admise aux urgences, hier soir ?

— Quoi ?

— Oh, rien de grave. Une légère commotion, quelques ecchymoses. Elle doit sortir aujourd'hui.

Muet de stupeur, David regarda Pokie tirer une longue bouffée de sa cigarette.

— C'est drôle, poursuivit ce dernier, comme certaines affaires traînent parfois en longueur. Aucune piste, aucun indice, impossible de clore le dossier. Et puis tout à coup, jackpot ! La chance se met à nous sourire.

— Que lui est-il arrivé ? s'enquit David d'une voix tendue.

— Elle s'est simplement trouvée au mauvais endroit au mauvais moment.

— Que veux-tu dire ? Explique-toi, pour l'amour du ciel !

Un léger voile de fumée flottait devant le visage impassible du policier.

— Elle a été témoin d'un meurtre.

Depuis son lit, Kate pouvait entendre les bruits habituels de l'activité de l'hôpital : les chariots que l'on pousse, le crachotement des Interphone… Toute la nuit, elle avait tendu l'oreille pour mieux les percevoir, afin de se rappeler qu'elle n'était pas seule. Maintenant que les rayons obliques du soleil baignaient la chambre d'une chaude lumière matinale, elle succombait enfin à une intense fatigue. Elle n'entendit pas les coups frappés à sa porte, ni la voix qui l'appelait depuis le couloir. Ce fut le léger déplacement d'air que provoqua la porte en s'ouvrant qui lui fit prendre conscience d'une présence dans la pièce. Ouvrant péniblement les yeux, elle aperçut le visage de David penché sur elle.

Un sentiment de vague révolte la saisit. Il n'avait aucun droit de pénétrer ainsi dans son intimité, quand elle était si faible, si exposée. Mais elle se sentait incapable d'émettre la moindre parole de protestation.

Il en était de même pour David qui semblait, lui aussi, frappé de mutisme.

— Ce n'est pas juste, monsieur Ransom, dit-elle enfin d'une voix faible. Frapper une femme à terre...

Elle détourna la tête, et son regard se perdit dans la contemplation de la blancheur des draps.

— Je vois que vous avez oublié votre magnétophone, poursuivit-elle. Comment allez-vous faire pour prendre ma déposition ? A moins que vous n'en cachiez un dans votre...

— Taisez-vous, Kate. Je vous en prie.

Elle s'apaisa aussitôt. Il l'avait appelée par son prénom. Une barrière invisible venait de tomber, sans qu'elle sache encore pourquoi. Elle savait simplement qu'il était là, qu'elle pouvait humer le parfum de son après-rasage et presque ressentir la chaleur du regard qu'il posait sur elle.

— Je ne suis pas venu frapper une femme à terre, murmura-t-il. Ma présence ici est sans doute incongrue, mais je viens d'apprendre ce qui vous est arrivé, et j'ai pensé que...

Kate releva les yeux. Il la regardait, silencieux. Pour la première fois, elle voyait en lui un être humain animé de sentiments. Mais elle ne pouvait se permettre d'oublier qu'il restait son ennemi — et que sa visite, quelle qu'en fût la raison, ne changeait strictement rien. En ce moment précis, néanmoins, elle ne se sentait pas menacée, plutôt protégée. Il émanait de lui une telle assurance, une telle force, mais aussi une telle compétence, qu'elle se prit à rêver qu'il fût non plus son accusateur, mais son défenseur. Perdre une bataille avec David Ransom de son côté était presque impensable.

— Et vous avez pensé ? répéta-t-elle

Soudain embarrassé, il fit un pas vers la porte.

— Pardonnez-moi. J'aurais dû vous laisser dormir.

— Pourquoi êtes-vous venu ?

— Oh ! Je… j'avais presque oublié… Je voulais vous rendre ceci. Vous l'aviez laissé tomber sur le parking, près du quai.

Il déposa alors le stylo dans sa main. Kate baissa les yeux, fascinée. Non par le stylo, mais par les mains de David. Larges, solides, des mains qu'elle imagina se glissant dans ses cheveux, descendant sur sa nuque…

— Merci, murmura-t-elle.

— Vous y teniez beaucoup, je suppose.

— Oui. C'était un cadeau. D'un homme que…

Elle toussota, puis détourna vivement le regard.

— Merci, répéta-t-elle.

Quelque peu troublé, David se dit alors qu'elle venait de lui offrir une bonne raison pour prendre congé. Il avait fait sa B.A. de la journée, et pouvait sans remords abandonner les sujets de conversation plus délicats.

Mais une force irraisonnée l'en empêchait. Alors, il tira une chaise vers le lit et s'y installa.

Les cheveux de Kate étaient étalés sur l'oreiller, moites et emmêlés, et l'hématome sur sa joue avait pris une vilaine coloration bleuâtre. David sentit la rage s'emparer de lui en songeant à l'homme qui l'avait ainsi agressée.

— Comment vous sentez-vous ? demanda-t-il.

Elle haussa les épaules

— Fatiguée, contusionnée…

Après une courte pause, elle ajouta en riant :

— Mais tellement heureuse d'être en vie ! Même si vous ne me voyez pas dans une forme éblouissante.

— Vous avez bonne mine, Kate, je vous assure.

La remarque était sans doute stupide, mais il était sincère. Elle était belle. Et elle était vivante.

— L'hématome disparaîtra rapidement, poursuivit-il. Vous êtes saine et sauve, c'est l'essentiel.

— Vous croyez ? Alors, expliquez-moi pourquoi un garde est

resté toute la nuit derrière cette porte. Je le sais. A plusieurs reprises, je l'ai entendu plaisanter avec les infirmières.

— Une simple mesure de précaution, je suppose. Afin que vous ne soyez pas dérangée.

— Vraiment ? Dans ce cas, pourquoi vous a-t-il laissé entrer ?

— Le lieutenant Chang me connaît. Nous étions collègues à l'époque où je travaillais au bureau du procureur.

— Vous ?

— Eh oui, répondit-il en souriant. J'ai accompli mon devoir de citoyen. J'ai dû mettre le nez dans la fange, et ce pour un salaire de misère.

— Vous avez donc parlé à Chang ? Vous a-t-il dit ce qui s'était passé ?

— A ses yeux, vous êtes un témoin essentiel. Votre témoignage est vital dans cette affaire.

— Vous a-t-il expliqué pourquoi Ann Richter avait essayé de me joindre par téléphone juste avant d'être assassinée ? Elle a laissé un message sur mon répondeur.

— Que voulait-elle ?

— Me parler d'Ellen O'Brien.

David réfléchit quelques instants à ces paroles...

— Je n'étais pas au courant.

— Elle savait quelque chose, monsieur Ransom. Quelque chose en relation avec la mort d'Ellen. Malheureusement, elle n'a pas eu le temps d'en dire plus.

— Quel était son message ?

— « Je sais pourquoi elle est morte. » Je cite ses propres mots.

David scruta son regard. Bien malgré lui, il se sentait de plus en plus envoûté par ses yeux verts.

— Cela ne signifie peut-être rien, objecta-t-il. Peut-être avait-elle simplement compris ce qui s'était produit dans la salle d'opération.

— Elle n'a pas dit « comment », mais « pourquoi ». Ce qui implique l'idée d'une intention derrière la mort d'Ellen.

— « Meurtre sur le billard ». Un vrai titre de roman ! Voyons, Kate…

— J'aurais dû m'attendre à votre scepticisme ! Découvrir qu'elle a été assassinée mettrait à mal votre prestation devant la cour, n'est-ce pas ?

— Qu'en pense la police ?

— Comment le saurais-je ? répliqua-t-elle sèchement.

Elle se mordit la lèvre inférieure, puis poursuivit d'une voix radoucie :

— Il est difficile de tirer des informations de votre ami Chang. Tout ce qu'il sait faire, c'est couvrir son petit carnet de gribouillis. Peut-être croit-il que cet appel ne présente aucun intérêt pour l'enquête. A moins qu'il ne refuse simplement de se compliquer la vie. Mais je ne peux m'empêcher de penser à ce garde qu'il a posté devant ma porte. Quelle en est la raison ? M'aurait-il caché quelque chose ?

Des coups frappés à la porte leur firent tourner la tête. Une infirmière se présenta avec les fiches de sortie. David observa Kate tandis qu'elle apposait sa signature sur les documents. Le stylo tremblait légèrement dans sa main. Quelle différence avec la femme volontaire et déterminée qui avait surgi deux jours auparavant dans son bureau ! A présent, c'était sa fragilité qui le préoccupait.

Après le départ de l'infirmière, Kate se laissa retomber sur l'oreiller.

— Avez-vous un endroit où aller ? demanda-t-il.

— Des amis… Ils possèdent un cottage en bord de mer, où ils ne mettent quasiment jamais les pieds.

Elle se redressa en soupirant, puis regarda distraitement par la fenêtre.

— Je crois que cela me fera le plus grand bien, ajouta-t-elle.

— Mais vous y serez seule, n'est-ce pas ? Avez-vous pensé à votre sécurité ?

Elle ne répondit pas, le regard perdu au loin. Malgré lui, David sentit l'angoisse le gagner à l'idée de la laisser partir seule et sans protection dans ce cottage. Il s'obligea à se raisonner. Le sort de Kate Chesney ne le concernait pas. C'était l'affaire de la police. Elle était sous leur responsabilité.

Il se leva pour partir. Kate ne bougea pas, les bras serrés sur sa poitrine comme pour se protéger. Sa voix lui parvint, douce et lasse, tandis qu'il s'avançait vers la porte.

— Je crois que jamais plus je ne me sentirai en sécurité.

6.

— Ce n'est pas un palace, expliqua Susan Santini tout en conduisant sur la voie rapide qui longeait la côte nord. Le cottage n'a rien d'exceptionnel. Juste deux chambres, et la cuisine est une véritable antiquité. Mais il est confortable. Et le bruit des vagues est si agréable…

Elle bifurqua bientôt dans une petite route mal entretenue qui sinuait entre d'épais buissons d'halekoa. Cahotant dans les profondes ornières, la voiture soulevait derrière elle des nuages de poussière rouge.

— Nous en avons très peu profité, ces derniers temps, poursuivit-elle. Notre travail ne nous laisse pas un instant de loisir. Guy a plusieurs fois suggéré de le vendre, mais je m'y suis toujours opposée. Comment trouver ailleurs un tel coin de paradis ?

Les roues crissèrent lorsque la voiture s'engagea sur l'allée en gravier. Tapi sous un haut bouquet de conifères, le petit cottage de style colonial faisait penser à une maison de poupée laissée à l'abandon. Des années de soleil et de vent en avaient blanchi les planches, et le toit semblait ployer sous une couche épaisse et poussiéreuse d'aiguilles sèches.

Kate descendit de la voiture, puis s'arrêta quelques instants sous les arbres pour écouter le bruit du ressac. Sous le soleil de midi, l'océan brillait d'un splendide bleu outremer.

— Les voilà, dit Susan en pointant le doigt vers la plage.

Kate aperçut alors Willy qui dansait joyeusement sur le sable, le maillot de bain flottant sur ses hanches trop maigres. Il gesticulait comme un elfe, agitant avec grâce ses membres délicats, et ponctuait ses entrechats d'éclats de rire limpides et sonores. A quelques mètres de lui, assise sur une serviette, une jeune fille au visage de moineau tournait les pages d'un magazine.

— Notre baby-sitter, expliqua Susan. Nous l'avons choisie parmi une vingtaine de candidates, mais je ne suis pas encore sûre de la garder. Ce qui m'ennuie, c'est que Willy a commencé à se prendre d'affection pour elle.

Celui-ci les aperçut soudain, et leur adressa des grands signes de la main.

— Maman ! Maman ! cria-t-il.

— Je suis là, mon chéri !

Susan se tourna alors vers Kate et posa une main sur son bras.

— Nous avons aéré le cottage à ton intention, dit-elle. Et je crois qu'un pot de café bien chaud nous y attend.

Kate gravit derrière elle les marches de bois du perron de la cuisine. Une odeur de renfermé y flottait encore, tandis que les rayons du soleil se déversaient par la fenêtre sur la surface jaunie du linoléum. Sur le petit comptoir carrelé de faïence bleue, un bouquet de violettes se fanait dans un pot. Les murs, quant à eux, étaient couverts d'une multitude de dessins fixés par un simple ruban adhésif : dinosaures bleus et verts, bonshommes rouges armés de bâtons, animaux d'espèces inconnues, chacun signé de la main de l'artiste, William Santini.

— La ligne de téléphone est restée branchée, précisa Susan en lui désignant l'appareil mural. J'ai rempli le réfrigérateur de denrées de première nécessité. Pour le reste, Guy propose de te ramener ta voiture demain.

Après lui avoir indiqué l'emplacement des placards, de la vaisselle et des casseroles, elle lui fit signe de la suivre jusqu'à la chambre. Arrivée dans la petite pièce, elle se dirigea directement vers la fenêtre, dont elle ouvrit grands les rideaux. Ses cheveux roux s'auréolèrent aussitôt d'une vive lumière.

— Approche, Kate, dit-elle en contemplant amoureusement le paysage. Voici la vue que je t'avais promise. Les psychiatres n'auraient plus aucun client si les gens avaient tous les jours ce panorama sous les yeux. Lézarder au soleil, entendre le bruit des vagues se brisant sur la plage, les cris des oiseaux...

Elle se retourna et lui adressa un large sourire.

— Alors, qu'en penses-tu ?

— Ma foi...

Kate regarda autour d'elle le plancher ciré, les fins rideaux de dentelle, la lumière blonde qui inondait la chambre.

— Je pense qu'il me sera difficile de quitter cet endroit, répondit-elle avec émotion.

Des bruits de voix se firent entendre depuis l'extérieur, puis une porte claqua violemment.

— Fini la tranquillité, soupira Susan.

De retour dans la cuisine, les deux femmes trouvèrent Willy occupé à étaler en chantonnant des petites branches sur la table. Adèle lui préparait un grand verre de jus de pomme, les épaules brillant de crème solaire. Le magazine était posé sur le comptoir, couvert de sable.

— Regarde, maman ! s'exclama le gamin en pointant fièrement le doigt vers ses richesses.

— Dieu du ciel, en voilà une collection ! Mais que comptes-tu faire avec tous ces bouts de bois ?

— Ce ne sont pas des bouts de bois ! Ce sont des épées pour tuer les monstres.

— Voyons, mon chéri, je t'ai déjà dit que les monstres n'existaient plus.

— Si, ils existent.

— Papa les a tous mis en prison, tu ne te souviens pas ?

— Non, pas tous.

D'un geste délicat, il posa une nouvelle branche sur la table.

— Ils se cachent dans les fourrés, reprit-il. J'en ai même entendu un la nuit dernière.

— Bien sûr, répondit-elle, avant de lancer un clin d'œil à Kate. C'est sans doute avec lui que tu jouais à 2 heures du matin !

Adèle posa le verre plein à côté du petit garçon.

— Et voilà, dit-elle. Ton jus de…

Elle s'interrompit soudain, les sourcils froncés.

— Qu'as-tu dans la poche, Willy ?

— Rien.

— Ne me mens pas. J'ai vu quelque chose bouger.

Willy fit mine de l'ignorer, et avala une grande gorgée de jus de pomme.

— William Santini, donne-moi ça !

L'enfant se tourna vers sa mère, le regard implorant. Celle-ci secoua la tête. Il plongea alors la main dans sa poche en soupirant, puis en sortit l'objet du délit qu'il laissa tomber dans la main de sa baby-sitter.

Celle-ci poussa aussitôt un cri d'effroi, tandis que le lézard capturé par Willy retrouvait prestement le chemin de la liberté, abandonnant au passage un morceau de queue frétillante sur la paume de la jeune fille.

— Il s'en va, il s'en va…, geignit Willy.

En effet, sans demander son reste, le reptile disparut en un clin d'œil par un interstice de la porte.

Les yeux gonflés de larmes, Willy se précipita dans les bras de sa mère. Celle-ci le pressa aussitôt contre son sein pour le consoler.

— Maman, pleura-t-il, une main accrochée dans ses cheveux.

Susan lui répondit par un tendre sourire, avant de lui appuyer la tête contre sa joue.

— Mon petit, mon tout petit…

— Tu ne m'as pas tout dit, déclara David. Maintenant, je veux connaître les informations que tu ne m'as pas communiquées.

Pokie Chang mordit une énorme bouchée de son hamburger,

avant de la mâcher avec la voracité d'un homme trop longtemps privé de déjeuner.

— Qu'est-ce qui te fait croire que je t'ai caché quelque chose ? grogna-t-il.

— Les forces que tu as déployées dans cet hôpital : un garde devant la porte de sa chambre, des hommes en faction dans le hall d'accueil. Je veux bien être pendu si ce n'est pas là une chasse au gros gibier.

— Exact. Il s'agit d'un meurtre.

Le policier ôta une rondelle de concombre de son sandwich, qu'il déposa d'un air dégoûté sur une serviette en papier.

— Pourquoi toutes ces questions ? Je croyais que tu avais quitté le bureau du procureur.

— Je n'ai pas perdu ma curiosité pour autant.

— De la curiosité, seulement ?

— Il se trouve que Kate Chesney est une amie...

— Foutaises ! répliqua Pokie, l'œil accusateur. Pour qui me prends-tu ? Mon métier consiste à poser des questions, David. Et je suis parfaitement informé de la nature de vos relations à tous les deux. Kate Chesney est l'accusée, dans l'une de tes affaires. Depuis quand frayes-tu avec la partie adverse ?

— Depuis que j'ai commencé à croire à sa version de la mort d'Ellen O'Brien. Il y a deux jours, elle s'est présentée à mon cabinet avec une histoire si délirante que je lui ai quasiment ri au nez. Aucun fait, juste le récit décousu d'une paranoïaque. C'est du moins ce que j'ai d'abord pensé. Ensuite cette infirmière, Ann Richter, a été égorgée, et j'ai commencé à me poser des questions. Ellen O'Brien a-t-elle été victime d'une erreur médicale... ou a-t-elle été assassinée ?

— Assassinée, rien que ça !

Chang haussa les épaules et croqua une nouvelle bouchée de son hamburger.

— Quand bien même ! marmonna-t-il. Cela resterait de toute façon l'affaire de la police.

— Ecoute-moi bien, Pokie. Lorsque j'ai engagé cette procédure judiciaire, c'était sur la base d'une erreur médicale. Dois-je te faire un dessin ? Je risque de me retrouver dans une position extrêmement embarrassante si la thèse du meurtre devait être avérée. Sans parler du temps perdu. Alors, avant de me ridiculiser devant un jury, je veux connaître les faits. Fais un effort, Pokie. En souvenir du bon vieux temps.

— Epargne-moi tes couplets sentimentalistes, veux-tu ? Tu as quitté le bureau de ton propre chef. Pour l'appât du gain, j'imagine. Quant à moi, je n'ai pas bougé d'ici. Je fais presque partie du mobilier, à présent.

— Que les choses soient claires, répliqua David. Je ne suis pas parti pour une question d'argent.

— Pourquoi, dans ce cas ?

— Pour raisons personnelles.

— Bien sûr. Avec toi, tout est toujours personnel. Bon sang, tu as toujours été aussi ouvert qu'une huître !

— Nous parlions d'autre chose, me semble-t-il.

Pokie se cala contre son dossier et observa David avec attention. Des bruits de voix, des cliquetis de machines à écrire et des sonneries de téléphones leur parvenaient depuis la pièce voisine. Le policier se leva pour fermer la porte, puis regagna son siège.

— D'accord, soupira-t-il. Que veux-tu savoir ?

— Je veux des détails.

— Lesquels ?

— Qu'y a-t-il de si important dans l'assassinat d'Ann Richter ?

Le policier sortit alors une chemise cartonnée des piles de dossiers qui encombraient son bureau, et la tendit à David.

— Voici le rapport préliminaire d'autopsie établi par M.J. Tu peux y jeter un coup d'œil.

« Carotide gauche sectionnée... Lame aussi affûtée qu'un scalpel... Plaie sur la tempe gauche probablement consécutive à une chute sur le bord d'une table… Larges taches de sang sur les murs provenant de projections artérielles… »

Malgré ses années de service chez le procureur, et les innombrables rapports d'autopsie qui lui étaient passés entre les mains, David ne put réprimer un frisson au vu des détails cliniques relatifs à la mort de la jeune femme.

— Je vois que notre amie M.J. n'a pas perdu la main pour vous retourner l'estomac, fit-il remarquer après avoir lu la première page.

Ce qu'il vit sur la suivante lui fit plisser le front.

— Mais cela n'a aucun sens ! M.J. est-elle sûre de l'heure de la mort ?

— Tu la connais aussi bien que moi. Elle n'affirme jamais rien au hasard. La rigidité et la température du corps ne laissaient aucun doute, d'après elle.

— Pourquoi le tueur serait-il resté trois heures sur les lieux après lui avoir tranché la gorge ? Pour mieux jouir du spectacle ?

— Pour faire le ménage derrière lui, fouiller l'appartement, que sais-je ?

— Manquait-il quelque chose ?

— Non, soupira Chang. Et c'est bien là ce qui me chiffonne. Il n'a pris ni à l'argent ni aux bijoux.

— Des traces d'agression sexuelle ?

— Pas que je sache. Les vêtements n'ont pas été touchés. Notre assassin a par ailleurs fait preuve d'une précision et d'un savoir-faire remarquables. S'il était venu pour chercher le grand frisson, il aurait fait durer le plaisir et se serait délecté des hurlements de sa victime.

— Nous sommes donc en présence d'un crime brutal, mais sans mobile apparent. Rien d'autre ?

— Relis donc la description de la plaie.

— « Carotide gauche sectionnée… Lame aussi affûtée qu'un scalpel… » Et alors ?

— Alors ce sont exactement les mêmes termes que ceux que M.J. a utilisés dans un précédent rapport d'autopsie, vieux de deux semaines. Sauf que cette fois-là, la victime était un homme. Un obstétricien du nom d'Henry Tanaka.

— Ann Richter était infirmière.

— Exact. Et c'est ici que les choses deviennent intéressantes : avant d'être intégrée à l'équipe chirurgicale du Mid Pac, il lui arrivait d'arrondir ses fins de mois en proposant ses services de sage-femme. Il n'est pas exclu qu'elle ait connu Tanaka.

David repensa alors à une autre sage-femme, morte quelques jours plus tôt dans des circonstances non encore élucidées.

— Que sais-tu sur cet obstétricien ? demanda-t-il.

Chang sortit une cigarette de son paquet, l'alluma, puis souffla une longue bouffée de fumée.

— Voilà l'histoire, commença-t-il. La clinique du Dr Tanaka se trouve sur Liliha Avenue. Tu sais, cet affreux immeuble en béton… Bref, il y a quinze jours, après le départ de son personnel, il s'est attardé dans son bureau sous prétexte de se mettre à jour dans la paperasserie administrative. Sa femme nous a plus tard expliqué qu'il rentrait toujours à des heures tardives, laissant néanmoins entendre que la raison n'en était pas forcément professionnelle.

— Une petite amie ?

— A ton avis ?

— Soupçonne-t-elle quelqu'un ?

— Non. Elle s'est dit qu'il devait s'agir de l'une de ses infirmières. Quoi qu'il en soit, vers 19 h 30 ce soir-là, deux gardiens ont trouvé le corps de son mari gisant dans l'une des salles d'examen. Lorsque nous sommes arrivés sur les lieux, nous avons immédiatement songé à un crime de toxicomane. Certains produits avaient disparu des armoires.

— Des narcotiques ?

— Non. Ceux-là étaient enfermés sous clé dans une pièce voisine. L'assassin n'a emporté que des produits sans intérêt, invendables dans la rue. Ce qui nous a fait penser qu'il était soit idiot, soit défoncé. Seulement il avait été assez intelligent pour ne pas laisser d'empreintes. Nous ne disposions d'aucun indice, et l'enquête risquait d'aboutir à une impasse. Mais c'était sans compter sur le sens de l'observation de l'un des gardiens. Au moment d'entrer dans l'immeuble, il avait vu une femme traverser le parking en courant. Il y avait alors un léger crachin, et la nuit commençait à tomber, ce qui ne lui a pas permis de nous en donner une description précise, mais elle était blonde. Il est catégorique sur ce point.

— Est-il certain qu'il s'agissait d'une femme ?

— Un homme portant une perruque ? Pourquoi pas ? Tout est possible.

— Qu'avez-vous pu tirer de cette information ?

— Oh, pas grand-chose. Nous avons posé des questions à droite et à gauche, mais sans résultat. C'était sans doute une fausse piste. Nous nous en étions tenus à cette conclusion, jusqu'au soir où Ann Richter s'est fait assassiner à son tour. Elle aussi était blonde…

Il fit une pause et tira longuement sur sa cigarette.

— Kate Chesney est notre premier véritable témoin, reprit-il. Nous savons à présent à quoi ressemble l'assassin. Son portrait-robot paraîtra dans les journaux lundi prochain. Peut-être parviendrons-nous à mettre un nom sur son visage.

— Avez-vous placé Kate sous protection ?

— Elle s'est réfugiée sur la côte nord. Une voiture de patrouille y passe toutes les heures.

— C'est tout ?

— Personne ne la trouvera là-bas.

— Sauf si nous avons affaire à un professionnel.

— Que voulais-tu que je fasse ? Que je lui colle un flic en permanence ?

Il indiqua du menton les monceaux de rapports qui submergeaient son bureau.

— Tu vois tous ces dossiers ? Je peux m'estimer heureux si je passe une nuit sans qu'un cadavre ne vienne rouler jusqu'à ma porte.

— Les professionnels ne laissent pas de témoins.

— Je ne crois pas qu'il s'agisse d'un professionnel. Et puis regarde autour de nous, vois dans quelles conditions je travaille : un bureau rongé par les termites, un ordinateur qui tombe régulièrement en panne… Jusqu'aux empreintes digitales que je dois envoyer en Californie pour obtenir une identification rapide !

Chang s'appuya contre son dossier, le regard las.

— Ecoute, David. Je suis à peu près certain qu'elle ne risque rien. J'aimerais pouvoir te le garantir, mais tu sais comment se passent les choses ici.

« Oui, songea David. Je sais comment les choses se passent dans la police. Trop de cas à traiter pour un budget dérisoire. »

Si seulement il était sûr de pouvoir se fier au jugement de Chang ! Pour avoir longtemps travaillé avec lui, il connaissait ses grandes compétences. Mais il savait également qu'il arrivait aux meilleurs d'entre eux de se tromper. Flics et docteurs partageaient malheureusement la même faiblesse : ils refusaient trop souvent d'assumer leurs erreurs.

Le dos chauffé par le soleil, Kate avait peu à peu sombré dans une somnolence agitée. Allongée sur le ventre, la tête nichée entre ses bras repliés, elle entendait à peine le murmure des vagues à ses pieds, et la brise qui tournait les pages du livre posé à côté d'elle.

Une brusque saute de vent la réveilla soudain en s'engouffrant dans ses cheveux. Elle rouvrit les yeux, et s'aperçut qu'elle avait faim. Le soleil était déjà bas dans le ciel, et elle n'avait rien avalé depuis le petit déjeuner.

Une autre sensation, plus intuitive, acheva de la réveiller. Quelqu'un l'observait. Se retournant vivement sur sa serviette, elle vit David s'approcher d'elle d'un pas tranquille. Etrangement, elle n'en éprouva aucune surprise.

Il était vêtu d'un jean et d'une vieille chemise de coton délavé dont il avait roulé les manches sur les avant-bras. Ses cheveux se soulevaient dans le vent, tandis que leur blondeur s'embrasait dans la lumière ambrée de cette fin d'après-midi. Il ne prononça pas une parole. Les mains dans les poches, il se contenta de la détailler lentement de la tête aux pieds. Kate eut beau se dire que son maillot de bain ne présentait rien de très suggestif, l'insistance de son regard la mit quelque peu mal à l'aise. Elle sentit alors une onde de chaleur lui parcourir la peau, plus brûlante que les rayons du soleil.

— Vous êtes une femme difficile à pister, dit-il enfin.

— C'est précisément dans ce but que je me cache. Nul n'est censé me retrouver ici.

David scruta la plage déserte et ses alentours.

— Il n'est peut-être pas prudent de rester ainsi à découvert.

— Vous avez raison, répondit-elle en se levant. Dieu sait qui peut rôder dans les parages. Des voleurs, des assassins...

Elle ramassa son livre et sa serviette, qu'elle lança sur son épaule avant de se mettre en marche pour le cottage.

— Ou même des voyeurs, ajouta-t-elle en s'éloignant.

— Il faut que je vous parle, Kate.

— J'ai pris un avocat. Adressez-vous donc à lui.

— C'est au sujet de l'affaire O'Brien...

— Gardez cela pour le procès, lança-t-elle sans se retourner.

— Nous ne nous verrons peut-être pas au tribunal.

— Comme c'est dommage !

David la rattrapa au moment même où elle atteignait les marches du perron. Elle l'ignora délibérément, laissant la porte à moustiquaire claquer derrière elle.

— Avez-vous entendu ce que je viens de dire ? insista-t-il depuis le perron.

Kate s'arrêta net au milieu de la cuisine, soudain frappée par le sens de ses paroles. Lentement, elle se retourna pour l'observer à travers la moustiquaire. Les deux mains appuyées sur le chambranle de la porte, il la fixait d'un œil anxieux.

— Je ne serai sans doute pas au tribunal, répéta-t-il.

— Que voulez-vous dire ?

— Je pense laisser tomber l'affaire.
— Pourquoi ?
— Je vous l'expliquerai si vous me laissez entrer.
Sans cesser de la regarder, il poussa la double porte.
— Entrez, monsieur Ransom. Je crois en effet qu'il est temps que nous ayons une conversation.
Sans un mot, il s'avança dans la cuisine et s'arrêta près de la table, les yeux toujours rivés sur elle. Kate était pieds nus, ce qui accentuait encore leur différence de taille. Elle avait oublié à quel point il était grand et élancé. C'était la première fois qu'elle le voyait porter autre chose qu'un costume de ville, et elle décida que le jean lui seyait encore mieux. Ce qui lui rappela qu'elle-même était en tenue plutôt légère, et que le regard de David devenait de plus en plus embarrassant. Embarrassant… mais aussi excitant qu'une allumette frottée près d'un baril de poudre.
— Je… Je dois m'habiller, déclara-t-elle d'une voix tendue. Excusez-moi.
Elle disparut rapidement dans sa chambre, où elle décrocha la première robe qui lui tomba sous la main, une longue tunique indienne en taffetas blanc. Dans sa hâte à l'enfiler, elle manqua de la déchirer. Elle s'arrêta ensuite devant la porte pour contrôler les tremblements de ses mains, se força à compter jusqu'à dix, mais rien n'y fit. Lorsqu'elle regagna enfin la cuisine, David était toujours debout devant la table, et tournait d'un doigt négligent les pages de son livre.
— C'est un roman de guerre, précisa-t-elle rapidement. Il n'est pas du meilleur cru, mais je n'ai rien trouvé de mieux pour tuer le temps.
D'un geste vague, elle lui désigna une chaise.
— Asseyez-vous, monsieur Ransom. Je… vais préparer du café.
Il lui fallut toute sa concentration pour emplir d'eau la bouilloire et la poser sur la gazinière. Dans sa nervosité, elle renversa les filtres dans l'évier et répandit une partie du café sur l'égouttoir.

— Laissez-moi m'en occuper, intervint David en la poussant gentiment de côté.

Elle le regarda en silence nettoyer les dégâts d'un coup d'éponge. Sentir son corps, solide et puissant, si près du sien lui sembla soudain presque insoutenable. Les jambes molles, elle s'approcha de la table et se laissa tomber sur une chaise.

— A propos, lança-t-il par-dessus son épaule, ne pourriez-vous pas abandonner le « monsieur Ransom » ? Mon prénom est David.

— Oh, oui… Je sais, balbutia-t-elle, fâchée d'entendre sa propre voix trahir son émotion.

Il revint à la table, s'installa face à elle, et leurs regards se soudèrent longuement l'un à l'autre.

— Pas plus tard qu'hier, déclara-t-elle, vous vouliez encore me faire pendre. Qu'est-ce qui vous a fait changer d'avis ?

David sortit alors de sa poche la photocopie pliée en quatre d'un article de presse. Il la déplia et la glissa vers elle.

— Ce fait divers a été publié dans le *Star Bulletin* il y a quinze jours.

Kate fronça les sourcils devant le titre de l'article :

UN MÉDECIN ÉGORGÉ À HONOLULU

— En quoi cela nous intéresse-t-il ? demanda-t-elle.

— La victime s'appelait Henry Tanaka. Vous le connaissiez ?

— Il faisait partie de notre équipe chirurgicale, mais je n'ai jamais travaillé avec lui.

— Observez bien la description qui a été donnée de ses blessures.

Kate se concentra de nouveau sur l'article, et lut à haute voix :

— « Le médecin a succombé à des coups violents portés à la gorge et au dos. »

— A l'aide d'un instrument très affûté, termina David. La gorge a été tranchée d'un seul mouvement qui a sectionné la carotide. Efficace et définitif.

Kate tenta en vain de déglutir.

— C'est de la même façon qu'Ann a été...

— Oui. La même méthode. Pour un résultat parfaitement identique.

— Comment savez-vous tout cela ?

— Le lieutenant Chang a fait le parallèle presque immédiatement. C'est d'ailleurs la raison pour laquelle il a posté un garde devant la porte de votre chambre d'hôpital. S'il s'avère que ces meurtres ont un lien entre eux, cela signifie qu'ils obéissent à un processus systématique et rationnel.

— Rationnel ? Le meurtre d'un médecin, d'une infirmière ? Je crois plutôt à l'œuvre d'un dément !

— Le meurtre obéit parfois à des motifs étranges, voire incompréhensibles. Mais il arrive aussi que son accomplissement soit un acte mûrement réfléchi.

— Supprimer une vie innocente ne peut en aucun cas être considéré comme un acte sensé.

— De tels crimes se produisent tous les jours, Kate, et sont souvent le fait de personnes a priori raisonnables. Quant aux mobiles, ils sont des plus banals. L'argent, le pouvoir...

Il s'interrompit, avant de reprendre d'une voix douce :

— Et je ne vous parle pas des crimes passionnels. De fait, il semble que le Dr Tanaka entretenait une liaison avec l'une de ses infirmières.

— Beaucoup de médecins ont des maîtresses.

— Et beaucoup d'infirmières ont des amants.

— A qui faites-vous allusion ?

— J'espérais que vous sauriez me le dire.

— Désolée, mais je ne m'intéresse pas aux ragots de salles de garde.

— Même s'ils concernent l'une de vos patientes ?

— Vous faites allusion à Ellen ? Je... je n'en sais rien. Je n'ai pas pour habitude de me mêler de la vie privée de mes patients.

Sauf, peut-être, si celle-ci devait avoir une incidence sur leur état de santé.

— C'était peut-être le cas pour Ellen.

— C'était une très belle femme. Je suis sûre qu'elle a connu plus d'un homme dans sa vie… Mais qu'est-ce que tout ceci a à voir avec Ann Richter ?

— Peut-être rien, peut-être beaucoup. Durant ces deux dernières semaines, trois personnes appartenant au personnel de l'hôpital sont mortes. Deux assassinées, et la troisième d'un arrêt cardiaque inexpliqué sur une table d'opération. Coïncidence ?

— Le Mid Pac est un établissement important, doté d'un personnel nombreux.

— Certes, mais il se trouve que ces trois personnes se connaissaient. Elles avaient même travaillé ensemble.

— Mais Ann faisait partie de l'équipe chirurgicale.

— C'est exact. Mais il lui est arrivé d'intervenir en obstétrique.

— Je vous demande pardon ?

— Il y a huit ans, à la suite d'un divorce sordide, elle a hérité d'un débit vertigineux sur ses cartes bancaires. Il lui fallait d'urgence trouver de l'argent. Elle a donc fait quelques extra comme sage-femme dans l'équipe de nuit du Mid Pac. Celle, précisément, où travaillait Ellen O'Brien. Tanaka, O'Brien et Richter se connaissaient, le fait est à présent établi. Et tous trois aujourd'hui sont morts.

Le sifflement strident de la bouilloire déchira le silence qui suivit, mais Kate était trop ébahie pour trouver la force de bouger. David se leva. Elle l'entendit comme en écho verser l'eau dans les tasses.

Les riches effluves du café l'aidèrent à reprendre ses esprits.

— C'est bizarre. Je voyais Ann quasiment tous les jours à l'hôpital. Il nous arrivait de parler littérature, théâtre, ou cinéma, mais jamais nous n'avons abordé de sujets plus personnels. C'était une personne très secrète.

— Comment a-t-elle réagi à la mort d'Ellen ?

Kate hésita quelques secondes, se rappelant l'issue dramatique de l'intervention. Ann avait alors semblé paralysée, et son visage était devenu aussi blanc que de la craie.

— Elle était comme... pétrifiée. Mais nous étions tous sous le choc. Elle est ensuite rentrée chez elle, visiblement malade. C'était la dernière fois que je devais la voir. Du moins, vivante...

Kate baissa des yeux hagards sur la tasse de café que David glissait à présent devant elle.

— Souvenez-vous, insista-t-il. Vous m'avez affirmé qu'elle devait savoir quelque chose, quelque chose de dangereux. Les autres victimes partageaient peut-être ce secret avec elle.

— Mais, David, ce n'étaient que des gens ordinaires travaillant dans un hôpital !

— Toutes sortes de choses peuvent arriver dans un hôpital. Vols de produits toxiques, fraudes à l'assurance, adultères... Alors pourquoi pas des assassinats ?

— Si Ann détenait des informations si dangereuses, pourquoi ne s'en est-elle pas ouverte à la police ?

— Je ne sais pas. Peut-être craignait-elle de se retrouver accusée. Peut-être voulait-elle protéger quelqu'un...

« Trois personnes partageant un secret mortel », songea Kate...

— Dois-je conclure, risqua-t-elle prudemment, que vous croyez à présent à la thèse de l'assassinat ?

— C'est la raison pour laquelle je suis venu. J'attends que vous me le disiez.

Elle secoua la tête, abasourdie.

— Mais comment le pourrais-je ?

— Vous avez les connaissances médicales. Vous étiez dans la salle d'opération lorsque le drame s'est produit.

— J'y ai déjà réfléchi des milliers de fois...

— Alors recommencez. Reprenez tout depuis le début. Démontrez-moi qu'il s'agit d'un meurtre. Convainquez-moi d'abandonner la procédure.

Ainsi assené, l'ordre ne lui laissait plus d'alternative.

David l'observa en silence. Kate pouvait sentir l'aiguillon de son regard la forcer à fouiller sa mémoire, à se souvenir de chaque détail, de chaque instant ayant précédé le drame. Elle lui relata la confiance tranquille qui avait guidé ses gestes avant l'intervention, l'injection de l'anesthésique, l'intubation de la trachée…

— J'ai plusieurs fois vérifié les réservoirs, les divers branchements…

— Ensuite ?

— Je ne peux pas tout me rappeler, David.

— Si, vous le pouvez.

— C'était vraiment une opération de routine, vous savez.

— Comment s'est déroulée l'intervention chirurgicale ?

— Sans le moindre problème. Guy est le meilleur chirurgien de l'hôpital. Il venait d'ailleurs à peine de commencer. C'est au moment où il s'apprêtait à ouvrir la paroi abdominale que…

Kate s'interrompit soudain.

— Que quoi ?

— Qu'il s'est plaint de ce que les muscles étaient trop contractés. Il avait quelques difficultés à les écarter.

— Et…

— J'ai alors injecté une dose de Succinylcholine.

— Cela fait partie de la routine, je suppose.

Elle acquiesça d'un hochement de tête.

— Je le fais quasiment à chaque intervention. Mais avec Ellen, cela n'a servi à rien. Il fallait lui injecter une seconde dose. Je me souviens d'avoir envoyé Ann me chercher une autre ampoule.

— Vous n'en aviez qu'une ?

— J'en garde habituellement plusieurs sur mon chariot, mais ce jour-là il n'en restait qu'une, en effet.

— Bien. Vous avez donc injecté une deuxième dose.

— Oui. Mais après dix ou quinze secondes, peut-être… Le cœur avait cessé de battre.

Ils se fixèrent en silence un long moment. Depuis la fenêtre, les derniers rayons du soleil traversaient la cuisine telles des lames de lumière.

David se pencha vers elle, le visage tendu.

— Si vous pouviez prouver cela…

— Impossible ! L'ampoule vide est partie à l'incinérateur, de même que tout le matériel usagé. Et nous n'avons plus de corps pour procéder à une autopsie.

Les yeux soudain gonflés de larmes, Kate détourna la tête.

— L'assassin est intelligent, David. Quelle que soit son identité, il savait très exactement ce qu'il faisait.

— Peut-être a-t-il fait preuve de trop d'intelligence.

— Que voulez-vous dire ?

— De toute évidence, notre meurtrier est quelqu'un de méticuleux. Il connaissait les produits que vous seriez amenée à utiliser, et s'est arrangé pour introduire une drogue létale dans l'une des ampoules. Qui a accès aux chariots d'anesthésie ?

— Ils restent en permanence dans le bloc opératoire. Je suppose que tout le monde peut y avoir accès. Les médecins, les infirmières, voire les gardiens. Mais il se trouve toujours du personnel à proximité.

— Et la nuit ? Les week-ends ?

— Lorsque aucune opération n'est prévue, les locaux sont fermés, je suppose. Mais nous avons toujours une infirmière de garde pour les urgences.

— Reste-t-elle en permanence dans le bloc ?

Kate haussa les épaules en signe d'impuissance.

— Je n'assure mon service à l'hôpital que pour les interventions. Le reste du temps, je n'ai aucune idée de ce qui s'y passe.

— Donc, si les salles du bloc ne sont pas surveillées, n'importe quel membre du personnel peut s'y introduire.

— Il ne s'agit pas d'un membre du personnel, David. J'ai « vu » l'assassin ! L'homme qui se trouvait dans l'appartement d'Ann était étranger à l'hôpital !

— Mais il pouvait avoir un complice. Peut-être même quelqu'un que vous connaissez.

— Un complot ?

— Songez à l'aspect systématique de ces crimes. Comme si notre assassin avait établi une liste de victimes. La question qui se pose à présent est : qui sera la prochaine ?

Le bruit de sa propre tasse retombant sur sa soucoupe la fit sursauter. Baissant alors les yeux sur ses mains, elle constata que celles-ci tremblaient.

« J'ai vu son visage. S'il a une liste, alors mon nom y figure. »

Peu à peu, l'après-midi avait cédé la place au crépuscule. Elle se leva, puis marcha vers la porte ouverte d'où elle observa l'océan. Le vent était à présent totalement retombé. Un calme absolu régnait dans l'atmosphère.

— Il est là, quelque part, murmura-t-elle. Il est à ma recherche. Et je ne connais même pas son nom.

Le contact de la main de David sur son épaule la fit frissonner. Il se tenait juste derrière elle, si près qu'elle pouvait sentir son souffle dans ses cheveux.

— Je vois encore ses yeux m'observer dans le miroir, poursuivit-elle. Noirs, enfoncés, comme ceux d'un enfant affamé.

— Il ne peut rien contre vous, Kate. Pas ici.

Sentir l'haleine tiède de David sur son cou la troublait malgré elle. Un frémissement la traversa, lié non pas à la peur, mais à l'appel irraisonné de son propre corps. Même sans le regarder, elle percevait la force irradiante de son désir.

Elle réalisa soudain que ce n'était plus son souffle qui lui effleurait la peau, mais ses lèvres. Son visage était maintenant enfoui dans l'épaisseur de ses cheveux et se pressait avec avidité contre sa nuque. Il resserra la main sur son épaule, comme s'il craignait qu'elle ne s'écartât de lui. Mais elle ne le fit pas. Elle ne le pouvait pas. Chaque atome de son corps brûlait de répondre à son attente. Les lèvres de David dérivèrent vers la base de son cou, laissant derrière elles une marque humide et chaude.

Il la fit alors pivoter, et, à l'instant même où leurs visages se faisaient face, s'empara de sa bouche.

Kate se sentit défaillir, glisser dans les profondeurs d'un puits sans fond, jusqu'à ce que son dos entrât en contact avec le mur de la cuisine. Tous les muscles tendus, David l'emprisonna entre ses bras, ventre contre ventre. Elle lui ouvrit alors ses lèvres, le laissant plonger à la recherche de sa langue, impérieux et ardent.

L'allumette venait de s'enflammer, et le baril de poudre menaçait d'exploser, l'emportant dans une déflagration qu'elle se surprit à espérer de toutes ses forces.

Toute parole était devenue inutile. Seuls bourdonnaient à leurs oreilles les gémissements presque douloureux de l'attente, et les halètements sourds de leur respiration. Kate entendit à peine le téléphone sonner. Ce ne fut qu'à la troisième ou quatrième sonnerie que son esprit enfiévré enregistra l'information.

— Le… Le téléphone, bredouilla-t-elle.

— Laissez-le sonner, répondit-il, avant de descendre la bouche vers sa gorge.

Mais le son persistait, obsédant et impitoyable.

— David, je vous en prie…

Il relâcha son emprise à contrecœur. Lorsqu'il releva enfin la tête, elle lut dans ses yeux une expression de total égarement. Leurs regards se rivèrent quelques instants l'un à l'autre, comme si ni l'un ni l'autre ne comprenaient ce qui venait de se produire. Le téléphone continuait de sonner. S'efforçant de rassembler ses esprits, Kate traversa la cuisine et décrocha.

— Allô !

Un lourd silence plana sur la ligne.

— Allô ! répéta-t-elle, sortant enfin de son étourdissement.

— Docteur Chesney ?

Une voix étouffée lui répondit, presque inaudible.

— Oui.

— Etes-vous seule ?

— Non, je… Qui êtes-vous ?

Une onde de panique l'envahit soudain, et son sang se glaça dans ses veines.

Son interlocuteur marqua une longue pause, pendant laquelle elle n'entendit plus que les battements affolés de son propre cœur.

— Allô ! hurla-t-elle. Répondez-moi ! Qui êtes-vous ?

— Soyez prudente, docteur Chesney. La mort rôde autour de vous…

7.

Le combiné lui échappa des mains et tomba dans un bruit mat sur le sol. Kate recula contre le comptoir, le visage décomposé.

— C'est lui, murmura-t-elle.

A ces mots, David bondit sur le combiné.

— Qui est à l'appareil ? Allô ! Allô !

Jurant entre ses dents, il raccrocha violemment et se tourna vers Kate.

— Que vous a-t-il dit ?

Elle le regarda sans comprendre. Il la saisit alors par les épaules et la secoua avec douceur.

— Que vous a-t-il dit, Kate ?

— Il… il m'a dit d'être prudente, et que… que la mort rôdait autour de moi…

— Où est votre valise ?

— Quoi ?

— Votre valise, où est-elle ?

— Dans… le placard… dans ma chambre.

David s'y précipita immédiatement. Elle le suivit tel un automate, puis le regarda d'un œil hagard descendre sa valise de son étagère.

— Rassemblez vos affaires, ordonna-t-il. Vous ne pouvez pas rester ici.

Elle ne demanda pas où il comptait aller. Elle savait seulement qu'il lui fallait fuir, et que chaque minute de plus passée dans cette maison ne faisait qu'aggraver le danger. Prenant soudain conscience de l'urgence de la situation, elle se hâta de plier ses vêtements. Lorsqu'ils furent enfin prêts à quitter l'endroit, sa détermination était telle qu'il ne lui fallut que quelques secondes pour rejoindre la voiture de David.

A leur grand soulagement, celle-ci démarra au quart de tour. Les branches des pins se soulevèrent lorsque David écrasa l'accélérateur et lança le véhicule sur l'allée de terre.

— Comment m'a-t-il retrouvée ? demanda Kate d'une voix anxieuse.

— C'est exactement la question que je me pose.

Ils venaient d'atteindre la voie rapide, et la puissante voiture roulait maintenant à tombeau ouvert, comme si le diable lui-même était à leurs trousses.

— A part la police, personne ne savait où j'étais.

— Il y a donc eu une fuite. Ou bien…

Il jeta un rapide coup d'œil au rétroviseur.

— Ou bien vous avez été suivie, termina-t-il.

— Suivie ?

Elle fit volte-face. La route était déserte derrière eux, luisant sous la lumière des lampadaires.

— Qui vous a conduite au cottage ? demanda-t-il.

Elle reporta les yeux vers lui et étudia son profil dans l'obscurité.

— Mon amie Susan Santini.

— Etes-vous passée par chez vous ?

— Non.

— Qui s'est occupé de vos vêtements ?

— La concierge de l'immeuble. Elle est ensuite allée déposer ma valise à l'hôpital.

— Dans ce cas, notre homme en aura épié l'entrée principale, attendant patiemment que vous en sortiez.

— Mais nous n'avons vu personne nous suivre.

— Ce n'est pas surprenant. Il est très rare que l'on s'en rende compte. Quant au numéro de téléphone, il suffisait de le chercher dans l'annuaire. Le nom des Santini figurait sur la boîte aux lettres.

— Mais tout cela est insensé ! S'il avait voulu me tuer, il aurait eu cent fois l'occasion de le faire. Pourquoi me menacer par téléphone ?

— Qui sait ce qu'il a en tête ? Peut-être éprouve-t-il une certaine jouissance à effrayer ses victimes. Peut-être cherche-t-il à vous dissuader de collaborer avec la police.

— J'étais seule… Il aurait pu le faire là-bas… sur la plage.

Kate tenta d'ignorer cette éventualité, mais l'image de son propre sang se vidant sur le sable lui revenait obstinément à l'esprit.

Sur les hauteurs bordant la route, les petites lumières des maisons scintillaient dans la nuit. Existait-il un seul endroit où elle pût encore se sentir à l'abri ?

Elle se blottit contre le dossier en cuir de son siège, comme si l'habitacle de la voiture constituait son dernier havre de sécurité. Les yeux clos, elle s'efforça de se concentrer sur le ronronnement du moteur, les vibrations régulières des roues sur l'asphalte, et sur tout ce qui pouvait l'éloigner de l'image sanglante de sa propre mort. La voiture était confortable, souple et puissante. Le type même de voiture correspondant à la personnalité de David.

— Et il y a de nombreuses chambres. Vous pourrez donc rester aussi longtemps que vous le désirerez.

— Pardon ?

L'air ébahi, elle se tourna vers David et étudia son visage, qu'éclairait par intermittence le défilé de lampadaires.

— Je disais que vous pourriez rester aussi longtemps que vous le souhaiteriez. Ce n'est pas le Ritz, mais vous y serez plus en sécurité qu'à l'hôtel.

Kate secoua la tête.

— Je ne comprends pas. Où allons-nous ?

Il lui lança un bref coup d'œil, et répondit d'une voix neutre :

— Chez moi.

*
* *

— Home, sweet home, annonça-t-il en poussant la porte d'entrée.

L'intérieur était sombre, mais la lumière diaphane de la lune, qui pénétrait dans le séjour par d'immenses baies vitrées, faisait luire le bois ciré du plancher et détachait en contre-jour les contours du mobilier. David la guida jusqu'à un sofa et la fit asseoir. Conscient de son besoin désespéré d'être rassurée, il fit ensuite le tour de la pièce et alluma toutes les lampes, les unes après les autres. Kate eut vaguement conscience d'entendre le tintement ténu d'une bouteille, puis le bruit d'un liquide que l'on verse. Quelques secondes plus tard, David s'avançait vers elle et lui plaçait un verre dans la main.

— Tenez, buvez.

— Que… qu'est-ce que c'est ?

— Du whisky. Allez-y. Je crois que vous en avez besoin.

Kate en avala machinalement une longue gorgée. Le feu de l'alcool lui fit monter les larmes aux yeux.

— Ce truc est merveilleux ! observa-t-elle en toussant.

— N'est-ce pas ?

Lorsqu'il s'écarta d'elle pour quitter la pièce, une brusque montée de panique la saisit, comme s'il s'apprêtait à l'abandonner à son sort.

— David ! cria-t-elle.

Reconnaissant aussitôt la terreur qui déformait sa voix, il fit demi-tour.

— Tout va bien, Kate, dit-il en lui caressant le visage. Je reste auprès de vous. Je fais juste un saut dans la cuisine, à côté. Finissez donc votre verre.

L'estomac serré par l'angoisse, elle le regarda disparaître par la porte, puis l'entendit s'entretenir avec quelqu'un au téléphone. La police. Comme s'ils étaient encore en mesure de faire quelque chose pour elle !

Serrant son verre des deux mains, elle se força à prendre une autre gorgée de whisky. La pièce sembla soudain danser à travers l'écran de larmes qui lui brouillait les yeux. Elle cligna des paupières, puis étudia longuement la pièce où elle se trouvait.

Chaque détail dénotait l'environnement d'un célibataire. Le mobilier simple et fonctionnel, le plancher en chêne sans un tapis, les tentures de coton blanc encadrant les baies vitrées... Elle perçut alors, à l'extérieur, le grondement des vagues se brisant sur une digue. La violence de la nature, si proche, si effrayante...

Après avoir raccroché, David s'attarda quelques instants dans la cuisine afin de retrouver contenance. Son invitée était suffisamment effrayée pour qu'il n'aggravât les choses en trahissant sa propre nervosité. Il se recoiffa rapidement d'une main, puis, après une profonde inspiration, poussa la porte du séjour.

Kate était toujours recroquevillée sur le sofa, les mains crispées sur son verre vide. Au moins, son visage avait-il repris quelques couleurs, même s'il était loin de resplendir de santé. Une autre dose de whisky devrait remédier à cela. Il lui ôta son verre, l'emplit de nouveau et le replaça entre ses mains. S'il pouvait seulement les prendre dans les siennes, songea-t-il, et la serrer contre lui pour lui communiquer un peu de sa chaleur. Mais c'était courir le risque de réveiller des pulsions qu'il n'était pas sûr de pouvoir contrôler.

Il s'écarta d'elle et se versa à son tour un grand verre d'alcool.

— J'ai appelé la police, annonça-t-il par-dessus son épaule.

— Qu'ont-ils dit ?

— Que pouvaient-ils dire ? Que vous deviez rester là où vous êtes, et éviter de sortir seule.

Il considéra un instant son verre en fronçant les sourcils, puis, décidant qu'il n'en mourrait pas, le vida d'un trait. Après avoir déposé la bouteille sur la table basse, il prit place à côté de Kate sur le sofa.

Elle changea alors de position, et regarda vers la cuisine.

— Mes amis... Ils ne savent pas où je suis. Je dois les appeler.

— Ne vous inquiétez pas pour cela. Pokie les informera que

vous êtes en sécurité. Vous devriez manger quelque chose, ajouta David dans l'espoir de l'aider à se détendre.

— Je n'ai pas faim.

— Ma gouvernante fait la sauce bolognaise comme personne.

Pour toute réponse, Kate haussa les épaules.

— Oui, poursuivit-il d'un ton jovial. Une fois par semaine, Mme Feldman prend pitié du pauvre célibataire que je suis, et m'en prépare un grand bocal, riche en ail et en basilic, auquel elle ajoute un salutaire verre de vin rouge.

Elle ne répondit toujours pas.

— Les femmes à qui j'ai servi cette sauce m'ont toutes assuré qu'elle constituait un puissant aphrodisiaque.

Cette fois, Kate esquissa enfin un sourire.

— Cette Mme Feldman est une femme remarquable, ironisa-t-elle.

— Elle prétend que je me nourris mal, allez savoir pourquoi. Peut-être à cause de ces barquettes de plats surgelés qu'elle trouve régulièrement dans ma poubelle...

Une soudaine bourrasque fit vibrer les fenêtres. Kate se raidit aussitôt.

— Ce n'est que le vent, assura-t-il. Vous finirez par vous y habituer, vous verrez. Parfois, les jours de tempête, les murs bougent si fort que j'en arrive à craindre que le toit ne s'envole.

Il leva alors un regard attendri vers les poutres du plafond.

— Cette maison a trente ans. C'est un vrai miracle qu'elle tienne encore debout. Nous l'avions achetée en songeant aux possibles aménagements.

— Nous ?

— J'étais marié, à cette époque.

— Vous êtes divorcé ?

Il acquiesça d'un bref hochement de tête.

— Nous sommes restés ensemble un peu plus de sept ans. Considérant l'époque, ce n'était pas si mal. Contrairement aux vieux clichés, nous ne nous sommes pas séparés pour incompatibilité d'humeur, mais plutôt par lassitude. Linda et moi avons cependant conservé des relations très amicales. J'éprouve même de la sympathie pour son nouveau mari. C'est un homme gentil, attentionné. Il m'arrive parfois de penser que je ne...

Vaguement embarrassé, il s'interrompit et détourna le regard. Il détestait parler de lui-même, et s'exposer ainsi au jugement d'autrui. Mais cette conversation avait au moins le mérite d'agir sur l'attitude de Kate. Elle semblait revenir progressivement à la vie, et son expression angoissée avait presque disparu de son visage.

— Linda vit à Portland, dit-il rapidement. J'ai appris récemment qu'elle était enceinte.

— Vous n'aviez pas eu d'enfants ?

— Si, répondit-il après une longue hésitation. Un fils.

— Quel âge a-t-il ?

— Il est mort.

David voyait déjà se former sur les lèvres de Kate les questions qu'elle ne manquerait pas de lui poser. Mais les témoignages de sympathie étaient la dernière chose qu'il attendait d'elle.

— Quoi qu'il en soit, déclara-t-il en changeant délibérément de sujet, je suis de nouveau célibataire et cela me convient parfaitement. Je crois que certains hommes ne sont pas faits pour le mariage. Du reste, cela m'arrange, professionnellement parlant. Rien ne vient me perturber dans mon travail.

Seigneur ! Il lisait toujours les mêmes questions dans ses yeux.

— Et si vous me parliez de vous ? s'empressa-t-il d'ajouter. Avez-vous été mariée ?

Kate baissa soudain les yeux sur son verre, comme si elle hésitait à en boire une nouvelle gorgée.

— Non, répondit-elle. Mais j'ai vécu quelque temps avec un homme. C'est d'ailleurs la raison pour laquelle je suis venue à Honolulu. Pour le rejoindre.

Elle émit alors un rire sans joie.

— Cela m'aura servi de leçon.

— Dois-je comprendre que votre séparation s'est mal passée ?

— Au contraire. Nous nous sommes quittés... Comment dirais-je ? Avec civilité. Oh, je vous mentirais en racontant que je n'ai pas souffert ! Mais il me demandait trop. Il voulait que je lui offre tout à la fois : une maison bien tenue, des repas prêts lorsqu'il rentrait, une sollicitude de chaque instant...

Soudain nerveuse, elle porta de nouveau son verre à ses lèvres.

— Attendait-il réellement cela de vous ?

— N'est-ce pas ce que chaque homme attend d'une femme ? Il savait que mon travail exigeait une totale disponibilité, que je devais pouvoir me libérer à toute heure en cas d'urgence, mais il refusait de l'accepter.

— Cela en valait-il la peine ?

— Que voulez-vous dire ?

— De sacrifier votre vie amoureuse à votre travail ?

Elle hésita longuement avant de répondre.

— J'ai longtemps pensé que oui, dit-elle enfin. A présent, je songe à ces milliers d'heures investies, à tous ces week-ends sacrifiés. Je me croyais indispensable, et je m'aperçois aujourd'hui que je ne l'étais pas plus qu'une autre.

Elle leva son verre à son intention, un sourire amer sur les lèvres.

— Merci pour cette révélation, monsieur l'avocat !

— Pourquoi me blâmer ? Je me suis contenté de faire mon travail.

— Contre un chèque conséquent, j'imagine.

— Je n'ai accepté de prendre en charge cette affaire que sur la base de faits avérés et précis. Je ne toucherai pas le moindre cent.

— Comment ? Vous faites une croix sur tout cet argent ? Simplement parce que vous accordez foi à mes dires ? J'avoue que je suis surprise d'apprendre que vous attachez autant d'importance à la vérité !

— A vous entendre, je ne serais qu'une sorte de mercenaire

sans scrupule. Mais oui, la vérité est un principe auquel je tiens énormément.

— Un avocat avec des principes ! Mon Dieu, j'ignorais qu'un tel spécimen pouvait exister !

— A croire que je fais partie d'une sous-espèce assez rare.

Le regard de David tomba incidemment sur l'encolure de sa fine robe de taffetas. Le souvenir brutal de la douceur de la peau de Kate sous ses doigts le troubla à tel point qu'il détourna la tête, avant de se servir une nouvelle dose de whisky.

« Parfait, se dit-il. Soûle-toi. Voyons combien d'âneries tu pourras encore lui servir avant le lever du jour. »

Tous deux commençaient à ressentir les effets de l'alcool, il en était bien conscient. Mais il était également persuadé que la jeune femme en avait besoin. Vingt minutes plus tôt, celle-ci était encore en état de choc, mais elle avait fini par lui parler. Par l'insulter, même. Ce qui était probablement bon signe.

— Seigneur, je déteste le whisky ! soupira-t-elle en contemplant son verre.

Elle en avala le reste d'un trait.

— C'est ce que je vois, plaisanta-t-il. Encore une larme ?

L'œil suspicieux, elle se tourna vers lui.

— Pourquoi ai-je donc l'impression que vous essayez de me soûler ?

— Quelle étrange idée ! répondit-il en lui tendant la bouteille.

Kate la fixa un long moment, puis se resservit d'un air dégoûté.

— Ce bon vieux whisky des familles, soupira-t-elle. C'est trop drôle !

— Qu'y a-t-il de si amusant ?

— Voyez-vous, c'était la boisson préférée de mon père. Lorsque je le sermonnais, il prétendait que ce breuvage était pour lui un médicament. S'il me voyait maintenant, je crois bien qu'il en ferait une crise cardiaque !

Elle avala une nouvelle gorgée, et secoua la tête en grimaçant.

— Il avait raison, reprit-elle. Une boisson aussi infecte ne peut être qu'un médicament.

— Je suppose qu'il n'était pas médecin.

— Il aurait aimé l'être. C'était même son rêve. Au lieu de cela, étant très habile de ses mains, il s'est improvisé réparateur d'appareils électroménagers.

— Il a dû être très heureux de vous voir réaliser son rêve.

— Heureux et fier. Lorsque j'ai obtenu mon doctorat, il m'a affirmé que c'était le plus beau jour de sa vie.

Le visage de Kate s'assombrit soudain. Elle resta pensive quelques secondes, puis s'éclaircit la gorge avant de poursuivre :

— Après sa mort, maman a vendu le magasin, pour se remarier un an plus tard avec un banquier de San Francisco. Un homme hautain et arrogant. Je le déteste, mais il me le rend bien.

Elle baissa tristement les yeux sur son verre.

— Il m'arrive souvent de repenser au magasin, reprit-elle d'une voix brisée. Et à la vie que nous avions à cette époque-là. Papa me manque tellement…

David remarqua alors que son menton s'était mis à trembler.

« Oh, non. Ne pleurez pas, Kate, je vous en prie. »

Face à des clients en pleurs, il savait exactement quelle attitude adopter : leur tendre une boîte de mouchoirs, poser une main compatissante sur leur épaule, apaiser leur chagrin par des paroles choisies.

Mais les choses étaient ici totalement différentes. Il n'était plus dans son bureau, et la femme sur le point de fondre en larmes à côté de lui n'était pas une cliente, mais un être pour lequel il éprouvait une profonde tendresse.

Sans dire un mot, il lui ôta le verre de la main et le posa délibérément sur la table.

— Je crois que vous avez eu votre lot d'émotions pour aujourd'hui. Venez, il est l'heure d'aller se coucher. Je vais vous montrer le chemin de votre chambre.

Il tendit la main pour prendre la sienne, mais elle s'écarta instinctivement en ravalant ses larmes.

— Qu'y a-t-il ? Quelque chose ne va pas ?

— Non. Simplement…

— Cette situation vous embarrasse ? Je veux dire, le fait de passer la nuit ici ?

— Un peu. Enfin, pas trop, vu les circonstances… La peur nous amène parfois à reconsidérer notre conception de la vie privée, n'est-ce pas ?

— Sans parler des entorses à l'éthique professionnelle.

Devant son air interloqué, il précisa :

— Je n'ai jamais fait cela auparavant.

— Quoi ? Amener une femme chez vous pour la nuit ?

— Eh bien, « cela » non plus, depuis quelque temps. Mais je faisais allusion à la règle que je me suis donnée d'éviter toute relation d'ordre personnel avec mes clients. Et à plus forte raison avec mes adversaires.

— Je serais donc une exception ?

— Exactement. Que vous me croyiez ou non, jamais je n'ai posé la main sur une femme se présentant à mon cabinet.

— Auxquelles vous en prenez-vous, dans ce cas ? demanda-t-elle, l'œil espiègle.

David s'approcha d'elle, comme aimanté par une force invisible.

— Uniquement aux femmes aux yeux verts… Et qui portent des hématomes ici et là, ajouta-t-il en lui caressant la joue.

— Ce dernier point dénote une perversité tout à fait suspecte…

— Le pensez-vous réellement ?

La brusque intimité du ton de sa voix eut pour effet d'apaiser Kate. Le doigt de David descendit lentement vers son menton, laissant une trace brûlante sur sa peau.

L'instant était infiniment dangereux. L'homme qui se tenait à un souffle d'elle avait un jour juré sa perte — et il était toujours en mesure de la détruire. Pourtant, elle se sentait incapable de bouger. Un sentiment d'irréalité la submergeait, comme si ses perceptions n'étaient plus qu'illusions et fantasmes. Et tandis qu'elle partageait le confort du sofa avec celui qu'elle haïssait encore quelques jours auparavant, elle ne songeait plus à présent qu'à se lover entre ses bras, et à recevoir l'offrande de ses lèvres.

Il l'embrassa avec douceur. Ce ne fut qu'un effleurement, un avant-goût sucré de ce que tous deux brûlaient d'accomplir, mais il alluma au fond d'elle des milliers de petites flammes incendiaires. Le whisky était décidément une boisson scandaleuse.

— C'est révoltant, murmura-t-elle.

— Totalement pervers.

— Et à l'encontre de toute éthique…

David s'écarta légèrement pour mieux la regarder. Elle n'eut aucun mal à lire le combat intérieur qu'il menait pour retrouver le contrôle de lui-même. A sa grande déception, il y parvint. Il se leva alors sans crier gare, la prit par la main et la tira hors du sofa.

— Lorsque vous porterez plainte pour harcèlement sexuel, soupira-t-il, n'oubliez pas de préciser que je vous ai présenté mes excuses.

— Cela fera-t-il une différence ?

— Probablement pas. Sauf, je l'espère, à vos yeux.

Ils restèrent un long moment debout devant la fenêtre à se regarder. Le bruit du vent balayant les fenêtres se mêlait à celui, plus profond et plus sourd, du battement erratique de leurs cœurs.

— Je crois qu'il est temps d'aller nous coucher, annonça-t-il d'une voix tendue.

— Pardon ?

— Je voulais dire… vous dans votre lit, et moi dans le mien.

— Oh.

— A moins que…

— A moins que quoi ?

— Rien.

Après un long silence gêné, Kate hocha la tête.

— Vous avez raison, soupira-t-elle. Je ferais mieux d'aller dormir.

David se passa une main nerveuse dans les cheveux.

— Je le crois également.

— David ?

— Oui ?

— Est-ce vraiment une violation de votre éthique professionnelle ? Le fait que je dorme ici ?

— Compte tenu des circonstances, pas vraiment. Du moins, tant qu'il ne se passe rien entre nous.

Il s'avança vers le placard à liqueurs et y rangea la bouteille de whisky.

— Et il ne se passera rien, ajouta-t-il sans se retourner.

— Bien sûr que non, renchérit-elle aussitôt. Je veux dire : je n'ai pas besoin de ce genre de complication dans ma vie. Maintenant moins que jamais.

— Moi non plus. Mais pour le moment, nous avons besoin l'un de l'autre. C'est d'ailleurs la raison pour laquelle je vous offre un hébergement sûr. En contrepartie, vous m'aiderez à découvrir ce qui s'est réellement passé dans la salle d'opération. Il me semble que l'arrangement est correct. Je vous demande simplement une chose.

— Laquelle ?

— N'en parlez à personne. Ni maintenant, ni lorsque vous serez partie. Autrement, nos deux réputations risqueraient d'en pâtir.

— Oui… Je comprends.

Ils prirent simultanément une profonde inspiration.

— Eh bien, ajouta-t-elle… Il ne me reste plus qu'à vous souhaiter une bonne nuit.

Elle se retourna et s'avança vers la porte. Ses jambes étaient devenues aussi molles que du caoutchouc. Elle supplia alors le ciel pour qu'elles ne se dérobent pas en sa présence.

— Kate ?

Son cœur bondit aussitôt dans sa poitrine, et elle pivota pour lui faire face.

— Oui ?

— Votre chambre est au premier étage, la première à droite dans le couloir.

— Oh, merci.

Elle sortit alors d'un pas hésitant, le laissant seul dans la pièce. Un vertige brutal la saisit au moment de passer la porte, comme si son cœur venait de chuter dans le vide. Sa seule consolation fut de se dire que David affichait une mine au moins aussi misérable que la sienne.

Longtemps après qu'elle se fut retirée dans sa chambre, David resta assis dans le séjour à réfléchir, se demandant comment il avait pu se mettre dans un tel pétrin. Non content de lui avoir offert l'hospitalité sous son propre toit, il s'était en outre quasiment jeté sur elle sur le sofa. Ce qui représentait un acte d'une incommensurable stupidité, même s'il l'avait désiré de toutes ses forces.

A la manière dont elle avait fondu sous son baiser, il pouvait deviner que personne ne l'avait embrassée depuis des mois, voire des années. C'était insensé, songea-t-il en secouant la tête. Comment deux adultes normaux et en bonne santé, frustrés par une trop longue abstinence, pouvaient-ils dormir à quelques mètres l'un de l'autre sous le même toit ? La situation était on ne peut plus explosive.

S'il avait eu ne fût-ce qu'une once de bon sens, il aurait conduit Kate jusqu'à un hôtel, ou chez des amis. L'ennui, c'est qu'il avait perdu toute capacité de jugement depuis qu'il l'avait rencontrée. Après cet inquiétant coup de téléphone, il n'avait plus songé qu'à une chose : la protéger.

Pestant contre lui-même, il se leva et fit le tour de la pièce pour éteindre les lumières. Il était hors de question qu'il se transformât en chevalier blanc pour voler à son secours. Kate n'avait pas besoin d'un héros. D'ailleurs, elle n'avait besoin d'aucun homme dans sa vie.

Mais c'était précisément cette farouche indépendance de caractère qui le séduisait. Beaucoup trop.

Blottie entre les draps, Kate écouta en silence les pas nerveux de David au rez-de-chaussée, puis retint sa respiration lorsque celui-ci passa devant sa porte, quelques minutes plus tard. Des bruits ténus dans la pièce voisine lui firent bientôt dresser l'oreille. Le glissement d'un tiroir, un grincement de porte de placard... Puis le clapotis d'une douche.

Mon Dieu ! Sa chambre est juste à côté de la mienne.

Elle s'efforça alors de ne pas penser au ruissellement de l'eau chaude sur son corps nu, aux muscles de ses épaules, à la fine toison qui couvrait sa poitrine, à...

« Stop ! s'enjoignit-elle. Ça suffit ! »

Profondément troublée, elle se mordit la lèvre pour chasser ces images de son esprit. Seigneur, comment pouvait-elle faire preuve d'une telle concupiscence ? Les effets de l'alcool, sans doute... A trente ans, elle ne se rappelait pas avoir jamais désiré un homme avec autant de force. Mais il était trop tard pour se voiler la face. Elle le voulait d'une manière crue, presque animale.

Elle se souvint alors qu'elle n'avait jamais ressenti cela avec Eric. Leur relation avait toujours été marquée par un insupportable quant-à-soi, et par une totale absence de passion. Même leur rupture s'était effectuée dans les règles de la plus grande civilité. Kate en avait certes souffert durant les premiers mois, entretenant l'espoir qu'Eric lui reviendrait un jour. Mais elle était finalement parvenue à ouvrir les yeux : sa douleur provenait moins du choc de la séparation que de la blessure infligée à son amour-propre.

Elle tenta de se remémorer le visage d'Eric, mais à peine celui-ci lui fut-il apparu qu'il se brouilla aussitôt... pour être remplacé par l'image de David sous la douche.

Furieuse contre elle-même, Kate enfouit la tête sous l'oreiller, et tenta de se raisonner. Elle était sur le point de perdre son travail, sa carrière de médecin était menacée, un assassin était à sa recherche, et elle ne trouvait rien de mieux à faire que de fantasmer sur le corps nu de David Ransom !

Des coups à la porte la réveillèrent en sursaut, quelques heures plus tard. Rouvrant les yeux, elle mit plusieurs secondes à comprendre où elle se trouvait. La lumière du jour s'infiltrait entre les rideaux de la chambre, et le bruit régulier du ressac lui parvenait aux oreilles depuis l'extérieur.

— Kate ?

Elle reconnut la voix de David, de l'autre côté de la porte.

— Oui ?

— Dépêchez-vous de vous habiller. Pokie vient d'appeler. Il nous attend au poste de police.

— Tout de suite ?

— Tout de suite.

L'urgence qu'elle perçut dans sa voix l'alarma aussitôt. Elle repoussa vivement les draps et courut lui ouvrir la porte.

— Que se passe-t-il ?

Le regard de David descendit brièvement sur les formes que dissimulait sa chemise de nuit, puis remonta, indifférent, vers son visage.

— L'assassin. Ils connaissent son identité.

8.

Chang poussa vers Kate le fichier d'identification criminelle.

— Reconnaissez-vous quelqu'un ? demanda-t-il.

Kate scruta les différents visages, puis s'arrêta sur l'un d'entre eux. Le portrait était cruel. La moindre ride, le moindre défaut apparaissaient crûment sous la lumière impitoyable de la prise de vue. L'homme, cependant, regardait droit devant lui, les yeux grands ouverts. Et son expression était celle d'une âme perdue.

— C'est lui, murmura-t-elle.

— Vous êtes catégorique ?

— Je... me souviens de ses yeux.

Elle déglutit péniblement, puis détourna son visage. Les deux hommes l'observaient avec attention. Sans doute craignaient-ils qu'elle ne s'évanouît, ou qu'elle ne réagît d'une manière hystérique. Mais elle ne ressentait aucune émotion particulière

— C'est bien notre homme, dit Pokie, l'air satisfait.

Kate baissa de nouveau les yeux sur le portrait, tandis qu'un sergent, visiblement très enrhumé, déposait devant elle une tasse de café fumant.

— Qui est-ce ? demanda-t-elle.

— Un dingue, répondit Chang. Il s'appelle Charles Decker. Cette photo a été prise il y a cinq ans après son arrestation.

— Pour quel motif ?

— Agression et voies de fait. Il a enfoncé à coups de pied la porte d'un cabinet médical, puis tenté d'étrangler un médecin en présence de ses assistants.

— Un médecin ? s'étonna David. Comment s'appelle-t-il ?

Pokie se renversa dans son fauteuil, qui grinça aussitôt sous son poids.

— Devine.

— Henry Tanaka.

Le policier le gratifia d'un large sourire, exhibant une rangée de dents tachées de nicotine.

— Gagné. Cela nous a pris du temps, mais le nom du type est finalement sorti de l'ordinateur.

— Des antécédents ?

— Oui. Nous aurions pu le dénicher plus rapidement, mais son dossier a été égaré au début de l'enquête. En fait, nous avons demandé à Mme Tanaka si elle connaissait des ennemis à son mari, et elle nous a cité quelques noms. Après vérification au fichier, tous en sont sortis blancs comme neige. Elle a ensuite mentionné une agression par un déséquilibré, dont il avait été victime cinq ans auparavant. Elle ne se souvenait pas du nom de ce dernier, mais d'après elle l'homme était toujours interné à l'hôpital de l'Etat. Nous avons alors remis le nez dans le fichier, et sommes rapidement tombés sur le rapport de son arrestation. Il s'agissait de Charles Decker. Ce matin, nous avons reçu un coup de fil du labo. Tu te souviens des empreintes trouvées sur la porte d'entrée d'Ann Richter ?

— C'étaient les siennes ?

Chang hocha la tête.

— Et à présent, ajouta-t-il en se tournant vers Kate, nous avons son identification formelle par un témoin direct. En l'occurrence, vous.

— Pour quelles raisons a-t-il agi ?

— Je vous l'ai dit. C'est un dingue.

— Des dingues, il en existe des centaines. Pourquoi celui-ci s'est-il transformé en assassin ?

— Hé, je ne suis pas psychiatre !

— Mais vous devez bien avoir une idée, n'est-ce pas ?

— Tout ce que j'ai pour le moment, répondit-il en haussant les épaules, c'est une théorie.

— Cet homme a menacé de me tuer, lieutenant. Il me semble que j'ai le droit d'en savoir plus.

— Elle a raison, Pokie, intervint David d'une voix calme. Ce n'est peut-être pas prévu dans vos manuels de police, mais elle a le droit de savoir qui est Charles Decker.

Chang soupira, puis sortit un carnet à spirale de son tiroir.

— Très bien, grogna-t-il. Voici ce que j'ai pu réunir jusqu'à présent. Sous réserve de vérifications, bien entendu... Decker, Charles Louis. Sexe masculin. Né à Cleveland il y a trente-neuf ans. Parents divorcés. Un frère, assassiné à l'âge de quinze ans lors d'une rixe entre bandes rivales. Une sœur, mariée, vivant en Floride.

— Vous lui avez parlé ?

— Oui. C'est d'ailleurs d'elle que nous tenons la plupart de nos informations. Voyons la suite... S'engage dans la marine à vingt-deux ans. Basé dans plusieurs ports successifs : San Diego, puis Bremerton, d'où il fait route pour Pearl Harbor il y a six ans. Travaille comme aide-opératoire du chirurgien de bord, sur l'USS Cimarron...

— Aide-opératoire ?

— Vous avez bien entendu. D'après ses supérieurs, Decker était un solitaire. Très replié sur lui-même, mais aucun trouble comportemental notoire...

Le policier fit une pause, puis tourna la page en reniflant.

— Etats de services satisfaisants. Appréciations positives de la hiérarchie. Gravit sans problèmes les échelons. Et puis brusquement, il y a cinq ans, tout bascule.

— Une dépression nerveuse ? s'enquit David.

— Pire que cela. Il devient soudain irascible et violent. Un vrai fou furieux. Apparemment à cause d'une femme.

— Une petite amie ?

— Ouais. Une jeune fille qu'il a rencontrée dans les îles. Il dépose une demande de permission pour l'épouser, et l'obtient. Mais par malchance, son navire est envoyé pour six mois effectuer des manœuvres à une centaine de miles au large de Subic Bay. Son voisin de cabine se souvient avoir vu Decker passer des heures à écrire des poèmes à sa dulcinée. Il devait en être fou amoureux. Complètement dingue.

Chang secoua la tête en soupirant.

— Bref, lorsque le Cimarron revient à Pearl Harbor, Decker ne voit pas la demoiselle sur le quai parmi toutes les jeunes femmes qui attendent leur amoureux. Et c'est là que les choses deviennent assez confuses. Tout ce que nous savons, c'est qu'il a quitté le bord sans permission. Je suppose qu'il ne lui a pas fallu longtemps pour découvrir la vérité.

— Elle était partie avec un autre ? avança David.

— Non. Elle était morte.

Un long silence suivit sa réponse. Dans le bureau contigu, un téléphone sonna, tandis que les machines à écrire crépitaient sans discontinuer.

— Que s'était-il passé ? s'enquit doucement Kate.

— Des complications en couches, expliqua Pokie. Une sorte d'attaque au moment de l'accouchement. Le bébé, une petite fille, a succombé également. Decker ignorait qu'elle était enceinte.

Lentement, Kate baissa les yeux sur la photo de Charles Decker, et tenta d'imaginer ce qu'il avait vécu, ce jour-là à Pearl Harbor. Le navire se préparant à accoster, le quai noir de monde, les familles souriant…

« Pendant combien de temps a-t-il cherché son visage ? se demanda-t-elle. Combien de temps avant qu'il ne comprenne qu'elle n'était pas là ? Qu'elle n'était jamais venue ? »

— C'est à ce moment-là que le gars a perdu les pédales, enchaîna Chang. D'une manière ou d'une autre, il a fini par apprendre que l'accoucheur de sa petite amie était le Dr Tanaka. Notre rapport indique qu'il a fait irruption dans la clinique et tenté d'étrangler ce dernier. Après un début de bagarre, la police est arrivée sur les lieux et a maîtrisé le forcené. Le lendemain, il était libéré sous caution. A peine était-il sorti, cependant, qu'il courait chez un armurier s'acheter un revolver. Mais il ne s'en est pas servi contre le médecin. Il a placé le canon dans sa bouche, et a appuyé sur la détente.

Chang referma le cahier.

« Un acte définitif, songea Kate. Acheter une arme et se tirer une balle dans la tête... Comme il avait dû aimer cette femme ! »

Le policier lut sa question dans son regard.

— C'était une arme bon marché, expliqua-t-il, et de mauvaise qualité. Elle s'est déréglée au moment de l'impact, transformant l'intérieur de sa bouche en bouillie. Mais il a survécu. Après plusieurs mois de soins dans un centre de rééducation, il a été transféré à l'unité psychiatrique de l'hôpital de l'Etat. D'après leurs comptes rendus, il aurait recouvré à peu près toutes ses facultés, sauf la parole.

— Il est muet ? s'étonna David.

— Pas exactement. Mais ses cordes vocales étaient en lambeaux. Il peut articuler des mots, mais sa voix s'est réduite à une sorte de sifflement rauque.

Kate se figea. Le son inhumain qui l'avait poursuivie dans l'escalier de l'immeuble d'Ann Richter lui revint aussitôt à la mémoire. Le sifflement d'une vipère sur le point de mordre...

— Il y a à peu près un mois, poursuivit Chang, Decker était libéré de l'hôpital, mais soumis à une obligation de visite chez l'un des psychiatres, le Dr Nemechek. Il ne s'est jamais rendu au premier rendez-vous.

— Avez-vous parlé à ce médecin ? demanda Kate.

— Par téléphone, seulement. Il se trouve actuellement à Los Angeles pour un congrès, mais devrait être de retour mardi. Il m'a juré ses grands dieux que son patient était absolument inoffensif. Je crois pour ma part que le toubib couvre ses arrières. Voir l'un de ses patients se mettre dès sa sortie à égorger des citoyens n'est pas du meilleur effet.

— Nous avons donc le mobile, dit David. Il aura voulu venger sa bien-aimée.

— C'est en effet ma théorie.

— Mais pourquoi s'en serait-il pris à Ann Richter ? intervint Kate.

— Vous souvenez-vous de cette femme blonde aperçue dans le garage par l'un des gardiens ?

— Vous pensez qu'il s'agissait d'elle ?

— Il semble que la jeune femme et le Dr Tanaka entretenaient... Comment dire ? D'étroites relations.

— Dois-je comprendre qu'ils étaient...

— Disons que les voisins de Mlle Richter n'ont eu aucun mal à reconnaître le Dr Tanaka en voyant sa photo. Il a été aperçu dans l'immeuble à maintes reprises. Et j'ai le sentiment qu'elle est allée lui rendre une petite visite de courtoisie le soir où il a été tué. Malheureusement, ce qu'elle a vu là-bas l'aura tellement effrayée qu'elle s'est enfuie en courant, prise de panique. Peut-être avait-elle vu Decker. Et peut-être l'avait-il vue, lui aussi.

— Pourquoi, dans ce cas, ne s'est-elle pas rendue à la police ?

— Sans doute ne voulait-elle pas voir sa relation avec un homme marié étalée sur la place publique. Ou être accusée d'avoir tué son amant, qui sait ?

— Mais elle n'était qu'un simple témoin, protesta Kate. Tout comme moi.

Pokie la considéra d'un œil perplexe.

— Il y a une grosse différence entre elle et vous, dit-il enfin. Decker ne peut pas vous retrouver. En cette minute précise, personne ne sait où vous êtes, hormis la police. Et en ce qui me concerne, c'est très bien ainsi.

Il se tourna vers David.

— Sa présence chez toi pose-t-elle problème ?

— Elle peut rester, répondit-il, le visage indéchiffrable.

— Parfait. Mieux vaut qu'elle n'utilise pas sa propre voiture.

— Ma voiture ? s'insurgea-t-elle. Mais pourquoi ?

— Decker est en possession de votre sac, et par conséquent

d'un de vos jeux de clés. Il connaît à présent la marque de votre véhicule, et n'aura de cesse qu'il ne l'ait repéré.

— Combien de temps ? demanda-t-elle en soupirant.

— Pardon ?

— Combien de temps s'écoulera-t-il avant que cette affaire soit terminée ? Que je puisse de nouveau mener une vie normale ?

— Retrouver notre homme ne se fera pas sur un claquement de doigts, je le crains. Je vous demande un peu de patience. Le loup finira bien par sortir de sa tanière.

En attendant, songea Kate, quelque part dans les bas-fonds de Sand Island, de Waïkiki ou du vieux quartier chinois, Charlie Decker se terrait, inconsolable de la perte de la femme qu'il aimait.

Au moment où ils se levaient pour prendre congé, une question lui vint à l'esprit.

— Lieutenant ? Où en êtes-vous dans le cas Ellen O'Brien ?

Le policier, qui avait commencé à rassembler ses documents, leva aussitôt les yeux.

— Que voulez-vous savoir à son sujet ?

— Existe-t-il un lien entre sa mort et cette affaire ?

Chang jeta un dernier coup d'œil à la photo de Charlie Decker, puis referma le dossier.

— Non, répondit-il. Aucun.

— Mais il doit forcément en exister un ! s'emporta-t-elle en retrouvant la chaude atmosphère de l'extérieur. Chang a pu négliger un indice, un élément de preuve…

— Ou nous l'avoir dissimulé, termina David.

Elle se tourna vers lui, les sourcils froncés.

— Pourquoi l'aurait-il fait ? Vous êtes amis, me semble-t-il.

— J'ai déserté les tranchées, vous vous rappelez ?

— A vous entendre, le travail des policiers serait un nouveau Viêt-nam.

— Pour certains d'entre eux, il s'agit effectivement d'une guerre.

Une sorte de guerre sainte. Pokie a beau avoir une femme et des enfants, il investit le plus clair de son temps dans son travail.

— Vous pensez donc que c'est un bon flic.

— Il me fait parfois penser à un cheval de trait, répondit-il en haussant les épaules. Solide, mais guère brillant. Je l'ai même vu commettre des bourdes ici ou là. Peut-être se trompe-t-il, mais cette fois-ci je serais plutôt de son avis : la mort d'Ellen O'Brien ne colle pas avec le reste.

— Mais vous l'avez entendu aussi bien que moi : Decker était aide-opératoire. Il assistait le chirurgien de bord du…

— Decker n'a pas le profil, Kate. Un psychopathe se prenant pour Jack l'Eventreur ne perdrait pas son temps à jouer avec des électrocardiogrammes et des ampoules pharmaceutiques.

Kate contempla fixement le trottoir, rongée de frustration.

— Le problème, soupira-t-elle, c'est que je n'ai aucun moyen de prouver qu'Ellen a été assassinée. Je ne suis même pas sûre que c'est possible.

David s'arrêta soudain à côté d'elle.

— D'accord, dit-il. Nous ne pouvons rien prouver. Mais essayons cependant de raisonner en termes de logique.

— De logique ?

— Exactement. Considérons la personnalité d'un homme comme Charles Decker. Un marginal, doté de quelques notions de médecine et de chirurgie. Maintenant, suivez-moi bien et répondez-moi. Comment s'arrangerait-il pour pénétrer dans l'hôpital et tuer un patient ?

— J'imagine qu'il lui faudrait…

Kate s'interrompit, l'attention attirée par un petit vendeur de journaux.

— Nous sommes dimanche ! s'écria-t-elle.

— Oui, et alors ?

— Ellen a été admise un dimanche. Je me souviens d'être allée dans sa chambre pour lui parler. Il était 20 heures.

Elle jeta un bref coup d'œil à sa montre.

— Nous avons exactement dix heures devant nous. Nous pourrions remonter étape par étape...

— Hé ! Attendez, je suis perdu ! Dix heures pour faire quoi ?

Kate se tourna vers lui et répondit d'une voix calme :

— Pour commettre un meurtre.

Le parking des visiteurs était presque désert, à 22 heures ce soir-là, lorsque David engagea sa voiture dans la voie d'accès de l'hôpital. Il se gara à proximité de l'entrée principale, coupa le moteur et se tourna vers Kate.

— Cela ne prouvera rien. Vous le savez, n'est-ce pas ?

— Je veux simplement m'assurer que c'est possible.

— Une possibilité ne constitue pas un fait. Surtout devant un jury.

— Cela m'est égal, David. Tant que « moi » je sais que c'est possible.

Elle détourna son regard et observa à distance l'entrée des urgences, que surmontait une enseigne rouge clignotante. Une ambulance était arrêtée au quai de prise en charge. Assis sur un banc à proximité, le chauffeur fumait une cigarette en écoutant un petit poste de radio posé à côté de lui.

Un dimanche soir aussi calme qu'à l'ordinaire. Les visites étaient depuis longtemps terminées, et les patients dormaient d'un sommeil lourd sous les effets de puissants somnifères.

— Très bien, soupira David en ouvrant sa portière. Allons-y.

Les portes vitrées de l'accueil étaient fermées. Ils empruntèrent l'entrée des urgences, et traversèrent la salle d'attente où une mère tentait en vain d'apaiser son bébé qui hurlait, un vieil homme toussait dans son mouchoir, et un adolescent pressait un sac de glace sur son visage tuméfié. Occupée au téléphone, l'infirmière des admissions ne montra aucune réaction lorsqu'ils passèrent devant elle pour se diriger vers les ascenseurs.

— Elle me connaît, expliqua Kate devant l'air ébahi de David.

— Mais elle vous a à peine regardée.

— Parce qu'elle n'avait d'yeux que pour vous.

— Seigneur, vous avez trop d'imagination !

Il s'arrêta, et fit un rapide tour d'horizon.

— Où est la sécurité ? s'étonna-t-il. Je ne vois aucun gardien.

— Il est probablement en train d'effectuer sa ronde.

— Vous voulez dire qu'il n'y en a qu'un ?

— Il n'y a pas beaucoup d'animation dans un hôpital, répondit-elle en appuyant sur le bouton de l'ascenseur. Et n'oubliez pas que nous sommes dimanche.

Arrivés au troisième, ils débouchèrent sur un couloir blanc aseptisé. Le sol ciré luisait sous la lumière des néons. Alignés le long d'un des murs, des lits roulants attendaient. Kate lui désigna du doigt la double porte où était inscrit « accès interdit ».

— Le bloc opératoire, précisa-t-elle.

— On peut entrer ?

Kate s'approcha de deux pas, et les portes s'écartèrent en coulissant automatiquement.

— Aucun problème, comme vous le voyez.

A l'intérieur, la veilleuse de l'espace de réception émettait une lumière faible et diffuse. Kate attira l'attention de David sur le tableau où figurait l'organigramme des interventions du lendemain.

— Tous les cas de la journée y sont indiqués, expliqua-t-elle. Un seul regard permet de savoir dans quelle salle sera opéré tel patient, connaître la procédure d'intervention, ainsi que les noms du chirurgien et de l'anesthésiste.

— Dans quelle salle se trouvait Ellen ?

— La première au fond à gauche.

Elle le précéda dans le couloir sombre jusqu'à la salle n° 5, et en ouvrit la porte. Lorsqu'elle actionna l'interrupteur, une lumière blanche presque aveuglante illumina la pièce.

— Le chariot d'anesthésie est là-bas.

David s'en approcha et tira les différents tiroirs, faisant tinter les minuscules ampoules dans leurs logements.

— Ces produits sont-ils toujours aussi facilement accessibles ?

— Ils sont sans valeur à l'extérieur, répondit-elle. Qui prendrait la peine de venir les voler ? Quant aux narcotiques, nous les gardons sous clé dans cette armoire.

— Donc c'est ici que vous travaillez, observa-t-il en survolant la salle du regard. Très impressionnant. Un véritable décor pour films de science-fiction !

Kate ne put réprimer un sourire.

— En ce qui me concerne, je m'y suis toujours sentie comme à la maison.

Elle fit quelques pas dans la pièce, passant une main familière sur les différentes installations.

— J'aime jouer avec ces équipements, ajouta-t-elle. Manipuler les commandes, appuyer sur les boutons. Mais je comprends que certaines personnes puissent les trouver intimidants.

— Et vous, murmura-t-il, n'avez-vous jamais été intimidée ?

Elle tourna la tête, et croisa aussitôt son regard. Il émanait de ses yeux bleus une intensité si troublante qu'elle en resta muette une fraction de seconde.

— Pas par une salle d'opération, en tout cas, répondit-elle doucement.

Le silence était tel qu'elle pouvait entendre les battements de son propre cœur. Pendant ce qui lui sembla durer une éternité, leurs regards restèrent rivés l'un à l'autre, avant que David ne rompît la magie en reportant son attention sur le chariot d'anesthésie.

— Combien de temps faut-il pour trafiquer l'une de ces ampoules ?

Kate admira sa capacité à garder son sang-froid. Elle-même ressentait quelques difficultés à trouver ses mots.

— Il… il faudrait d'abord la vider de la Succinylcholine qu'elle contient… Ce qui ne prendrait pas plus d'une minute.

— C'est tout ?

— C'est tout.

Elle se tourna vers la table d'opération, le visage crispé.

— Les patients sont sans défense, nous avons un total contrôle sur leur vie… Mon Dieu ! Je n'avais encore jamais vu les choses sous cet angle-là. C'est effrayant.

— Commettre un meurtre dans ce bloc ne pose donc aucun problème.

— Non, admit-elle. Aucun.

— Parlons maintenant des électrocardiogrammes. Comment notre homme s'y serait-il pris pour les intervertir ?

— Il lui aura d'abord fallu mettre la main sur l'original. Celui-ci se trouvait dans la salle de garde.

— Qui grouille d'infirmières.

— C'est exact. Mais les infirmières sont toujours très intimidées par les blouses blanches. Je parie que si vous endossiez une tenue, vous pourriez vous introduire dans cette salle sans que l'on vous pose la moindre question.

David leva soudain la tête, l'œil intéressé.

— Et si nous tentions l'expérience ?

— Vous voulez dire : maintenant ?

— Bien sûr. Trouvez-moi une blouse blanche. J'ai toujours rêvé de jouer les grands docteurs.

Il ne leur fallut qu'une minute pour en dénicher une dans le vestiaire des chirurgiens. Aux taches de café qui la maculaient, Kate reconnut la blouse de Guy Santini, ce que confirmait la taille, un 46.

— J'ignorais que King Kong faisait partie de votre personnel, ironisa David en l'enfilant. Qu'en pensez-vous ? Croyez-vous que les infirmières s'écrouleront de rire en me voyant ?

Kate s'écarta d'un pas et l'examina. La blouse lui tombait sur les épaules, et le col en était relevé d'un côté. Mais il était tout simplement irrésistible.

— Ça ira, dit-elle simplement.

— J'ai l'air d'un épouvantail, n'est-ce pas ?

Kate éclata de rire.

— Le propriétaire de cette blouse « est » un épouvantail. Mais ne vous inquiétez pas, personne ne fera attention à vous.

Ils quittèrent alors la pièce et se dirigèrent vers les ascenseurs.

— Et souvenez-vous, ajouta-t-elle : comportez-vous comme si vous étiez réellement un docteur. « Pensez » en docteur. Intelligent, dévoué, compatissant…

— Vous oubliez « modeste ».

Elle le frappa gentiment sur le bras.

— En avant, docteur Jekyll !

— Surtout ne me laissez pas tomber, l'implora-t-il en pénétrant dans la cabine d'ascenseur. Je pourrais avoir besoin de vous.

— Je serai dans la salle d'opération. Oh, David, un dernier conseil.

— Oui, lequel ?

— Ne commettez pas d'erreur médicale. Vous seriez obligé d'engager une procédure contre vous-même !

David lui répondit par un grognement, puis les portes de la cabine se refermèrent sur lui.

Les risques étaient minimes, songea Kate. Même s'il venait à être intercepté par un membre du service de sécurité, elle n'avait qu'un mot à dire pour le libérer. Son malaise s'accentua néanmoins tandis qu'elle faisait demi-tour dans le couloir.

De retour dans la salle n° 5, elle s'installa dans son fauteuil habituel, près de la tête de la table, et se rappela les nombreuses heures passées dans ce petit univers familier et sécurisant.

Un bruit de porte lui fit soudain tendre l'oreille. David était-il déjà de retour ? Y avait-il eu un imprévu ? Elle bondit de son siège et jeta discrètement un œil dans le couloir.

A quelques mètres sur sa gauche, un rai de lumière filtrait sous la porte de la salle 5. Elle entendit alors des cliquetis indistincts, puis le glissement étouffé d'un tiroir.

Quelqu'un était en train de fouiller dans le matériel. Une infirmière ? Une personne étrangère à l'hôpital ?

Kate tourna la tête vers l'autre extrémité du couloir, seule direction par où s'échapper. Le bureau de la réception se trouvait juste derrière l'angle. Si elle parvenait à passer devant la salle n° 7 sans éveiller l'attention, il lui serait alors possible d'appeler la sécurité. Mais il lui fallait faire vite.

Attentive à ne pas faire le moindre bruit, elle s'engagea à pas de loup dans le couloir. La porte de la salle n° 7 s'ouvrit au même instant. Saisie de panique, elle recula d'un pas, avant de voir surgir le Dr Clarence Avery. Celui-ci s'immobilisa aussitôt en la voyant. Quelque chose lui glissa des mains pour s'écraser au sol, répandant à ses pieds des petits fragments de verre.

— Doc... Docteur Chesney, bégaya-t-il, aussi pâle qu'un linge. Je ne... m'attendais pas à... Je veux dire...

Fronçant les sourcils, Kate baissa les yeux sur le linoléum. Le vieux médecin secoua la tête d'un air abattu.

— J'ai peur d'avoir fait un beau gâchis..., s'excusa-t-il d'un air piteux.

— Ce n'est pas grave, répondit-elle promptement. Je vais vous aider à nettoyer cela.

Kate commença par allumer les lumières du couloir. Avery ne réagit pas, figé dans la même attitude embarrassée. Jamais elle ne l'avait vu aussi triste, aussi fragile. Après être allée chercher des serviettes en papier, elle lui en tendit une, mais il ne se décida pas à la prendre.

S'accroupissant alors pour ramasser le verre cassé, Kate remarqua l'inscription que portait l'un des éclats.

— C'est pour ma chienne, expliqua-t-il d'une voix faible.

— Je vous demande pardon ?

— Le chlorure de potassium. C'est pour ma chienne. Elle est très malade.

Kate leva vers lui des yeux étonnés.

— Oh ! Je suis navrée, répondit-elle sans conviction.

— Je n'ai d'autre choix que de l'euthanasier, expliqua-t-il en baissant la tête. Elle n'a fait que gémir toute la matinée. Je ne supporte plus de la voir souffrir ainsi. Elle est très âgée, vous savez. Plus de dix-sept ans. Quant à l'emmener chez un vétérinaire, je ne peux m'y résoudre. Elle serait trop effrayée.

Kate se releva. Clarence Avery était toujours comme paralysé devant elle, la serviette en papier à la main.

— Je suis sûre qu'un vétérinaire ferait les choses en douceur, suggéra-t-elle.

— Non. Il vaut mieux que je l'accompagne moi-même dans ses derniers instants, ne croyez-vous pas ?

Elle acquiesça d'un hochement de tête, puis se tourna vers le chariot d'anesthésie, d'où elle sortit une nouvelle ampoule.

— Tenez, dit-elle. La dose devrait être suffisante.

— Oui. Elle… elle n'a jamais été bien grosse.

Le vieil homme glissa l'ampoule dans sa poche et fit demi-tour pour partir. Après avoir fait deux pas, il s'arrêta et se tourna vers elle.

— J'ai toujours eu beaucoup d'affection pour vous, Kate. Vous êtes la seule qui ne se soit jamais moquée de moi dans mon dos, qui n'ait jamais laissé entendre que j'étais trop vieux, que j'aurais dû me retirer depuis longtemps…

Il hésita quelques instants, puis ajouta :

— Je ferai ce que je pourrai lors de votre audition devant la commission.

Lorsque le bruit de ses pas eut disparu dans le couloir, Kate s'interrogea sur le produit qu'il avait emporté. Du chlorure de potassium. Administré en intraveineuse, c'était un poison mortel qui déclenchait un arrêt cardiaque rapide.

Il lui vint alors à l'esprit que si un tel poison pouvait tuer un chien, il pouvait également tuer un être humain.

L'infirmière de la salle de garde 3B était courbée sur son bureau, absorbée par la lecture d'un ouvrage de poche. Le regard captivé, elle tourna une nouvelle page sans remarquer l'intrusion de David. Ce ne fut que lorsqu'elle remarqua sa présence, debout à côté d'elle, qu'elle leva enfin les yeux. Elle referma aussitôt le livre en rougissant.

— Oh ! Je vous demande pardon ! Que puis-je pour vous, docteur… euh…

— Jones, termina David.

Il lui adressa alors un sourire si charmeur qu'elle sembla fondre comme de la gelée sur son siège.

— Je voudrais jeter un coup d'œil à l'un des dossiers, annonça-t-il.

— Lequel ? demanda-t-elle, le dévorant du regard.

David étudia rapidement le tableau derrière elle.

— Chambre 8.

— A ou B ?

— B.

— Mme Loomis ?

— C'est bien cela. Mme Loomis.

La jeune femme se leva avec une lenteur calculée, puis se dirigea vers une étagère murale en ondulant des hanches. David ne put réprimer un sourire en regardant la couverture suggestive du livre.

— Le voilà, minauda-t-elle en lui présentant le dossier.

— Eh bien, merci madame…

— Hanks. Janet. Mademoiselle…

— Hum, oui, répondit-il, avant de s'éclaircir la gorge.

David prit le dossier et s'installa sur la chaise la plus éloignée possible de Janet Hanks. Celle-ci soupira de frustration lorsque la sonnerie du téléphone l'obligea à se retourner.

— Oui, très bien, répondit-elle à son interlocuteur. Je vous les apporte tout de suite.

Elle se saisit alors de plusieurs tubes de prélèvement sanguin rangés dans un support, puis sortit de la pièce d'un pas pressé.

« C'est donc aussi facile que ça ! » s'étonna-t-il en survolant les fiches médicales que contenait le dossier.

Une infirmière passa devant la salle vitrée en poussant un chariot ; une autre fit une brève irruption pour répondre au téléphone, avant de disparaître comme elle était venue. Aucune des deux ne lui porta la moindre attention.

Il dénicha enfin le relevé de l'électrocardiogramme, inséré à la fin du dossier. Le remplacer par un autre ne devait pas prendre plus de dix secondes. Considérant le nombre d'hommes de l'art attachés à un seul patient, l'opération devait passer totalement inaperçue.

Commettre un meurtre dans ces conditions devenait un jeu d'enfant.

Une simple blouse blanche suffisait.

9.

— Vous aurez au moins prouvé une chose, ce soir, dit David en posant deux verres de lait chaud sur la table de la cuisine.

— Non, soupira Kate. Cette expérience ne prouve rien. Sauf peut-être que la chienne du Dr Avery est malade. Pauvre Clarence ! J'ai dû lui causer la frayeur de sa vie.

— Ça a été réciproque, me semble-t-il. A ce propos, êtes-vous bien sûre qu'il possède un chien ?

— Il ne m'aurait pas menti. Pourquoi cette question ?

— Simple curiosité.

David but un peu de lait. Une fine moustache blanche ornait sa lèvre supérieure lorsqu'il reposa le verre.

— En fait, je suis certaine qu'il en a un, reprit-elle. Je me rappelle en avoir vu la photo sur son bureau.

— Avery a une photo de son chien sur son bureau ?

— Il s'agit plutôt d'une photo de sa femme tenant dans ses bras un petit terrier. Elle était vraiment très belle.

— Etait ?

— Elle a été victime d'une attaque cérébrale il y a quelques mois. Lorsqu'il a fallu la placer dans un établissement de soins, le pauvre homme en a eu le cœur brisé. Depuis lors, il se traîne comme une âme en peine.

Kate avala une longue gorgée de lait avant d'ajouter :

— A mon avis, il n'en aura pas le courage.

— Le courage de quoi ?

— De tuer sa chienne. Certaines personnes sont incapables de faire du mal à une mouche.

— Tandis que d'autres commettent des meurtres de sang-froid.

Elle leva les yeux vers lui.

— Vous pensez toujours qu'il s'agit d'un meurtre ?

Il parut hésiter un instant, puis poussa un soupir.

— A vrai dire, je n'en sais rien. Jusqu'à présent, je n'ai fait que me fier à mon instinct sans m'attarder sur les faits. Ces derniers risquent de ne pas peser lourd dans le prétoire.

— Ni devant la commission, ajouta-t-elle d'un ton las.

— Quand doit-elle se tenir ?

— Mardi. Et je n'ai toujours pas la moindre idée de ce que je vais leur dire.

— Ne pouvez-vous pas demander un report ? J'annulerai mes rendez-vous pour demain. Ensemble, nous parviendrons peut-être à mettre en lumière certains éléments.

— J'en ai demandé un. Il m'a été refusé. De toute façon, il n'existe aucune preuve en ma faveur. Tout ce que nous avons, c'est deux assassinats n'ayant a priori aucun lien avec la mort d'Ellen O'Brien.

David se redressa sur sa chaise et fronça les sourcils.

— Et si la police était sur une fausse piste ? Charles Decker n'a peut-être rien à voir avec ces deux meurtres.

— Ils ont trouvé ses empreintes, David. Et je l'ai vu de mes propres yeux.

— Mais vous ne l'avez pas vu « tuer » Ann Richer.

— C'est exact. Mais qui d'autre que lui aurait eu un mobile pour le faire ?

— Attendez une minute. Réfléchissons.

Il se saisit de la salière posée en bout de table et la plaça entre eux.

— Voilà, reprit-il. Nous savons qu'Henry Tanaka était un

homme très pris. Et pas uniquement par son travail. Il avait une maîtresse…

La poivrière rejoignit prestement la salière.

— Ann Richter, sans doute.

— D'accord, dit Kate. Mais que faites-vous d'Ellen O'Brien ?

David tendit la main et approcha le sucrier.

— C'est la question à un million de dollars.

— Un triangle amoureux ?

— Possible. Un homme peut entretenir plusieurs liaisons en parallèle. Et chacune de ses maîtresses avoir un petit ami jaloux.

— Seigneur ! Vous me donnez le vertige. Tout le monde couchant avec tout le monde…

— Cela arrive plus souvent qu'on le croit. Et pas seulement chez les médecins.

— Chez les avocats, par exemple ?

— Je ne dis pas que c'est mon cas. Mais le fait est que nous sommes tous des êtres humains.

Kate ne put s'empêcher de sourire.

— C'est drôle, dit-elle. Lorsque je vous ai vu la première fois, je n'ai pas eu le sentiment d'avoir affaire à un être humain.

— Vraiment ?

— Vous représentiez pour moi un ennemi, une menace. L'un de ces maudits avocats…

— Un être cynique et impitoyable, c'est ça ?

— Vous étiez parfait dans le rôle, avouez-le.

— Merci du compliment !

— Mais j'ai changé d'avis sur vous, s'empressa-t-elle d'ajouter. Je ne vous considère plus comme un simple avocat, depuis que…

Elle s'interrompit soudain et baissa les yeux.

— Depuis que je vous ai embrassée ? termina David d'une voix douce.

Kate sentit ses joues s'empourprer. Elle se leva brusquement, puis s'avança vers l'évier son verre à la main, consciente du regard brûlant de David posé sur elle.

— Tout cela est si compliqué, soupira-t-elle.

— Quoi ? Le fait que je sois un être humain ?

— Non. Que nous soyons tous deux des êtres humains.

Sans même le regarder, elle pouvait sentir la tension électrique qui crépitait entre eux.

Elle rinça son verre sous le robinet, puis, lentement, revint s'asseoir à la table. David ne la quittait pas des yeux, un sourire désabusé sur les lèvres.

— Je suis le premier à l'admettre, dit-il. La condition humaine présente un fâcheux inconvénient : elle fait de nous les esclaves de nos petits besoins physiologiques.

« Besoins physiologiques ». Quelle bien pauvre définition du maelström hormonal qui lui ravageait l'esprit et le corps ! Evitant son regard, elle focalisa son attention sur la salière au milieu de la table, et repensa à Henry Tanaka. Toutes ces morts n'étaient-elles qu'une conséquence de l'éternel conflit entre luxure et jalousie ?

— Vous avez raison, conclut-elle. Nous sommes constamment à la merci des exigences de notre nature… Et celles-ci conduisent parfois au meurtre.

David se figea soudain, une expression étrange sur le visage.

— Bon sang ! grogna-t-il. Pourquoi n'y avons-nous pas pensé plus tôt ?

— Pensé à quoi ?

Il avança alors son verre vide près du sucrier, de sorte à former un quadrilatère.

— Supposons que Tanaka ait eu une deuxième maîtresse, en l'occurrence Ellen O'Brien.

— Nous en restons à notre bon vieux triangle…

— Ce serait oublier quelqu'un de très important.

Kate plissa les yeux et observa avec attention le nouveau schéma.

— Mon Dieu ! s'écria-t-elle. Mme Tanaka !

— Exactement !

*
* *

La femme japonaise qui leur ouvrit la porte de la clinique semblait tout droit sortie d'une estampe ancienne. Les lèvres peintes en rouge vif, le visage poudré de blanc, elle faisait penser à une geisha — apparence qu'elle semblait du reste entretenir avec soin.

— Alors vous n'êtes pas de la police ?

— Pas exactement, répondit David. Nous avons cependant quelques questions…

— Je ne réponds pas aux journalistes, coupa-t-elle avant de commencer à refermer la porte.

— Nous ne sommes pas journalistes, madame Tanaka. Je suis avocat. Et voici le Dr Chesney.

— Que me voulez-vous ?

— Nous essayons de réunir des informations sur un meurtre. Un meurtre que nous avons de bonnes raisons de croire lié à celui de votre mari.

Une lueur intéressée brilla aussitôt dans les yeux de Mme Tanaka.

— Vous faites allusion à cette infirmière, n'est-ce pas ?

— Oui. Ann Richter.

— Qu'avez-vous appris sur elle ?

— Nous sommes disposés à vous le dire, si toutefois vous acceptez de nous laisser entrer.

Elle hésita quelques secondes avant d'ouvrir la porte, puis leur fit signe de la suivre dans la salle d'attente. Kate constata alors que l'épouse d'Henry Tanaka était beaucoup plus grande que la plupart des Japonaises, la dépassant même de quelques centimètres. Elle était vêtue d'une simple robe de cotonnade bleue, portait des escarpins à hauts talons, et ses oreilles étaient ornées de boucles dorées en forme de coquillages. Ses cheveux formaient une masse noire brillante et uniforme, n'eût été la fine mèche blanche qui striait sa tempe droite. Koniko Tanaka était une femme d'une beauté remarquable.

— Ne faites pas attention au désordre, s'excusa-t-elle en s'arrêtant au milieu de la pièce. Nous avons été quelque peu débordés ces derniers temps. Trop d'arrangements à prendre, de détails à régler...

Elle regarda le canapé et les fauteuils vides, comme surprise de ne plus y trouver de patients. La table basse était encore couverte de magazines, et un coffre à jouets attendait sagement dans un angle. Derrière la cloison vitrée de la réception, deux femmes étaient occupées à trier des piles de dossiers.

— Nous avons tant de noms dans nos fichiers ! se plaignit-elle. Sans parler des factures en souffrance. Jamais je n'aurais imaginé être un jour confrontée à une telle pagaille. Henry s'occupait toujours de tout. Maintenant qu'il n'est plus là...

Elle se laissa tomber dans le canapé, l'air abattu.

— Je suppose que vous êtes au courant, pour mon mari et cette... femme.

David hocha la tête.

— Et vous ? demanda-t-il. Vous saviez ?

— Oui. Même si j'ignorais de qui il s'agissait, intuitivement, je sentais qu'il me trompait.

Elle désigna du menton les deux jeunes femmes derrière la vitre avant d'ajouter :

— Elles aussi étaient au courant, bien sûr. En réalité, personne dans la clinique n'ignorait que mon mari avait une liaison... Mais vous vouliez me parler de cette femme, Ann Richter. Que désirez-vous savoir exactement ?

— J'ai travaillé avec elle, commença Kate.

— Vraiment ! Je ne l'ai jamais rencontrée. Dites-moi, quel genre de femme était-ce ? Jolie ?

Kate hésita avant de répondre. Son interlocutrice semblait vouloir entretenir sa douleur, comme par masochisme.

— Séduisante, du moins.

— Intelligente ?

— Oui, je suppose. C'était une bonne infirmière.

— Je l'étais aussi, déclara Mme Tanaka en détournant le regard.

Elle était blonde, je crois. Henry raffolait des blondes. Quelle ironie, n'est-ce pas ? J'imagine que vous, les Occidentaux, êtes plutôt attirés par le charme oriental !

— Une jolie femme est une jolie femme, répondit David. Pour ma part, je ne fais pas de discrimination.

— Avait-il d'autres liaisons, d'après vous ? intervint doucement Kate.

— Probablement, soupira son interlocutrice. C'était un homme, après tout.

— Le nom d'Ellen O'Brien vous dit-il quelque chose ?

— Entretenait-elle le même type de… relations avec mon mari ?

— Nous comptions sur vous pour nous le dire.

Koniko Tanaka secoua la tête.

— Mon mari ne prononçait jamais aucun nom devant moi. Je ne lui posais d'ailleurs pas de questions.

— Pourquoi ?

— Parce que je ne voulais pas l'entendre me mentir.

— La police vous a-t-elle informée qu'elle avait identifié un suspect ?

— Vous voulez parler de ce Charles Decker ? Le sergent Brophy est venu me voir hier après-midi. Il m'a montré sa photo.

— L'avez-vous reconnu ?

— Je ne l'avais jamais vu. En fait, c'était la première fois que j'entendais son nom. Tout ce que je sais, c'est que mon mari a été agressé par cet homme il y a cinq ans de ça. Et que la police l'a libéré dès le lendemain.

— Parce que votre mari a refusé de porter plainte, rappela David.

Elle leva vers lui un regard surpris.

— Que dites-vous ?

— C'est la raison pour laquelle Decker a été relâché aussi vite. Apparemment, le Dr Tanaka préférait ne pas donner suite à cette affaire.

— Je n'en ai jamais rien su.

Elle se tut quelques instants avant de reprendre :

— Voyez-vous, il existait beaucoup de sujets que nous évitions d'aborder. C'est d'ailleurs pour cette raison que nous avons pu rester ensemble aussi longtemps. Une sorte d'arrangement, si vous préférez. Henry ne me demandait pas de quelle manière je dépensais l'argent, et je ne le questionnais pas sur sa vie privée.

— Vous ne pouvez donc rien nous dire de plus concernant Charles Decker.

— Non. Mais Peggy, elle, le pourrait peut-être.

— Peggy ?

— Notre réceptionniste, répondit-elle en se tournant vers le bureau. Elle était ici lorsque cet homme s'est présenté.

Peggy était une blonde à l'allure décidée, d'environ quarante ans, vêtue d'une combinaison épousant des formes plus que généreuses. Pour d'obscures raisons, elle préféra rester debout pour répondre aux questions de David.

— Jamais je ne pourrai oublier son visage ! s'écria-t-elle. J'étais occupée à ranger l'une des salles d'examen quand j'ai entendu tous ces hurlements. Je me suis alors précipitée dans la salle d'attente, et j'ai vu ce psychopathe en train d'étrangler Henr… euh, le Dr Tanaka. Seigneur, comme il criait !

— Vous voulez dire qu'il l'insultait ? s'enquit David.

— Non, non. Il lui disait des trucs du genre : « Que lui avez-vous fait ? Vous me l'avez tuée ! »

— Ce sont ses mots ? Vous en êtes sûre ?

— Absolument.

— De qui parlait-il, d'après vous ? D'une de ses patientes ?

— Oui. Le docteur avait été tellement choqué par cette malheureuse histoire. Une femme si gentille ! Morte en couches avec son bébé…

— Comment s'appelait-elle ?

— Jenny… Laissez-moi réfléchir. Jenny Brand… Non, Brook. C'est bien ça, Jenny Brook.

— Qu'avez-vous fait en découvrant cette scène ?

— Eh bien, j'ai écarté le type du Dr Tanaka, évidemment. Il le maintenait fermement, mais j'y suis quand même parvenue. Les femmes ne sont pas toutes les êtres fragiles que l'on croit, vous savez... Bref, il s'est comme effondré.

— Qui ? Le docteur ?

— Non, le psychopathe. Il s'est mis à ramper vers la table comme un chiot, avant de se recroqueviller sur le sol en pleurant. Il était toujours là, prostré, quand la police est arrivée. Quelques jours plus tard, nous avons appris qu'il s'était tiré une balle dans la tête.

Elle s'interrompit soudain, le regard fixe.

— C'est bizarre, reprit-elle, mais je n'ai pas pu m'empêcher d'avoir pitié de lui. Il pleurait comme un enfant. Je crois que même Henry était ému...

— Madame Tanaka ?

La deuxième employée pointa la tête dans la salle d'attente.

— Un coup de téléphone pour vous, madame Tanaka. Votre comptable.

— Je le prends dans le bureau du fond, répondit Koniko Tanaka en se levant.

A l'adresse de David, elle ajouta :

— Nous ne pouvons rien de plus pour vous, je crois. Et nous avons du travail. Si vous voulez bien m'excuser...

Elle salua d'un léger mouvement de tête, puis, lançant un regard méprisant à la réceptionniste, quitta la salle d'attente d'une démarche féline.

— Quinze jours de préavis, marmonna Peggy. C'est tout ce qu'elle nous a donné, avec comme consigne de mettre de l'ordre dans ce fichu capharnaüm. Pas étonnant qu'Henry ne voulait pas la voir traîner dans les bureaux !

— Peggy ? demanda Kate. Juste une dernière question, s'il vous plaît. Lorsqu'un de vos patients meurt, pendant combien de temps gardez-vous son dossier médical ?

— Cinq ans. Sept, s'il s'agit d'un cas d'obstétrique.

— Donc vous disposez encore de celui de Jenny Brook ?

— Certainement.

La réceptionniste regagna son bureau et vérifia dans un tiroir la liste de dossiers correspondant à la lettre B. Après avoir examiné chacun d'entre eux, elle repoussa brusquement le tiroir, l'air contrarié.

— Je ne comprends pas, grogna-t-elle. Il devrait y être.

David et Kate se tournèrent l'un vers l'autre, le regard inquiet.

— Il n'est plus là ? demanda Kate.

— Eh bien… non. Je suis pourtant très pointilleuse sur le rangement. Dans ce bureau chaque chose est toujours à sa place.

— Qu'est-ce que cela signifie ? demanda David. Quelqu'un l'aurait-il emporté ?

— Je ne vois que lui, répondit Peggy. Mais je ne comprends pas pourquoi. Il y a presque cinq ans…

— Lui ?

— Le Dr Tanaka, bien sûr ! Qui d'autre ?

— Jennifer Brook, répéta l'employée de l'hôpital en entrant le nom dans l'ordinateur. Avec un e ou sans e ?

— Je ne sais pas, dit Kate.

— Date de naissance ?

David et elle se consultèrent rapidement du regard.

— Nous ne savons pas, répondit-elle.

L'employée leva la tête et les observa par-dessus la monture en écaille de ses lunettes.

— Je suppose que vous ne connaissez pas non plus la référence de son dossier ?

Ils secouèrent la tête en même temps.

— C'est bien ce que je pensais.

Elle se tourna de nouveau vers l'ordinateur et tapa quelques mots sur le clavier. Après quelques secondes, deux noms apparurent sur l'écran. Une Brook et une Brooke, avec pour chacune le prénom Jennifer.

— Serait-ce l'une de ces deux-là ?

Un rapide coup d'œil aux dates de naissance les renseigna aussitôt. L'une avait cinquante-sept ans, l'autre quinze.

— Non, dit Kate.

— J'aurais dû m'y attendre, soupira la femme, visiblement à bout de patience. Dites-moi, docteur Chesney : pourquoi, exactement, avez-vous besoin de ce dossier ?

— Il s'agit d'un projet de recherche. Le Dr Jones et moi-même…

— Le Dr Jones ? s'étonna-t-elle en tournant son regard vers David. Je ne me souviens pas d'un Dr Jones dans nos services.

— Il est de l'université, répondit rapidement Kate.

— De Los Angeles, s'empressa d'ajouter David, tout sourires.

— Ce document provient du service du Dr Avery, précisa Kate. Il s'agit d'un décès en couches…

— Un décès ? répéta l'employée en clignant des yeux. Vous voulez dire que cette patiente est morte ?

— Oui.

— Eh bien, voilà qui explique tout ! Ces dossiers-là sont rangés aux archives.

Elle se leva alors péniblement de son siège, comme s'il lui fallait poursuivre ses recherches sur la planète Mars.

— Cela prendra un certain temps, prévint-elle. Je vous demanderai un peu de patience…

Une expression résignée sur le visage, elle se dirigea avec une lenteur d'escargot vers une porte située au fond de la pièce.

— Pourquoi ai-je l'impression que nous ne la reverrons pas ? demanda David.

Kate s'appuya d'un mouvement las sur le comptoir.

— Estimez-vous heureux qu'elle n'ait pas demandé à vérifier votre identité. Je pourrais avoir de gros ennuis, vous savez ? Montrer des documents confidentiels à l'ennemi…

— Un ennemi ? Moi ?

Assis sur un coin de table, un médecin bâillait en tournant les pages d'un rapport, tandis qu'un aide-soignant poussait devant lui un chariot couvert de flacons et de boîtes de compresses.

— L'endroit est on ne peut plus animé, observa David. A quelle heure le bal doit-il commencer ?

Un bruit de pas leur fit tourner la tête. L'employée venait de réapparaître, les mains vides.

— Il n'y est pas, annonça-t-elle.

— Que voulez-vous dire ? s'inquiéta Kate.

— Eh bien, il devrait logiquement y être, mais je ne l'ai pas trouvé.

— Peut-être est-il sorti de l'hôpital, suggéra David.

La femme lui adressa un regard offusqué derrière ses lunettes.

— Les originaux ne quittent jamais l'hôpital, docteur Jones. Nous ne les reverrions jamais.

— Oh ! bien sûr, bien sûr...

Elle regagna son siège et consulta de nouveau l'ordinateur.

— Tenez, voilà la liste. Ce dossier est censé être rangé aux archives. Je ne vois qu'une seule solution : il a été placé par mégarde dans un autre endroit. Quant à savoir où, il faudra des semaines pour le découvrir...

— Un instant ! s'écria David en désignant du doigt une annotation codée. Que signifie ceci ?

— C'est une demande de copie.

— Vous voulez dire que quelqu'un a obtenu une copie de ce dossier ?

— Oui, docteur. C'est exactement cela.

— Qui l'a demandée ?

Elle déplaça la flèche et cliqua sur une nouvelle commande. Un nom et une adresse apparurent aussitôt sur l'écran. « Joseph Kahanu, avocat. 224, Alakea Street. Date de la demande : 2 mars ».

— Cela remonte à un mois à peine, fit observer David en fronçant les sourcils.

— Oui, docteur.

— Un avocat. Pourquoi diable s'intéresserait-il à un décès survenu il y a cinq ans ?

L'employée lui adressa un regard morne par-dessus ses lunettes.

— A vous de me le dire.

La peinture grisâtre du couloir était écaillée, et des années de service avaient usé la moquette jusqu'à la trame. Sur la porte du bureau, une plaque annonçait :

Joseph KAHANU
Avocat
Divorces, gardes d'enfants, héritages,
accidents, assurances, conduite en état d'ivresse,
blessures infligées par tiers.

— Edifiant, murmura David en frappant à la porte. Je parie que les rats sont plus nombreux que ses clients.

Un géant hawaïen lui ouvrit, vêtu d'un costume trop étroit pour sa corpulence.

— David Ransom ? demanda-t-il d'une voix rugueuse.

— Oui, répondit-il en hochant la tête. Et voici le Dr Chesney.

Kahanu étudia silencieusement celle-ci quelques secondes, puis s'écarta en désignant deux chaises branlantes derrière lui.

— C'est bon. Entrez.

L'atmosphère de la pièce était suffocante. Le ventilateur à pales du plafond ne faisait que brasser un air vicié, et l'unique fenêtre, donnant apparemment sur une allée, était rendue opaque par une crasse aussi ancienne que le mobilier. L'avocat transpirait sous sa veste, sans doute enfilée à la dernière seconde à leur intention.

— Je n'ai pas encore appelé la police, expliqua-t-il avant de s'asseoir dans un fauteuil pivotant à la solidité douteuse.

— Pour quelle raison ? demanda David.

— J'ignore comment vous travaillez, mais en ce qui me concerne je n'ai pas l'habitude de dénoncer mes clients.

— Vous savez pourtant que Decker est recherché pour meurtre.

— C'est une erreur, répondit aussitôt Kahanu.

— Est-ce lui qui vous l'a affirmé ?

— Non. Je ne suis pas parvenu à le joindre.

— Le moment est peut-être venu de laisser la police s'en charger, ne croyez-vous pas ?

— Ecoutez, monsieur Ransom, répliqua sèchement l'avocat. Je ne vous apprendrai rien en vous disant que nous n'évoluons pas dans les mêmes sphères. Vous occupez de luxueux bureaux sur Bishop Street, et passez probablement vos week-ends sur les terrains de golf à entretenir de bonnes relations avec tel ou tel juge. Quant à moi...

Il fit un large mouvement englobant de la main.

— Regardez autour de vous. Les quelques clients qui ont le courage de franchir cette porte oublient la plupart du temps de me régler mes honoraires. Mais ce sont mes clients. Et je ne ferai jamais rien qui puisse nuire à leurs intérêts.

— Vous n'ignorez pas que deux personnes ont été assassinées ?

— Rien ne prouve que ce soit lui.

— Ce n'est pas l'opinion de la police. Selon eux, Charles Decker est un individu dangereux, un malade. Et il a besoin d'aide.

— De l'aide ? Est-ce là le nouveau terme désignant une cellule ?

L'air dégoûté, Kahanu sortit un mouchoir de sa poche et s'épongea consciencieusement le front et le cou.

— De toute façon, déclara-t-il, il semble bien que je n'aie plus le choix. Je m'attends à tout instant à une visite de la police.

Il ouvrit alors un tiroir, dont il sortit une chemise cartonnée qu'il lança devant lui sur le bureau.

— Voici la copie que vous m'avez demandée. Apparemment, vous n'êtes pas le seul que ce dossier intéresse.

David se saisit du document en haussant les sourcils.

— Quelqu'un d'autre est venu vous le demander ?

— Non, mais j'ai reçu… Comment dire ? Une visite inopinée en mon absence.

— Quand ?

— La semaine dernière. J'ai retrouvé mes papiers éparpillés un peu partout. Mais on ne m'a rien volé. Pas même les cinquante dollars qui me restaient en caisse. J'avoue que je n'ai pas bien compris sur le moment, mais après votre coup de téléphone de ce matin, j'ai commencé à réfléchir. Peut-être mon visiteur cherchait-il ce dossier, lui aussi.

— Mais il ne l'a pas trouvé.

— Je l'avais emporté chez moi.

— Vous n'en avez qu'une seule copie, n'est-ce pas ?

— Non. J'en ai tiré d'autres depuis, par précaution.

— Puis-je y jeter un coup d'œil ? demanda Kate.

David hésita, puis lui tendit la chemise.

— C'est vous le médecin, après tout. Allez-y.

Une étiquette portant le nom de Jennifer Brook était collée sur la couverture. Elle l'ouvrit et commença à lire.

Les premières pages comportaient le rapport de routine concernant l'admission. La patiente, une femme en bonne santé de vingt-huit ans, enceinte de trente-six semaines, était entrée au Mid Pacific Hospital alors qu'elle présentait les premières contractions. Les examens préalables effectués par le Dr Tanaka ne signalaient rien de particulier. Les battements de cœur du fœtus était normaux, de même que les tests sanguins. Kate tourna la page, pour tomber enfin sur le compte rendu de l'accouchement. Son visage se crispa peu à peu.

L'écriture manuscrite se faisait de plus en plus nerveuse à mesure que les détails cliniques y étaient relevés :

« Crises spasmodiques généralisées... Aucune réponse au Valium ni au Dilantin... Demande d'assistance aux urgences... Respiration irrégulière... Respiration interrompue... Arrêt du pouls... Massage cardiaque... Battements du cœur du fœtus perceptibles mais ralentis... Pouls toujours inexistant... Arrivée du Dr Vaughn avec une équipe du bloc C... L'enfant est vivant... »

Le reste du rapport était quasiment illisible. Sur la dernière page figurait une ultime observation :

« Réanimation définitivement arrêtée. Heure constatée du décès : 1 h 30. »

— Elle a succombé à une hémorragie cérébrale, dit Kahanu. Elle n'avait que vingt-huit ans.

— Qu'est devenu le bébé ? demanda Kate.

— C'était une petite fille. Elle est morte une heure après sa mère.

— Kate, murmura David en lui touchant doucement le bras. Regardez donc en bas de page.

Elle baissa de nouveau les yeux sur le dossier, et son sang se glaça aussitôt dans ses veines. Les noms du personnel médical ayant assisté à l'accouchement y étaient indiqués :

« Henry Tanaka, obstétricien accoucheur.

Ellen O'Brien et Ann Richter, sages-femmes. »

— Il manque un nom, remarqua-t-elle en relevant lentement la tête. Le Dr Vaughn, des urgences. Il pourrait peut-être nous dire...

— Non, l'interrompit Kahanu. Voyez-vous, docteur, le Dr Vaughn a été victime d'un accident de voiture peu de temps après le décès de cette femme.

— Vous voulez dire qu'il est...

L'avocat hocha la tête.

— Ils sont tous morts.

Kate blêmit soudain, et le dossier lui échappa des mains.

Troublé, Joseph Kahanu détourna les yeux vers la fenêtre.

— Il y a à peu près un mois, poursuivit-il, Charles Decker s'est présenté à mon bureau. Pourquoi m'avait-il choisi ? Je n'en sais rien. Sans doute n'avait-il pas les moyens de se payer un autre avocat. Toujours est-il qu'il voulait mon avis d'homme de loi sur d'éventuelles poursuites pour faute professionnelle.

— Concernant cette affaire ? s'étonna David. Mais les faits s'étaient déroulés cinq ans plus tôt. Il n'avait du reste aucun lien de parenté avec cette jeune femme. Vous deviez bien savoir qu'il aurait été débouté.

— Il m'a payé pour mes services, monsieur Ransom. En liquide.

« En liquide ». Des mots magiques pour un avocat à qui son travail permettait à peine de survivre.

— J'ai fait ce qu'il me demandait, poursuivit-il. Et je me suis servi de ce document pour engager une procédure en son nom. J'ai ensuite contacté le docteur et les deux sages-femmes ayant procédé à l'accouchement, mais aucun d'eux n'a répondu à mon courrier.

— Ils n'en ont pas eu le temps, dit David. Decker s'était déjà chargé d'eux.

— Pourquoi aurait-il fait cela ?

— Par vengeance. Ils avaient tué la femme qu'il aimait, il les a donc tués à leur tour.

— Mon client n'a jamais tué personne.

— Votre client avait un mobile. Et vous lui avez fourni les noms et adresses de ses futures victimes.

— Vous n'avez jamais rencontré Decker. Moi, si.

— Vous seriez surpris de constater à quel point les assassins paraissent inoffensifs dans un prétoire. J'en ai affronté plus d'un...

— Et moi je les défends ! Je prends en charge les cas les plus lourds, ceux dont personne ne veut. Croyez-moi, je sais reconnaître un assassin quand j'en vois un. Ils ont tous cette lueur étrange dans le regard, comme s'il leur manquait quelque chose. Une âme, peut-être. Et je ne me souviens pas avoir remarqué cela dans les yeux de Charles Decker.

Kate se pencha vers lui, le visage tendu.

— Monsieur Kahanu, demanda-t-elle calmement, à quoi ressemblait-il ?

— C'était un homme... ordinaire. De taille moyenne, mais il n'avait que la peau sur les os, comme s'il souffrait d'anorexie. Il me donnait l'image d'un être tourmenté. J'avoue qu'il me faisait de la peine. Il ne parlait que rarement, préférant communiquer par écrit sur des petits papiers. J'ai supposé qu'il avait eu un accident à la gorge, car il ne s'exprimait que par une sorte de chuintement bizarre. Lorsqu'il a sorti son portefeuille, et compté un par un les quelques billets de vingt dollars qui s'y trouvaient, j'ai compris qu'il mettait toute sa fortune sur la table pour me payer. Ce qui m'échappait, cependant, c'était la raison qui le poussait à remuer ce passé douloureux cinq ans après. La femme était morte, le bébé aussi. Rien ne pouvait les ramener à la vie...

— Savez-vous où le trouver ? demanda David.

— Il a une boîte postale. Je suis allé vérifier : il n'a pas touché à son courrier depuis trois jours.

— Vous a-t-il laissé une adresse, un numéro de téléphone ?

— Non, rien. Ecoutez, je n'ai aucune idée de l'endroit où il se cache. Il appartient désormais à la police de retrouver sa trace. C'est leur travail, après tout.

Kahanu repoussa alors son siège et se leva.

— Voilà. Je vous ai dit tout ce que je savais. Si vous voulez en savoir plus, il faudra vous adresser directement à Decker.

— Qui s'est évanoui dans la nature, déclara David.

— A moins qu'il ne soit mort, ajouta l'avocat d'un air sombre.

10.

Depuis quarante-huit ans qu'il était gardien du cimetière, Ben Hoomalu en avait vu des événements insolites. Ce n'étaient d'ailleurs pas tant les morts qui lui causaient du souci, que les vivants. Entre les couples d'adolescents qui s'y retrouvaient la nuit, la veuve proférant des obscénités sur la tombe de son mari et le vieux monsieur venu enterrer en catimini son caniche adoré, rien ne pouvait plus le surprendre.

Et à présent, de nouveau cette voiture beige.

Chaque jour de la semaine précédente, Ben l'avait vue s'engager dans l'allée du cimetière, avec ses vitres fumées dissimulant son conducteur. Elle se montrait parfois tôt le matin, parfois tard dans l'après-midi, pour s'arrêter à deux pas de l'Arche du Repos Eternel, où elle restait une heure ou deux sans que personne en sortît. Cela aussi était étrange. Comment pouvait-on venir honorer la mémoire d'un être cher sans se recueillir devant sa tombe ? Les gens ont parfois de bien curieux comportements…

Muni de sa cisaille de jardinier, il entreprit de tailler les buissons d'hibiscus quand l'arrivée d'une vieille Chevrolet cabossée franchissant le portail lui fit lever les yeux. Après s'être garé non loin de la grille, un homme à la silhouette maigre en sortit et le salua de loin. Ben lui rendit son salut en souriant. Un bouquet de marguerites blanches à la main, le visiteur se dirigea ensuite d'un pas lent vers une tombe. Le vieux gardien fit une pause et l'observa de loin.

L'homme ôta les fleurs fanées déposées lors de sa précédente visite, puis nettoya la plaque de ses feuilles mortes avant d'y déposer le nouveau bouquet. Il s'assit ensuite sur le gazon, et, comme il le faisait à chacune de ses visites, médita longuement devant la sépulture. Le rituel était toujours le même.

Ben en avait terminé avec les hibiscus et s'attaquait à présent aux bougainvillées, lorsque le visiteur se leva enfin pour partir. Déposant sa cisaille, il s'avança vers l'endroit que ce dernier venait de quitter. Ceint d'un ruban rose, le bouquet de marguerites reposait sur la plaque, et une légère dépression dans le gazon marquait l'endroit où il s'était recueilli.

Le ronronnement d'un autre moteur lui fit soudain lever la tête. Il vit alors la voiture beige démarrer à son tour et suivre lentement la Chevrolet.

Qu'est-ce que cela pouvait bien signifier ?

Il haussa les épaules. Après tout, les lubies des visiteurs ne le regardaient pas…

Il reporta alors son attention sur le nom figurant sur la pierre tombale : Jennifer Brook. D'après les dates, elle était morte à vingt-huit ans.

Une feuille détachée d'un arbre tomba en tourbillonnant sur la plaque polie.

« Quelle tristesse ! songea-t-il en secouant la tête. Une femme si jeune… »

— Pain de seigle, jambon et mayonnaise ! annonça le sergent Brophy en déposant un sachet en papier brun sur le bureau. Et vous avez un appel sur la 4.

Pokie Chang hésita un bref instant, puis tendit la main vers le sandwich, qu'il sortit de son emballage. Il existait certaines priorités dans la vie d'un homme, les gargouillis de son estomac étaient là pour le lui rappeler.

— Qui est-ce ? demanda-t-il en désignant le téléphone du menton.

— Ransom.

— Encore lui ?

— Il nous demande d'ouvrir un dossier sur le cas O'Brien.

— Bon Dieu ! Pourquoi s'acharne-t-il autant sur cette histoire ?

— Je crois qu'il en pince pour cette...

Le visage de Brophy se contracta soudain. Il sortit aussitôt son mouchoir, et le plaqua sur son nez juste avant d'éternuer.

— Pour ce médecin en jupons, acheva-t-il, après s'être essuyé avec application. Vous savez, les violons, l'amour et tout le tintouin...

A cette idée, Pokie éclata de rire.

— David, amoureux ? Oh, non, sergent, ce n'est pas son genre ! Il est bien trop malin pour se laisser embobiner par une femme !

— Un homme n'est jamais trop malin, répondit Brophy.

Un coup frappé à la porte les interrompit. Un policier en uniforme glissa la tête dans le bureau.

— On vous demande en haut, lieutenant.

— Le patron ?

— Oui. Il est bloqué dans son bureau, assailli par une armée de reporters. Ils veulent des informations sur cette Japonaise qui a disparu, Sasaki, je crois. Cela fait maintenant dix minutes qu'il vous attend.

Chang baissa un œil désolé sur son sandwich, mais les exigences de la hiérarchie ne souffraient aucun délai. Il se leva alors en soupirant et enfila sa veste.

— Que faisons-nous pour Ransom ? demanda Brophy en indiquant du pouce la lumière clignotante du téléphone.

— Dites-lui que je le rappellerai.

— Quand ?

— L'année prochaine, déclara-t-il en se dirigeant vers la porte.

*
* *

David se glissa derrière le volant en grommelant un juron, puis claqua la portière.

— Ils ne veulent rien savoir !

Kate se tourna vers lui, le regard inquiet.

— Mais ils ont vu le dossier de Jenny Brook, ils ont parlé à Kahanu...

— Selon eux, les éléments sont insuffisants pour ouvrir une enquête criminelle. Ellen O'Brien est morte des suites d'une erreur médicale, ils n'en démordent pas.

— Nous devons donc continuer seuls.

— Non. Nous laissons tomber...

Il tourna nerveusement la clé de contact, et engagea la voiture sur la route.

— Cette affaire est devenue trop dangereuse, ajouta-t-il.

— Elle l'est depuis le début, David. Alors, pourquoi baisser les bras maintenant ?

— La différence, c'est que, jusqu'à présent, je n'étais pas sûr de vous croire.

— Vous pensiez que je mentais ?

— Disons qu'il me restait toujours quelques doutes. Mais des faits nouveaux se sont produits depuis : le dossier qui a disparu des archives de l'hôpital, la tentative de cambriolage chez Kahanu...

Son regard se perdit sur la route qui défilait devant eux.

— Je suis persuadé, reprit-il, que Jenny Brook se trouve au cœur de cette énigme. Que son dossier recèle des informations dangereuses. Lesquelles ? Je n'en ai pas la moindre idée. Mais notre assassin met de toute évidence tout en œuvre pour qu'elles restent secrètes.

— Nous l'avons lu et relu des dizaines de fois, David ! Il ne s'agit que d'un banal dossier médical.

— Alors nous sommes passés à côté de quelque chose d'important, un détail auquel nous n'avons pas prêté attention. Et je compte sur Charles Decker pour nous éclairer sur ce point. Mais en attendant, ne bougeons pas. Attendons que la police mette la main sur lui.

« Charles Decker », songea Kate… Cet homme voulait-il sa perte, ou était-il, au contraire, sa seule chance de salut ? Elle ne savait plus qu'en penser. Son regard tomba de nouveau sur le dossier ouvert sur ses genoux. L'explication du soudain basculement de Decker dans la folie s'y trouvait-elle ?

— Demain je coincerai Pokie, déclara David en slalomant entre les voitures. Je compte bien le faire changer d'avis sur le cas Ellen O'Brien.

— Et si vous ne parvenez pas à le convaincre ?

— Je saurai trouver les arguments, faites-moi confiance.

— Mais il exigera des éléments solides.

— C'est à lui, à présent, qu'il appartient de les trouver. J'estime que nous sommes allés aussi loin qu'il était possible. L'heure est venue pour nous de passer la main.

— Désolée, David, mais je ne le peux pas. Ma carrière est en jeu.

— Et votre vie ? Y avez-vous réfléchi ?

— Ma carrière « est » ma vie.

— Il y a une énorme différence, Kate…

— Je n'attendais pas que vous me compreniez, soupira-t-elle en détournant la tête. Ce n'est pas votre combat.

— Vous faites erreur. Ce combat est aussi le mien.

— Ah bon ? Et qu'avez-vous à perdre dans cette affaire ?

— N'oubliez pas que j'ai abandonné la procédure. Une procédure lucrative, devrais-je ajouter.

— Oh ! Vous m'en voyez navrée !

— Bon sang, Kate ! Croyez-vous que je me soucie de l'argent ? Sachez que je n'y attache aucune importance. C'est ma réputation qu'il me faut préserver, et cela depuis que j'ai commencé à croire à votre scénario. Un meurtre sur une table d'opération. Bon sang !

Je serai couvert de ridicule si je ne parviens pas à prouver que vous dites vrai. Alors, arrêtez de dire que je n'ai rien à perdre !

La mâchoire serrée, il s'efforça de reporter son attention sur la route devant lui.

— Le pire dans cette histoire, marmonna-t-il, c'est que j'ai dû mentir de manière éhontée aux parents d'Ellen O'Brien.

— Pardon ?

— Comment pouvais-je leur dire que je pensais que leur fille avait été assassinée ? Je n'ai pas eu le courage de leur infliger cela, je l'avoue. J'ai préféré prétexter un vague conflit d'intérêts pour leur annoncer que je transmettais le dossier à un autre cabinet.

— Vous avez fait « quoi » ?

— J'étais leur avocat, Kate. Il était de mon devoir de ne pas agir dans leur dos contre leurs intérêts.

— Evidemment !

Le visage fermé, Kate ne prononça plus une parole pendant tout le reste du trajet jusqu'au domicile de David. Arrivé à destination, celui-ci gara la voiture et coupa le moteur, mais elle ne se décida pas à sortir. Ils restèrent ainsi un long moment immobiles, dans le silence lourd de l'habitacle. Quand, enfin, elle se décida à parler, ce fut d'une voix froide et distante, comme si elle s'adressait à un étranger.

— Je vous ai mis dans une position délicate, n'est-ce pas ?

David lui répondit par un bref hochement de tête.

— Je suis désolée.

— D'accord, dit-il, oublions cela, voulez-vous ?

Il descendit alors de voiture, puis en fit le tour pour lui ouvrir la portière. Kate resta figée sur son siège telle une statue.

— Eh bien ? insista-t-il. Vous ne voulez pas entrer ?

— Si. Mais seulement pour préparer ma valise.

David sentit son estomac se serrer.

— Vous partez ?

— Oui, répondit-elle d'une voix tendue. Je… j'apprécie tout ce que vous avez fait pour moi. Vous avez pris certains risques alors que rien ne vous y obligeait. Peut-être au début avions-nous besoin l'un de l'autre, mais il est désormais évident que cet... arrangement n'est plus de nature à servir vos intérêts. Les miens non plus, semble-t-il.

— Je vois, soupira-t-il. Où comptez-vous aller ?

— Chez des amis.

— Ne craignez-vous pas de les mettre en danger ?

— Dans ce cas, je prendrai une chambre d'hôtel.

— Je vous rappelle qu'on vous a volé votre sac. Vous n'avez plus ni argent ni carte de crédit.

— Pour le moment, peut-être, mais...

— Auriez-vous dans l'idée de m'emprunter de l'argent ?

Elle lui lança un regard noir.

— Je n'ai pas besoin de votre aide ! Je n'ai jamais eu besoin de l'aide d'aucun homme.

David songea un instant à utiliser la bonne vieille méthode de la contrainte physique, mais, connaissant la fierté de Kate, il abandonna aussitôt cette idée saugrenue.

— Faites comme il vous plaira, dit-il finalement, avant de se diriger à grands pas vers chez lui.

Pendant que Kate rassemblait ses effets personnels, David marchait de long en large dans la cuisine, incapable de chasser le sentiment de malaise qui s'était emparé de lui. Il se dirigea vers le réfrigérateur et en sortit une boîte de lait, dont il but une longue gorgée.

« Je devrais lui ordonner de rester, songea-t-il. Oui, c'est exactement ce que je devrais faire. »

Fort de cette décision, il monta la rejoindre dans sa chambre.

Pourtant, arrivé près de sa porte, il s'arrêta. C'était une mauvaise idée : Kate n'était pas femme à se laisser dicter sa conduite — il la connaissait suffisamment à présent pour le savoir. Il s'avança néanmoins dans l'encadrement de la porte et l'observa, tandis qu'elle rangeait soigneusement une robe dans la valise ouverte sur le lit à côté d'elle.

Se rendant soudain compte de sa présence, elle s'immobilisa.

— J'ai presque terminé, annonça-t-elle d'un ton détaché. Avez-vous appelé un taxi ?

— Pas encore.

— Je serai prête dans une minute. Pourriez-vous vous en occuper maintenant ?

— Non.

Elle se tourna vers lui, les sourcils froncés.

— Comment ?

— Je n'appellerai pas de taxi.

Kate le regarda fixement, l'air de ne pas comprendre.

— Très bien, dit-elle d'une voix calme. Dans ce cas je le ferai moi-même.

Elle se dirigea alors vers la porte, mais David la saisit aussitôt par le bras.

— Ne faites pas ça, Kate, lui enjoignit-il en la faisant pivoter vers lui. Vous devez rester ici.

— Pourquoi donc ?

— Parce que vous ne serez en sécurité nulle part.

— Je ne suis plus une petite fille, David. Je saurai me débrouiller.

— Vraiment ? Et que ferez-vous si Decker parvient à vous retrouver ?

— N'avez-vous rien de plus important à me dire ? demanda-t-elle en libérant son bras d'un geste sec.

— Comme quoi, par exemple ?

— Que faites-vous de votre sens de l'éthique ? Après tout, je ne voudrais pas ruiner votre précieuse réputation.

— Ma réputation, je m'en charge, merci.

Le menton levé, elle le fixa droit dans les yeux.

— Dans ce cas, il est temps que je me soucie un peu plus de la mienne.

Elle se tenait si près de lui qu'il pouvait ressentir le lien invisible qui les unissait malgré eux. Soudain, leurs regards se soudèrent l'un à l'autre, étonnés et brûlant d'une flamme sans équivoque.

— Au diable nos réputations ! dit-il d'une voix brisée. Elles sont de toute façon déjà compromises.

Répondant alors à l'appel qu'il n'avait cessé de ressentir dans sa chair toute la journée, il l'attira contre lui, et s'empara de sa bouche avec une avidité presque animale. Le dos appuyé contre l'embrasure de la porte, Kate n'émit qu'un faible gémissement de protestation. David la sentit fondre entre ses bras, tandis que son buste et ses hanches venaient étroitement épouser les siens.

D'un geste fébrile, elle remonta les mains sur sa nuque et écarta ses lèvres, l'invitant à goûter à la chaude intimité de sa bouche.

Il tenta de défaire les boutons de sa robe, mais ses mains tremblaient comme celles d'un adolescent découvrant pour la première fois l'amour. Avec un soupir de frustration, il dégagea alors les fines bretelles des épaules de Kate, avant de faire glisser le vêtement le long de son corps. Bientôt, le soutien-gorge de dentelle échoua à son tour sur le sol. David s'écarta un peu et, fasciné, baissa les yeux sur la tendre plénitude des seins de Kate, qu'il caressa du bout des doigts. A ce contact brûlant, elle sentit leurs pointes se durcir, et comprit qu'il était désormais trop tard pour reculer, que toute retraite était devenue impossible.

Le cœur battant, elle lui déboutonna sa chemise d'un geste maladroit, manquant d'arracher un bouton dans l'opération, puis enfouit ses doigts dans la fine toison qui couvrait son torse.

Un instant plus tard, accrochés l'un à l'autre, ils gagnaient en titubant la pénombre accueillante de la chambre de David. Celui-ci ne portait déjà plus que son jean, dont la fermeture baissée révélait la puissance de son désir.

Ensemble, ils basculèrent sur le grand lit, qui protesta en grinçant sous leur poids. Emportés par leur fougue, ils déchirèrent presque les derniers vêtements qui les séparaient encore l'un de l'autre afin de se retrouver nus, peau contre peau. Ils n'avaient plus de temps pour les préliminaires, plus la force de résister à la passion qui les dévorait depuis si longtemps. Alors, s'emparant de nouveau de la bouche de Kate, David s'allongea entre ses cuisses, et, les mains plongées dans ses cheveux, la pénétra, plongeant en elle si profondément qu'elle ne put retenir un cri contre ses lèvres.

Il s'immobilisa aussitôt, le corps tendu et frémissant.

— Je… Je t'ai fait mal ?

— Non… Oh, non…

Un simple regard suffit à lui prouver qu'elle n'avait pas crié de douleur, mais de plaisir.

Kate voulut onduler sous lui, mais, devant l'expression presque douloureuse de ses traits, elle comprit qu'il luttait pour contrôler la réaction de son propre corps. Dès le premier jour, dès l'instant de leur rencontre, il avait voulu la faire sienne, elle le savait. Comme elle savait qu'elle-même l'avait désiré au premier regard, malgré la voix de sa raison qui lui soufflait qu'une telle union était impossible. Et aujourd'hui, en dépit de tout, ils ne se sentaient plus le courage de résister à cette force mystérieuse qui les poussait l'un vers l'autre.

Peut-être le regretterait-elle plus tard, mais en ce moment elle ne voulait penser à rien d'autre qu'au présent et à ces sensations merveilleuses qui affolaient tous ses sens. Non, elle ne pouvait plus attendre. Poussée par le besoin de le sentir toujours plus loin, plus profond en elle, elle se cambra contre lui, l'obligeant à entrer dans une danse voluptueuse. Incapable de résister à cette invite, David accentua alors le mouvement qu'elle avait insufflé à leurs corps, avant de lui donner son propre rythme — un rythme enivrant qui, telle une lame de fond, les souleva pour les emporter vers les sommets vertigineux du plaisir.

Lorsque, un long moment plus tard, ils retrouvèrent leurs esprits, ce fut avec l'impression étrange de revenir d'un autre monde. Le regard encore brillant de fièvre, David posa doucement une main sur le ventre nu de Kate et tourna les yeux vers la fenêtre. Les dernières lueurs du crépuscule s'estompaient dans le lointain, laissant lentement place à la nuit.

— Maintenant, je sais ce que c'est que d'être dévorée vivante, soupira Kate.

David se retourna et approcha son visage du sien.

— Hmm-hmm, lui glissa-t-il à l'oreille. Je crois qu'il en reste encore un peu…

Elle ferma les yeux, tandis qu'il revenait goûter au nectar de ses lèvres.

— Jamais je ne t'aurais imaginé aussi… passionné, avoua-t-elle d'une voix langoureuse.

— A quoi t'attendais-tu donc ?

— A un iceberg ! répondit-elle en riant. Mais il est clair à présent que je me trompais.

David saisit délicatement une mèche de ses cheveux, et la laissa couler comme de l'eau entre ses doigts.

— Je sais que je peux parfois sembler glacial, murmura-t-il. C'est un trait commun dans ma famille, du côté de mon père. La vieille rigidité protestante de la Nouvelle-Angleterre, je suppose. Affronter ce dernier dans un tribunal devait être une expérience terrifiante.

— Il était avocat, lui aussi ?

— Juge d'assises. Il est mort il y a quatre ans, foudroyé par une crise au beau milieu d'une sentence qu'il était en train de prononcer. C'était certainement là une fin qu'il eût souhaitée. Ses confrères le surnommaient « l'Impitoyable ».

— Je vois. La vieille école de l'ordre et de la loi.

— Exactement. Le parfait opposé de ma mère, qui ne trouvait son épanouissement que dans une douce anarchie.

— Ce devait être un mélange explosif.

— Presque autant que toi et moi. En fait, je n'ai jamais compris comment ils parvenaient à vivre ensemble, mais il est indubitable qu'une sorte d'alchimie les liait l'un à l'autre. Une vibration électrique flottait entre eux, presque palpable.

— Ils formaient donc un couple heureux.

— Oui. Fatigué. Frustré. Mais heureux.

Une faible clarté baignait la chambre depuis la fenêtre. Silencieux et ému, David explora de la main les vallées et les monts du corps de Kate, déclenchant en elle une vague de délicieux frissons.

— Tu es si belle, murmura-t-il. Si j'avais pu me douter…

— Te douter de quoi ?

— Qu'un jour, je me retrouverais dans le même lit qu'un médecin haïssant les avocats. Le destin emprunte parfois de curieux détours.

— Est-ce pour cela que je me sens comme une petite souris blottie entre les pattes d'un gros chat ?

— Dois-je comprendre que tu as encore peur de moi ?

— Un peu. Beaucoup.

— Pourquoi ?

— Parce que je ne parviens pas vraiment à m'ôter de l'esprit que tu es un ennemi.

— Si c'est le cas, répondit-il, les lèvres effleurant son oreille, alors l'un de nous vient juste de rendre les armes.

— Rendre les armes ? Cela ne te ressemble pas.

— Depuis que je te connais, tout est possible.

— Et avant ?

— Ma vie était morne et sans intérêt.

Elle sourit.

— Permets-moi d'exprimer quelques doutes.

— Oh, je ne dis pas que je me suis toujours tenu à l'écart des femmes. Mais je suis un homme prudent. Il m'est difficile de… d'établir des relations intimes avec autrui.

— Ce n'était pas exactement le cas, ce soir, le taquina-t-elle.

— Je voulais simplement parler des relations humaines. C'est ma nature, je n'y peux rien. Trop de choses peuvent mal tourner, et j'avoue que je ne suis pas doué pour gérer les conflits.

Kate étudia quelques instants son visage, penché au-dessus du sien.

— Qu'est-ce qui a fait échouer ton mariage, David ?

— Oh, mon mariage…

Il se tourna sur le dos et soupira.

— Rien de particulier. Il m'est d'ailleurs difficile de citer des raisons précises, ce qui montre à quel point je peux être un individu insensible et froid. Linda me reprochait de ressembler à mon père, d'être incapable d'extérioriser mes sentiments. Je n'y attachais aucune importance à l'époque, mais je crois, à présent, qu'elle avait raison.

— Je pense pour ma part que cette froideur n'est qu'une façade, un masque derrière lequel tu te protèges.

Elle se redressa sur un coude et l'observa de profil avant d'ajouter :

— Il existe mille et une façons de montrer son affection.

— Depuis quand verses-tu dans la psychanalyse ?

— Depuis que j'ai rencontré un homme complexe.

David se tourna vers elle, et son regard descendit sur sa joue.

— Ton hématome commence à disparaître. Chaque fois que je le vois, j'ai envie de mordre.

— Et moi qui croyais qu'il t'excitait.

— Il me donne surtout le désir de te protéger, dit-il en posant la main sur la courbure de sa hanche. Mes vieux instincts de mâle, sans doute.

— Ou de loup…

— Tu as raison, répondit-il en riant. A ce propos, que dirais-tu de manger quelque chose ? Des pâtes accompagnées de l'excellente sauce bolognaise de Mme Feldman, par exemple. Nous pourrions également ouvrir une bonne bouteille. Et ensuite…

Tout en parlant, il l'avait attirée tout contre lui. Elle sentit sa peau s'embraser au contact de la sienne.

— Ensuite ?

— Ensuite je te ferai ce que les avocats infligent depuis longtemps aux médecins.

— Oh, David !

— Je plaisantais, voyons ! Je crois néanmoins que tu saisis l'idée générale.

Sur ces paroles, il la prit dans ses bras pour la soulever du lit.

— Viens, dit-il. Et chasse ce regard lubrique de tes yeux, ou nous ne sortirons jamais de cette chambre, et on nous retrouvera demain matin sur ce lit, morts d'épuisement et d'inanition.

Kate lui adressa une œillade mutine.

— Quelle belle façon de mourir !

Ce fut le bruit des vagues se brisant sur la digue qui la réveilla. L'esprit encore embrumé de sommeil, elle tendit la main vers David... et ne rencontra qu'un oreiller vide, que chauffaient déjà les rayons du soleil. Elle ouvrit instantanément les yeux.

— David ?

Aucune réponse. Un silence désolant semblait régner dans la maison.

Elle se redressa, puis bascula les jambes de côté pour s'asseoir sur le bord du lit. Les draps portaient encore l'odeur entêtante de leurs étreintes de la nuit. Nue et vaguement hébétée, elle explora la chambre autour d'elle : ses vêtements avaient été ramassés et rangés sur une chaise.

— David ?

N'obtenant toujours pas de réponse, elle se leva et se rendit à la salle de bains. Seule une serviette humide en train de sécher y attestait du passage de David. Elle décida alors d'explorer le reste de la maison, ouvrit toutes les portes... sans plus de succès.

C'est avec la conscience de violer l'espace privé de son hôte qu'elle pénétra dans la dernière pièce. Une forte odeur de renfermé lui monta aussitôt aux narines, et, sous le léger courant d'air, un mobile de cristal trembla en tintinnabulant. Une chambre d'enfant, constata-t-elle, surprise.

L'un des murs portait une large étagère remplie de jouets, tandis que de l'autre côté apparaissait un petit lit, couvert d'un édredon à motifs floraux. Poussée par la curiosité, Kate s'avança prudemment dans la pièce. Une commode attira soudain son attention. Une douzaine de livres illustrés y étaient posés, parmi un sympathique fouillis de peluches et d'objets disparates. Elle s'en approcha et souleva d'un doigt hésitant l'une des couvertures. Un nom était inscrit au stylo sur la page de garde : Noah Ransom.

— Mon Dieu ! chuchota-t-elle, des larmes dans les yeux. Je suis désolée, David, tellement désolée…

Elle se retourna et quitta la chambre sans s'attarder, refermant doucement la porte derrière elle.

Quelques minutes plus tard, une tasse de café entre les mains, elle relisait dans la cuisine le message laissé à son intention sur le comptoir carrelé.

« Je suis en ville avec Glickman. Ma voiture est à ta disposition. A ce soir. »

Aucun mot affectueux. Pas même une signature. Le message était neutre et fonctionnel — comme la cuisine et le reste de la maison. Elle sentit son cœur se serrer douloureusement.

Comment David pouvait-il se montrer aussi froid après la nuit passionnée qu'ils venaient de passer ? Comment parvenait-il à cloisonner ainsi sa vie ? Il semblait vouloir protéger ses émotions d'une muraille inviolable, comme il le faisait pour la chambre de son fils. Si seulement elle avait été capable de l'imiter ! Hélas, c'était impossible. Déjà, David lui manquait. Peut-être même était-elle tombée amoureuse de lui…

Agacée par le tour que prenaient ses pensées, elle se leva brusquement et s'avança vers l'évier, où elle rinça sa tasse. Que lui arrivait-il ? Ce n'était pas le moment de sombrer dans le sentimentalisme. Le comité chargé d'examiner son cas se réunissait dans l'après-midi, et de son verdict dépendait sa carrière : voilà qui constituait une préoccupation autrement plus importante que ses états d'âme à propos de David Ransom !

Elle se tourna pour prendre le dossier de Jenny Brook sur la table de la cuisine, puis le feuilleta de nouveau en se demandant ce qu'il pouvait contenir de si dangereux. Quelque chose de terrible s'était produit la nuit où la jeune femme était morte — une chose dont la puissance destructrice avait déjà atteint chacun des noms figurant dans le dossier : une mère et son enfant, deux médecins et deux sages-femmes. Seul Charles Decker la connaissait. Mais il était lui-même une énigme, un puzzle dont les pièces refusaient de s'adapter les unes aux autres.

Un monstre sanguinaire, d'après la police.

Un être inoffensif et tourmenté, selon Kahanu.

Un homme à double visage…

Kate referma le dossier, avant de s'immobiliser soudain. Deux visages, deux personnalités indépendantes l'une de l'autre… Oui, elle venait de comprendre. C'était tellement évident !

— Les cas de personnalités multiples sont assez rares, expliqua Susan Santini. On en trouve d'ailleurs des descriptions précises dans certains traités psychiatriques.

Elle pivota sur son siège et tendit la main vers l'un des livres qui garnissaient sa bibliothèque. L'impressionnante collection d'ouvrages médicaux et psychiatriques attestait, si besoin était, que Susan n'était pas seulement l'épouse de Guy Santini, mais également une véritable professionnelle dans son domaine, respectée et reconnue.

— Nous y sommes, dit-elle en ouvrant le livre sur la première page d'un chapitre. « D'Eve à Sibylle. Exemples choisis de cas historiques ». C'est un sujet tout à fait fascinant.

— Avez-vous déjà été confrontée à de tels cas ? lui demanda Kate.

— Malheureusement non. J'ai bien cru en avoir eu un sous la main, à l'époque où je travaillais pour les tribunaux, mais il s'agissait en réalité d'un comédien, par ailleurs excellent, qui tentait d'échapper à une condamnation pour meurtre.

— Un homme peut-il vraiment abriter deux personnalités ?

— Beaucoup plus, parfois. Notre psyché est composée de tant de parties antagonistes ! C'est un peu le « ça » contre le « moi ».

Ou, si vous préférez, les pulsions contre la raison. Prenez l'exemple de la violence. Si la plupart d'entre nous refoulent les tendances sauvages qui sommeillent en tout être humain, d'autres n'y parviennent pas. Pourquoi ? Là est toute la question. Maltraitance infantile ? Anomalie dans la chimie du cerveau ? Quoi qu'il en soit, ces personnes sont de véritables bombes à retardement. Poussez-les un peu trop loin, et ils perdent tout contrôle d'eux-mêmes.

— Pensez-vous que Charles Decker pourrait être l'une de ces bombes à retardement ?

Susan s'appuya contre son dossier, et considéra quelques instants la question.

— Je ne sais que vous répondre, Kate. Vous m'avez expliqué qu'il venait d'une famille éclatée, et qu'il s'était rendu coupable d'une agression il y a cinq ans. Mais il n'a jamais montré de manifestations récurrentes de violence. La seule fois où il a utilisé une arme à feu, il l'a tournée contre lui-même.

Elle s'interrompit, songeuse, avant d'ajouter :

— Maintenant, s'il a connu un choc psychologique brutal…

— C'est le cas.

— Vous faites allusion à ceci ?

Susan désigna du doigt le dossier médical de Jenny Brook.

— Il a perdu sa fiancée, rappela Kate. La police pense que cet événement a déclenché en lui une sorte de rage meurtrière. Il aurait, selon eux, voulu supprimer tous ceux qu'il jugeait responsables de sa mort.

— Cela peut paraître bizarre, mais il est vrai que l'amour est le principal motif de nombreux actes de violence. Songez à tous ces crimes passionnels, à toutes ces épouses rongées par la jalousie, à ces amants éconduits…

— Amour et violence. Deux faces d'une même pièce.

— Exactement. Mais ce ne sont que des suppositions. Il faudrait que je parle à ce Decker pour pouvoir me faire une opinion précise. A propos, où en est la police ? Ont-ils retrouvé sa trace ?

— Je ne sais pas, ils ne me communiquent aucune information. Je suis obligée d'effectuer moi-même les recherches.

— Vous plaisantez ? N'est-ce pas là leur travail ?

— Théoriquement, soupira Kate…

Le bourdonnement soudain de l'Interphone les interrompit.

— Docteur Santini ? demanda la standardiste. Votre rendez-vous de 15 heures vous attend.

Kate consulta sa montre.

— Mon Dieu ! s'excusa-t-elle. Je suis navrée. J'ai peur d'avoir abusé de votre temps.

— Ce n'est rien. Je suis toujours heureuse de pouvoir vous aider.

Susan se leva pour l'accompagner jusqu'à la porte, puis lui posa une main sur le bras pour demander :

— Cet endroit où vous logez, vous êtes sûre d'y être en sécurité ?

— Je le crois. Pourquoi ?

— Je ne voudrais pas vous effrayer, mais si vous dites vrai, si Decker possède bien une personnalité multiple, alors vous vous trouvez face à un être totalement imprévisible. Par conséquent, je vous en conjure, soyez très, très prudente.

Kate sentit sa gorge s'assécher

— Vous le croyez dangereux à ce point ?

— Plus que vous ne pouvez l'imaginer, répondit Susan en hochant la tête.

11.

Kate eut l'impression désagréable de se trouver face à un tribunal militaire pour haute trahison. Assis derrière une longue table, six hommes et une femme la regardaient, le dos raide et la mine grave. Tous étaient médecins. Aucun ne souriait. En dépit de sa promesse d'assister à la réunion de la commission, le Dr Clarence Avery était absent. Le seul visage amical qu'elle aperçut était celui de Guy Santini, mais ce dernier n'était cité à comparaître qu'à titre de témoin. Installé un peu à l'écart, il semblait aussi nerveux qu'elle.

Les membres du comité l'interrogèrent d'une manière polie mais ferme, et accueillirent chacune de ses réponses par de longs regards impassibles.

— Et vous avez personnellement vérifié l'électrocardiogramme ?

— Oui, docteur Newhouse.

— Ensuite, vous l'avez inséré dans le dossier.

— C'est exact.

— L'avez-vous montré à d'autres médecins ?

— Non, monsieur.

— Pas même au Dr Santini ?

Kate jeta un bref coup d'œil à ce dernier. Il était affaissé sur sa chaise, une expression navrée sur le visage.

— L'électrocardiographie était sous ma responsabilité, répondit-elle d'une voix posée. Le Dr Santini faisait confiance à mon jugement.

Combien de fois devrait-elle répéter la même histoire ? Combien de fois lui poseraient-ils les mêmes questions ?

— Des commentaires, docteur Santini ?

Guy leva la tête à contrecœur.

— Ce que vous a dit le Dr Chesney est la vérité. J'ai toujours eu confiance en elle.

« Merci, Guy. »

Leurs regards se croisèrent, il lui adressa un pâle sourire.

— Revenons à présent aux événements survenus pendant l'opération, docteur Chesney. Vous avez affirmé avoir procédé à une injection de Penthotal de routine…

La suite de l'interrogatoire se révéla aussi douloureuse qu'interminable. Enfin, après ce qui lui sembla une éternité, on l'autorisa à faire une déclaration, qu'elle prononça d'une voix calme et maîtrisée :

— Ma version des faits peut sembler étrange, je le conçois. D'autant que je ne dispose d'aucune preuve permettant de l'étayer. Pourtant, j'affirme que j'ai donné à Ellen O'Brien les meilleurs soins possible. Le rapport indique que j'aurais commis une erreur, une erreur dramatique ayant provoqué son décès. Mais l'ai-je tuée ? La réponse est non, cela ne fait pas le moindre doute dans mon esprit…

Après une courte pause, elle les remercia d'une voix brisée, puis quitta la pièce.

Vingt minutes s'écoulèrent avant que le comité la rappelle pour lui faire part de sa décision.

Son regard passa sur chacun des membres, et elle se rendit alors compte que deux nouveaux arrivants avaient pris place en bout de table : George Bettencourt, qui affichait un sourire froidement satisfait, et Jon Wilson, l'avocat de l'hôpital. Avant même que la moindre parole ne fût prononcée, elle avait deviné le verdict.

D'une voix solennelle, Le Dr Newhouse annonça alors l'issue de leurs délibérations.

— Docteur Chesney, nous ne pouvons que prendre acte de la

contradiction existant entre votre relation des faits et le rapport qui nous a été soumis. D'un commun accord, nous avons néanmoins jugé préférable de nous référer à ce dernier. Il y est indiqué que les soins prodigués à la patiente, Mlle Ellen O'Brien, ont manifestement été entachés de graves négligences.

Kate tressaillit. Ces derniers mots constituaient la pire insulte jamais proférée à son égard.

Newhouse ôta ses lunettes et poussa un long soupir.

— Docteur Chesney, reprit-il, vous êtes arrivée dans cet hôpital il y a moins d'un an. Après une aussi courte période de service, vous comprendrez que ce genre de… d'accident nous préoccupe beaucoup. A la lumière des faits relevés lors de cette audition, nous nous voyons contraints de transmettre votre cas à la commission de discipline. Celle-ci décidera des suites à donner quant à votre position au sein du Mid Pacific Hospital. D'ici là…

Il échangea un bref regard avec Bettencourt.

— D'ici là, nous maintenons les mesures de suspension prises à votre encontre.

« C'est fini », songea-t-elle tristement. Comment avait-elle pu un seul instant espérer une autre issue ?

Tandis que les membres de la commission se retiraient l'un après l'autre, elle resta immobile sur sa chaise, abattue et comme vidée de ses forces.

— Je suis désolé, Kate, dit doucement Guy près d'elle.

Il s'attarda quelques instants, puis, ne trouvant rien d'autre à lui dire, s'en alla à son tour.

Kate s'entendit deux fois appeler par son nom, avant de se rendre compte que Bettencourt et Wilson l'avaient rejointe.

— Je crois, docteur Chesney, qu'il est temps que nous parlions, dit l'avocat.

Kate leva vers lui un regard surpris.

— Parler ? De quoi ?

— D'un accord financier.

Elle se raidit.

— N'est-ce pas un peu prématuré ?

— Ce serait plutôt le contraire, si je puis me permettre.

— Je ne comprends pas.

— J'ai reçu la visite d'un journaliste, ce matin. Il m'a annoncé que les O'Brien avaient décidé de s'ouvrir à la presse. Le public ne tardera pas, je le crains, à vous juger et à vous condamner sans autre forme de procès.

— Mais ce dossier n'est ouvert que depuis une semaine.

— Je le sais, répliqua Wilson. Mais il nous faut absolument éviter que cette déplorable affaire ne s'ébruite. Et le meilleur moyen d'y parvenir est de nous entendre sur un accord, le plus discrètement et le plus rapidement possible. Il ne nous manque que votre agrément. Des négociations sont prévues sur la base d'un demi-million de dollars — même si nous nous attendons que la partie adverse fasse monter les enchères.

« Un demi-million de dollars ! » L'attribution d'une valeur vénale à une vie humaine semblait tellement obscène... Elle secoua la tête.

— Non.

L'avocat cligna des yeux, incrédule.

— Je vous demande pardon ?

— Je n'ai pas encore tous les éléments en main, mais d'ici le procès, je pense pouvoir être en mesure de prouver que...

— Il n'y aura pas de procès, coupa-t-il. Cette affaire n'aura pas de suites judiciaires, que cela vous plaise ou non.

— Dans ce cas, répliqua-t-elle sèchement, je prendrai mon propre avocat.

Les deux hommes se consultèrent du regard, hésitants, puis Wilson se tourna de nouveau vers Kate.

— Je crains, annonça-t-il d'un ton méprisant, que vous ne sachiez pas ce qui vous attend au tribunal. Selon toute probabilité, le Dr Santini sera tenu à l'écart, ce qui signifie que vous vous retrouverez seule face à l'accusation. Ils vous passeront sur le gril, et votre nom sera dans tous les journaux dès le lendemain. Je connais leur avocat, David Ransom. Je l'ai vu littéralement tailler en pièces un accusé dans le prétoire. Croyez-moi, il ne fait pas bon tomber entre ses griffes.

— M. Ransom s'est désengagé.

— Pardon ?

— Il a abandonné la procédure.

Wilson renifla, l'air mauvais.

— D'où tenez-vous ce ragot ?

— Il me l'a dit lui-même.

— Vous voulez dire que vous l'avez rencontré ?

« J'ai même passé une nuit avec lui... »

— Oui, répondit-elle en rosissant. La semaine dernière. Je suis passée le voir à son cabinet, et je lui ai parlé de cet électrocardiogramme...

— Nom de Dieu ! marmonna l'avocat en jetant son stylo dans son attaché-case. Il ne manquait plus que cela ! Nous pouvons nous attendre à de gros ennuis.

— Pourquoi ?

— Parce qu'il se servira de vos déclarations fantaisistes pour exiger une somme exorbitante, voilà pourquoi !

— Mais il m'a crue ! C'est la raison pour laquelle il s'est retiré de l'affaire.

— C'est impossible. Je le connais, il n'a pas pu vous croire.

« Moi aussi, je le connais ! » se retint-elle de crier.

Se reprenant aussitôt, elle secoua tranquillement la tête.

— Quoi qu'il en soit, ma réponse est non.

L'avocat referma son attaché-case dans un claquement sec, puis se tourna vers Bettencourt, la mâchoire serrée.

— George ?

Kate reporta son attention sur l'administrateur. Celui-ci l'observait, un sourire doucereux sur les lèvres. Il ne semblait ni furieux ni déçu. Son regard était celui d'un joueur de poker.

— Je suis inquiet pour votre avenir, docteur Chesney, déclara-t-il. J'ai bien peur que la commission disciplinaire ne vous juge avec une sévérité toute particulière. Si c'est le cas, non seulement vous serez rayée de la liste du personnel de cet hôpital, mais il vous sera impossible de trouver une place dans quelque établissement que ce soit.

Il fit volontairement une pause, afin de lui laisser digérer ses paroles.

— C'est pourquoi je vous renouvelle notre proposition, reprit-il. Je crois qu'elle est de loin préférable à une aussi sombre perspective.

Kate baissa les yeux sur le document qu'il lui présentait : une lettre type de démission, déjà datée.

— Ce sera la seule trace apparaissant dans votre dossier. Plus de commission de discipline, plus de licenciement. Même si la procédure judiciaire se poursuit, vous garderez la possibilité de retrouver un emploi. Dans une autre ville, évidemment.

Bettencourt sortit son stylo et le lui tendit.

— Allez-y, signez. C'est dans votre intérêt, je vous assure.

Kate ne bougea pas, le regard toujours fixé sur la feuille de papier. Tout était si bien organisé, si efficace. Le document était prêt, il ne lui manquait plus qu'une signature. Sa capitulation.

— Qu'attendez-vous ? insista-t-il. Signez donc !

Kate se leva enfin de sa chaise. Elle se saisit de la lettre, puis, regardant l'administrateur droit dans les yeux, la déchira en deux.

— La voilà, ma démission, déclara-t-elle, avant de se retourner pour sortir de la pièce.

Ce n'est qu'après avoir quitté l'aile administrative de l'hôpital que la portée de son geste s'imposa vraiment à elle : elle venait de franchir le point de non-retour. Il ne lui restait plus d'autre choix que d'aller jusqu'au bout.

Elle s'arrêta au beau milieu d'un couloir, s'efforçant de refouler les sanglots qui lui nouaient la gorge. Il était 17 h 15, et le dernier employé encore présent se pressait vers les ascenseurs. Un homme d'entretien passa devant elle en poussant un aspirateur. Kate le regarda d'un œil vide, avant de remarquer la lumière provenant du bureau de Clarence Avery. Qu'il fût encore au travail ne la surprenait pas, c'était une habitude chez lui. En revanche, elle aurait aimé savoir pourquoi il n'avait pas assisté à la réunion ainsi qu'il le lui avait promis. Plus que jamais, elle avait besoin de son aide.

Reprenant ses esprits, elle se dirigea vers le bureau d'un pas décidé. Pour n'y trouver, hélas, qu'une secrétaire affairée à classer des documents.

— Oh, docteur Chesney, dit celle-ci en tournant la tête.

— Pardonnez-moi. Le Dr Avery est-il encore dans l'hôpital ?

— Vous n'êtes pas au courant ?

— Au courant de quoi ?

La secrétaire avisa d'un œil triste le portrait posé sur le bureau d'Avery.

— Sa femme est décédée hier soir, dans la maison de soins. Il ne s'est pas montré à l'hôpital de toute la journée.

Kate dut s'appuyer contre le montant de la porte pour ne pas vaciller.

— Sa… sa femme ?

— Oui. C'était assez inattendu. Une crise cardiaque… Mais qu'avez-vous ? Vous ne vous sentez pas bien ?

— Pardon ?

— Vous êtes toute pâle. Voulez-vous… ?

— Non, merci… Ce n'est rien…

Kate recula d'un pas hésitant dans le couloir, avant de s'éloigner rapidement vers les ascenseurs, une image fixée dans son esprit : celle de Clarence Avery, une ampoule brisée à ses pieds.

« Je ne supporte plus de la voir souffrir ainsi… Il vaut mieux que je l'accompagne moi-même dans ses derniers instants… »

Une brusque impulsion la saisit alors : elle devait fuir, gagner un endroit où elle serait en sécurité. Mais avant tout, rejoindre

David. Sortant en hâte de l'hôpital, elle marcha d'un pas rapide vers le parking. En se pressant, elle avait une chance qu'il soit encore à son bureau.

— Une explication, monsieur Ransom. C'est tout ce que je vous demande. Il y a encore une semaine, vous affirmiez que la partie était quasiment gagnée. Et maintenant, vous nous annoncez que vous vous retirez de l'affaire. Je veux savoir pourquoi.

David soutint, non sans malaise, le regard métallique de Mary O'Brien. Quelle réponse pouvait-il lui donner ? Il était, bien sûr, hors de question de lui révéler la vérité, à savoir sa liaison avec la partie adverse. Son brusque revirement exigeait néanmoins qu'il lui fournît des arguments plausibles. Et à l'expression déterminée qu'il lisait dans ses yeux, il valait mieux que ceux-ci fussent convaincants.

Phil Glickman commençait à montrer des signes de nervosité sur sa chaise. David lui lança un regard d'avertissement, qui sembla le calmer un peu. Le jeune homme connaissait la vérité, et il n'avait aucune envie de le voir commettre un impair.

Mary O'Brien attendait toujours sa réponse.

— Comme je vous l'ai déjà expliqué, madame O'Brien, j'ai récemment constaté qu'il existait un conflit d'intérêts.

Pour évasive qu'elle fût, la réponse n'était pas totalement malhonnête.

— Qu'entendez-vous par là ? demanda la vieille femme. Etes-vous en train de me dire que vous travaillez pour cet hôpital ?

— Pas exactement…

— Dans ce cas, je ne comprends pas.

— C'est… confidentiel. Je ne peux malheureusement pas vous en dire plus.

Changeant délibérément de sujet, il poursuivit :

— J'ai transmis le dossier au cabinet Sullivan et March. C'est un cabinet de renom. Ils sont tout à fait disposés à prendre le relais. Sauf objection de votre part, bien entendu.

— Vous n'avez pas répondu à ma question, monsieur Ransom.

Elle était à présent penchée vers lui, les mains crispées telles des griffes sur le dessus du bureau.

— Je suis désolé, madame O'Brien. Je ne suis plus en position de servir objectivement vos intérêts. Je n'ai pas d'autre choix que de me désengager de cette affaire.

La vieille dame se leva, le visage fermé. Après une poignée de main glaciale, les deux hommes l'accompagnèrent jusqu'à la porte.

— J'ose espérer, soupira-t-elle, que cela n'occasionnera pas de retard dans la procédure.

— N'ayez aucune crainte à ce sujet, assura David. Toutes les pièces sont réunies. Le dossier est prêt.

Tournant machinalement la tête vers le fond du couloir, il fronça les sourcils : sa secrétaire lui adressait des signes désespérés pour attirer son attention.

— Pensez-vous toujours qu'ils tenteront un arrangement ? poursuivit Mary O'Brien.

— Je ne saurais vous répondre sur ce point, mais…

Il s'interrompit devant l'expression presque paniquée de sa collaboratrice.

— Vous nous l'aviez pourtant affirmé, monsieur Ransom.

— Hmm ? Oh…

Impatient de se débarrasser de sa cliente, il la guida vers la réception.

— Ecoutez, madame O'Brien. Je peux vous garantir que cet arrangement est actuellement à l'étude, et…

Soudain, ses jambes lui semblèrent aussi lourdes que du plomb. Kate venait d'apparaître dans le couloir, et regardait d'un air sidéré Mary O'Brien.

— Oh, mon Dieu ! gémit Glickman.

Pendant quelques secondes, tous s'observèrent dans un silence tendu.

— Je… je peux tout expliquer, bredouilla David.

— J'en doute fort, répliqua Mary O'Brien.

Sans dire un mot, Kate fit demi-tour et sortit du cabinet. Le claquement violent de la porte derrière elle tira instantanément David de sa stupeur. Juste avant qu'il ne se précipitât derrière elle, la voix outragée de la vieille dame résonna dans la pièce.

— Un conflit d'intérêts, hein ? Je comprends maintenant ce que vous entendez par intérêts !

Kate était déjà dans la cabine d'ascenseur. David courut pour la rejoindre, mais la porte se referma derrière elle au moment où il tendait la main pour la retenir.

— Nom de Dieu ! gronda-t-il en cognant du poing sur le mur.

L'ascenseur mit une éternité à remonter. Dès que les portes s'ouvrirent de nouveau, David s'y précipita. Tout le temps que dura la descente des quinze étages, il marcha de long en large dans la cabine, proférant des jurons qu'il pensait avoir oubliés depuis des années.

Une fois parvenu au rez-de-chaussée, il traversa en courant le hall d'entrée, puis sortit sur le trottoir, d'où il scruta la rue. Un bus se présenta à une vingtaine de mètres sur sa droite. Il aperçut alors Kate qui s'en approchait d'un pas décidé. Bousculant les badauds, il parvint in extremis à la rejoindre, et lui saisit le bras avant qu'elle n'y monte.

— Lâche-moi ! ordonna-t-elle.

— Qu'est-ce qui te prend, bon sang ? Où penses-tu aller ?

— Oh, pardonne-moi. J'allais oublier !

Elle plongea la main dans sa poche, et lui jeta quasiment ses clés à la figure.

— Je ne voudrais pas être accusée d'avoir volé votre précieuse voiture !

Le bus redémarra. Kate fit volte-face… juste à temps pour le voir partir. D'un geste sec, elle libéra son bras et s'éloigna sur le trottoir. David lui emboîta le pas.

— Donne-moi au moins une chance de vous expliquer, supplia-t-il.

— Qu'as-tu dit à ta cliente, David ? Qu'elle allait décrocher le pactole, maintenant que cette petite dinde de docteur te mangeait dans la main ?

— Ce qui s'est passé entre toi et moi n'a rien à voir dans cette affaire.

— Permets-moi de penser le contraire ! Depuis le début, tu souhaitais que j'accepte cet arrangement.

— Je t'ai simplement demandé d'y réfléchir.

— Ah ! s'écria-t-elle en pivotant vers lui. Est-ce là ce qu'on t'enseigne à l'école de droit ? Mettre l'adversaire dans son lit lorsque tous les autres moyens ont échoué ?

Ce fut la parole de trop.

David l'empoigna par le bras et l'entraîna contre son gré jusqu'au pub le plus proche. Une fois à l'intérieur, il la tira sans ménagement vers une table située au fond de la salle, puis, après l'avoir forcée à s'asseoir sur la banquette, il s'installa face à elle, le regard noir et déterminé.

— Pour commencer, attaqua-t-il…

— Bonsoir ! fit une voix cordiale derrière lui.

— Qu'est-ce que vous voulez, vous ? demanda-t-il à la serveuse venue prendre leur commande.

La jeune femme recula d'un pas.

— Je… Que désirez-vous boire ?

— Deux bières !

Comprenant qu'elle était de trop, la serveuse s'éloigna prestement vers le bar.

Pendant une bonne minute, Kate et David s'affrontèrent du regard en silence, le visage sombre. Enfin, après un long soupir, ce dernier déclara :

— Très bien. Essayons de nouveau.

— Par où commençons-nous ? Avant ou après que ta cliente ne se montre à la porte de ton bureau ?

— On ne t'a jamais dit que tu avais l'art d'arriver au plus mauvais moment ?

— Au contraire, je crois que j'ai un don pour toujours arriver quand il le faut. Qu'étais-tu en train de lui dire ? Que la partie adverse étudiait un arrangement ?

— Je cherchais juste à la faire sortir de mon bureau.

— Comment a-t-elle réagi en apprenant que tu jouais double jeu ?

David la regarda d'un air désolé.

— Je ne joue pas double jeu, je t'assure.

— D'un côté, tu travailles pour elle, et de l'autre tu couches avec moi. Comment appelles-tu cela ?

— Pour une femme intelligente, tu sembles avoir quelque difficulté à comprendre ce simple fait : je me suis retiré de cette affaire. Définitivement et volontairement. Mary O'Brien ne s'est présentée à mon bureau que pour connaître les raisons de ma décision.

— Lui as-tu... parlé de nous ?

— Pour qui me prends-tu ? Tu crois que j'aurais eu la stupidité de lui annoncer que je m'envoyais en l'air avec la partie adverse ?

Ces derniers mots firent à Kate l'effet d'une gifle. Etait-ce ainsi qu'il voyait ce qui s'était passé entre eux ?

— Un petit peu de bon temps entre deux dossiers, c'est ça ? répliqua-t-elle d'un ton amer.

— Ce n'est pas du tout ce que je voulais dire !

Kate se leva, le visage hautain.

— Eh bien, ne t'inquiète pas, David. Je ne t'encombrerai plus de ma présence.

— Assieds-toi !

Il s'était contenté de murmurer, mais son ton était suffisamment menaçant pour qu'elle hésitât un instant.

— S'il te plaît, soupira-t-il... Je t'en prie.

Elle se rassit lentement, tandis que la serveuse revenait avec leur commande. Ils gardèrent le silence pendant qu'elle posait leurs verres sur la table. Dès qu'elle se fut éloignée, David reprit :

— Tu n'es pas qu'une aventure... Et ce que je fais entre deux dossiers ne concerne en aucune façon les O'Brien. Vois-tu, il m'est arrivé de me retirer d'autres affaires, mais pour des raisons que je pouvais invoquer sans rougir. Cette fois, cependant...

Kate baissa les yeux sur son verre. Elle détestait la bière. Elle détestait les disputes. Et elle détestait par-dessus tout cet abîme qui s'était creusé entre eux.

— Si j'ai tiré des conclusions trop rapides, répondit-elle, j'en suis désolée. Le fait est que je n'ai jamais réussi à faire confiance aux avocats.

— En ce qui me concerne, ce serait plutôt aux médecins.

— Nous formons une drôle de paire, toi et moi. Je me rends compte, à présent, à quel point nous nous connaissons mal.

— Sauf au lit, observa-t-il. Ce qui n'est pas nécessairement le meilleur endroit pour bien se connaître...

Levant les yeux, Kate aperçut l'esquisse d'un sourire sur ses lèvres. Ses cheveux semblaient ne pas avoir été peignés depuis la veille, et sa cravate pendait de guingois du col ouvert de sa chemise. Jamais elle ne l'avait trouvé aussi attirant.

— Tu crains d'avoir des ennuis, David ? s'enquit-elle avec douceur. Les O'Brien déposeront peut-être une réclamation...

Il haussa les épaules.

— Le pire qu'ils puissent obtenir est de me faire rayer du barreau, m'envoyer en prison, puis à la chaise électrique.

— David !

— Oh, pardon, j'oubliais ! Hawaii ne possède pas de chaise électrique...

Sa plaisanterie ne la fit pas rire. Se souvenant alors qu'elle sortait de son audience devant la commission de l'hôpital, il redevint grave pour demander :

— Alors, comment cela s'est-il passé ?

— Sans surprise.

— Ils ne t'ont pas fait de cadeau ?

— C'est un euphémisme ! Je me suis vu accuser de négligences graves. Ce qui n'est qu'une manière polie de me taxer d'incompétence.

David posa doucement sa main sur la sienne.

— Quelle ironie ! ajouta-t-elle. Jamais je n'ai songé à une autre carrière que celle de médecin, et voilà que tous mes rêves s'écroulent. Le pire, c'est que je n'ai aucune autre compétence. Je ne sais ni taper à la machine, ni coudre, ni même cuisiner…

— Oh, oh ! Voilà une grave déficience ! Eh bien, il ne te reste plus qu'à mendier au coin des rues.

La boutade était aussi plate que la précédente, mais elle lui arracha tout de même un petit sourire.

— Tu me promets de jeter quelques pièces dans mon chapeau ?

— J'ai mieux à te proposer. Je t'invite à dîner.

Elle secoua la tête.

— C'est gentil, mais je n'ai pas faim.

— Tu as tort. Tu ne sais pas de quoi sera fait ton prochain repas.

Ils échangèrent un long regard, et Kate ne vit plus dans ses yeux bleus, si froids quelques instants plus tôt, qu'une chaleur rayonnante.

— Tout ce que je désire, dit-elle, c'est que tu m'emmènes chez toi et que tu me prennes dans tes bras… Et pas nécessairement dans cet ordre.

A ces mots, David se leva, contourna la table et vint s'asseoir auprès d'elle. Passant un bras autour de son épaule, il l'attira alors contre lui. Kate appuya la tête dans le creux de son cou, et ils restèrent ainsi un long moment, immobiles et silencieux, à savourer le plaisir de la confiance retrouvée.

Kate accepta finalement son invitation. Un excellent repas et quelques verres de vin lui procurèrent une agréable sensation de bien-être, et c'est l'esprit un peu grisé qu'elle l'accompagna jusqu'à sa voiture, garée à deux rues de là. Accrochée à son bras, le pas léger dans la lumière vaporeuse des lampadaires, elle avait presque envie de rire et de chanter.

Une impression rassurante et familière l'enveloppa dès qu'elle se glissa sur le confortable siège de cuir. Le vaste habitacle devenait un cocon protecteur, où rien ni personne ne pouvait plus l'atteindre. Ce sentiment de paix ne la quitta pas durant tout le trajet jusqu'à la voie rapide de Pali.

Mais il s'effondra brutalement lorsque, quelques minutes plus tard, elle s'aperçut que David ne cessait de jeter des regards inquiets en direction du rétroviseur.

— David ?

En guise de réponse, il écrasa la pédale d'accélérateur.

— David, que se passe-t-il ?

— Cette voiture, derrière nous…

— Quoi ?

Les traits crispés, il regarda de nouveau dans le rétroviseur.

— Je crois que nous sommes suivis.

12.

Kate tourna vivement la tête, et aperçut derrière eux deux points lumineux dansant dans la nuit sur la voie rapide.

— Tu en es sûr ?

— Certain. L'une de ses veilleuses est grillée, ce qui m'a permis de m'en rendre compte. Je l'ai repérée lorsque nous avons quitté le parking, tout à l'heure. Elle ne nous a pas lâchés depuis.

— Mais rien ne prouve qu'elle nous suive !

— Je vais tenter une expérience pour m'en assurer.

Aussitôt dit, il relâcha la pédale d'accélérateur.

L'aiguille du compteur descendit à soixante-dix kilomètres/heure, soixante, cinquante… Kate sentit son cœur s'emballer dans sa poitrine. Ils étaient à présent bien au-dessous de la limite autorisée. Anxieuse, elle attendit que les phares se rapprochent, les dépassent peut-être… Mais le véhicule derrière eux restait toujours à une même distance.

— Le petit malin, dit David. Il reste assez loin de nous pour que je ne puisse pas lire sa plaque d'immatriculation.

— Une bretelle de sortie ! David, s'il te plaît ! Prenons-la !

David obtempéra aussitôt, et ils se retrouvèrent bientôt sur une route à deux voies qui s'enfonçait sous une épaisse végétation tropicale. De grands arbres envahis de vigne sauvage bordaient la chaussée, fouettant de leurs branches humides le pare-brise et le toit de la voiture. Kate pivota sur son siège, et tenta de percer l'obscurité derrière eux. La même paire de phares scintillait dans leur sillage, refusant obstinément de disparaître.

— Elle est toujours là, soupira-t-elle. C'est… c'est lui.

— J'aurais dû m'y attendre, grommela David. Bon Dieu, j'aurais dû le savoir.

— Quoi ?

— Il a dû faire le guet à l'hôpital. C'était le seul moyen pour lui de nous retrouver.

Kate sentit un frisson la parcourir. Depuis des heures, l'homme la suivait, était constamment derrière elle. Et à aucun moment, elle n'en avait eu conscience.

— Je vais le semer, annonça David. Accroche-toi.

Il avait à peine prononcé ces paroles que la voiture faisait une embardée, la projetant contre la portière. Autour d'eux, le paysage se mit à défiler à toute allure, dans une succession de fenêtres éclairées, d'arbres et de buissons. Les pneus crissaient, menaçant de déraper à chaque virage. Terrorisée, les mains crispées sur le tableau de bord, Kate crut plusieurs fois qu'ils allaient verser dans le bas-côté.

Soudain, David bifurqua dans une allée privée. Elle sentit la ceinture de sécurité lui ciseler la poitrine lorsque le véhicule s'immobilisa d'un coup dans l'obscurité d'un garage. David coupa aussitôt le contact, puis la saisit par les épaules pour la coucher sur ses genoux. Coincée entre son torse et le levier de vitesses, elle attendit en silence, tous les sens en alerte. Leurs cœurs battaient à l'unisson, et elle pouvait entendre le halètement rauque de leurs deux respirations.

Au bout de plusieurs secondes, un bruit de moteur se précisa sur la route derrière eux. David se baissa à son tour. Kate sentit une vague de pure angoisse monter en elle lorsqu'une lueur vacillante balaya l'intérieur de la voiture. Instantanément, David s'allongea sur elle. Retenant leur souffle, ils restèrent ainsi soudés l'un à l'autre jusqu'à ce que le bruit du moteur s'évanouisse dans la nuit. Lorsque le silence fut enfin retombé, ils se redressèrent lentement, avant de risquer un œil prudent par la vitre arrière.

L'obscurité enveloppait de nouveau la route. La voiture de leur poursuivant avait disparu.

— Et maintenant ? demanda Kate.

— Partons d'ici pendant que c'est encore possible.

David remit alors le contact et enclencha la marche arrière, tous feux éteints.

Tandis qu'ils rebroussaient chemin pour regagner la voie rapide, Kate ne quitta pas la route des yeux derrière eux, craignant à tout instant de voir réapparaître le scintillement menaçant de phares borgnes. Ce ne fut que lorsqu'ils eurent repris leur place dans le flot de la circulation qu'elle parvint enfin à se détendre. Mais son cœur se serra aussitôt lorsqu'elle comprit que David avait changé de direction.

— Où allons-nous ? s'inquiéta-t-elle.

— Nous ne pouvons pas retourner chez moi. Plus maintenant.

— Mais nous l'avons semé !

— S'il t'a suivie depuis l'hôpital, cela signifie qu'il t'a vue venir à mon cabinet. Et je suis malheureusement dans l'annuaire. Adresse, téléphone, tout.

Kate se laissa retomber contre son siège, effondrée.

— C'est la dernière solution, reprit David. Je ne vois plus que cet endroit-là. Tu y seras en sécurité.

Il hésita un instant, avant d'ajouter d'un ton amusé :

— Un seul conseil : n'accepte pas de café.

Elle se tourna vers lui, intriguée.

— Si tu me disais enfin où nous allons ?

— Chez ma mère.

La petite femme aux cheveux gris qui leur ouvrit la porte portait un vieux peignoir défraîchi, et des mules roses. Elle se figea un instant sur le pas de la porte, puis cligna des paupières, visiblement surprise.

— Sainte Vierge ! Monsieur David ! Comme c'est gentil de

venir nous rendre visite ! Mais pourquoi n'avez-vous pas téléphoné, espèce de mauvaise graine ? Vous nous surprenez en chemise de nuit, comme deux vieilles...

— Vous êtes magnifique, Gracie, coupa-t-il en poussant Kate à l'intérieur.

Il referma promptement la porte derrière eux, puis écarta le rideau de la fenêtre pour inspecter les alentours.

— Maman est-elle encore debout ?

— Euh, oui, elle est... euh...

Une voix bougonne se fit entendre depuis la pièce voisine.

— Pour l'amour du ciel, Gracie ! débarrasse-moi de ces casse-pieds et reviens ici. C'est ton tour. Et tu ferais bien de secouer tes neurones, je viens de trouver un mot qui compte triple !

— Elle gagne encore, soupira Gracie d'un air abattu.

— Parfait. Cela doit la mettre de bonne humeur.

— De bonne humeur ? Ce serait bien la première fois !

— Prépare-toi, murmura-t-il à Kate, tout en la guidant vers le séjour.

Environnée de meubles d'acajou et de fauteuils cossus garnis de velours mauve, une vieille femme aux cheveux argentés leur tournait le dos, les jambes allongées sur une ottomane. Sur une petite table marquetée était posé un plateau de Scrabble à moitié couvert de lettres.

— Maman ?

— Impossible ! répondit celle-ci en s'adressant au mur. Je dois avoir une hallucination.

Elle se retourna lentement, le regard sévère.

— Mon fils venant me rendre visite, reprit-elle... Je ne peux pas y croire ! Le monde s'est-il mis à tourner à l'envers ?

— Heureux de te voir, maman, répondit David d'une voix nerveuse. Nous avons besoin de ton aide.

Les yeux bleus et perçants de Sarah Ransom se plissèrent, avant de se reporter sur Kate. C'est seulement alors qu'elle aperçut le bras de David autour de la taille de la jeune femme. Elle leva aussitôt les yeux au ciel.

— Merci, Sainte Vierge ! soupira-t-elle, avant de gratifier son fils d'un long regard pétillant.

— Tu ne me dis jamais rien, David, se plaignait Sarah Ransom, une demi-heure plus tard dans la cuisine.

Assis autour de la table, David et elle buvaient un grand bol de chocolat chaud — rituel qu'ils n'avaient pas partagé depuis qu'il était enfant.

C'était drôle comme il suffisait de peu de chose pour se replonger dans le passé ! Une gorgée de chocolat, un regard désapprobateur, et les anciennes culpabilités resurgissaient aussitôt. Sa chère vieille maman ! Elle n'avait pas son pareil pour abolir les années et le transformer en petit garçon désobéissant.

— Il y avait donc une femme dans ta vie, poursuivit-elle. Et tu me l'as cachée comme si tu en avais honte. A moins que ce soit de moi que tu aies honte…

— Allons, maman, je ne la connais que depuis quelques jours.

— Le fait d'être un être humain est-il si difficile à accepter ?

— Ne cherche pas à me psychanalyser, maman.

— Moi, te psychanalyser ? Mais je n'en ai pas besoin, mon fils. N'oublie pas que c'est moi qui t'ai mis au monde et qui t'ai élevé. Je te connais par cœur. Je t'ai vu t'écorcher les genoux, te fracturer le bras en faisant du skate-board, et j'en passe… Mais jamais je ne t'ai vu pleurer. Même pas à la mort de Noah…

— Je ne veux pas parler de Noah.

— Tu vois ? Il y a maintenant huit ans qu'il nous a quittés, et tu ne peux toujours pas prononcer son nom sans que je voie ton visage se crisper.

— Où veux-tu en venir, maman ?

— A Kate.

— Que veux-tu savoir sur elle ?

— Je t'ai vu lui tenir la main.

David leva un œil distrait vers la jungle suspendue au-dessus de leurs têtes.

— Elle a de très jolies mains, répondit-il.

— As-tu couché avec elle ?

Sous le coup de la surprise, David faillit s'étrangler avec son chocolat, et en renversa une gorgée sur sa chemise.

— Maman !

— Quoi donc ? Je ne vois pas ce qui te gêne. Des millions de personnes en font autant. Ce sont les lois de la nature — même si j'ai parfois l'impression que tu te crois immunisé contre elle. Ce soir, pourtant, je vois cet éclat dans ton regard…

Ecartant une feuille qui lui chatouillait le visage, David se leva pour nettoyer sa chemise au robinet.

— Je me trompe ? insista Sarah.

— J'aurai besoin de changer de chemise demain. Celle-ci est bonne pour la lessive.

— Tu en mettras une de ton père. Alors, ai-je raison ?

— A quel propos ? demanda-t-il, se tournant de nouveau vers elle.

Elle brandit les deux mains vers le ciel, l'air désespéré.

— Mon Dieu ! Pourquoi ne m'avez-vous donné qu'un seul enfant ?

Un bruit sourd au-dessus de leurs têtes l'interrompit soudain. David leva les yeux vers le plafond.

— Que se passe-t-il, là-haut ?

— Ce doit être Gracie qui choisit des vêtements de rechange pour ta jeune amie.

Connaissant les goûts incomparables de la gouvernante, David songea qu'il devait s'attendre à tout. Mais, à vrai dire, peu lui importait ce que porterait Kate pourvu qu'elle revienne bientôt. Dix minutes ne s'étaient pas écoulées depuis qu'elle l'avait laissé, et déjà elle lui manquait.

Enfin, des pas se firent entendre dans l'escalier. Il se tourna vivement dans cette direction, mais ce n'était que Gracie...

— Comment ? s'écria-t-elle dès qu'elle aperçut leurs bols. Du chocolat ? Voyons, madame Sarah, vous savez bien que c'est contre-indiqué pour votre estomac. Vous devriez plutôt prendre une infusion.

— Mon estomac se porte très bien. Et je ne veux pas d'infusion.

— Tss-tss ! Je vais quand même vous en préparer.

— Où est Kate ? s'enquit David.

— Elle arrive. Elle s'est attardée dans votre chambre pour admirer vos maquettes d'avions.

Se tournant vers sa patronne, la vieille gouvernante ajouta en gloussant :

— Elle a ainsi devant les yeux la preuve indubitable qu'il a un jour été enfant !

— David n'a jamais été enfant, grommela Sarah. Il était déjà adulte en sortant de mon ventre. Petit, certes, mais adulte.

Gracie brancha la bouilloire, le visage illuminé d'un grand sourire.

— Votre compagnie nous fait tellement plaisir, monsieur Da...

La fin de sa phrase fut étouffée par la sonnerie du téléphone.

— Mon Dieu, soupira-t-elle en regardant l'horloge murale. Il est plus de 22 heures. Qui peut bien...

David avait déjà bondi de sa chaise, et décrochait le combiné.

— Allô !

La voix de Pokie résonna, triomphante, au bout du fil.

— David ? J'ai du nouveau.

— Vous avez retrouvé la voiture ?

— Oublie la voiture. J'ai mis la main sur notre homme.

— Decker ?

— Tout juste. J'ai besoin du Dr Chesney pour l'identification. Disons dans une demi-heure, d'accord ?

David releva les yeux. Kate se tenait dans l'encadrement de la porte et le regardait d'un air inquiet. Il lui adressa un sourire, puis leva le pouce en signe de victoire.

— Nous arrivons, répondit-il à Pokie. Tu l'as mis en cellule ?

— Il n'est pas au poste, David.

— Où, alors ?

— A la morgue.

— J'espère que vous avez l'estomac solide, avertit M.J., un sourire narquois sur les lèvres.

Elle tira l'un des tiroirs métalliques, qui coulissa silencieusement vers eux. Kate se réfugia contre David au moment où la jeune fonctionnaire ouvrit la fermeture à glissière du linceul de vinyle. Sous la lumière blanche de la salle d'examen, le visage blême du cadavre semblait presque artificiel.

— Il a été trouvé ce matin par un marin, expliqua Chang. Flottant face vers le bas dans un bassin du port.

David posa une main sur l'épaule de Kate, tandis qu'elle examinait avec dégoût les traits boursouflés par l'eau de mer de Charles Decker. Même dans la mort, ses yeux gardaient une expression tragique.

— C'est lui, dit-elle en hochant la tête.

— A la bonne heure, grogna Pokie.

M.J. enfila ses gants chirurgicaux, puis passa une main experte sur le crâne du mort.

— Je sens un léger enfoncement de la boîte… Une fracture, peut-être.

Elle ouvrit alors le sac jusqu'à mi-longueur, de façon à dégager le torse.

— Voyons… Il a dû rester un bon moment dans l'eau.

Soudain prise de nausée, Kate détourna les yeux et enfouit son visage au creux de l'épaule de David.

— Pour l'amour du ciel, s'exclama celui-ci, couvrez donc ce corps !

M.J. obtempéra, puis repoussa le tiroir dans son compartiment.

— Mon cher David, ironisa-t-elle, vous aviez le cœur mieux accroché dans le passé ! Je vous ai vu rester de marbre devant des spectacles bien moins reluisants !

— Il faut croire que j'ai perdu l'habitude de fréquenter les cadavres, répliqua-t-il... Viens, Kate. Sortons d'ici.

Le bureau de la morgue était une pièce chaleureuse et accueillante, décorée de plantes vertes et d'affiches de films anciens — constat pour le moins surprenant si l'on considérait la nature macabre de l'activité de ses occupants. Pokie emplit trois gobelets de café à la machine automatique, puis en tendit un à chacun de ses deux interlocuteurs.

— Voilà une affaire prestement emballée, fit-il remarquer en s'asseyant. Pas de procès ni de tracasseries. Juste un beau cadavre bien propre. Dommage que tous les cas ne soient pas aussi faciles à boucler.

Kate baissa les yeux sur son café.

— Comment est-il mort, lieutenant ?

— Comme cela arrive hélas trop souvent. Quelques verres de trop, une balade le long du quai et une chute sur les rochers. Les cas ne sont pas rares. Qu'en pensez-vous, M.J. ?

La médecin légiste était penchée sur son bureau, occupée à ingurgiter un repas qui, pour être tardif, n'en était pas moins copieux. Kate sentit son estomac se retourner devant l'énorme club-sandwich dégoulinant de ketchup.

— Difficile à dire, répondit-elle entre deux bouchées. Après une aussi longue immersion, je préfère attendre la fin de l'autopsie pour me prononcer.

— Combien de temps est-il resté dans l'eau ? s'enquit David.

— A peu près vingt-quatre heures.

— Vingt-quatre heures ? s'exclama-t-il en se tournant vers le policier. Mais dans ce cas, Pokie, quelle était cette voiture qui nous a suivis ?

— Tu as l'imagination trop fertile, David.

— Nous avons bel et bien été suivis ! Je n'ai rien imaginé !

— Allons donc ! Des centaines de voitures circulent sur les routes toutes les nuits.

— Quoi qu'il en soit, intervint M.J., ce n'était certainement pas notre petit camarade d'à côté qui était au volant.

David lui lança un regard acéré.

— Quand serez-vous en mesure de préciser la cause du décès ?

— Oh, il me faut d'abord effectuer une radiographie du crâne, puis ouvrir le thorax pour vérifier s'il a de l'eau dans les poumons. En attendant...

Elle se tourna vers l'étagère accrochée au mur derrière elle, et en tira une boîte à chaussures qu'elle déposa sur le bureau.

— Ses objets personnels, annonça-t-elle.

Méthodiquement, elle fit l'inventaire du contenu. Chaque objet était emballé séparément dans un petit sachet de plastique.

— Un peigne en écaille... Un paquet de cigarettes à moitié vide... Une boîte d'allumettes... Un portefeuille en Skaï contenant quatorze dollars et plusieurs pièces d'identité... Et ceci...

Elle sortit le dernier sachet et le déposa sur le bureau. Il s'agissait d'un trousseau de clés, auquel était attachée une plaque gravée de lettres rouges : « Hôtel du Terminal ».

Kate se saisit du trousseau et l'examina.

— L'hôtel du Terminal, murmura-t-elle. Est-ce l'endroit où il résidait ?

— Oui, dit Chang. Nous avons vérifié. Un gourbi infesté par les rats. Il y était encore samedi soir.

Tout en reposant les clés sur le bureau, Kate repensa au visage aperçu dans le miroir, et à son expression tourmentée. Qui était vraiment Charles Decker ? Un fou ? Un meurtrier ?

Pokie lui adressa un sourire compréhensif.

— Voilà, docteur. C'est terminé. Il ne risque plus de vous faire du mal. Vous pouvez enfin rentrer chez vous.
— Oui, répondit-elle d'une voix lasse.

« Qui était vraiment Charles Decker ? »
Cette question ne cessait de la tarauder tandis qu'elle observait la route d'un œil absent, installée dans l'obscurité rassurante de la voiture. Elle songea alors à toutes les souffrances que cet homme avait endurées, aux peines qu'il avait ressenties, à sa voix éteinte. A l'instar de tous les autres, il n'avait été qu'une victime.
Et il représentait à présent un cadavre bien commode.
— C'est trop facile, David.
— Qu'est-ce qui est trop facile ? demanda-t-il en lui jetant un bref coup d'œil.
— La manière dont tout cela se conclut. Trop simple, trop net...
Le regard de Kate se perdit dans la noirceur de la nuit.
— Quelle idiote ! reprit-elle. Je l'avais pourtant remarquée dans ses yeux. Elle était là, dans le reflet que me renvoyait le miroir. Mais j'étais trop paniquée pour la reconnaître.
— De quoi parles-tu ?
— De sa peur. Decker était terrifié. Il avait dû apprendre quelque chose, quelque chose de terrible qui a fini par lui coûter la vie. Comme aux autres.
— Tu crois qu'il était une victime ? Alors pourquoi t'aurait-il menacée ? Pourquoi aurait-il donné ce coup de téléphone ?
— Peut-être n'était-ce pas une menace, mais un avertissement... Peut-être cherchait-il à me mettre en garde contre quelqu'un d'autre.
— Que fais-tu des preuves ?
— Quelles preuves ? Des empreintes sur un bouton de porte ? Un séjour en psychiatrie ?

— Et ton propre témoignage. Tu l'as vu dans l'appartement d'Ann Richter, me semble-t-il.

— Et si lui aussi n'était qu'un témoin ? S'il s'était trouvé au mauvais endroit au mauvais moment ? Quatre personnes, David. Et le seul fil qui les relie l'une à l'autre est cette jeune femme morte en couches. Si seulement je savais pourquoi Jenny Brook joue un rôle si important !

— Les morts ne parlent pas, malheureusement.

— L'hôtel du Terminal ! s'écria-t-elle soudain. Tu sais où il se trouve ?

— Voyons, Kate. Decker est mort, emportant ses secrets avec lui. Tu ferais mieux d'oublier toute cette histoire.

— Mais il reste encore une chance…

— Tu as entendu Pokie. L'affaire est close.

— Pas pour moi.

— Pour l'amour du ciel, Kate, arrête ! Je sais qu'il est important pour toi de sauver ta réputation, mais je sais aussi que, sur le long terme, le jeu n'en vaut pas la chandelle. Si c'est une réhabilitation que tu veux, tu ne l'obtiendras pas. Du moins, pas devant un tribunal. Crois-moi, ton intérêt est d'éviter ce procès. Laissons les choses s'éteindre d'elles-mêmes avant que ton nom ne soit traîné dans la boue.

— Est-ce ainsi que cela se passe chez le procureur ? Plaider coupable et convenir ensuite d'un arrangement ?

— Je n'y vois rien de répréhensible.

— Accepterais-tu un tel marché, si tu étais à ma place ?

— Oui, répondit-il après une brève hésitation.

Kate leva le menton et fixa la route devant elle.

— Dans ce cas, toi et moi ne sommes pas faits du même bois. Parce que, moi, je refuse de baisser les bras.

— Dans ce cas, tu perdras.

Plus qu'une simple opinion, sa réponse était un verdict, aussi brutal et définitif que le coup de marteau final d'un juge.

— Honnêtement, reprit-elle, connaiss-tu un seul avocat qui accepterait sans broncher de perdre une bataille ?

— Nous le faisons souvent.

— C'est drôle. Parce que nous, médecins, prenons le risque de nous battre pour rien tous les jours. Essayez d'argumenter avec un infarctus, ou avec un cancer ! Quant à proposer des arrangements avec la partie adverse…

— C'est précisément à cela que je dois la qualité de mon niveau de vie, répliqua David. A l'arrogance des médecins !

Il regretta aussitôt le cynisme de sa remarque. Mais Kate allait au-devant de graves ennuis, et il devait par tous les moyens l'arrêter avant qu'il ne fût trop tard.

Le reste du trajet s'effectua dans un silence pesant, comme si tous deux avaient senti que les choses touchaient à leur fin.

De retour au domicile de David, ils gagnèrent immédiatement la chambre comme deux étrangers. Sans perdre de temps, Kate sortit sa valise du placard, la déposa sur le lit et commença à plier ses vêtements.

— Laisse donc cela pour demain matin, protesta-t-il.

Elle le regarda remettre la valise où elle l'avait prise, et ce fut tout.

David savait qu'il aurait dû parler, exprimer son désir de la voir rester, mais il en était incapable. Après avoir ôté sa veste et l'avoir déposée sur le dossier d'une chaise, il s'avança vers Kate, referma les mains autour de son visage et l'embrassa. Ses lèvres étaient glacées sous les siennes. Il l'attira alors entre ses bras et la serra contre lui pour la réchauffer.

Ils firent l'amour, évidemment. Une dernière fois. Dans les ruines de ce qui aurait pu être la promesse d'un rêve partagé, mais dont l'amour était désormais absent. Seuls les portèrent la force purement charnelle de leur désir et l'implacable exigence de leurs sens. Mais pour ardente et voluptueuse qu'elle fût, leur étreinte les laissa tous deux insatisfaits et tristes.

Kate s'endormit rapidement, tandis que, les yeux grands ouverts,

David ruminait ses doutes dans le silence de la nuit, s'interrogeant sur les raisons qui lui interdisaient de tomber amoureux.

Il détestait se sentir dans un tel état de fragilité. Depuis la mort de Noah, il considérait toute émotion comme une menace. Lorsque Linda l'avait quitté, leur séparation l'avait à peine affecté. Peut-être l'avait-il aimée, mais les sentiments qu'il avait pu éprouver pour elle n'étaient rien en regard de l'affection totale qui l'avait lié à son fils. La mort de ce dernier lui avait infligé une souffrance aussi terrible que l'amour exclusif qu'il lui avait porté. Et maintenant il y avait cette femme, allongée à son côté…

Il contempla longuement la tache sombre que formaient ses cheveux sur l'oreiller, sur laquelle se détachait l'émouvante clarté de son visage.

Incapable de trouver le sommeil, il se leva et sortit de la chambre. Une force irraisonnée guida alors ses pas vers celle de Noah. Après quelques secondes d'hésitation, il en ouvrit la porte, puis s'avança dans ce sanctuaire qu'il avait depuis si longtemps évité, et où trônait un petit lit vide baignant dans la lumière diffuse de la lune.

— C'est toi, papa ?

— Oui, Noah, c'est moi. Rendors-toi vite, mon chéri.

— Fais-moi d'abord un câlin. S'il te plaît.

— Voilà. Dors bien, maintenant. Je t'aime.

— Moi aussi, papa. Je t'aime très fort.

Le cœur lourd, il s'assit sur le bord du petit lit, écoutant l'écho du passé, et se rappelant combien l'amour pouvait être douloureux.

Puis il se leva pour regagner son lit où il se glissa avec précaution afin de ne pas réveiller Kate.

Le jour n'était pas encore levé lorsqu'il ouvrit les paupières. Il se doucha longuement, prenant soin de faire disparaître toute trace de leur étreinte de la veille, puis, prêt à affronter une nouvelle journée de travail, s'habilla, et descendit se préparer une tasse de café dans la cuisine.

A présent que Decker était mort, il n'avait plus aucune raison de garder Kate chez lui. Il se sentait en règle avec lui-même : il avait fait son devoir, avait revêtu son armure de chevalier blanc pour la protéger du monde. Les choses avaient été claires entre eux depuis le début, et l'heure de la séparation était venue.

Et peut-être était-ce mieux ainsi…

Après avoir rincé sa tasse dans l'évier, il retourna dans la chambre et, se tenant à distance du lit, regarda dormir cette femme si belle, si obstinée et si farouchement indépendante. Il se prit alors à souhaiter que Decker fût encore en vie, afin qu'elle eût encore besoin de lui.

Et, soudain, l'idée s'imposa à son esprit. Oui, Kate avait encore besoin de lui. Elle lui avait même demandé une dernière faveur. Une faveur qu'il ne se sentait pas le droit de lui refuser.

S'approchant alors du lit, il la secoua doucement par l'épaule.

— Kate ?

Elle ouvrit les yeux et le regarda, l'air surpris. Il ressentit aussitôt une envie brûlante de poser ses lèvres sur les siennes. Au lieu de cela, il demanda :

— L'hôtel du Terminal, tu veux toujours y aller ?

13.

Mme Tubbs, la concierge de l'hôtel du Terminal, était une femme replète aux yeux globuleux, qui faisait un peu penser à une grenouille. En dépit de l'intense chaleur, elle portait un épais pull-over gris par-dessus sa robe à fleurs.

Tout en maintenant la porte entrouverte, elle étudia ses deux visiteurs d'un œil soupçonneux.

— Charlie ? demanda-t-elle. Ouais. C'est ici qu'il habitait.

Dans la pièce derrière elle beuglait un téléviseur branché sur une émission de jeux.

— Hé, Louie ! cria-t-elle. Baisse-moi cette télé, nom d'un chien ! Tu ne vois pas que je parle à ces monsieur-dame ?

Elle se tourna de nouveau vers Kate et David.

— Charlie ne vit plus ici, reprit-elle. Il s'est tiré une balle dans la tête. La police est déjà venue.

— Nous aimerions jeter un coup d'œil dans sa chambre, dit Kate, si cela ne vous dérange pas.

— Pour quoi faire ?

— Nous cherchons des informations.

— Vous êtes de la police ?

— Non, mais…

— Alors je ne peux pas vous laisser monter. Les flics nous ont déjà causé assez de soucis, sans parler des locataires qui sont devenus nerveux. Et puis j'ai pas le droit.

Joignant le geste à la parole, elle commença à refermer la porte. David mit la main sur le battant.

— Que diriez-vous de vous acheter un nouveau pull-over, madame Tubbs ? demanda-t-il.

La porte s'écarta de deux centimètres.

— Un nouveau pull-over… ?

Profitant de son hésitation, David glissa dans sa main potelée deux billets de vingt dollars, qu'elle contempla d'un œil incrédule.

— Le propriétaire me tuera s'il apprend que…

— Il ne saura rien.

— Z'êtes pas inspecteur, hein ? insista-t-elle en enfouissant les billets dans les profondeurs mystérieuses de son soutien-gorge.

Devant le regard confiant de David, elle s'écarta pour les laisser entrer — non sans avoir préalablement fermé la porte de l'appartement sur Louie et sa télé. Toujours en chaussettes, elle les précéda jusqu'au bas de l'escalier. La chambre de Decker se situait au premier étage, mais il lui fallut une éternité pour y parvenir, et c'est exténuée qu'elle fouilla dans sa poche à la recherche des clés.

— Charlie était encore là… le mois dernier, précisa-t-elle en ahanant lourdement… Un gars bien calme… Sans problèmes… Pas comme certains, pff…

Une porte s'ouvrit au fond du couloir aux murs décrépits, et les visages curieux d'un petit garçon et d'une petite fille apparurent.

— Charlie est revenu ? demanda cette dernière.

— Je vous l'ai déjà dit, répondit la concierge. Charlie est parti pour de bon.

— Mais il reviendra quand ?

— Ma parole, t'es sourde ou quoi ? Pourquoi t'es pas à l'école, d'abord ?

— Gaby est malade.

Comme pour confirmer ses dires, le petit garçon essuya d'un revers de main un nez plein de morve.

— Où elle est, ta maman ?

— Elle travaille.

— Ben voyons ! Abandonner ses deux loupiots pour qu'ils fichent le feu à mon hôtel !

Les deux enfants secouèrent simultanément la tête.

— Non, m'dame, répondirent-ils d'un ton solennel. Elle a emporté les allumettes.

La concierge retrouva enfin les clés. Oubliant les enfants, elle ouvrit la porte de la chambre de Decker.

— Et voilà.

Une petite forme brune disparut furtivement par le trou d'une plinthe, au moment même où Kate s'avançait dans la pièce. Une odeur de tabac froid et de graisse y flottait encore, tandis qu'une lumière indigente filtrait par le rideau défraîchi accroché à l'unique fenêtre. Mme Tubbs s'y dirigea d'un pas lent et l'écarta. Le soleil inonda aussitôt la chambre d'une lumière sale.

— Vous pouvez regarder partout, déclara-t-elle en reculant dans un angle de la pièce, mais ne touchez à rien.

Que leur guide redoutât la visite d'un inspecteur n'avait rien de surprenant, songea Kate. Un piège à souris attendait sa victime près d'une poubelle. Un peu plus loin, une poêle couverte de graisse figée était posée sur une plaque électrique aux fils dénudés, reposant à même l'égouttoir du petit évier sur lequel couraient des cafards.

Kate engloba du regard le misérable environnement dans lequel avait vécu Charles Decker : le lit étroit et défoncé, le cendrier débordant de mégots de cigarettes, la petite table carrée couverte de bouts de papier provenant d'un cahier à spirale… Elle se pencha sur l'un d'entre eux, où figuraient quelques lignes d'une écriture serrée et nerveuse.

Huit ans, déjà mutine,
Si mignonne à neuf ans
Et maintenant, dix ans.
Joyeux anniversaire,
Petite Marilyn !

— Qui est Marilyn ? demanda-t-elle.

— La gamine que vous avez vue dans le couloir. Allez savoir ce que fait la mère toute la journée ! Elle travaille, soi-disant. Tu parles d'un travail…

Kate leva les yeux de la petite table et se tourna vers elle.

— Comment était-il, madame Tubbs ?

— Qui ? Charlie ? Est-ce que je sais, moi ? Il disait jamais rien, il faisait pas de bruit, il faisait jamais gueuler sa radio. Parce que j'en connais d'autres… Enfin, bref… Et il se plaignait jamais ! Des fois, j'avais même l'impression qu'il était pas là. Un locataire en or, pour sûr.

Selon de tels standards, songea Kate non sans amertume, un bon locataire devait être un locataire mort.

Mme Tubbs s'installa sur une chaise, et ne les quitta pas des yeux tandis qu'ils examinaient la pièce. Leur inspection révéla une paire de chemises fripées accrochées dans un placard, quelques boîtes de soupe empilées dans le meuble écaillé de l'évier, ainsi qu'une dizaine de sous-vêtements proprement rangés dans le tiroir d'une commode. Maigre trésor qui n'offrait que peu d'indices sur la personnalité de son propriétaire.

Kate s'avança vers la fenêtre et observa en contrebas le trottoir jonché de verre cassé. Le bâtiment faisant face à l'hôtel était en cours de démolition, et présentait ses pièces béantes comme autant de témoignages de vies éclatées.

— Kate ? appela David.

Elle se retourna. Celui-ci se tenait debout près du meuble de chevet, une plaquette de pilules à la main.

— De l'« Haldol ». Prescrit par le Dr Nemechek, de l'hôpital d'Etat.

— Son psychiatre ?

— Oui, et regarde ça.

Elle se saisit de la petite photographie encadrée qu'il lui tendait.

Dès l'instant où elle vit le visage, Kate comprit. S'approchant de la fenêtre, elle étudia de plus près l'image à la lumière. La jeune femme qui y figurait semblait sourire pour l'éternité, ses jolis yeux noisette légèrement plissés sous le soleil, tandis qu'une longue mèche de ses cheveux bruns flottait sur sa joue, rabattue par le vent. Derrière elle, le bleu métallique du ciel se fondait dans le turquoise de la mer. Elle ne portait qu'un simple maillot de bain blanc et, malgré une pose qui se voulait sexy, évoquait plutôt ces petites filles un peu gauches tentées d'imiter leurs grandes sœurs.

Kate détacha la photo de son cadre. Au dos était rédigé un court message : « En attendant ton retour. Jenny ».

— Jenny…, prononça-t-elle doucement.

Pendant une longue minute, elle se tint immobile près de la fenêtre, les yeux baissés sur ces mots écrits par une jeune femme morte depuis longtemps. Elle songea de nouveau à Charles Decker, à son destin tragique, à son extrême dénuement, ainsi qu'à l'importance qu'avait dû avoir pour lui ce précieux rectangle de papier glacé.

Elle se tourna soudain vers Mme Tubbs.

— Que vont devenir toutes ces choses, maintenant qu'il est mort ?

— Je devrais les vendre, répondit la concierge en soupirant. Il me devait une semaine de loyer. Mais il n'y a rien à tirer de toutes ces bricoles. A part ce que vous tenez à la main.

Kate baissa de nouveau les yeux sur le sourire de la jeune fille.

— Elle est jolie, n'est-ce pas ?

— Je parlais pas de la photo.

— Pardon ?

— Le cadre. Il est en argent.

Lorsque David et Kate sortirent de l'hôtel du Terminal, la petite Marilyn et son frère étaient assis en équilibre sur la chaîne délimitant le chantier de démolition. A leur vue, les deux enfants bondirent prestement sur le sol.

— Il est mort, n'est-ce pas ? demanda Marilyn.

Devant le hochement de tête désolé de Kate, elle s'appuya contre la chaîne, avant d'ajuster le haut de sa robe d'un air préoccupé.

— Je le savais. Les adultes sont stupides, ils ne disent jamais la vérité.

— Que vous ont-ils dit à propos de Charlie ?

— Qu'il était parti. Mais ce n'est pas vrai. Il n'aurait pas oublié mon cadeau.

— Pour ton anniversaire ?

Marilyn baissa les yeux sur son absence de poitrine.

— J'ai eu dix ans.

— Et moi j'ai sept ans, annonça fièrement le petit garçon.

— Charlie était votre ami, n'est-ce pas ? intervint David.

La petite fille leva les yeux vers lui, et rougit un peu quand il lui sourit.

— Charlie n'avait pas d'amis. Moi non plus, je n'en ai pas... A part Gaby, mais c'est mon frère.

Ce dernier la regarda avec admiration, avant de s'essuyer le nez dans sa robe.

— Charlie connaissait-il d'autres personnes ? poursuivit David. A part vous, bien sûr.

Marilyn se mordit la lèvre, et son visage prit une expression pensive.

— Eh bien... Vous devriez aller voir chez Maloney, un peu plus haut dans la rue.

— Qui est Maloney ?

— Personne.

— Voyons ! S'il n'existait pas, comment aurait-il pu connaître Charlie ?

— Ce n'est pas quelqu'un, Maloney, c'est un café.

— Oh, je vois ! répondit David en lui adressant un clin d'œil. Comme je suis bête !

*
* *

— Qu'est-ce que vous faites encore ici, les mômes ? Allez, sortez d'ici avant que je perde ma licence !

Les deux enfants traversèrent calmement la salle climatisée, avant d'aller se percher sur deux tabourets du bar.

— Il y a un monsieur et une dame, Sam, expliqua Marilyn. Ils veulent vous parler.

— Vous n'avez pas vu le panneau à l'entrée ? Interdit aux moins de vingt et un ans, c'est écrit.

— J'ai sept ans, dit Gaby. Je peux avoir une olive ?

Grommelant entre ses dents, Sam plongea la main dans un bocal et en sortit une dizaine d'olives, qu'il déposa sur le bar devant eux.

Remarquant alors seulement la présence de David et de Kate, il releva la tête. A l'expression de son regard, il était évident que l'établissement ne recevait pas souvent de clients de ce standing.

— Je n'y suis pour rien ! protesta-t-il. Ces deux garnements sont entrés sans que je les voie. Je m'apprêtais d'ailleurs à les mettre à la porte.

— Ils sont pas inspecteurs, l'informa Marilyn d'un air dédaigneux.

— Nous cherchons des renseignements sur l'un de vos clients, expliqua David. Un certain Charles Decker.

— Il est mort, déclara le cafetier.

— Cela, nous le savons.

— Et je n'aime pas dire du mal des morts.

Sam resta silencieux un long moment, tout en examinant avec intérêt le luxueux costume sur mesure de David.

— Qu'est-ce que vous prendrez ? demanda-t-il, retrouvant soudain le sens des affaires.

D'un mouvement las, David se jucha sur l'un des tabourets.

— Très bien, soupira-t-il. Servez-nous deux bières.

— Ce sera tout ?

— Et deux jus d'ananas, ajouta Marilyn.

— Cela nous fera douze dollars.

— Rien que ça, dit David en glissant un billet de vingt dollars sur le comptoir.

A peine les boissons servies, les deux enfants y plongèrent le reste des olives, avant de faire rapidement descendre le niveau de leurs verres à l'aide d'une paille.

— Parlez-nous de Charlie, insista Kate.

— Eh bien, il avait l'habitude de s'asseoir là-bas, répondit Sam en désignant une table du menton.

— Qu'y faisait-il ?

— Il buvait. Du whisky, principalement. Il l'aimait sec. Il venait presque tous les soirs. Je crois qu'il aimait voir du monde, même s'il ne parlait à personne. Vous savez, avec ce qu'il avait à la gorge... Il se contentait de rester là, à prendre un ou deux whiskies.

— Secs, termina David.

— Ouais, secs. Mais toujours raisonnable, le gars. Jamais je ne l'ai vu ivre, contrairement aux autres soiffards. Et puis il a arrêté de venir.

— Savez-vous pourquoi ?

— La police le recherchait, paraît-il. Certains prétendent qu'il aurait commis un meurtre.

— Qu'en pensez-vous ?

— Charlie ? répondit-il en riant. Aucune chance !

Marilyn poussa son verre vide vers le cafetier.

— Je peux avoir un autre jus d'ananas ?

Sam emplit de nouveau les deux verres, puis se tourna vers David. Celui-ci sortit de son portefeuille un autre billet de vingt dollars, qu'il avança vers le cafetier d'un air fataliste.

— L'avez-vous jamais entendu mentionner le nom de Jenny Brook ? demanda Kate.

— Comme je vous l'ai dit, Charlie ne parlait pour ainsi dire jamais. Ouais, le gars restait des heures à siroter tranquillement son whisky, et à griffonner des poèmes sur des bouts de papier.

Kate secoua la tête, étonnée.

— Je ne l'imaginais pas poète.

— Oh, tout le monde se dit poète de nos jours. Charlie, cependant, prenait les choses très au sérieux. Tenez, le dernier jour où je l'ai vu, il n'avait pas d'argent pour payer son verre. Il m'a donc proposé un poème en échange en m'affirmant qu'un jour il aurait beaucoup de valeur. Seigneur ! Quel imbécile je fais, parfois !

L'air embarrassé, il entreprit de faire reluire les pompes à bière à l'aide d'un chiffon.

— Avez-vous gardé ce poème ?

— Il est là, indiqua-t-il. Sur le mur, derrière vous.

Kate se retourna. Un petit carré de papier était en effet punaisé près de la porte. Elle s'en approcha. Dans la faible lumière du café, les mots en étaient à peine lisibles.

Seul le temps
Panse les plaies et apporte l'oubli,
Voilà ce que les gens m'ont dit. Existe-t-il rien de plus faux ?
Pensent-ils que l'oubli soignera mes blessures ?
Non, la guérison viendra
Du souvenir de toi.
L'odeur de la mer sur ta peau,
L'empreinte parfaite et délicate de tes pieds sur le sable…
Rien ne meurt jamais dans la mémoire des amants.
Je te revois, là, sur la grève.
Tu ouvres les yeux, ta main se pose sur ma peau,
Tes doigts diffusent en moi
Toute la chaleur du soleil.
Tu me guéris,
Et tu me sauves.

— Alors ? s'enquit Sam. Est-ce que c'est bon ?

— Bien sûr ! s'écria Marilyn. Puisque c'est Charlie qui l'a écrit.

Sam haussa les épaules.

— Hum ! Cela ne veut rien dire.

*
* *

— Nous avons abouti à une impasse, observa David, tandis qu'ils retrouvaient le soleil aveuglant de la rue.

La remarque pouvait également s'appliquer à leur relation, songea Kate en l'observant. Les mains dans les poches, il contemplait d'un œil indifférent un clochard assoupi sous le porche d'une maison. Si seulement il pouvait lui offrir un sourire, un regard, n'importe quoi indiquant qu'il subsistait encore un espoir entre eux. Mais il n'en fit rien. Sans qu'il lui eût adressé la moindre parole, elle sut alors que la mort de Decker n'était pas seule en question.

Ils s'engagèrent dans une étroite ruelle, éparpillant au passage les tessons de bouteilles de bière qui l'encombraient.

— Trop de points ont été négligés dans cette affaire, soupira-t-elle. Je ne comprends pas que la police ait pu clore le dossier.

Elle leva une dernière fois les yeux vers l'hôtel du Terminal.

— Quelle tristesse, n'est-ce pas ? Qu'un homme meure ainsi sans rien laisser derrière lui. Aucune trace de ce qu'il était, ni de qui il était...

— Cela vaut pour chacun d'entre nous. A moins d'avoir écrit une œuvre littéraire ou construit des bâtiments de prestige, que reste-t-il de nous après notre disparition ?

— Des enfants, peut-être...

David resta silencieux quelques secondes.

— Oui, répondit-il... Avec de la chance.

— Nous sommes au moins sûrs d'une chose, reprit-elle doucement. Il l'aimait comme un fou.

Baissant les yeux sur le trottoir craquelé, elle repensa au visage sur la photo. Un visage qu'il était difficile d'oublier. Cinq ans après sa mort, le mystère entourant Jenny Brook avait affecté la vie de quatre personnes : celui qui l'avait aimée, et les trois qui l'avaient regardée mourir. Elle était le fil d'Ariane malheureux d'un labyrinthe tragique.

Que pouvait-on ressentir, lorsqu'on était aimée avec autant de passion que l'avait été Jenny ? s'interrogea-t-elle. Quel charme magique avait-elle possédé, et qui lui faisait défaut ?

— Il est bon de pouvoir enfin rentrer chez soi, déclara-t-elle sans conviction.

— Vraiment ?

— Que veux-tu, la solitude m'est familière.

Il haussa les épaules.

— A moi aussi.

Il leur restait si peu de temps, songea-t-elle avec tristesse. Déjà, chacun se repliait dans son camp, et les mots qu'ils échangeaient étaient devenus ceux de deux étrangers. Ce matin, s'il lui avait demandé de rester, elle aurait accepté. Mais il n'avait rien dit.

Le trajet du retour fut rapide. Aucun des deux ne parla. Et lorsqu'ils s'arrêtèrent au pied de l'immeuble de Kate, David porta sa valise jusqu'à sa porte, du pas décidé d'un homme n'ayant pas de temps à perdre.

— Que dirais-tu d'une tasse de café ? suggéra-t-elle, pressentant déjà sa réponse.

— Je ne peux pas. Pas maintenant. Mais je t'appellerai.

Des mots usés jusqu'à la corde. Elle comprenait parfaitement, bien sûr. Cela faisait partie du rituel.

David jeta un bref coup d'œil à sa montre.

L'heure de la séparation. Pour tous les deux…

D'un geste machinal, elle introduisit sa clé dans la serrure et poussa la porte devant elle. Elle s'immobilisa aussitôt dans l'entrée, incapable de croire au spectacle qui l'attendait dans le séjour.

Oh, non ! Pourquoi, Seigneur ? Pourquoi cela maintenant ?

La main de David se serra sur son bras, tandis qu'elle reculait, glacée d'horreur. La pièce sembla tourner autour d'elle pendant une fraction de seconde, puis elle parvint de nouveau à concentrer son attention sur le mur opposé.

Sur le papier fleuri, une phrase avait été bombée en lettres rouge sang :

« MÊLEZ-VOUS DE VOS AFFAIRES. »

Au-dessous étaient dessinés un crâne aux orbites creuses et deux tibias croisés.

14.

— Pas question, David. L'affaire est close.

Un gobelet de café fumant à la main, Francis « Pokie » Chang se fraya un chemin à travers le poste de police bourdonnant d'activité : administratifs transportant des dossiers, interpellés invectivant leurs gardiens, officiers s'emportant au téléphone. Rien ne semblait devoir perturber sa sérénité.

— Ne vois-tu pas qu'il s'agit d'un avertissement ? insista David.

— Laissé par Charles Decker, probablement.

— Impossible. Decker était déjà mort. Le voisin qui a inspecté l'appartement de Kate, mardi matin, n'a rien remarqué d'anormal.

— Alors il s'agira sans doute d'une facétie de gamin.

— Ah oui ? Pourquoi aurait-il précisément écrit cette phrase : « Mêlez-vous de vos affaires » ?

— Tu comprends les gosses, toi ? Moi non. Je ne parviens même pas à comprendre les miens.

Pokie ouvrit la porte de son bureau et se dirigea vers son fauteuil.

— Comme je te l'ai dit, David, j'ai beaucoup de travail.

David posa les mains sur le plateau du bureau et se pencha vers lui.

— Nous avons été suivis, la nuit dernière, je te l'ai dit. Tu m'as répondu que c'était un effet de mon imagination.

— Je le pense toujours.

— Et voilà que Decker atterrit à la morgue. Un beau petit accident, bien commode !

— Je vois, tu vas bientôt me servir la théorie du complot.

— Tu as un odorat tout à fait surprenant.

— D'accord, soupira le policier. Tu disposes d'une minute pour m'expliquer ta vision des choses. Ensuite je te mets à la porte.

David tira une chaise à lui et s'y installa.

— Quatre morts, commença-t-il. Tanaka, Richter, Decker. Et Ellen O'Brien…

— Les accidents opératoires ne sont pas de ma compétence.

— Mais les meurtres, si. Nous avons affaire à un individu qui opère dans l'ombre, Pokie. Et qui est parvenu à supprimer quatre personnes en l'espace de quinze jours. Un assassin intelligent, discret et doté de connaissances médicales. Mais rongé par la peur.

— De quoi aurait-il peur ?

— De Kate Chesney. Peut-être a-t-elle posé trop de questions. Peut-être, sans le savoir, a-t-elle appris certains détails pouvant l'incriminer, et cela le rend nerveux.

— Un homme de l'ombre, hein ? Je suppose que tu as déjà établi une liste de suspects.

— A commencer par le chef de l'équipe d'anesthésistes. T'es-tu renseigné sur ce qui est arrivé à sa femme ?

— Elle est morte mardi soir dans une maison de soins. De causes naturelles.

— Bien sûr. Le lendemain du jour où son mari subtilisait des drogues létales à l'hôpital !

— Coïncidence. Voyons, David, soyons sérieux ! Tu imagines ce vieux bonhomme à moitié sénile jouant les tueurs en série ?

Il y eut plusieurs petits coups frappés à la porte, puis le sergent Brophy entra en reniflant, un dossier à la main.

— Voilà le rapport que vous attendiez, lieutenant. Au fait, la fille Sasaki a de nouveau été repérée. Dans un fast-food, cette fois.

— C'est parfait, Brophy. Vous pouvez…

Le sergent éternua, puis se moucha trois fois de suite, produisant un son proche du barrissement.

— Trop de manguiers dans le coin, s'excusa-t-il en se retirant, le mouchoir sur le nez.

Chang éclata de rire.

— L'idée que Brophy se fait du paradis doit ressembler à un caisson isolant ! plaisanta-t-il.

Recouvrant son sérieux, il baissa les yeux sur le rapport que venait de lui remettre son adjoint.

— Je ne te retiens pas, David. Comme tu le vois, j'ai du travail.

— Comptes-tu rouvrir le dossier ?

— J'y réfléchirai.

— Que vas-tu faire pour Avery ? Si j'étais toi, je...

— Je t'ai dit que j'y réfléchirais.

Le policier ouvrit le rapport d'un geste nerveux, signifiant par là que, pour lui, l'entretien était terminé.

Autant se frapper la tête contre les murs, songea David en se levant.

Sa main était déjà sur la poignée de la porte lorsque le policier le rappela soudain :

— David !

Il s'immobilisa aussitôt.

— Oui ?

— Où est Kate ?

— Je l'ai conduite chez ma mère.

— Elle est donc en sécurité ?

— Connaissant ma mère, le mot est un peu fort. Pourquoi ?

— Ce rapport vient juste d'arriver du bureau de M.J. Il s'agit de l'autopsie de Decker. Il ne s'est pas noyé.

— Quoi ?

Revenant à grands pas vers le bureau, David se saisit du dossier et le lut.

« Radiographie du crâne révélant une fracture par enfoncement, probablement due à un coup assené avec violence. Cause de la mort : hématome épidural. »

Le regard pensif, Chang se renversa dans son fauteuil avant de conclure :

— L'homme était mort depuis plusieurs heures lorsqu'on l'a jeté à l'eau.

— La vengeance ! s'exclama Sarah Ransom en croquant un morceau de gâteau au gingembre. Voilà un mobile parfaitement cohérent. Si tant est qu'un meurtre puisse obéir à des raisons cohérentes…

Kate et la vieille dame étaient installées sur le perron arrière de la maison, dominant le cimetière. Pas un souffle de vent ne troublait l'atmosphère de cet après-midi. Rien ne bougeait, ni les feuilles sur les arbres, ni les nuages bas, ni même l'air, qui semblait suspendu au-dessus du vallon. Le seul être en activité était Gracie, qui venait de surgir de la cuisine avec un plateau chargé de tasses de café, de sucre et de petites cuillères. Elle s'arrêta et leva les yeux vers le ciel.

— Nous allons avoir de la pluie, annonça-t-elle.

— Charles Decker était un poète, dit Kate. Il adorait les enfants, et ceux-ci le lui rendaient bien. Ne croyez-vous pas qu'ils l'auraient senti, s'il avait été si dangereux ?

— Balivernes. Les enfants sont aussi stupides que chacun d'entre nous. Quant à son prétendu talent de poète, cela ne signifie rien.

— Mais tous ceux qui le connaissaient s'accordent à dire qu'il n'était pas violent.

— Nous le sommes tous, ma fille. Particulièrement lorsque les êtres que l'on aime sont concernés. L'amour et la haine sont les deux faces d'une même médaille.

— Vous avez une bien piètre idée de la nature humaine !

— Peut-être, mais elle est réaliste. Mon mari était juge d'assises, et mon fils assistant d'un procureur. Des histoires sordides, j'en ai entendu, croyez-moi. Et bien plus horribles que ce que vous pourriez imaginer.

Kate contempla la pelouse en pente douce du cimetière, parsemée de plaques funéraires comme autant d'empreintes de pas.

— Pourquoi David a-t-il quitté le bureau du procureur ?

— Il ne vous l'a pas dit ?

— Non. Il a juste fait allusion à un salaire de misère. Mais j'ai l'impression que l'aspect financier n'est pas le plus important pour lui.

— Il se fiche de l'argent comme de son premier bouton de culotte, approuva Sarah, les yeux baissés sur le reste de son gâteau.

— Dans ce cas, pourquoi est-il parti ?

La vieille dame se tourna vers elle et étudia son visage, les yeux plissés.

— Vous êtes une surprise pour moi, Kate, répondit-elle après une hésitation. Il est déjà assez rare que David vienne ici me présenter une femme, mais lorsque j'ai appris que vous étiez médecin... Eh bien...

Elle secoua lentement la tête, comme si la réalité la dépassait.

— M. David n'aime pas beaucoup les docteurs, intervint Gracie.

— Qu'il ne les aime pas est un doux euphémisme, ma chère.

— Vous avez raison. La vérité, c'est qu'il les déteste tous.

D'un geste nerveux, Sarah se saisit de sa canne et se leva.

— Venez, Kate. Je voudrais vous montrer quelque chose.

Elle la guida alors par l'ouverture dans la haie de seringa, avant de l'accompagner d'une démarche presque solennelle jusqu'à la petite tombe à l'ombre de l'araucaria. De minuscules insectes vibrionnaient autour d'elles dans l'air immobile. A leurs pieds, un bouquet reposait sur une dalle de bronze où était gravée une courte inscription :

NOAH RANSOM (1991-1998)

— Mon petit-fils, dit Sarah.

Une feuille se détacha de l'arbre en tourbillonnant, vint se poser sur l'herbe à côté de la tombe.

— Cela a dû être terrible pour David, murmura Kate. Perdre son unique enfant…

— Ce fut terrible pour tout le monde, mais vous avez raison. Il en a souffert plus que les autres. Cet enfant était comme la prunelle de ses yeux. Il n'a jamais pu se résoudre à accepter sa disparition.

La vieille dame contempla la dalle d'un air songeur, avant de tourner son regard vers Kate.

— Savez-vous comment il est mort ? demanda-t-elle.

— D'une méningite, d'après ce qu'il m'a dit.

— Une méningite bactérienne. Cette maladie n'est pas incurable, n'est-ce pas ?

— Si elle est traitée à temps, non.

— « Si… » Voilà le mot qui hante David. Il s'était rendu à Chicago pour une convention, lorsque le mal s'est déclaré. Linda ne s'est pas vraiment inquiétée, au début. Vous savez comment sont les enfants : un rhume par-ci, un petit bobo par-là. Mais la fièvre de Noah persistait, et il commençait à se plaindre de maux de tête. Son pédiatre étant en vacances, Linda l'a alors emmené voir un autre médecin installé dans le même cabinet. Pendant deux heures ils ont attendu dans la salle d'attente. Ensuite, le médecin n'a pas examiné Noah plus de deux minutes avant de conclure à un gros rhume.

Kate baissa les yeux, sachant, craignant ce qui allait venir.

— Linda a appelé trois fois le médecin, cette nuit-là. Elle sentait que quelque chose n'allait pas. En retour, elle n'a reçu qu'une sévère réprimande, et s'est entendu répondre qu'un simple rhume ne justifiait pas un déplacement nocturne. Lorsqu'elle s'est enfin décidée à emmener Noah aux urgences, il délirait déjà. Le personnel a fait ce qu'il a pu, mais…

Sarah s'interrompit et haussa les épaules, la mine affligée.

— Ce ne fut facile ni pour l'un ni pour l'autre, reprit-elle. Linda s'est enfoncée dans la culpabilité. Quant à David, il s'est replié sur lui-même, refusant de parler à qui que ce fût, y compris à Linda. Ce n'est pas surprenant qu'elle l'ait quitté.

Tournant la tête vers la maison, elle poursuivit :

— Nous avons appris par la suite que ce médecin était alcoolique, et avait été interdit d'exercice en Californie. C'est à ce moment-là qu'a débuté la croisade personnelle de David. Bien sûr, il n'a fait qu'une bouchée de cet homme, dont il a anéanti la carrière sans la moindre pitié. Mais cela n'a rien changé à sa propre vie, qui était désormais ruinée. Alors, il a décidé de quitter le bureau du procureur et d'ouvrir son propre cabinet. Dès lors, il n'a eu de cesse qu'il ne s'en soit pris à tout médecin passant à sa portée, engrangeant d'importantes commissions au passage. Mais il est clair que ce n'est pas l'argent qui le motive. Quelque part dans un coin de son esprit, c'est toujours ce même médecin qu'il s'acharne à crucifier. Celui qui a tué son fils.

« Voilà pourquoi nous n'avons pas une chance, songea Kate. Je resterai toujours l'ennemie, celle qu'il faut détruire. »

Sarah s'était remise en marche vers la maison, la laissant méditer seule à l'ombre du vieil arbre.

Noah Ransom était mort à l'âge de sept ans. Pouvait-elle espérer rivaliser avec cet enfant ? Espérer échapper à la rancœur terrible et obsessionnelle que David éprouvait pour tous les médecins ? Il portait sa douleur comme un fardeau, puisant en elle toute l'énergie qu'il consacrait à son combat. De la même manière que Charles Decker avait entretenu son désespoir pendant les cinq longues années qu'il avait passées en psychiatrie.

Elle se retourna et observa de loin le perron vide. Sarah et Gracie étaient rentrées. L'air était à présent si lourd qu'elle en éprouvait presque le poids sur les épaules. Un orage était imminent. Si elle se mettait en route sans tarder, elle pourrait atteindre l'hôpital psychiatrique avant la pluie.

*
* *

Le Dr Nemechek était un petit homme au dos voûté et aux yeux fatigués. Dans sa blouse blanche fripée, trop large pour ses frêles épaules, il donnait l'impression d'un homme ayant passé la nuit tout habillé.

— Charles Decker n'avait pas sa place ici, expliqua-t-il, tandis qu'ils marchaient côte à côte dans une allée du parc de l'hôpital. Je leur ai dit depuis le début qu'il ne présentait aucune tendance criminelle. Mais la cour a fait venir du continent de soi-disant experts qui en ont jugé autrement.

Il s'arrêta de marcher et secoua la tête.

— C'est là le problème avec les tribunaux, soupira-t-il. Ils veulent à tout prix des éléments à charge, sans s'intéresser une seule seconde à la véritable personnalité de l'accusé.

— Vous qui l'avez soigné, quelle image aviez-vous de Decker ? demanda Kate.

— Il était très renfermé, très dépressif. Je l'ai vu à maintes reprises en proie à des psychoses hallucinatoires.

— Il était donc malade.

— Oui, mais pas au sens criminel du terme. Si les maladies mentales peuvent présenter un caractère dangereux, elles se résument le plus souvent à de simples troubles du comportement. Il s'agit alors d'une sorte de protection contre une trop grande douleur. Ce qui était le cas pour Charles Decker.

— D'après la police, c'était un meurtrier.

— Ridicule.

— Pourquoi ?

— Decker était un être tout à fait inoffensif. Du genre à faire un pas de côté pour éviter d'écraser un criquet.

— Tuer des gens lui était peut-être plus facile.

— Pensez-vous ! Il n'avait d'ailleurs aucune raison de tuer qui que ce fût.

— Jenny Brook ?

— Les troubles de Decker n'avaient rien à voir avec Jenny. Il avait accepté sa mort comme inévitable.

— Je ne comprends pas, s'étonna Kate en fronçant les sourcils.

— Tout était lié à cet enfant, dont les médecins lui avaient dit qu'il était né vivant. Cette nouvelle lui avait totalement perturbé l'esprit. L'idée qu'il avait eu une petite fille s'est ensuite transformée en délire obsessionnel. Il voulait la retrouver, l'élever comme une princesse, lui offrir des robes, des poupées…

Les premières gouttes de pluie leur firent tous deux lever les yeux. Le ciel s'était chargé de nuages sombres et menaçants.

— Est-il possible qu'il ait eu raison ? s'enquit Kate. Que cette petite fille fût encore en vie ?

— Aucune chance. Le bébé est mort, docteur Chesney. Tout au long de ces cinq années, il n'aura vécu que dans l'esprit torturé de Charles Decker.

« Le bébé est mort ».

Les mots du Dr Nemechek résonnaient encore dans son esprit, tandis qu'elle roulait sous une pluie battante en direction de la maison de Sarah Ransom.

A quoi aurait ressemblé cette petite fille si elle avait vécu ? se demanda-t-elle. Aurait-elle eu les cheveux bruns de son père ? Ses yeux auraient-ils pétillé de la même innocence, de la même candeur que ceux de sa mère ? Le visage de la jeune femme s'évanouit peu à peu, pour être remplacé par un autre, plus petit, dans un décor de plage et de pins.

Une trouée soudaine dans le ciel éclaira de nouveau la route, et la vérité s'imposa à Kate, aussi aveuglante et brutale que la réverbération du soleil sur la chaussée mouillée.

Elle dut se retenir pour ne pas écraser la pédale de freins.

L'enfant de Jenny Brook et de Charles Decker était encore en vie.

Et « il » avait aujourd'hui cinq ans !

*
* *

— Mais où est-elle, bon sang ? grogna David en raccrochant le téléphone. Le Dr Nemechek prétend qu'elle a quitté l'hôpital à 17 heures. Elle devrait être rentrée, à présent !

Tranquillement installé derrière son bureau, Glickman plongeait avec application des baguettes chinoises dans un carton de « chow-mein ».

— Vous savez, répliqua-t-il, cette affaire me semble de plus en plus confuse à mesure que le temps passe. De simple erreur médicale, elle s'est transformée en meurtres en série. Quelles surprises nous réserve-t-elle encore ?

— Si seulement je le savais, marmonna David.

Faisant pivoter son siège vers la fenêtre, il observa le ciel qu'obscurcissait la masse des nuages, d'un gris presque métallique.

— Egorger quelqu'un est une bien curieuse façon de commettre un crime, poursuivit Glickman. Songez à tout ce sang répandu. Sans parler du sang-froid qu'exige une telle opération... Si je devais me débarrasser d'une personne, je choisirais certainement une méthode moins brutale. Le poison, par exemple. Quelque chose qui tue rapidement, sans laisser de traces...

Rongé d'anxiété, David se leva et commença à ranger ses papiers dans son attaché-case. A quoi bon rester planté là à se faire du mauvais sang ? Il se rendrait plus utile en allant voir ce qui se passait chez sa mère.

— Il y a cependant un détail qui me chiffonne dans cette histoire, reprit Glickman.

David referma d'un geste sec son attaché-case.

— Lequel ?

— Cet électrocardiogramme. Tanaka et Richter ont été assassinés d'une manière particulièrement sanglante. Alors pourquoi le meurtrier s'est-il échiné à maquiller la mort d'Ellen O'Brien en banale attaque cardiaque ?

— S'il est une chose que j'ai apprise en travaillant chez le procureur, répondit David en se dirigeant vers la porte, c'est que le meurtre n'est pas nécessairement un acte sensé.

— Eh bien, moi, je trouve que notre assassin s'est donné beaucoup de mal pour faire porter le chapeau à Kate Chesney.

La main sur la poignée de la porte, David s'immobilisa.

— Que venez-vous de dire ?

— Que l'assassin s'était donné beaucoup de mal pour lui faire porter le chapeau. Pourquoi ?

— Répondez-moi, Glickman. Qui est poursuivi lorsqu'un patient meurt sur une table d'opération ?

— La responsabilité est généralement partagée entre... Bon sang ! Pourquoi cela ne m'a-t-il pas frappé plus tôt ?

David se précipita sur le téléphone et composa le numéro de la police, se maudissant pour son aveuglement. Le tueur n'avait jamais cessé de rôder dans l'ombre, attendant son heure. Il devait savoir que Kate continuait à glaner des informations — et qu'elle s'approchait dangereusement de la vérité !

Il était 17 h 30, et les employés du bureau des dossiers médicaux étaient déjà rentrés chez eux. Ne restait derrière le comptoir qu'une secrétaire, qui prit en rechignant la fiche que lui tendait Kate.

— Cette patiente est décédée, dit-elle en désignant les données affichées par l'ordinateur.

— Je le sais, répondit Kate.

— Elle est donc répertoriée dans les fichiers désactivés.

— Je comprends. Pourriez-vous néanmoins me sortir son dossier ?

— Cela prendra du temps. Ne pourriez-vous pas revenir demain ?

— J'en ai besoin maintenant, répondit Kate.

Son ton était coupant, sans réplique. La secrétaire regarda sa montre, puis se leva en soupirant, avant de disparaître dans la salle des archives. Quinze bonnes minutes s'écoulèrent avant qu'elle ne revînt lui remettre le dossier. Kate s'installa à une table à l'écart et vérifia le nom inscrit sur la couverture :

« Brook. (sexe F.) »

L'enfant n'avait même pas reçu de prénom.

D'une maigreur désolante, le dossier ne contenait que la fiche d'identification de l'hôpital, l'acte de décès, et un résumé sommaire de la courte existence du nouveau-né. La mort avait été prononcée le 17 août 1996 à 2 h 30, une heure après la naissance, et imputée à une anoxie cérébrale. Le minuscule cerveau avait cessé de fonctionner, privé d'oxygène. L'acte était signé de la main du Dr Henry Tanaka.

Kate sortit de sa poche une photocopie du dossier de Jenny Brook, et le réétudia ligne par ligne avec une attention toute particulière.

« 28 ans… 36e semaine de grossesse… Présentation prématurée du bébé… Prise en charge par le service des urgences… »

Un rapport de routine. Rien ne permettant de prévoir le désastre qui s'était ensuivi. En arrivant au bas de la première page, cependant, une courte phrase lui fit froncer les sourcils.

« Compte tenu de cas familiaux de spina-bifida, une amniocentèse a été effectuée à la 18e semaine de grossesse. Celle-ci n'a rien révélé d'anormal. »

Un échantillon de liquide amniotique avait été prélevé du ventre de la mère en début de grossesse pour être analysé. L'opération permettait d'une part d'identifier une éventuelle malformation du fœtus, et d'autre part d'en déterminer le sexe.

La fiche d'amniocentèse, malheureusement, ne figurait pas au dossier. Logique : elle avait dû être incluse dans le dossier de consultation externe. Dossier qui, comme par hasard, avait disparu du cabinet du Dr Tanaka…

Une onde glacée lui parcourut le dos. Bondissant de sa chaise, elle s'avança d'un pas nerveux vers la secrétaire.

— Il me faut le dossier d'un autre patient, annonça-t-elle.

— Pas d'un autre décédé, j'espère ?

— Non, celui-là est bien vivant.

— Quel nom ?

— William Santini.

Il ne fallut cette fois qu'une minute à l'employée pour le trouver. Lorsque Kate l'eut enfin entre les mains, elle resta paralysée devant le comptoir, craignant de découvrir ce qu'elle savait déjà y trouver.

Prenant son courage à deux mains, elle souleva alors la couverture et lut l'acte de naissance.

Nom : SANTINI.
Prénoms : William, Robert.
Date et heure de naissance : 17 août 1996, 3 h 30.

Une heure exactement après que la fille de Jenny Brook eut quitté ce monde, William Santini y entrait.

« Deux nouveau-nés. Un mort, un vivant. N'était-ce pas là l'occasion rêvée pour modifier le cours du destin ? »

— Ne me dites pas que vous avez encore des dossiers à remplir, lança derrière elle une voix familière.

Kate tourna vivement la tête. Guy Santini venait juste d'entrer dans le bureau, un formulaire à la main. Dans un réflexe de panique, elle serra le document contre sa poitrine, puis tenta maladroitement de sourire.

— Je… J'avais juste… quelques petites mises à jour à effectuer, répondit-elle d'une voix qu'elle espérait naturelle. Vous travaillez tard, je vois…

— Ma voiture est en panne, expliqua-t-il d'un air navré. Susan a promis de passer me prendre.

Guy chercha des yeux la secrétaire, mais celle-ci venait de disparaître dans une autre pièce.

— Où est-elle passée, bon sang ? Ah, ces bonnes femmes ! Jamais là quand on a besoin d'elles !

— Elle… elle était encore ici il y a une minute, dit Kate tout en commençant à s'éloigner.

— A propos, vous êtes au courant, pour la femme d'Avery ? C'est un soulagement, si l'on considère…

Kate n'était plus qu'à un mètre de la porte lorsqu'il se tourna vers elle. Elle se figea aussitôt.

— Quelque chose ne va pas ? s'enquit-il en fronçant les sourcils.

— Non, je… Ecoutez, je suis assez pressée.

Au moment précis où elle se retournait pour s'en aller, la voix de la secrétaire retentit derrière elle.

— Docteur Chesney !

— Oui ? Qu'y a-t-il ?

— Le dossier. Vous ne pouvez pas l'emporter.

Pendant un instant, Kate hésita quant à la conduite à tenir. Si elle déposait le dossier sur le comptoir, Guy reconnaîtrait immédiatement le nom qu'il portait. Pourtant, elle ne pouvait pas rester plantée là comme une idiote.

— Ecoutez, proposa l'employée, si vous devez encore le consulter, je peux le garder ici à votre disposition.

— Euh, non… Je veux dire…

— Que contient-il de si important ? demanda Guy en riant. Des secrets d'Etat ?

Le cœur battant à tout rompre, Kate déposa le dossier sur le comptoir, couverture tournée vers le bas.

— Merci, dit-elle. Je reviendrai plus tard.

A son grand soulagement, elle vit alors la secrétaire le couvrir du formulaire que Guy venait de lui apporter.

— Asseyez-vous donc un instant, docteur Santini, lança l'employée en se dirigeant vers la salle des archives. Je vous apporte tout de suite ces documents.

Luttant pour garder son sang-froid, Kate quitta alors la pièce d'un pas maîtrisé sous le regard intrigué de Guy. Ce ne fut qu'après avoir refermé la porte derrière elle que la monstruosité de ce qu'elle venait de découvrir la frappa de plein fouet.

Guy Santini était un collègue et un ami.

Mais il était aussi un meurtrier. Et elle était seule à le savoir.

*
* *

Après son départ, Guy garda plusieurs secondes les yeux fixés sur la porte. Depuis près d'un an qu'il connaissait Kate, jamais il ne l'avait vue aussi agitée. Perplexe, il secoua la tête et se dirigea vers la petite table près de la fenêtre pour y attendre le retour de la secrétaire. Quelqu'un y avait laissé un dossier. Au moment où il s'apprêtait à l'écarter d'une main négligente, son regard tomba sur le nom qui y était inscrit.

Son pouls s'accéléra aussitôt. Sentant ses jambes vaciller, il se laissa tomber sur la chaise et le relut en fronçant les sourcils.

« Brook (sexe F.) »

Seigneur... C'était impossible. Ce ne pouvait pas être la même Brook.

D'un geste vif, il ouvrit le dossier et chercha sur le certificat de décès le nom de la mère. Son sang se figea dans ses veines lorsqu'il le découvrit.

« Mère : Brook, Jennifer. »

La même femme. Le même enfant...

« Du calme, s'enjoignit-il. Réfléchis posément au lieu de t'inquiéter pour rien. Personne ne peut établir un lien entre Jenny, son enfant et toi. Les quatre personnes impliquées dans cette tragédie vieille de cinq ans sont mortes. D'ailleurs, qui cela peut-il encore intéresser ?

» A moins que... »

Bondissant de sa chaise, il se précipita vers le comptoir. Le dossier dont Kate avait eu tant de mal à se séparer y était toujours. Il le retourna. Le nom de son propre fils lui sauta immédiatement aux yeux.

— Et voilà, annonça la secrétaire à son retour, les bras chargés de documents. Je crois que j'ai tout ce qu'il vous faut...

Elle s'immobilisa brusquement, l'air ébahi.

— Mais... Où allez-vous, docteur Santini ?

Sans daigner lui répondre, Guy sortit en courant dans le couloir.

Le hall de l'hôpital était brillamment éclairé lorsque Kate émergea de l'ascenseur. Quelques visiteurs s'attardaient devant les portes vitrées, observant d'un œil résigné l'orage se déchaînant à l'extérieur. Elle se dirigea d'un pas rapide vers les cabines téléphoniques. Un homme entra juste devant elle dans la première, tandis que sur la seconde était apposé un panneau « hors service ».

Une soudaine bourrasque fit vibrer les portes du hall. A l'extérieur, un lourd rideau de pluie voilait le parking.

Kate décida d'attendre, et pria en silence pour que le lieutenant Chang fût à son bureau — même si, en ce moment précis, c'était surtout la voix de David qu'il lui brûlait d'entendre.

L'homme s'éternisait dans la cabine. Tournant la tête, elle s'aperçut avec angoisse que les visiteurs avaient disparu, et que la réceptionniste commençait à fermer le bureau d'accueil. L'endroit se vidait beaucoup trop vite.

Incapable d'attendre plus longtemps, elle sortit de l'hôpital et, affrontant l'averse, rejoignit en courant la voiture de Sarah, garée à l'extrémité du parking. La tempête s'était transformée en violente tornade tropicale, balayant avec force les abords de l'hôpital. Trempée de la tête aux pieds, il lui fallut une éternité pour trouver les clés, puis une autre pour déverrouiller la portière. Dans sa hâte à se mettre à l'abri de la tourmente, elle ne remarqua pas l'ombre qui s'approchait d'elle.

Au moment même où elle s'installait derrière le volant, une main se serra sur son bras.

Kate sursauta et leva vivement les yeux.

Guy Santini était penché au-dessus d'elle.

15.

— Poussez-vous !

— Vous me faites mal, Guy…

— J'ai dit : poussez-vous !

Kate regarda frénétiquement autour d'elle, cherchant une âme susceptible de l'entendre hurler, mais le parking était désert. Seul parvenait à ses oreilles le tambourinement implacable de la pluie sur le toit de la voiture.

Sans lui laisser le temps de réfléchir, Guy l'envoya d'une bourrade sur le siège passager et se glissa derrière le volant. A travers le pare-brise mouillé, la lumière grise du soir donnait à son visage un aspect fantomatique, presque irréel.

— Les clés, ordonna-t-il.

Celles-ci étaient tombées sur le siège à côté d'elle, mais Kate ne fit pas un geste pour les prendre.

— Donnez-moi ces maudites clés, nom de Dieu !

Les apercevant soudain dans la semi-obscurité, il s'en saisit et mit le contact sans plus attendre. C'est le moment que choisit Kate pour lancer la main vers son visage, toutes griffes dehors. Mais il fut plus rapide : la saisissant par le poignet, il la repoussa de force contre son siège.

— Si vous m'y contraignez, je n'hésiterai pas à vous briser le bras, prévint-il.

Sur cette menace, il enclencha la marche arrière, et se dirigea vers la sortie du parking dans un crissement aigu de pneus.

— Où m'emmenez-vous ? demanda Kate.

— Quelque part. N'importe où. Je dois vous parler, et vous allez m'écouter.

— Me parler ? De quoi ?

— Vous le savez parfaitement !

Kate leva le menton et aperçut un feu orange devant eux. Ils seraient forcés de s'arrêter au carrefour. Elle se prépara à bondir de la voiture.

Mais Guy avait prévu son mouvement. Lui agrippant de nouveau le bras, il la tira brutalement vers lui, puis appuya sur l'accélérateur au moment même où le feu passait au rouge.

Kate regarda d'un œil désespéré l'aiguille du compteur grimper à cent dix kilomètres-heure. Elle avait raté sa chance. Si elle tentait de sauter maintenant, elle ne s'en tirerait pas vivante.

Sans doute Guy l'avait-il lui aussi compris, car il lui lâcha le bras.

— Cela ne vous concernait pas, Kate, dit-il en reportant son regard sur la route. Vous n'aviez aucun droit de fouiner ainsi.

— Ellen était ma patiente, Guy. « Notre » patiente.

— Cela ne vous autorise pas à briser ma vie !

— Que faites-vous de la sienne ? Et de celle d'Ann ? Elles sont mortes, l'auriez-vous oublié ?

— Et le passé avec elles. Laissons les morts enterrer les morts.

— Seigneur ! Moi qui croyais vous connaître… Je pensais que nous étions amis.

— Je dois protéger mon fils, ainsi que Susan. Je ne pouvais pas voir leur existence menacée sans agir.

— Personne ne vous aurait enlevé votre fils ! Pas après cinq ans ! Les tribunaux vous en auraient octroyé la garde.

— Ce n'était pas au sujet de Willy que j'étais inquiet. Vous avez raison : aucun juge ne me l'aurait arraché ! Surtout pas pour le confier à un désaxé comme ce Decker ! Non, c'est surtout à Susan que je pensais.

— Je ne comprends pas, soupira-t-elle tout en scrutant la route à l'affût du moindre ralentissement. Pourquoi Susan ?

— Parce qu'elle n'est pas au courant.

Devant le regard stupéfait de Kate, il ajouta :

— Elle croit que Willy est son fils.

— Mais… Comment peut-elle ne pas savoir ?

— Je le lui ai toujours caché. Depuis cinq ans, je garde jalousement le secret. Elle a accouché sous anesthésie. Cela a été un véritable cauchemar : toute cette précipitation, cette panique autour d'elle… C'était notre troisième tentative, notre ultime chance d'avoir un bébé. Et il était mort à la naissance…

Il fit une courte pause et s'éclaircit la gorge.

— Je ne savais que faire, reprit-il d'une voix enrouée par l'émotion. Comment aurais-je pu le lui annoncer ? Elle était là, paisiblement endormie sous mes yeux, un sourire heureux sur les lèvres. Et je tenais dans mes bras notre petite fille morte.

— Alors, vous avez pris l'enfant de Jenny Brook.

Guy se passa une main sur le visage.

— C'était… C'était la volonté de Dieu. Ne comprenez-vous pas ? La volonté de Dieu ! La mère venait de succomber, et j'entendais ce nouveau-né, ce bébé magnifique, resplendissant de vie, pleurer dans la chambre voisine, sans personne pour le bercer ni pour l'aimer. Le père était inconnu, et aucune famille ne l'attendait pour en prendre soin. Déjà, Susan commençait à se réveiller. Comprenez-vous cela ? La nouvelle l'aurait tuée à coup sûr. Dieu nous avait donné un garçon ! C'était comme si… comme si telle avait été Son intention depuis le début. Nous partagions tous ce sentiment : Ann, Ellen et moi. Seul Tanaka…

— Il n'était pas d'accord.

— Non. Du moins, pas au début. Nous nous sommes disputés à ce sujet, je l'ai pratiquement supplié… Ce n'est que lorsque Susan a ouvert les yeux et a demandé à voir son bébé qu'il a enfin cédé. Alors, Ellen a apporté l'enfant et l'a couché sur le sein de Susan, ma tendre Susan. Elle l'a regardé d'un œil émerveillé… et ses larmes se sont mises à couler sur ses joues.

Guy s'essuya les yeux du revers de la manche.

— A ce moment-là, nous avons tous su que nous avions agi pour le mieux.

La voiture ralentit soudain. Relevant la tête, Kate se rendit compte que la circulation était devenue beaucoup plus dense, et qu'ils s'approchaient du tunnel de Pali. Elle se souvint alors de l'existence d'une cabine téléphonique à proximité de l'entrée. Si Guy ralentissait suffisamment, il lui restait une chance de sauter en marche et de trouver de l'aide.

Hélas, il bifurqua au dernier moment sur une route secondaire qui s'enfonçait dans la forêt. Kate eut juste le temps d'apercevoir un panneau indiquant : « Pali – Vue panoramique ».» Le bout du chemin », songea-t-elle, le cœur serré d'angoisse. Situé sur le flanc d'une falaise surplombant la vallée, le site avait vu des amants suicidaires prêter leur dernier serment, ainsi que d'anciens guerriers acculés faire le saut de la mort. C'était l'endroit idéal pour commettre un meurtre.

Dans un sursaut de désespoir, elle bondit sur la poignée de la portière. Mais, avant même qu'elle soit parvenue à l'ouvrir, Guy l'avait plaquée sans ménagement contre son siège. Folle de rage et de peur, elle se tourna alors vers lui et se mit à le cogner de toute la force de ses deux poings. Dans ses efforts pour se protéger, Guy perdit un instant le contrôle du véhicule, qui dérapa sur le revêtement mouillé. Il parvint cependant à redresser le volant juste avant qu'ils ne basculent dans le fossé, tout en continuant d'immobiliser Kate de sa main libre. L'aile avant droite fut éraflée par plusieurs grosses branches, une roue glissa dans le bas-côté, mais ils se retrouvèrent bientôt en sécurité au milieu de la chaussée. Alors, recroquevillée sur son siège, Kate ne put qu'observer, impuissante, s'évanouir les derniers cent mètres qui les séparaient du site d'observation.

Arrivé à destination, Guy stoppa la voiture et coupa le moteur. Il resta un long moment immobile et silencieux, comme s'il rassemblait son courage pour accomplir sa tâche. A l'extérieur, la pluie s'était réduite à un léger crachin, et une brume tournoyante enveloppait le bord de la falaise.

— Vous m'avez fait une belle frayeur, protesta-t-il. Pourquoi avoir fait cela ?

Abattue et découragée, Kate hocha lentement la tête.

— Parce que je sais que vous allez me tuer, murmura-t-elle. Comme vous avez tué les autres.

— Je vais « quoi » ?

Elle releva les yeux et chercha une trace de remords sur son visage. Si seulement elle pouvait éveiller en lui un dernier soupçon d'humanité...

— Etait-ce facile ? demanda-t-elle. Trancher la gorge d'Ann, voir couler son sang ?

— Vous voulez dire... Vous pensez vraiment que... ? Bon dieu !

Il enfouit sa tête entre ses mains, puis la releva en éclatant de rire.

A travers le brouillard, derrière eux, Kate vit apparaître la lumière de deux phares. Une nouvelle chance s'offrait à elle de bondir hors de la voiture et de trouver assistance, mais elle ne le fit pas. L'évidence venait de lui sauter aux yeux : Guy n'avait jamais cherché à lui nuire. Et il était incapable de commettre un meurtre.

Sans prévenir, ce dernier descendit de la voiture et s'éloigna dans la brume. Arrivé au bord de la falaise, il s'arrêta, les épaules affaissées.

Kate sortit à son tour, et le rejoignit d'un pas hésitant.

— Alors vous ne les avez pas tués ?

Il se redressa et prit une profonde inspiration.

— J'aurais fait n'importe quoi pour garder mon fils, répondit-il d'une voix brisée. Mais un assassinat ? Mon Dieu, non... Oh ! J'ai bien rêvé de tuer Decker. Il n'était rien qu'un... un déchet de l'humanité. Le supprimer aurait été un moyen si facile pour trouver enfin la paix. Le seul, peut-être. Il s'acharnait dans ses recherches, exigeait de savoir où était le bébé.

— Comment savait-il que celui-ci avait survécu ?

— Il y avait un autre médecin dans la salle d'accouchement.

— Le Dr Vaughn ?

— Oui. Decker a pu lui parler, et il en a suffisamment appris.

— Vaughn a ensuite péri dans un accident de voiture.

Guy hocha la tête.

— Je croyais que les choses allaient enfin s'arranger, que tout était terminé. Mais un beau jour, Decker est sorti de l'hôpital psychiatrique. Tôt ou tard, quelqu'un finirait par parler, c'était inévitable. Tanaka brûlait de soulager sa conscience. Quant à Ann, la peur l'avait rendue imprévisible. Je lui ai donné de l'argent pour qu'elle quitte les îles, mais elle n'en a pas eu le temps. Decker s'en est occupé avant.

— Cela n'a aucun sens. Pourquoi aurait-il tué la seule personne qui pouvait lui fournir une réponse ?

— C'était un psychopathe.

— Même les psychopathes obéissent à une certaine logique.

— Ce ne pouvait être que lui. Je ne vois pas qui d'autre…

Un léger déclic se fit entendre dans le brouillard. Kate et Guy se figèrent, tandis que des pas crissaient sur la chaussée humide. Emergeant de la brume, une silhouette se matérialisa peu à peu sous leurs yeux.

Ce fut le gris luisant de l'arme que tenait Susan Santini qui accrocha le regard de Kate.

— Ecarte-toi, Guy, ordonna-t-elle d'une voix blanche.

L'air abasourdi, celui-ci demeura immobile, fixant son épouse d'un œil incrédule.

— C'était vous, bredouilla Kate, stupéfaite. Depuis le début, c'était vous…

Susan tourna alors son regard vers elle. A travers le brouillard qui flottait entre eux, son visage semblait aussi flou et inconsistant que celui d'un spectre.

— Vous ne comprenez pas, n'est-ce pas ? Mais vous n'avez jamais eu d'enfant, Kate.

— Mon Dieu, Susan ! s'exclama Guy. Réalises-tu ce que tu as fait ?

— Je ne pouvais pas compter sur toi, Guy. Il fallait donc que j'agisse moi-même. Durant toutes ces années, j'ignorais tout pour William… Jusqu'à ce que Tanaka me révèle la vérité.

— Tu as tué quatre personnes, Susan !

— Trois, objecta-t-elle, avant de désigner Kate du menton. C'est elle qui a tué Ellen.

— Moi ? s'étonna Kate. Que… que voulez-vous dire ?

— Ce n'est pas de la Succinylcholine que vous lui avez injectée, mais une dose mortelle de chlorure de potassium. Je ne voulais pas que Guy fût accusé. Je ne supportais pas l'idée de le voir une nouvelle fois persécuté par les juges. J'ai donc remplacé l'électrocardiogramme par un autre, après y avoir apposé vos initiales.

— Et la faute m'en a été attribuée.

Susan acquiesça d'un mouvement de tête.

— Oui, Kate. J'en suis navrée. Maintenant, Guy, écarte-toi. Je dois le faire. Pour le bien de notre petit Willy.

— Non, Susan !

— Ils vont nous le retirer, ne comprends-tu pas ? Ils vont m'enlever mon enfant !

— Cela n'arrivera pas, je te le promets.

— Il est trop tard, Guy. J'ai tué les autres. Elle est la seule à savoir.

— Moi aussi, je sais, répliqua-t-il. Me tueras-tu également ?

— Tu ne diras rien. Tu es mon mari.

Guy marcha alors vers sa femme, lentement, la main tendue.

— Donne-moi ce revolver, Susan, ordonna-t-il d'une voix douce. Je t'en prie, ma chérie. Il ne se passera rien, je m'occuperai de tout. Donne-le-moi…

Susan recula d'un pas, et faillit perdre l'équilibre. Le canon de l'arme tressauta en direction de Guy. Il se figea sur place.

— Tu vas blesser quelqu'un, Susan.

— S'il te plaît, Guy…

— Tu ne le feras pas, dit-il en recommençant à avancer.

La distance qui les séparait s'était presque évanouie. Susan regarda son mari d'un œil égaré, paralysée par la perspective inéluctable de sa défaite.

Comprenant intuitivement qu'il avait gagné, Guy saisit alors le revolver par le canon et tenta de le lui ôter de la main. Mais elle refusa de lâcher prise. Une dernière étincelle de résistance s'alluma dans ses yeux.

— Laisse-moi ! Va-t'en ! cria-t-elle en luttant pour libérer son arme.

— Allons, donne-le-moi. S'il te plaît.

Un coup de feu partit, les prenant tous deux par surprise. Frappés de stupeur, ils se regardèrent un instant, hébétés, puis Guy bascula en arrière, les mains crispées sur sa cuisse.

— Nooon !

Le cri de Susan résonna dans le silence, tragique et déchirant. Le visage décomposé, elle tourna alors son revolver dans l'autre direction.

Dès qu'elle vit l'arme pointée sur elle, Kate fit volte-face et s'enfuit à toutes jambes dans la brume. Un deuxième coup de feu éclata. La balle siffla à son oreille, avant de s'enfoncer dans le sol, juste à côté d'elle, avec un bruit mat. Kate poursuivit sa course sans se retourner, priant le ciel pour que l'épaisseur du brouillard la dissimulât aux yeux de Susan.

Soudain, une paroi verticale se matérialisa devant elle : elle avait atteint le pied de la falaise, de l'autre côté de la route. La seule issue possible se trouvait sur sa gauche, par l'ancienne route de Pali, dont certains tronçons s'étaient effondrés trente mètres plus bas sous la violence des éléments.

— Vous n'irez pas loin de ce côté-là, cria la voix désincarnée de Susan. L'ancienne route est un cul-de-sac, et au premier faux pas vous tomberez de la falaise. Ce n'est pas très prudent !

Sans l'écouter, Kate s'élança sur le béton craquelé et défoncé de la vieille route, se faufilant entre les jeunes arbres qui avaient pris racine dans les nombreux nids-de-poule. La nuit s'épaississait peu à peu, et le brouillard ne permettait pas d'y voir à plus de trois mètres.

Trébuchant sur une grosse pierre, elle s'étala avec un petit cri sur le sol rugueux, mais se releva aussitôt, ignorant la douleur qui traversait ses genoux écorchés. Existait-il une barrière à l'extrémité de la route ? Ou ne trouverait-elle qu'un à-pic sur le néant ? Dans les deux cas, elle était perdue. Une seule balle de revolver, et ce serait le grand plongeon.

Après s'être frayé un chemin à travers les buissons sauvages, elle entreprit de grimper la paroi rocheuse, luisante de pluie. Prenant appui des pieds et des mains sur le moindre rocher, la moindre anfractuosité, elle progressa vers le haut, consciente qu'elle risquait de se rompre les os à tout instant.

Un bruit de pas derrière elle lui glaça soudain le sang. Elle se plaqua contre la falaise, dans une tentative dérisoire pour se fondre dans le décor. Les pas ralentirent, puis s'arrêtèrent.

Le brouillard, son seul allié, commençait à se dissiper.

— Vous êtes là-haut, n'est-ce pas ? cria la voix de Susan depuis la route.

Kate baissa les yeux, et vit la jeune femme commencer à escalader la falaise.

Agrippant d'une main une branche de vigne sauvage, elle détacha alors un morceau de roche de la taille d'un poing, puis s'écarta avec précaution. Susan n'était plus qu'à cinq ou six mètres au-dessous d'elle.

Au moment même où le canon du revolver se levait vers sa tête, Kate lança son projectile, qui atteignit sa poursuivante à l'épaule. Susan poussa un cri, puis glissa de quelques mètres avant de s'accrocher à un buisson ancré dans une faille de la falaise.

Kate profita du répit pour accentuer la distance qui les séparait. Ses bras et ses jambes semblaient animés d'une force propre, guidés par son instinct de survie. Ses mains étaient en sang, mais elle ne ressentait aucune douleur.

Un autre coup de feu résonna.

Le choc qu'elle éprouva fut davantage lié à la surprise qu'à une véritable souffrance. L'impact de la balle dans son dos, cependant, était bien réel. Le ciel sembla tournoyer au-dessus d'elle, puis elle vacilla quelques instants comme en apesanteur, avant de basculer dans le vide.

Ce fut un buisson d'halekoa qui lui sauva la vie, ralentissant sa chute, avant de la faire atterrir sur un long rocher plat formant une étroite corniche. Tandis qu'elle était allongée là dans un état second, un hurlement étrange se fit entendre dans le lointain, pareil au cri d'un enfant blessé.

Le cerveau et le corps engourdis, elle entrouvrit les paupières sur le gris monochrome du ciel. Les bruits de pleurs se transformèrent bientôt en ululements de sirènes.

Le chant de l'espoir. La promesse de salut.

Soudain, une ombre bougea dans son champ de vision. Kate cligna des yeux et reconnut, penchée au-dessus d'elle, la silhouette de Susan Santini.

Sans un mot, celle-ci baissa son arme vers son visage, ses cheveux roux fouettés par la bourrasque.

Les sirènes s'arrêtèrent brusquement, et des cris d'hommes s'élevèrent de la vallée.

Au prix d'un douloureux effort, Kate parvint à se redresser sur un coude. L'œil du canon la regardait.

— Vous n'avez plus de raison de me tuer, maintenant, articula-t-elle faiblement.

— Si. Vous savez pour William.

Kate indiqua du menton la direction de la vallée.

— Ils sauront aussi, répondit-elle.

— Seulement si vous le leur dites.

— Qu'est-ce qui vous dit que ce n'est pas déjà fait ?

Le revolver tressauta dans la main de Susan.

— Non ! cria-t-elle, le regard paniqué. Vous ne pouvez pas leur avoir dit ! Vous n'étiez pas certaine…

Le revolver était toujours pointé sur Kate. Un simple mouvement de l'index, et elle mourrait. Elle mourrait sans avoir avoué à David qu'elle l'aimait. Sans lui avoir dit que la vie était trop précieuse pour être gâchée par les blessures du passé. Que s'il daignait lui accorder sa chance, elle l'aiderait à oublier ses souffrances.

— Je vous en prie, Susan, supplia-t-elle, les larmes aux yeux. Baissez cette arme…

Les mains crispées sur la poignée du revolver, Susan détourna légèrement la tête et tendit l'oreille. Il ne lui restait plus beaucoup de temps. Les secours se rapprochaient.

— Ne comprenez-vous pas ? insista Kate. Si vous me tuez, vous perdrez votre seule chance de garder votre enfant !

Ce dernier argument sembla enfin toucher son but. A ces mots, Susan parut se vider de ses forces : elle baissa lentement le bras, puis lâcha le revolver, qui tomba en ricochant contre la paroi rocheuse.

— Il est trop tard, répondit-elle d'une voix à peine audible. Je l'ai déjà perdu.

Des appels redoublés en contrebas leur firent comprendre qu'elles venaient d'être repérées. Les deux femmes se regardèrent en silence un long moment, puis Susan pencha la tête vers le groupe de sauveteurs réunis au pied de la falaise.

— C'est mieux ainsi, reprit-elle. Il ne gardera que de bons souvenirs de moi. Les enfants doivent être préservés, n'est-ce pas ?

Peut-être fut-ce le vent qui lui fit perdre l'équilibre, Kate ne le sut jamais. Toujours est-il qu'elle vit alors, comme dans un rêve, la silhouette de celle qui avait été son amie basculer vers le néant. Sans faire de bruit, sans un cri.

Alors seulement, elle se mit à pleurer.

16.

David fut le premier à parvenir jusqu'à elle.

Il la trouva à une vingtaine de mètres de hauteur sur le rocher couvert de sang, inconsciente et le corps agité de tremblements. Après l'avoir couverte de sa veste, il la serra contre lui et répéta inlassablement son nom, comme pour empêcher son âme de quitter son corps.

— Je ne te laisserai pas mourir… Tu m'entends, Kate ? Ne meurs pas, ne pars pas…

Cette supplique ne quitta pas son esprit, tandis que les secouristes descendaient avec précaution le corps inanimé de la jeune femme, quelques minutes plus tard.

Et lorsque l'ambulance s'éloigna dans la nuit, il la suivit des yeux, tel un observateur inutile devant une bataille à laquelle il était étranger.

Hagard et épuisé, il posait enfin le pied sur le revêtement lézardé de l'ancienne route de Pali lorsqu'il sentit quelqu'un lui tapoter l'épaule.

— Ça va, David ?

Il se tourna vers Chang qui lui souriait.

— Elle s'en sortira, n'aie pas peur, lui assura celui-ci. J'ai un sixième sens pour ces choses-là.

Un fort éternuement les fit tous deux se retourner. Le sergent Brophy s'approchait, le visage à moitié enfoui dans son mouchoir.

— Ils ont remonté le corps, annonça-t-il. Nuque brisée. Désirez-vous la voir avant qu'elle parte pour la morgue ?

— C'est inutile, grogna Chang. Je me fie à vous.

Les deux hommes accompagnèrent alors David jusqu'au véhicule de police.

— Comment le Dr Santini a-t-il réagi ? s'enquit-il.

— D'une curieuse manière, répondit Brophy. Comme s'il s'était toujours attendu que son épouse finisse ainsi.

Pokie fronça les sourcils en voyant deux infirmiers charger le corps de Susan Santini dans une ambulance.

— Peut-être était-ce le cas, dit-il. Peut-être avait-il deviné la vérité depuis le début, tout en refusant inconsciemment de l'admettre.

— Où allons-nous maintenant, lieutenant ?

— A l'hôpital. Et sans traîner. Notre ami a une visite importante à y faire.

David dut attendre quatre heures avant qu'on l'autorise à voir Kate. Quatre heures à faire les cent pas, rongé par l'inquiétude, dans la salle d'attente du quatrième étage du Mid Pac Hospital. Il était presque minuit lorsque, enfin, une infirmière passa la tête par la porte.

— Monsieur Ransom ?

Il fit volte-face, son cœur battant à tout rompre dans sa poitrine.

— Oui ?

— L'intervention est terminée.

— Est-ce que... est-ce qu'elle va bien ?

— Tout s'est parfaitement déroulé.

« Merci, mon Dieu. Merci... »

— Vous pouvez rentrer chez vous. Je vous téléphonerai dès qu'elle...

— Il faut que je la voie.

— Vous ne pouvez pas. Elle est encore inconsciente, et...

— Je vous en prie.

— Je suis navrée, mais seule la famille proche est autorisée à…

La voix de l'infirmière s'éteignit devant le regard impérieux de David.

— D'accord, reprit-elle. Cinq minutes, pas une de plus. Vous comprenez ?

Oh oui, il comprenait ! Mais il n'en avait cure. Sans plus attendre, il se précipita dans la salle de réanimation.

Kate occupait le dernier lit, immobile entre les draps, les bras couverts de perfusions. Un simple rideau la séparait du patient voisin. David s'avança d'un pas hésitant. Des infirmières s'affairaient autour d'elle, réglant le débit d'oxygène du respirateur et ajustant les intraveineuses. Un médecin se présenta pour examiner son activité pulmonaire, tandis qu'un moniteur cardiaque scandait le rythme des battements de son cœur.

Soudain, David se sentit aussi inutile et gênant qu'un tronc d'arbre au milieu d'un chemin. Pourtant, quelque chose de plus fort que sa volonté l'empêchait de quitter la salle.

L'une des infirmières jeta un coup d'œil à sa montre, puis se tourna vers lui.

— Vous ne pouvez pas rester ici, monsieur, déclara-t-elle d'un ton autoritaire.

Mais David ne bougea pas. Il ne bougerait pas tant qu'il n'aurait pas l'absolue certitude que Kate était hors de danger.

Il lui semblait que la lumière de dizaines de soleils traversait ses paupières fermées. Des voix indistinctes murmuraient au-dessus d'elle, comme suspendues dans l'air. Lentement, douloureusement, Kate ouvrit les yeux.

Passé le premier moment d'éblouissement, elle vit se matérialiser peu à peu le visage d'une femme qui lui souriait, et dont l'image semblait provenir d'un lointain passé. Sur le badge qu'elle portait était inscrit son nom : Julie Sanders.

— Docteur Chesney ? Vous m'entendez ?

Kate acquiesça d'un petit signe de la tête.

— Vous êtes en salle de réanimation. Avez-vous mal ?

Elle ne savait pas. Ses sens se réveillaient petit à petit, mais la douleur restait encore enfouie au fond d'elle-même. Elle ne ressentait qu'une immense sensation de vide et d'épuisement.

Deux autres personnes s'étaient réunies à son chevet. Une seconde infirmière, le stéthoscope glissé autour du cou, et le Dr Tam, aussi austère qu'à l'accoutumée.

Et soudain, une voix familière s'éleva sur sa droite.

— Kate ?

Elle tourna la tête. Se détachant dans la lumière des plafonniers, le visage de David lui apparut, sombre et creusé. Elle voulut lever le bras pour le toucher, mais les tuyaux des perfusions lui enserraient le poignet. Trop faible pour lutter, elle laissa retomber sa main sur le lit.

Aussitôt, David s'en empara avec une infinie délicatesse, comme s'il avait peur de la briser, et en embrassa la paume.

— Tu es sauvée, murmura-t-il.

— Que… Qu'est-il arrivé ?

— On a dû t'opérer. L'intervention a duré trois heures. Une éternité. Mais la balle a pu être extraite.

Kate se souvint alors. Le vent. La corniche. Et Susan, disparaissant dans le vide tel un fantôme.

— Elle est morte ?

David hocha la tête.

— Personne n'a rien pu faire.

— Et Guy ?

— Il ne pourra pas marcher pendant quelque temps, mais ça devrait aller. Malgré son genou éclaté, il a rampé jusqu'à la cabine téléphonique la plus proche pour prévenir la police.

Kate resta un long moment silencieuse avant de répondre :

— C'est donc lui qui m'a sauvé la vie. Lui qui a tout perdu…

— Non, Kate. Il a encore son enfant.

Oui, David avait raison, songea-t-elle. Envers et contre tout, Willy resterait toujours le fils de Guy. Pas par le sang, mais par un lien beaucoup plus fort : l'amour.

— Monsieur Ransom, vous devez partir maintenant, intervint le Dr Tam.

David lui répondit par un léger hochement de tête, puis, sans un mot, se pencha vers Kate. Un instant, elle se prit à espérer qu'il prononcerait les trois mots qu'elle attendait de lui, mais il se contenta de déposer un léger baiser sur ses lèvres. Puis sa main quitta la sienne, et il disparut dans le couloir.

Quelques minutes plus tard, elle se laissait malgré elle happer par le sommeil, hantée par l'idée qu'elle venait de laisser passer sa dernière chance d'avouer son amour à David.

Après être revenu la veiller toute la nuit, David ne quitta le chevet de Kate qu'au petit matin. Sitôt qu'il eut regagné son domicile, il s'empressa de décrocher son téléphone et appela l'hôpital pour s'enquérir de son état.

« Stable » fut le seul mot qui lui fut répondu, mais il n'en espérait pas plus.

Il composa alors le numéro d'un fleuriste et lui fit envoyer une douzaine de roses rouges. Aucun message particulier ne lui venant à l'esprit, il fit accompagner le bouquet d'une simple carte portant son nom.

Perclus de fatigue, sale et mal rasé, il gagna ensuite le séjour et s'allongea sur le canapé, s'interrogeant sur ses sentiments.

Il admirait Kate, il la désirait. Le fait était acquis. Mais l'aimait-il ?

Mieux que quiconque, il savait que l'amour était le moyen le plus sûr pour se retrouver avec un cœur en charpie.

Figé dans une attitude maladroite, un bouquet d'œillets à la main, Clarence Avery sollicita d'une voix timide l'autorisation d'entrer dans la chambre de Kate.

— J'ai cru bon de vous apporter ces quelques fleurs, expliqua-t-il après y avoir été invité. J'espère que vous n'êtes pas allergique aux œillets.

— Pas du tout. Je vous remercie, docteur Avery.

— Ce n'est rien, vraiment. Je...

Son regard tomba sur la douzaine de roses rouges trônant sur la table de chevet.

— Oh ! Je vois que ce ne sont pas les premières...

— Je préfère les œillets, coupa Kate d'une voix douce. Soyez gentil de les mettre dans un vase, voulez-vous ? Il doit y en avoir un sous le lavabo.

— Bien sûr.

Tandis que le médecin se dirigeait vers l'angle de la chambre, Kate songea à l'attention particulière qui l'avait poussé à venir en personne lui offrir son modeste présent — ce qui était beaucoup plus que ne l'avait fait l'expéditeur du bouquet de roses.

Celles-ci lui avaient été livrées pendant son sommeil, accompagnées d'une carte ne portant qu'un seul mot : « David ». Mais il ne s'était pas déplacé, pas plus qu'il ne l'avait appelée. Peut-être avait-il décidé que le moment de leur séparation était venu. Durant toute la matinée, elle avait été déchirée entre l'envie de serrer tendrement le bouquet contre son sein et celle de le jeter à la poubelle.

— Approchez, dit-elle à Avery en écartant le vase contenant les roses d'un geste déterminé. Posez-les ici, que je puisse respirer leur parfum.

Heureux de voir ses fleurs prendre la place d'honneur, le vieux médecin admira quelques instants le bouquet épanoui dans son vase trop grand, puis se tourna vers elle, l'air un peu gêné.

— Euh... docteur Chesney, je dois vous avouer que ma visite n'est pas uniquement... de politesse.

— Vraiment ?

— Non. En fait, elle est liée à votre fonction ici, au Mid Pac Hospital.

— Dois-je comprendre qu'une décision a été arrêtée ?

— Eh bien, suite aux derniers événements, je… Pour être franc, je reconnais que j'aurais dû prendre votre parti beaucoup plus tôt. Je suis navré d'avoir autant hésité… Cet administrateur ne m'a donné que des ulcères jusqu'à présent. A vrai dire, je suis venu vous annoncer mon intention de vous réintégrer dans le service. Rien ne figurera dans votre dossier, si ce n'est une courte référence à une procédure judiciaire, mais classée sans suite. Ce qui semble devoir être le cas.

— Me réintégrer, murmura-t-elle. Je ne sais pas…

Elle se tourna vers la fenêtre, le regard songeur, avant de poursuivre :

— Je ne suis pas certaine de vouloir reprendre mon poste au Mid Pac. Voyez-vous, docteur Avery, j'ai songé à d'autres endroits possibles.

— Un autre hôpital ?

— Une autre ville, corrigea-t-elle en souriant. J'ai eu plus de temps qu'il ne m'en fallait pour réfléchir à la question, et je me suis demandé si ma place n'était pas ailleurs. Loin d'ici, loin de ces îles…

« Loin de David… »

— Oh ! Je croyais pourtant…

— Allons, docteur ! Je suis sûre que vous trouverez quelqu'un pour me remplacer. Il doit exister des centaines de médecins qui accepteraient avec joie de venir dans ce paradis.

— Il ne s'agit pas de cela, docteur Chesney. Je suis surpris, simplement. Après toutes ces interventions de M. Ransom, j'avais pensé que…

— M. Ransom ? Que voulez-vous dire ?

— Eh bien, ces coups de téléphone qu'il a donnés à chacun des membres du conseil d'administration… Ce fut un tel retournement de situation. Il n'a fallu que cinq minutes au conseil d'administration pour prendre sa décision. Et comme M. Ransom nous a laissé entendre que vous souhaitiez retrouver votre place…

— J'ai changé d'avis. Ce sont des choses qui arrivent, n'est-ce pas ?

— Je comprends. Toutefois... Nous avons besoin de vous dans l'équipe, docteur Chesney. D'autant plus que je m'apprête à prendre ma retraite.

Kate leva les yeux, surprise.

— Votre retraite ?

— J'ai soixante-quatre ans, vous savez. Et par manque de temps, je n'ai jamais eu le loisir de visiter le pays. Mon épouse et moi-même avions prévu de voyager dès que je me serais retiré. Elle... Elle aurait certainement souhaité que je prenne un peu de bon temps.

— J'en suis sûre, répondit Kate, un sourire attendri sur les lèvres.

— Enfin, soupira-t-il en se levant... Ils sont jolis, ces œillets, n'est-ce pas ? Oui, oui. Beaucoup plus jolis que ces roses.

Le vieux médecin lui adressa un clin d'œil ironique, puis s'éloigna vers le couloir.

La pluie s'était remise à tomber lorsque David se rendit à l'hôpital en fin d'après-midi.

Assise seule devant les fenêtres du solarium, Kate était plongée dans la contemplation du petit parc en contrebas. Elle ne l'entendit pas s'avancer dans la pièce. Ce ne fut que lorsqu'il prononça son nom qu'elle se retourna. Les cheveux mouillés de pluie et décoiffés par le vent, il avait l'air fatigué, des cernes gris lui soulignaient les yeux. Au lieu de lui témoigner un peu de tendresse ou de la prendre dans ses bras, comme elle l'espérait, il se contenta de déposer un chaste baiser sur son front.

— Je vois que tu peux te lever, dit-il.

Elle s'efforça de lui sourire.

— Je ne suis pas faite pour rester allongée toute la journée.

— Tiens. Je t'ai apporté ceci. Je ne sais pas s'ils te laisseront y goûter. Plus tard, peut-être…

Elle prit la grande boîte de chocolats qu'il lui tendait et la posa sur ses genoux d'un air absent.

— Merci, murmura-t-elle. Et merci pour les roses.

Puis, sans un mot, elle se tourna de nouveau vers la fenêtre.

Ils restèrent ainsi un long moment, immobiles et silencieux, tandis que la pluie dégoulinait le long des vitres du solarium, projetant une lumière irisée sur leurs visages. Enfin, David se passa une main dans les cheveux, et s'éclaircit la gorge avant de déclarer :

— Je viens de parler avec le Dr Avery. Tu vas pouvoir retrouver ton poste d'anesthésiste.

— C'est ce qu'il m'a dit. Je suppose que je dois également te remercier pour cela.

— Pardon ?

— N'es-tu pas intervenu auprès du conseil d'administration ?

— Oh, c'est vraiment peu de chose.

Il prit une profonde inspiration, avant de poursuivre avec une jovialité exagérée :

— Il est même question d'une augmentation de salaire, si je suis bien informé. J'imagine que cela doit te réjouir.

— Je ne sais pas. J'hésite.

— Vraiment ? Pourquoi ?

Elle haussa les épaules.

— J'ai beaucoup réfléchi depuis. A d'autres solutions, à d'autres endroits…

— Tu veux dire : ailleurs qu'au Mid Pac ?

— Je veux dire : loin de Hawaii… Je ne vois rien qui me retienne vraiment ici.

Un lourd silence s'établit soudain dans la pièce.

— Tu es certaine d'avoir bien pesé le pour et le contre ? demanda finalement David d'une voix tendue.

Elle ne répondit rien, se contentant de rester immobile dans son fauteuil.

Une infirmière se présenta dans l'encadrement de la porte.

— Docteur Chesney ? Etes-vous prête à regagner votre chambre ?

— Oui, acquiesça Kate. J'ai besoin de dormir un peu.

— C'est vrai que vous avez l'air épuisée, observa la jeune femme… Excusez-moi, monsieur, mais il est temps pour vous de partir.

— Non…

— Pardon ?

— Non, je ne partirai pas. Du moins, pas avant de m'être ridiculisé un peu plus auprès du Dr Chesney. En conséquence, je vous serais reconnaissant d'avoir l'amabilité de nous laisser seuls.

— Mais, monsieur…

— S'il vous plaît.

L'infirmière hésita, puis, comprenant qu'elle n'obtiendrait pas gain de cause, elle se retira sans insister.

Kate scruta le visage de David avec appréhension. Doucement, il se pencha sur elle et lui caressa la joue.

— Répète-moi ce que tu m'as dit il y a un instant, murmura-t-il. Que rien ne te retenait ici.

— C'est la vérité. Je…

— Pourquoi veux-tu partir, exactement ?

Kate eut beau garder le silence, David n'eut aucun mal à lire la réponse dans ses yeux. Il secoua la tête en soupirant.

— Seigneur ! Tu es d'une incommensurable lâcheté !

— Comment ? Je ne te…

— Rassure-toi, coupa-t-il en souriant. Je ne suis pas mieux. Pire, sans doute…

Se mettant à marcher de long en large, les mains enfoncées dans les poches, il enchaîna :

— Je n'avais pas l'intention d'aborder ce sujet aujourd'hui. Mais puisque tu viens de m'annoncer ton intention de partir, je n'ai plus le choix.

Il s'arrêta devant la fenêtre et contempla le ciel, devenu presque argenté. Perplexe, Kate l'observa en silence.

— Très bien, reprit-il avec un nouveau soupir. Puisque tu ne sembles pas décidée à parler, je vais commencer. Cela ne m'est pas facile, autant te l'avouer. Voilà : depuis la mort de Noah, je me suis toujours efforcé d'enfouir mes émotions au plus profond de moi-même. Et jusqu'à ces derniers jours, je pensais y être parvenu. Mais… je vous ai rencontrée, et… Mon Dieu ! Si seulement j'avais le talent de Decker pour composer des poèmes !

Il pivota lentement vers elle, un sourire timide sur les lèvres.

— Mais je n'ai pas encore dit ce que j'avais à te dire… Tu dois bien en avoir une petite idée, n'est-ce pas ?

— Lâche, murmura-t-elle en souriant.

David lui sourit en retour, puis s'approcha d'elle et plongea son regard dans le sien, le visage empreint d'une soudaine gravité.

— Je t'aime, Kate. Plus que tout au monde. J'aime ton obstination, ta fierté, ton indépendance. Je me refusais jusqu'à présent à l'admettre, certain de n'avoir besoin de personne dans ma vie, mais j'ai enfin ouvert les yeux. Et l'idée que je puisse jamais cesser de t'aimer me paraît tout simplement inconcevable.

Kate en resta bouche bée, les mains serrées sur la boîte de chocolats, incapable de prononcer la moindre parole.

« Tout cela est-il réel ? » Avait-elle vraiment entendu David prononcer ces paroles ?

— Ce ne sera pas facile, tu sais, poursuivit-il.

— Qu'est-ce qui ne sera pas facile ?

— Vivre avec moi. Certains jours, tu auras envie de m'étrangler, de m'insulter, de faire n'importe quoi pour m'entendre te dire que je t'aime. Mais, crois-moi, si je ne prononce pas ces mots, cela ne signifiera pas pour autant que je ne les ressentirai pas. Voilà. Je t'ai livré le fond de mon cœur. Je… j'espère que tu m'as bien suivi, car je ne suis pas sûr de pouvoir répéter mon petit discours. Et j'ai oublié d'apporter mon magnétophone.

— J'ai bien entendu, répondit-elle.

— Alors ? Le verdict a-t-il été arrêté, ou le jury est-il encore en délibération ?

— Le jury se trouve dans un tel état de choc, avoua-t-elle, que je ne vois pour le ranimer qu'une seule solution : le bouche-à-bouche.

Lorsque leurs lèvres se séparèrent, des siècles plus tard, Kate eut l'impression que la pièce tournait autour d'elle. Des milliers d'étoiles scintillaient dans son esprit.

— Et maintenant, petite couarde, murmura-t-il, les lèvres à quelques millimètres des siennes, c'est ton tour.

— Je t'aime, dit-elle d'une voix faible.

— Voilà le verdict que j'espérais !

Elle crut un instant qu'il allait l'embrasser de nouveau, au lieu de quoi il s'écarta soudain, les sourcils froncés.

— Tu es toute pâle ! Peut-être devrions-nous appeler l'infirmière. Te donner un peu d'oxygène…

Kate lança alors avec ferveur les bras autour de son cou.

— Qui a besoin d'oxygène ? susurra-t-elle en lui offrant ses lèvres.

L’appât

Prologue

Berlin

Vingt secondes de pression sur les deux artères carotides suffisent pour faire perdre conscience à un homme. Deux minutes de pression supplémentaires et la mort s'ensuit. Simon Dance n'avait pas appris ces vérités dans un ouvrage médical, il le savait d'expérience. Il savait aussi qu'on ne devait surtout pas relâcher la pression sur le cou, car cela permettait un afflux de sang dans le cerveau, et, si minime fût-il, la vie revenait. La victime risquait de se débattre violemment et de parvenir à échapper à son assassin.

Dans l'obscurité de la chambre d'hôtel, il regarda le cadran lumineux de sa montre. Deux heures s'étaient écoulées depuis qu'il avait éteint la lumière. L'homme chargé de le tuer était probablement prudent. Il ne devait pas ignorer qu'on entrait dans une phase de sommeil profond au bout de cent vingt minutes. Il n'allait donc pas tarder à se manifester.

Lorsque Dance perçut un bruit de pas dans le couloir, il se raidit, enroula la cordelette autour de ses mains et alla se poster derrière la porte.

Le cliquetis dans la serrure fut suivi d'un déclic. La porte s'ouvrit lentement, laissant pénétrer un faisceau de lumière du couloir.

Dance tendit la cordelette entre ses deux mains écartées et se figea.

Une silhouette se dirigea vers le lit où les couvertures recouvrant les oreillers simulaient la forme d'un corps. L'homme tenait un revolver dont le canon était prolongé par un silencieux. Il leva le bras et tira trois fois dans les oreillers.

Au troisième coup sifflé par le silencieux, Dance s'élança sur l'homme, lui passa la cordelette autour de la gorge et resserra sa prise latéralement, exactement en dessous de la mâchoire. Sa victime se mit à frétiller comme un poisson que l'on sort de l'eau puis finit par laisser tomber son arme. Agité de quelques derniers spasmes, il se débattit vigoureusement mais en vain.

Le corps s'affaissa sur le sol lorsque Dance relâcha son étreinte.

Pour identifier sa victime, il fut obligé d'allumer la lampe de chevet. Il fronça les sourcils car le visage de l'homme lui était vaguement familier. Peut-être avait-il quelque papier qui pourrait le renseigner ? Il se baissa afin d'explorer les poches du mort, mais elles ne contenaient que quelques billets, des clés et une recharge de balles.

Dance traîna le corps jusqu'au lit pour passer à l'étape suivante de sa mise en scène, et commença à le dévêtir pour échanger ses vêtements contre les siens. Ce n'était pas indispensable mais Dance aimait faire les choses consciencieusement. Il ôta son propre anneau de mariage et essaya de le passer à l'annulaire gauche du cadavre. Ayant du mal à le glisser, il alla l'enduire de savon dans la salle de bains et réitéra l'opération avec succès.

Puis il alluma une cigarette et s'assit dans un fauteuil en face du lit pour réfléchir. Il y avait un certain nombre d'autres détails à ne pas négliger.

Les oreillers, bien sûr ! Il ne fallait surtout pas y laisser les balles. Il en trouva deux. La troisième avait sans doute traversé un des oreillers pour aller se planter dans le matelas.

Un bruit l'alerta et le fit interrompre sa fouille. Il ramassa le revolver de sa victime qu'il tint pointé sur la porte. Etait-ce un complice de l'homme qu'il venait d'étrangler ?

Fausse alerte. Les pas dépassèrent la chambre, s'arrêtèrent devant une porte voisine, puis, après un claquement sec, le silence retomba. Dance inspira profondément, soulagé, mais il n'y avait plus de temps à perdre.

Il prit un flacon d'alcool méthylique dans l'attaché-case qu'il avait apporté, le referma soigneusement avant de le déposer au pied de la table de nuit. Puis il renversa le contenu du flacon sur le cadavre, le lit et la moquette autour du lit.

Il plaça le cendrier sur le lit, ramassa les affaires du mort dans un sac en plastique dans lequel il jeta également le flacon vide. Il sortit des allumettes.

Les flammes s'élevèrent rapidement. Dance attendit quelques secondes pour s'assurer que le corps s'enflammait entièrement, puis, chargé du sac, il sortit de la chambre et referma la porte doucement.

Comme il n'avait aucune raison de faire d'autres victimes, il déclencha le système d'alarme de l'étage et prit l'escalier jusqu'au rez-de-chaussée. Une fois dehors, il traversa la rue, se retourna et leva la tête.

Les vitres de la fenêtre de la chambre étaient brisées et il pouvait entendre le grondement du brasier qui illuminait la nuit.

L'évacuation de l'hôtel ne tarda pas à se faire. Il perçut au loin la sirène des pompiers. Trois camions s'arrêtèrent bientôt devant l'hôtel tandis qu'une foule de badauds se délectaient du sinistre spectacle…

Dance s'éloigna, et, deux rues plus loin, jeta le sac en plastique dans une poubelle. Ce dernier geste parachevait sa mission à Berlin.

Geoffrey Fontaine était mort désormais.

Amsterdam

Le téléphone réveilla le vieil homme à 3 heures du matin.

— Comment est-il mort ?

— Dans un incendie. Il s'est endormi dans sa chambre d'hôtel avec une cigarette, paraît-il.

— Ce serait un accident d'après les autorités ? Tout à fait invraisemblable ! Je ne peux pas le croire une seule seconde ! Où se trouve le corps ?

— A la morgue de Berlin. Dans un piteux état.

Ainsi le corps ne serait pas identifiable, pensa le vieux. Simon Dance avait fait du travail irréprochable comme à l'accoutumée. Quelle piste fallait-il suivre maintenant pour retrouver cet homme machiavélique ?

Il restait cependant encore une autre carte à jouer. L'ultime peut-être !

— Vous m'avez dit qu'il avait une épouse américaine, n'est-ce pas ? Où vit-elle ?

— A Washington.

— Bon, je vais la faire rechercher.

— Mais à quoi cela vous servira-t-il ? Il est mort.

— Non, mon vieux, ne vous y fiez pas ! Il court encore, cela ne fait pas l'ombre d'un doute pour moi. Et cette femme pourrait bien savoir où il se cache…

— Ecoutez, je demanderai à mes hommes de…

— Non, c'est inutile. J'enverrai moi-même quelqu'un sur qui je puisse compter.

— Bien. Je vous rappelle dès que j'ai l'adresse de cette femme.

Lorsqu'il eut raccroché, le vieil homme ne put se rendormir. Cela faisait cinq longues années qu'il attendait de neutraliser Dance. Arrivé si près du but, l'entreprise capotait une nouvelle fois !

Maintenant, tout dépendait de cette femme à Washington. Il mettrait Kronen, son homme de main, sur sa trace. Kronen avait des méthodes particulièrement efficaces pour obtenir des informations.

1.

Le téléphone sonnait. Elle l'entendit de très loin, du plus profond de son sommeil... Il fallait absolument qu'elle aille répondre car ce devait être Geoffrey. Il l'appelait toujours le mercredi soir lorsqu'il était en voyage d'affaires à Londres.

Elle ouvrit enfin les yeux et tendit le bras pour prendre ses lunettes. Il était minuit et demi au réveille-matin sur la table de nuit. Elle se redressa pour saisir le combiné mais l'appareil devint muet. Peut-être avait-elle rêvé ?

Elle sursauta lorsque la sonnerie déchira de nouveau le silence de la nuit. Elle décrocha immédiatement.

— Madame Léa Fontaine ?

La voix masculine particulièrement posée lui était inconnue, et Léa se sentit oppressée par une terrible appréhension.

— Madame Fontaine, mon nom est Ronald O'Hara, du département d'Etat. Je vous prie de m'excuser de vous appeler à pareille heure mais...

Il marqua une pause et Léa perçut un silence menaçant.

— J'ai une mauvaise nouvelle à vous annoncer, madame.

— Je vous écoute, dit-elle, le cœur battant à tout rompre.

— C'est au sujet de votre mari, Geoffrey Fontaine. Il s'est produit un accident... un incendie à son hôtel. Madame Fontaine, vous êtes encore là ?

— Continuez, je vous prie.

L'homme toussota pour s'éclaircir la voix.

— Je suis au regret de vous informer... Il n'a pu être sauvé...

Léa se couvrit la bouche pour retenir un cri.

— Madame Fontaine… ?

— Oui, répondit-elle dans un souffle.

— Pardonnez-moi de devoir être aussi brutal, mais pour ce qui est du… rapatriement, notre consulat à Berlin se chargera de toutes les formalités. Et cela dès que les autorités allemandes auront effectué l'autopsie…

— A Berlin ?

— C'est ça, oui. Comme cela s'est passé sur leur territoire, il faut attendre les résultats de l'enquête de la police locale…

— Mais… c'est impossible !

— Je suis profondément désolé, madame Fontaine. Son identité nous a été confirmée. C'est malheureusement incontestable.

— Non, je veux dire… Geoffrey était à Londres, il ne pouvait pas se trouver en Allemagne ! Ce n'est pas lui, c'est une erreur !

— Il était à Londres, dites-vous… A quel hôtel ?

— Au Savoy. J'ai le numéro ici quelque part. Je peux vous le donner.

— Merci, je le trouverai, ne vous donnez pas ce mal. Ecoutez, il serait peut-être préférable que je vérifie tout ça et que je vous voie dans la matinée. Pourriez-vous venir à mon bureau ?

— Euh… où êtes-vous ?

— Viendrez-vous en voiture ?

— Non, je n'ai pas de voiture.

— Dans ce cas, je vous enverrai un chauffeur.

— C'est affreux… Je n'arrive pas à y croire, ce ne peut être qu'une erreur, n'est-ce pas ? Je veux dire… il vous arrive de vous tromper, n'est-ce pas ?

Tout ce qu'elle lui demandait était un peu d'espoir. Il pouvait bien lui accorder le bénéfice du doute.

— Je ne peux rien vous dire de plus, madame Fontaine. On viendra vous prendre chez vous à 10 heures et demie demain matin.

— Attendez, je vous prie. Je ne sais plus où j'en suis. Rappelez-moi votre nom.

— Ronald O'Hara.

— Où se trouve votre bureau ?

— Ne vous inquiétez pas, madame. Le chauffeur vous y conduira. Au revoir, madame, à demain.

Aussitôt qu'il eut raccroché, Léa composa fébrilement le numéro de l'hôtel Savoy à Londres.

« Mon Dieu, faites que j'entende sa voix », implora-t-elle en attendant la connexion outre-Atlantique.

— *Savoy Hotel, good morning.*

Elle avait du mal à tenir le combiné tant ses mains tremblaient.

— La chambre de M. Geoffrey Fontaine, s'il vous plaît.

— Oui, un instant, je vous prie... Je regrette, madame, M. Fontaine a quitté l'hôtel il y a deux jours.

— Il a quitté l'hôtel ? Pour aller où ?

— Il ne l'a pas précisé, madame. Toutefois si vous souhaitez lui faire parvenir un message, nous nous ferons un plaisir de le faire suivre à son adresse permanente.

Léa raccrocha sans pouvoir prononcer une parole et promena un regard hébété sur le téléphone puis, plus loin, sur l'oreiller de Geoffrey.

Elle se laissa retomber sur le lit, le visage caché dans les draps et les mains serrant convulsivement les couvertures.

Geoffrey pouvait ne plus jamais revenir. Elle avait besoin de pleurer mais les larmes ne venaient pas.

Ils étaient mariés depuis à peine deux mois.

Ronald O'Hara se servit une troisième tasse de café et défit son col de chemise et sa cravate. Malgré ses deux semaines de vacances aux Bahamas, il ne supportait toujours pas de se retrouver dans ces locaux. Cela faisait trois jours qu'il était revenu à Washington et, déjà, il ne tenait pas en place.

Il avait eu besoin d'être seul pour réfléchir à son avenir et, plus globalement, à toute son existence. La seule conclusion à laquelle il était arrivé était qu'il n'était pas heureux.

Après huit années de service au département d'Etat, il en avait assez de son travail. Sa carrière n'évoluait plus car, peu à peu, il avait commencé à se lasser des jeux politiciens et avait totalement perdu l'envie de s'y mêler.

Il avait certes beaucoup appris sur le plan des pratiques protocolaires mais, sur le plan proprement politicien, il se rendait bien compte que ce n'était pas du tout son fort. En vérité, il n'y tenait pas : il n'aimait pas ça !

Il n'était qu'un piètre diplomate et, malheureusement, ses supérieurs hiérarchiques n'en disconvenaient pas. On venait de lui confier un poste consulaire relativement inintéressant à Washington, équivalant, à peu de chose près, à une voie de garage. Il ne tenait qu'à lui de le refuser et de retourner à l'enseignement universitaire. Mais il avait préféré suspendre sa décision jusqu'à son retour des Bahamas.

Baissant la tête d'un air résigné, il ouvrit le dossier Fontaine. Après avoir appelé Léa Fontaine dans la nuit, il avait compulsé les archives ainsi que les fichiers informatiques pour essayer de trouver quelque chose au sujet de son mari, mais en vain. Il avait également passé une demi-heure au téléphone avec son ami Wes Corrigan, le consul américain à Berlin.

Cette affaire se révélait plus compliquée que le simple travail de routine qui consistait à appeler la veuve pour lui apprendre le décès de son époux.

Ronald avait l'impression d'avoir entre les mains un puzzle mais dont il lui manquait la plupart des pièces !

En fait, outre la mort bien établie de Geoffrey Fontaine, il ne disposait d'aucune autre information à son sujet. Il ne possédait en tout et pour tout qu'un nom... et une déclaration de décès !

Tim Bronstein entra dans son bureau. Il lui lança un dossier sous le nez en lui adressant une grimace souriante. D'ordinaire, les grimaces de Tim étaient seulement destinées à l'écran de son ordinateur, car c'était lui qu'on appelait au secours lorsqu'on ne parvenait pas à trouver les renseignements là où ils étaient censés être.

Il portait des lunettes aux verres épais qui lui rétrécissaient les yeux et une broussailleuse barbe brune lui envahissait pratiquement tout le visage, à l'exception de son front pâle et de son nez rose.

Il se laissa tomber dans un confortable fauteuil de cuir en face de Ronald.

— Je t'avais dit que je finirais bien par y arriver ! J'ai d'abord demandé à un de mes copains au FBI de voir ce qu'il avait au sujet de ce type mais il n'a rien trouvé. Alors j'ai décidé de faire quelques recherches moi-même à la Compagnie. Ça n'a pas été facile ! Ils ont un nouveau, plein de zèle, aux archives de la CIA, qui se fait un devoir de ne rien laisser sortir, surtout lorsqu'il s'agit de dossiers « top secret ».

— Ah ! bon, ce Fontaine n'est donc pas l'illustre inconnu que nous croyions.

— Je dirais même plus. Les services d'espionnage ont un gros dossier sur ton bonhomme.

Ronald ouvrit le classeur et leva la tête, l'air stupéfait.

— Mais qu'est-ce que ça veut dire ?

— Eh oui ! Si tu n'as rien trouvé sur Geoffrey Fontaine, c'est parce que, jusqu'à l'année dernière, ce type n'existait pas.

— Mais encore ?

— Il faut faire gaffe. Les gars de la CIA n'aiment pas qu'on fourre le nez dans leurs affaires !

— Tant pis, si ça ne leur plaît pas. De toute façon, je ne fais que mon boulot.

— Tu rigoles ? L'affaire Fontaine va chercher très loin, méfie-toi, Ron !

— Oh, tu sais, au point où j'en suis, ça m'est égal !

— Qu'est-ce qui te prend, Ron, tu veux jouer au détective ?

— Non, je suis simplement curieux. Et si tu nous trouvais des informations concernant sa femme, Léa Fontaine ?

— Tu as tout ce qu'il faut pour t'en charger toi-même, tu l'as littéralement sous la main, si je puis dire. Léa Fontaine se trouve dans ta salle d'attente en ce moment même.

Léa feuilletait distraitement un magazine lorsque Ronald arriva.

— Bonjour, madame Fontaine, je suis Ronald O'Hara, suivez-moi, je vous prie.

Léa avait reconnu instantanément sa voix. C'était celle qui avait bouleversé son existence il y avait une dizaine d'heures.

L'homme qui était devant elle était grand et mince, les épaules légèrement voûtées. Son visage aux traits aristocratiques portait des traces de fatigue et les yeux sombres étaient légèrement cernés. La mâchoire carrée ainsi que le menton indiquaient une volonté inébranlable. Il devait avoir près de la quarantaine, car ses cheveux bruns étaient grisonnants sur les tempes.

Il l'invita à s'asseoir, et c'est à cet instant seulement que Léa remarqua un autre homme avec des lunettes et une grosse barbe installé un peu à l'écart. Elle l'avait vu passer alors qu'elle s'annonçait à la secrétaire.

— Madame Fontaine, je n'ignore pas le choc que vous avez dû ressentir à l'annonce de la nouvelle. C'est la raison pour laquelle j'ai tenu à vous recevoir. J'ai aussi quelques questions à vous poser ; sans doute en avez-vous également. J'espère que vous ne voyez pas d'inconvénient à ce que M. Bronstein assiste à notre entretien. Il travaille avec moi. Je suis chargé des affaires consulaires aux relations étrangères. M. Bronstein est responsable des archives et de nos services informatiques.

— Bien sûr que non, dit Léa.

Elle frissonna en refermant le col de son manteau.

— Vous vous sentez bien, madame Fontaine ?

— Il fait très froid dans votre bureau.

— Voulez-vous une tasse de café ?

— Non, merci. Je voudrais en venir au fait rapidement et que vous m'expliquiez au sujet de mon mari. Je n'arrive toujours pas à y croire et je continue à penser qu'il doit y avoir une erreur.

— Oui, je sais, tout le monde pense à une erreur.

— Ah ?

— Oui, et ça se comprend. C'est une réaction normale.

— Mais vous ne convoquez pas toutes les veuves dans votre bureau, tout de même ! Il doit bien y avoir quelque chose de particulier en ce qui concerne Geoffrey, n'est-ce pas ?

— C'est vrai.

Ronald ouvrit le classeur et en sortit une feuille couverte de notes manuscrites.

— Ce que vous m'avez dit au téléphone m'a mis la puce à l'oreille, et j'ai voulu vérifier un certain nombre de faits. J'ai parlé à Wes Corrigan, notre consul à Berlin. Voici ce qu'il m'a appris. Hier à 8 heures du soir, un homme du nom de Geoffrey Fontaine s'est présenté à l'hôtel Régina à Berlin. Il a payé en traveller's checks. Sa signature concordait avec celle de son passeport. Environ quatre heures plus tard, à minuit, les pompiers ont été prévenus qu'un incendie s'était déclaré dans cet hôtel. Dans la chambre occupée par votre mari. Lorsqu'ils sont parvenus à maîtriser le feu, tout avait été brûlé et on a découvert un corps calciné. L'explication officielle est que votre mari s'est endormi en fumant dans son lit.

— Comment peut-on affirmer qu'il s'agit de Geoffrey ?

— Laissez-moi terminer, madame Fontaine.

— Mais vous venez de dire que le cadavre était calciné.

— Tenons-nous-en aux preuves matérielles concrètes. D'abord on a trouvé son attaché-case en aluminium ininflammable.

— Geoffrey n'a jamais eu de mallette ininflammable !

— Le contenu de la mallette a résisté au feu ; on y a trouvé son passeport.

— Mais…

— Il y a également le rapport du médecin légiste berlinois. Après examen du corps, il a conclu que la victime avait la taille de votre mari et…

— C'est ridicule, enfin ! Ça ne prouve rien du tout !

— Et finalement, il y a une pièce que l'on a trouvée sur le corps et qui, à mon grand regret, vous convaincra.

Léa eut envie de se boucher les oreilles pour ne plus entendre. Elle voulait continuer à espérer.

— C'est une alliance, madame Fontaine. L'inscription était encore lisible « Léa. 14-2 ». C'est bien la date de votre mariage, n'est-ce pas ?

Le monde s'effondrait autour d'elle. Elle baissa la tête pour dissimuler les larmes qui avaient brouillé son regard et ses lunettes tombèrent sur ses genoux. Les mains tremblantes, elle tentait d'ouvrir son sac lorsque Ronald lui tendit une boîte de mouchoirs en papier.

— Servez-vous, dit-il gentiment.

Il la regarda s'essuyer les yeux et se moucher en essayant de retenir les sanglots qui secouaient ses minces épaules. Elle se leva brusquement, se sentant stupide et misérable sous le regard braqué sur elle.

— Excusez-moi, madame Fontaine, je n'ai pas terminé. Je voulais vous parler de…

— Si c'est au sujet de l'enterrement, je préfère que nous en reparlions plus tard.

— Non, il ne s'agit pas de cela. Asseyez-vous, s'il vous plaît. C'est au sujet du voyage de votre mari. Que faisait-il en Europe ?

Elle reprit sa place et fixa le sol, le visage sans expression.

— Il était en voyage d'affaires.

— Quel genre d'affaires ?

— Il représentait la Banque de Londres.

— Il voyageait donc souvent ?

— Oui, il se rendait à Londres une fois par mois à peu près.

— A Londres uniquement ?

— Oui.

— Alors comment expliquez-vous sa présence en Allemagne, madame Fontaine ?

— Je ne l'explique pas.

— Vous cachait-il certains de ses déplacements ?

— Non, je ne crois pas.

— Il doit bien s'être rendu à Berlin pour une raison précise. D'autres affaires, peut-être ? D'autres…

Léa le regarda droit dans les yeux.

— D'autres femmes ? C'est ce que vous alliez dire, n'est-ce pas ?

Il marqua une pause et soupira.

— On est en droit de se poser la question.

— Pas en ce qui concerne Geoffrey.

— Je vois. Vous avez été mariés en tout et pour tout deux mois, n'est-ce pas ? Connaissiez-vous suffisamment bien votre mari ?

— Je l'aimais, monsieur O'Hara.

— Ce n'est pas ma question. Je voulais savoir si vous connaissiez l'homme, si vous saviez qui il était. Depuis quand vous connaissiez-vous ?

— Six mois, environ. Nous nous sommes rencontrés dans un café près de l'endroit où je travaille.

— Et où travaillez-vous ?

— Dans un institut de recherche. Je suis microbiologiste.

— Quel type de recherche faites-vous ?

— Sur des génomes… l'ADN. Pourquoi me posez-vous toutes ces questions ?

— Est-ce que vos travaux ont un caractère confidentiel ?

— Je ne comprends toujours pas pourquoi vous…

— Répondez-moi.

Elle le fixa, interloquée par la sécheresse de son ton.

— Oui. Enfin, certains travaux le sont.

Ronald hocha la tête et tira une autre feuille du dossier.

— J'ai demandé à M. Corrigan de vérifier le passeport de votre mari. Vous n'ignorez pas que chaque fois que l'on entre dans un pays, le passeport est tamponné à la date d'entrée. Il y a plusieurs cachets sur le passeport de votre mari : Londres, Schiphol à Amsterdam et enfin Berlin. Tous les cachets sont datés de la semaine dernière. Auriez-vous une idée de la raison pour laquelle il se serait rendu dans ces pays ?

Léa, complètement désorientée, secoua la tête sans prononcer un mot.

— Quand vous a-t-il appelée pour la dernière fois ?

— Il y a une semaine de cela. De Londres.

— Etes-vous sûre que c'était de Londres ?

— Non, pas vraiment. Il n'y avait pas d'opératrice. L'appel était direct.

— Votre mari avait-il souscrit une police d'assurance ?

— Non. Je veux dire que… il ne m'en a jamais parlé.

— Sa mort pouvait-elle profiter à quelqu'un ? Sur le plan financier, cela s'entend.

— Je ne crois pas.

Dans l'esprit de Léa, la confusion était totale : rien ne collait. Rien n'était vraisemblable. Elle commençait à se demander si cet O'Hara n'avait pas raison en fin de compte : elle ne savait pas tout de Geoffrey, loin de là. Ils avaient partagé un appartement et un lit, mais jamais leur cœur.

Non ! Tout ceci était faux ! C'était trahir sa mémoire que de le penser. Elle avait confiance en Geoffrey.

Pourquoi devrait-elle croire cet étranger ? Pourquoi lui racontait-il de pareilles balivernes ? Elle se mit à haïr Ronald O'Hara.

— Si vous n'avez plus rien à me demander…, dit-elle en se levant.

— Non, je n'ai pas fini.

— Ecoutez, je ne me sens pas très bien, je voudrais rentrer.

— Auriez-vous une photo de votre mari ?

Surprise par sa question, Léa ouvrit son sac et sortit une

photo de son portefeuille. C'était une photo assez ressemblante de Geoffrey, prise durant leur voyage de noces de trois jours en Floride. Ses yeux bleu vif fixaient l'objectif de la caméra. Le soleil éclaircissait davantage ses cheveux blonds et découpait des ombres qui accentuaient les traits de son visage. Il souriait.

Son visage l'avait toujours beaucoup attirée, pas seulement à cause de sa beauté, mais surtout pour l'intelligence et la force qui émanaient de son regard.

Ronald O'Hara prit la photo, l'examina silencieusement et la tendit à Tim Bronstein qui la regarda rapidement et la rendit à Léa.

— Pourquoi toutes ces questions, monsieur O'Hara ? dit Léa en rangeant la photo.

— Je suis désolé, mais comprenez-moi, c'est indispensable.

— Pour qui ? Pour vous ?

— Pour vous également. Et peut-être pour votre mari.

— Ne soyez pas ridicule, enfin !

— Vous comprendrez que ce n'est pas si ridicule lorsque vous aurez entendu le rapport de la police berlinoise.

— Il y a donc encore autre chose ?

— Oui. Au sujet des circonstances de la mort de votre mari.

— Vous m'avez dit que l'incendie était accidentel.

— Je vous ai dit que c'était la version officielle. Mais lorsque j'ai parlé avec M. Corrigan, il y a quelques heures de cela, j'ai appris qu'en effectuant les recherches de routine dans la chambre, on a trouvé une balle dans les cendres du matelas sur lequel était allongé le corps.

Léa le regarda, suffoquée.

— Une balle ? Vous voulez dire que...

— Qu'on pense qu'il s'agit d'un meurtre.

Léa se raidit sur son fauteuil. Incapable de parler, les yeux agrandis de stupeur, elle fixait Ronald O'Hara.

— Je devais vous en faire part, madame Fontaine, car nous allons avoir besoin de votre coopération. La police berlinoise demande des informations au sujet des activités de votre mari, de ses ennemis, des raisons pour lesquelles il a été assassiné.

— Mon Dieu ! Je ne sais plus que penser, je ne sais plus où j'en suis, c'est terrible.

Ronald se leva, contourna le bureau et posa sa main sur l'épaule de Léa. Elle eut un mouvement de recul, mais en le regardant, elle vit à son expression qu'il semblait sincèrement inquiet.

« Il a peur que je m'évanouisse, cela l'embarrasserait beaucoup. » Avec une sorte de rage, elle ôta sa main. Elle ne voulait pas de la compassion de ce fonctionnaire rompu aux séances de consolation des veuves. Elle avait envie d'être seule, loin de ces bureaucrates et de leur air apitoyé.

Elle tenta de se lever, mais Ronald lui fit un signe de la main.

— Je vous en prie, madame Fontaine, accordez-moi une minute supplémentaire, je ne vous en demande pas davantage.

— Laissez-moi partir, je vous prie.

— Excusez-moi, je n'ai nullement l'intention de vous ennuyer. Mais je m'inquiète pour vous.

— Rassurez-vous, je ne vais pas si mal. Je souhaiterais vivement pouvoir rentrer chez moi à présent.

— J'avais encore quelques questions à vous poser.

— Enfin, monsieur, ne comprenez-vous pas que je n'ai pas de réponses à toutes vos questions ?

— Bon, bon, je n'insiste plus. Je me mettrai en rapport avec vous plus tard pour les formalités de rapatriement du corps. Je vais vous faire raccompagner chez vous. Croyez-moi, je suis sincèrement désolé pour votre mari. N'hésitez pas à m'appeler si vous en éprouvez le besoin ou s'il y a quelque chose que vous désirez savoir.

Léa savait que ces bonnes paroles étaient simple routine. Ronald O'Hara était un diplomate qui répétait ce qu'il avait appris à dire en de pareilles circonstances. Elle le remercia sèchement et sortit sans se retourner.

2.

— Tu crois qu'elle sait ?

Ronald attendit que la porte se soit refermée pour se tourner vers Tim.

— Qu'elle sait quoi ?

— Que son mari était un espion ?

— Nous n'en savons rien nous-mêmes, en vérité !

— Ron, mon cher ami, toute cette affaire sent le contre-espionnage à des kilomètres ! Ce Geoffrey Fontaine est sorti du néant depuis environ un an. Ensuite, on trouve son nom sur un contrat de mariage, avec un numéro de sécurité sociale tout neuf, un passeport, un compte en banque, etc. De plus, le FBI ne semble pas le connaître alors que la CIA dispose d'un dossier top secret sur lui. Il est impliqué dans une affaire d'espionnage… à moins que je ne sois en train de rêver !

— Non, c'est sans doute moi qui rêve ! grommela Ronald en se laissant tomber dans son fauteuil.

Il fronça les sourcils en regardant le dossier Fontaine qu'il avait sous les yeux. Tim avait certainement raison. Mais qui était cet homme, en réalité ?

Il avait été surpris de voir Léa Fontaine. Il s'attendait à ce qu'un homme tel que Geoffrey Fontaine, qui voyageait entre Londres, Berlin et Amsterdam en première classe, ait une épouse plus sophistiquée. Et Léa Fontaine correspondait assez mal à cette image.

Son visage était fin et ses traits réguliers mais elle n'était pas d'une beauté remarquable. Sauf ses cheveux longs, d'un roux acajou très chaud, qui étaient particulièrement magnifiques, même simplement tirés en arrière en queue-de-cheval. Ses lunettes en écaille étaient amusantes mais un peu trop grandes.

Mais ce qui l'avait le plus touché, c'étaient ses yeux de velours, superbes et profonds, qui ne se départaient jamais d'une ombre de mélancolie. Il estima qu'elle devait avoir environ trente ans mais, sans maquillage, elle avait presque l'air d'une gamine.

Tim se leva.

— Dis donc, je commence à mourir de faim. Si on allait à la cafétéria ?

— Non, pas à la cafétéria. Sortons, plutôt. J'ai besoin de changer d'air.

Vingt minutes plus tard, Ronald et Tim étaient attablés devant deux copieuses salades composées.

— Qu'est-ce qui te tracasse, Ron ? C'est ton nouveau poste ?

— Après avoir été le numéro deux à Londres, se retrouver dans les paperasseries administratives de Washington, reconnais que c'est difficile à avaler !

— Qu'est-ce qui t'empêche de démissionner ?

— J'y pense sérieusement. Et, d'ailleurs, ce ne serait pas une mauvaise idée, parce que, depuis ce qui s'est passé à Londres, ma carrière a tout l'air d'être irrémédiablement compromise. Et puis ici, je suis obligé de faire des efforts surhumains pour composer avec cet enquiquineur d'Ambrose !

— Il est encore en déplacement ?

— Oui, jusqu'à la semaine prochaine. D'ici là, je pourrai faire mon travail comme je l'entends. Mais après, s'il se remet à réécrire mes rapports pour soi-disant les rédiger « en des termes conformes à la politique de l'administration », je ne sais pas ce que je lui ferai !

Ron posa sa fourchette. Le seul fait de parler de son patron lui avait coupé l'appétit.

Dès le premier jour, il s'était rendu compte qu'il ne s'entendrait jamais avec Ambrose. Celui-ci était un parfait bureaucrate qui aimait l'administration, alors que Ronald, lui, préférait l'action et les démarches directes qui permettaient d'arriver droit au but, sans se préoccuper des formalités ou de la bienséance. Il s'obstinait à suivre ses élans naturels malgré les désagréments provoqués par son attitude, et l'affrontement était inévitable entre eux.

— Le problème avec toi, dit Tim avec un sourire ironique, c'est que tu ne t'encombres pas de fioritures de langage comme tout le monde ici. Tu les déroutes. Ils n'aiment pas les gens qui ont un franc-parler. En plus de cela, tu affiches des idées libérales !

— Et alors ? Toi aussi, non ?

— Oui, bien sûr. Mais je suis une quantité négligeable à leurs yeux… à qui on peut faire des concessions ! C'est comme ça que je m'en sors. Et ils ont intérêt à m'en faire s'ils veulent me garder !

Ronald se mit à rire. Il appréciait toujours autant la compagnie de son ami. Durant leurs études universitaires, ils avaient partagé le même logement. Ronald le retrouvait identique à lui-même après les huit années passées à l'étranger. Il y avait toujours cette même complicité entre eux.

Ronald reprit sa fourchette et termina sa salade.

— Et cette affaire ? demanda Tim alors qu'il entamait déjà son dessert.

— C'est mon boulot de m'en occuper. Je vais m'y atteler tout de suite.

— Si tu vas en parler à Ambrose, il voudra s'en mêler, et tu le sais. Les gars de la CIA également, s'ils ne sont pas déjà au courant ! J'ai bien l'impression que c'est plus une affaire d'espionnage qu'une affaire consulaire.

— Je te dis que j'en ferai quand même mon affaire.

— Je vois. C'est pour les beaux yeux de la veuve Fontaine, n'est-ce pas ? Elle te plaît ? Je ne vois pas ce que tu peux lui trouver ! Et surtout, je ne vois pas ce que son mari lui trouvait. On imagine mal ce play-boy blond avec une femme qui porte des lunettes en écaille. Je suppose qu'il l'a épousée pour d'autres raisons.

— D'autres raisons que l'amour, tu veux dire ?

— Non… que pour ses charmes, enfin !

— Qu'est-ce que tu insinues ?

— Ha ha, susceptible ! Serais-tu déjà mordu ?

— Sans commentaire.

— J'ai l'impression que ta vie a été un désert depuis ton divorce !

— Et alors ?

— Entre copains, on peut bien parler ouvertement, non ? Si tu veux mon avis, Ron, tu n'es pas du genre à rester célibataire toute ta vie.

— Et pourquoi pas ?

— Parce que, bon sang, reconnais-le, tu n'es pas du genre à faire vœu de chasteté ! Des nouvelles de Lauren ?

— Oui, le mois dernier. Elle m'a dit que je lui manquais. Ce qui lui manque, en fait, c'est la vie mondaine du corps diplomatique. Je lui ai fait comprendre que je n'étais pas disponible en ce moment.

Amsterdam

Le vieil homme adorait les roses. Il s'arrêta parmi les massifs et inspira profondément. Dans quelques semaines, les bourgeons allaient éclore. Sa femme aurait tellement aimé ce jardin !

« Nienke, ma douce Nienke, tu me manques terriblement. »

— Il fait froid aujourd'hui, dit une voix derrière lui.

Le vieux se retourna et vit un jeune homme aux cheveux blonds presque blancs.

— Kronen, te voilà enfin.

— Je regrette, patron. J'arrive avec vingt-quatre heures de retard, mais je n'ai pas pu faire autrement.

Kronen ôta ses lunettes de soleil et fixa le ciel. Le vieil homme eut un léger froncement de sourcils. Comme d'habitude, Kronen évitait de le regarder en face. Depuis l'accident, personne n'osait poser les yeux sur son visage, et, toujours, il ressentait le même petit pincement au cœur. Depuis cinq ans, il percevait la même gêne, le même sursaut embarrassé. Même Kronen, qu'il considérait un peu comme son fils, détournait les yeux.

— Je suppose que tout s'est bien passé à Basra.

— Oui, avec quelques petits contretemps. Des problèmes avec le dernier chargement. Le système de téléguidage des missiles avait quelques défaillances.

— Gênant, en effet !

— J'ai heureusement réussi à me mettre en rapport avec le constructeur et nous avons réglé le problème.

Ils marchèrent parmi les rosiers jusqu'au petit étang aux canards.

— J'ai une nouvelle mission à te confier. Une femme.

— Je m'en réjouis, patron. Qui est-elle ?

— Son nom est Léa Fontaine, c'est la femme de Geoffrey Fontaine. Elle pourra peut-être nous mener à son mari.

— Je ne comprends pas, j'ai appris qu'il était mort.

— Je voudrais que tu la files quand même. Mon informateur américain me dit qu'elle a un petit appartement à Georgetown. Elle est microbiologiste. Trente-deux ans. Mis à part le fait qu'elle est mariée avec lui, elle ne semble pas avoir de connexions avec les services secrets… mais on ne sait jamais.

Devant l'étang, le vieil homme sortit de sa poche un sachet contenant des miettes de pain. Il en jeta une poignée aux canards qui se précipitèrent dans un battement d'ailes.

Lorsque Nienke était encore en vie, elle venait tous les matins pour les nourrir avec les restes des toasts du petit déjeuner. Pour le vieux, rien n'était plus important que le fait que Nienke ait adoré ses canards.

— J'aimerais en savoir plus au sujet de cette femme. Il faut que tu repartes au plus tôt.

— Bien sûr.

— Tu devras être très prudent à Washington. Il paraît que la criminalité là-bas augmente en flêche.

Kronen se mit à rire.

— A bientôt, patron.

— C'est ça. A bientôt, Kronen.

Washington

Assise sur un tabouret devant son microscope, Léa se redressa en soupirant et ôta ses lunettes pour se frotter les yeux. Elle se sentait très lasse. Son labo n'avait pas de fenêtre et donc pas de lumière du jour. Il pouvait être midi ou minuit au-dehors, rien à l'intérieur ne permettait de le soupçonner. Excepté le ronronnement du réfrigérateur, le silence était total.

Elle remit ses lunettes pour ranger les plaques de verre dans leur boîte. Des bruits de pas lui parvinrent depuis le couloir, des talons de femme. On poussa la porte.

— Léa, qu'est-ce que tu fais ici ?

Sa très corpulente amie et collègue Abby Hicks, dans sa blouse blanche impeccable, occupait toute la largeur de l'embrasure de la porte.

— Je voulais rattraper un peu du retard que j'ai accumulé...

— Il n'y a vraiment pas le feu, Léa. Le labo peut bien se passer de toi quelques semaines, tu ne crois pas ? Tiens, il est déjà 8 heures. Je vais aller vérifier les cultures ; toi, tu ferais bien de rentrer chez toi.

Léa poussa un soupir imperceptible.

— Je ne supporte pas de me retrouver seule chez moi. Je pensais qu'ici ce serait moins pénible.

— On ne peut pas dire que c'est particulièrement animé au labo ! C'est à peu près aussi gai qu'une tombe.

Réalisant ce qu'elle venait de dire, Abby rougit jusqu'aux oreilles. A cinquante-cinq ans, elle rougissait encore comme une jeune écolière.

— Excuse-moi. Je n'aurais pas dû dire ça !

Léa lui adressa un sourire indulgent.

— Ce n'est rien.

— Alors, comment t'en sors-tu ?

— Pas trop mal, je crois.

— Tu nous as manqué, tu sais.

— Je sais que vous pensez à moi. Il faut que j'arrive à oublier un peu, mais je constate que le labo n'est pas non plus l'endroit idéal pour…

— Certains ont besoin de se remettre dans la routine quotidienne pour oublier, d'autres ont besoin de changer d'air et surtout de décor pendant un moment.

— C'est peut-être ce que je devrais faire. M'éloigner un peu des endroits qui me rappellent Geoffrey. Ma sœur dans l'Oregon m'a proposé d'aller la voir. Ça fait très longtemps que je n'ai pas vu mes neveux et nièces.

— Ce pourrait être une bonne idée. Vas-y. Donne-toi le temps qu'il faudra pour oublier et ne pense pas à ton travail.

— Abby, c'est terrible, je ne supporte pas de voir ses vêtements dans la penderie. Ça me bouleverse. Et il n'y a pas que le fait de l'avoir perdu qui me fait du mal, c'est tout le reste…

— Tu veux dire tout ce qui s'est passé à Berlin ?

— Oui. Je vais devenir folle à force d'y penser. C'est pour ça que je suis venue ici ce soir. C'est drôle, Abby. J'aimais beaucoup cet endroit, mais maintenant j'en suis à me demander comment j'ai pu supporter d'y travailler pendant six ans. J'éprouve comme une sensation d'étouffement dans ces locaux.

— Et est-ce que tu as eu des nouvelles du département d'Etat ?

— Oui. Ce type m'a encore appelée hier. Le corps arrive demain et les funérailles auront lieu vendredi.

Ses yeux se remplirent de larmes.

— Nous serons tous là, Léa, dit Abby en la prenant par les épaules. Je t'emmènerai en voiture. Léa, ne te retiens pas de pleurer. Les larmes qu'on ne pleure pas vous martèlent le cœur.

— Il y a tellement de choses que je ne comprendrai jamais au sujet de la mort de Geoffrey…

— Il faut dire aussi que vous n'avez pas été mariés longtemps. Ce n'est pas surprenant qu'il y ait des choses que tu ignores à son sujet. Tu sais, j'ai toujours senti quelque chose chez lui, je ne sais pas, c'était un être assez secret…

— Il était très timide.

— Non, ce n'était pas exactement de la timidité, c'était comme une espèce de prudence, comme s'il veillait à ne rien dévoiler de lui-même… Bref, ça n'a pas d'importance.

En effet, pensa Léa, il ne parlait pas beaucoup de lui-même. Il la faisait parler d'elle, de ses travaux, de ses amis, plutôt que des siens. Lors de leur première rencontre, cet intérêt l'avait beaucoup flattée. De tous les hommes qu'elle avait connus avant lui, Geoffrey était le seul qui semblait prendre plaisir à l'entendre parler d'elle.

— Je crois que je vais rentrer.

— C'est une sage décision. Il n'y a aucune raison pour que tu restes ici.

Le cercueil plombé glissa le long de la rampe de débarquement et atterrit avec un bruit sourd sur la plate-forme. Ronald frissonna. Après des années passées à réceptionner des citoyens américains décédés à l'étranger, ici ou là, la mort l'horrifiait encore toujours autant.

— Monsieur O'Hara, voulez-vous signer ici, s'il vous plaît ?

Ronald examina rapidement les documents, nota le nom du défunt, griffonna sa signature, et les rendit à l'homme vêtu de l'uniforme d'une ligne aérienne nationale. Le cercueil fut chargé dans un fourgon mortuaire à destination d'un dépôt où Léa Fontaine était censée le récupérer.

Lorsqu'il rentra chez lui, Ronald ne pensait plus à cette sinistre affaire. Il alla droit dans la cuisine où il se servit un généreux verre de whisky et mit au four un plat surgelé.

Cela faisait longtemps qu'il vivait seul. Solitaire et malheureux, et ce soir, plus que jamais, lui sembla-t-il.

Il accueillit avec soulagement la sonnerie de l'Interphone. C'était Tim Bronstein. Ronald appuya sur le bouton qui commandait l'ouverture de la porte.

Se doutant qu'il allait vouloir dîner avec lui, il alla mettre un deuxième plat dans le four.

— Tiens-toi bien, Ron, dit Tim en entrant avec un large sourire. J'ai une grande nouvelle à t'annoncer. Devine ce que mon copain du FBI a découvert ?

— Je n'ose pas te le demander.

— Tu sais, ce type, Geoffrey Fontaine, eh bien, il n'y a pas de doute qu'il est mort.

— Je ne vois pas où est la nouveauté.

— Attention, je veux parler du vrai Geoffrey Fontaine.

— Entre et ferme la porte. Tu restes dîner ?

— Volontiers.

— Je ne comprends pas. Tu dis que le véritable Geoffrey Fontaine est mort, c'est ça ?

— Exactement. Mais il y a quarante ans !

Léa se pencha pour ramasser une poignée de terre humide qu'elle jeta sur le cercueil qu'on venait de descendre dans la fosse.

Les amis défilaient devant elle comme des fantômes. Elle n'avait conscience de rien d'autre que de l'odeur des fleurs et de la brume assez épaisse qui flottait sur le cimetière. Lorsque les gens furent partis, Abby la prit par les épaules.

— Il commence à pleuvoir, nous ferions bien de nous dépêcher de rentrer. Une tasse de thé nous fera du bien, tu ne crois pas ?

— Oui, c'est une bonne idée.

Tandis qu'elles prenaient le chemin du parking, Ronald O'Hara accéléra le pas dans leur direction. Il appela Léa qui se retourna ainsi qu'Abby.

— Bonjour, monsieur O'Hara, dit-elle en faisant un pas vers lui.

— Le moment n'est certainement pas tout à fait propice mais j'essaye de vous joindre depuis deux jours. J'ai laissé un message sur votre répondeur vous demandant de me rappeler.

— En effet, je ne l'ai pas fait.

— Il y a de nouveaux éléments dont je voudrais vous informer.

— Qui est-ce ? murmura Abby à l'oreille de Léa.

— Je suis Ronald O'Hara du département d'Etat, madame. J'aimerais m'entretenir confidentiellement avec Mme Fontaine, si vous le permettez. C'est important.

Léa avait fermement décidé de ne plus se prêter à ses interrogatoires intempestifs, mais il semblait plus déterminé qu'elle.

Durant les dernières quarante-huit heures, il avait en effet laissé de nombreux messages sur son répondeur, qu'elle avait préféré ignorer. Elle ne tenait guère à ce que cet homme vînt encore raviver de tristes souvenirs.

— Il va pleuvoir des cordes d'une minute à l'autre, dit Abby en prenant le bras de Léa. Vous ne pourrez pas bavarder longtemps, vous savez.

— Eh bien, je me ferai un plaisir de raccompagner Mme Fontaine chez elle.

Puis, devant le regard méfiant d'Abby, il ajouta :

— Comptez sur moi, je prendrai soin d'elle. N'ayez aucune crainte, madame.

L'air résigné, Abby étreignit son amie et l'embrassa.

— Je t'appellerai ce soir, ma chérie. Nous prendrons le petit déjeuner ensemble demain matin, si tu veux bien.

Elle salua Ronald de la tête et regagna sa voiture.

— J'imagine que c'est une de vos amies.

— Oui, nous travaillons ensemble depuis des années.

— Dépêchons-nous, le ciel se fait menaçant. Ma voiture est par là.

Sur l'autoroute qui les ramenait à Washington, le silence plana tout d'abord entre eux. Ronald conduisait prudemment et Léa se sentit rassérénée. La douce tiédeur du chauffage contribua encore à la détendre.

— J'ai attendu que vous me rappeliez, pourquoi ne l'avez-vous pas fait ? dit Ronald d'un ton légèrement accusateur.

— Tout simplement parce que je ne pouvais plus supporter d'entendre d'autres spéculations au sujet de Geoffrey ou de sa mort.

— Même si ce sont des faits confirmés ?

— Vous n'aviez aucune certitude l'autre jour, dans votre bureau.

— Aujourd'hui, je dispose d'autres éléments. Il ne me reste plus qu'un nom à trouver.

— Je ne vois pas ce dont vous voulez parler.

— Eh bien, voilà. Vous avez rencontré votre mari dans un café, m'avez-vous dit. Quatre mois plus tard vous étiez mariés, n'est-ce pas ?

— Oui.

— Je ne sais pas comment vous dire cela, mais Geoffrey Fontaine, le véritable Geoffrey Fontaine, est mort il y a quarante ans de cela. C'était un enfant, en fait.

— Je ne comprends pas.

— L'homme que vous avez épousé a pris le nom de cet enfant qui est mort en bas âge. Ce n'est pas si difficile que cela. Il faut rechercher le nom d'un nouveau-né qui est mort l'année de votre naissance. Vous faites une copie de l'acte de naissance de l'enfant, et, muni de ce document, vous pouvez obtenir un numéro de sécurité sociale, un permis de conduire et enfin un certificat de mariage. Vous avez une nouvelle identité. Une nouvelle vie tout à fait régulière sur le plan administratif.

— Comment savez-vous tout cela ?

— Tout est sur ordinateur actuellement. Par le rapprochement de quelques informations, j'ai découvert que Geoffrey Fontaine n'avait jamais été sur les listes des appelés au service militaire, qu'il n'est jamais allé à l'école, qu'il n'avait pas de compte bancaire jusqu'à l'année dernière. Mais depuis lors, son nom a commencé à apparaître sur une dizaine de listes diverses.

Léa serra ses mains convulsivement sur ses genoux.

— Qui était-il alors ? Qui ai-je épousé ?

— Je ne sais pas.

— Mais pourquoi, pourquoi a-t-il eu besoin de faire tout ça ?

— On peut imaginer beaucoup de choses. J'ai d'abord envisagé la possibilité qu'il ait été un criminel. On a retrouvé ses empreintes digitales au bureau des permis de conduire. Je les ai fait comparer à celles qu'ils ont au FBI, mais sans aucun résultat.

— Il n'était donc pas un criminel.

— Il n'y a pas de preuves qui confirment qu'il l'ait été. Une autre éventualité consiste à supposer qu'il faisait partie des témoins d'une affaire fédérale et qu'on lui aurait donné un nouveau nom pour assurer sa protection. Les informations qui pourraient nous le confirmer ne me sont pas accessibles. Si cela était, ce serait une explication à son assassinat.

— Vous voulez dire qu'il aurait été assassiné par les gens contre lesquels il aurait témoigné ?

— Exactement.

— Mais il m'en aurait parlé, il m'en aurait fait part si…

— C'est ce qui me permet d'envisager une autre possibilité. Peut-être pourrez-vous la confirmer. Peut-être a-t-il eu besoin d'un nouveau nom et d'une nouvelle identité pour exécuter une mission dont on l'aurait chargé, et sa disparition mettait alors un point final au succès de l'opération.

— Vous voulez dire en tant qu'espion ?

Ronald acquiesça d'un signe de tête.

— Non, je ne peux pas croire une chose pareille.

— C'est pourtant vrai. Faites-moi confiance.

— Pourquoi me le dites-vous dans ce cas ? Je pourrais être sa complice !

— Je crois que vous n'avez rien à voir dans tout cela, madame Fontaine. J'ai examiné votre dossier.

— Ce qui veut dire que je suis fichée également ?

— Etant donné la nature de vos travaux, on a examiné votre passé et, par conséquent, il existe un dossier sur vous. Mais ce n'est pas seulement votre dossier qui me permet de penser que vous n'êtes pour rien dans cette affaire obscure, ce n'est qu'une intuition. Il ne vous reste plus qu'à me confirmer que j'ai raison.

— Ah bon ? Et que dois-je faire pour vous en convaincre ?

— Pour commencer, parlez-moi de vos rapports avec lui. Etiez-vous amoureux l'un de l'autre ?

— Mais bien sûr que nous l'étions !

— C'était donc un véritable mariage. Aviez-vous, euh… des relations sexuelles ?

Léa rougit et détourna la tête.

— Oui, bien sûr, comme tout couple normal. Vous voulez aussi savoir quand et comment, peut-être ?

— Je ne suis pas en train de m'amuser, madame Fontaine. C'est pour vous que je pose toutes ces questions et que je fais ces recherches. Si vous n'appréciez pas la façon dont je m'y prends, adressez-vous à la CIA !

— Vous ne les avez donc pas avertis ?

— Non, et ce n'est pas particulièrement prudent de ma part. Il se pourrait fort bien qu'ils n'apprécient pas que je m'immisce dans cette affaire. Cela pourrait me coûter cher.

— Pourquoi prenez-vous de tels risques ?

— Par curiosité peut-être. Peut-être aussi pour savoir ce que je peux faire en me débrouillant tout seul.

— Alors, c'est de l'orgueil ?

— En partie, oui... sans doute.

— Et pour l'autre partie ?

— Euh... rien ! Je ne sais pas trop, à vrai dire.

La pluie s'abattait en rafales sur le pare-brise. Ronald quitta l'autoroute et se faufila dans les files denses de voitures qui entraient dans le centre-ville.

En général, les encombrements la rendaient nerveuse, mais près de son chevalier servant, Léa prenait les choses plus calmement. La façon de conduire de Ronald la sécurisait. En réalité, beaucoup d'aspects de sa personnalité la rassuraient, depuis la dextérité avec laquelle il tenait le volant jusqu'au timbre de sa voix. Elle se sentait protégée, éloignée des menaces.

— Quoi qu'il en soit, poursuivit-il, vous réalisez bien qu'il y a bon nombre de questions auxquelles je n'ai pas encore de réponse. Toutefois, il n'est pas improbable que, sans le savoir, vous en possédiez quelques-unes.

— Hélas, je n'en ai aucune !

— Nous pouvons commencer par ce que vous savez effectivement.

— Comment serait-ce possible ? Vous venez de m'apprendre que je ne connaissais pas son véritable nom...

— Ecoutez, Léa, le meilleur espion commet des erreurs. Il a bien dû relâcher sa vigilance à un moment ou à un autre. Il a peut-être parlé de choses que vous n'avez pas comprises. Réfléchissez !

— Même s'il y a eu des choses, de petites choses, je les ai considérées comme insignifiantes et ne m'y suis guère attardée.

— Comme par exemple ?

— Il y a quelque chose, oui..., dit-elle pensivement. Il lui est arrivé de m'appeler Evie, une ou deux fois. Il s'est bien entendu excusé et m'a avoué que c'était une de ses anciennes maîtresses.

— Et au sujet de sa famille ou de ses amis, n'en parlait-il jamais ?

— Il m'a dit qu'il était né dans le Vermont et qu'il avait grandi à Londres. Ses parents étaient des gens de théâtre. Ils sont morts. Il ne m'a jamais parlé d'autres parents. Il n'avait pas d'amis intimes ni de relations de travail. Tout du moins pas à ma connaissance.

— Pour ce qui est de son travail, j'ai procédé à certaines vérifications. Il semble en effet qu'il ait fait partie du personnel de la Banque de Londres. Il avait un bureau quelque part, mais personne ne se souvient de ce qu'il faisait exactement.

— Ce n'était qu'une couverture aussi !

— Il semble bien.

Léa avait peine à croire que son passé récent n'ait été qu'un tissu de mensonges. Seul le présent était réel mais elle était complètement désorientée.

La pluie s'abattait avec violence sur la voiture et l'homme qui était au volant était un inconnu pour elle, mais il constituait la seule réalité à laquelle elle pouvait s'accrocher.

Quel genre d'homme était-il ? Il ne devait sans doute pas être marié. En dépit de son attitude réservée, elle le trouvait assez séduisant. Il devait certainement plaire aux femmes. Elle percevait aussi chez lui des besoins et des manques car elle le sentait inquiet et tourmenté. Quelque chose lui disait qu'il était seul et pas vraiment heureux.

Ronald arrêta la voiture devant chez elle et sortit pour aller lui ouvrir la portière. Le temps de courir jusqu'au porche de l'immeuble, la pluie les avait trempés.

— Je suppose que vous avez encore d'autres questions à me poser ? demanda-t-elle sur un ton las et résigné, tout en se dirigeant vers l'escalier menant au deuxième étage.

— Si vous me demandez si je souhaite monter avec vous, ma réponse est oui.

— Pour une tasse de thé ou pour me questionner ?

Il lui sourit en s'essuyant le visage avec un mouchoir.

— Les deux. J'ai eu tellement de mal à vous joindre que je ne vais pas vous laisser vous échapper.

Léa parvint la première à son étage, et resta pétrifiée en voyant la porte de son appartement ouverte.

Instinctivement, elle recula et s'agrippa au bras de Ronald dont l'expression se figea.

Il régnait un silence absolu autour d'eux.

Ronald s'avança doucement et poussa la porte avec son coude. La pièce était éclairée et semblait vide. Il fit deux pas et s'arrêta pour écouter.

— Ça va, Léa, il n'y a personne.

Tout était en ordre, aucun meuble éventré, aucun saccage. Léa se dirigea vers sa chambre et constata que rien n'avait disparu, pas même son coffret à bijoux.

— On n'a rien pris, dit-elle à Ronald qui l'avait suivie. J'ai peut-être laissé ma porte ouverte ?

Il s'adossa au mur, les mains dans les poches, et la regarda d'un air songeur.

— Non, la serrure a été forcée. Il va falloir la faire réparer très vite.

— Mais pourquoi a-t-on visité mon appartement sans rien prendre ?

— Peut-être qu'ils n'ont pas eu le temps ou qu'on les a interrompus. Mais vous avez l'air bouleversée, dit-il en lui saisissant les mains.

— C'est juste l'effet du choc.

— Vous êtes glacée. Vos vêtements sont trempés. Changez-vous pendant que je donne quelques coups de fil.

— Je vais faire un peu de thé auparavant, dit-elle en se dirigeant vers la cuisine.

Elle l'entendit composer un numéro, puis sa voix résonna.

— Tim Bronstein, s'il vous plaît. C'est Ronald O'Hara à l'appareil. Oui, je patiente.

Néanmoins, elle l'aperçut arpenter nerveusement le salon, ôter son imperméable et desserrer sa cravate. Il ressemblait à un lion en cage.

— Ne devriez-vous pas plutôt appeler la police ? dit Léa qui apportait un plateau sur lequel étaient posées deux tasses.

— Bien sûr, ce sera mon second coup de fil. Je voulais simplement avoir une conversation avec quelqu'un du Bureau.

— Vous voulez dire le FBI ? Mais pourquoi ?

— Parce qu'il y a quelque chose qui me tracasse... Tim ? Où étais-tu passé ?

Au silence de Ronald, Léa se douta qu'il apprenait de mauvaises nouvelles. Ses mâchoires s'étaient crispées et il avait blêmi.

— Comment Ambrose l'a-t-il su ? dit-il en se tournant vers Léa qui le fixait d'un air inquiet.

Il y eut quelques secondes de silence, au terme desquelles il poussa un soupir agacé.

— Bon. Je serai là dans une demi-heure. Ecoute, il s'est passé quelque chose ici. On s'est introduit dans l'appartement de Léa Fontaine, mais on n'a touché à rien. J'aurais voulu avoir le numéro de téléphone de ton copain au FBI. Je suis vraiment désolé, Tim, de t'avoir mêlé à cette affaire mais... Bon, d'accord, j'arrive... Dans le bureau d'Ambrose ? Entendu.

Il raccrocha d'un geste sec.

— De mauvaises nouvelles ? demanda Léa d'une voix crispée.

— Non... Seulement la fin pour moi de huit glorieuses années au département d'Etat. Il faut que je parte. Mettez la chaîne de sécurité à votre porte. Mieux encore : passez la soirée avec votre amie et n'oubliez pas d'appeler la police. Je reviendrai dès que possible.

Il attrapa son imperméable et sortit précipitamment. Léa referma la porte après lui et fit glisser la chaîne.

En revenant dans le salon, ses yeux se posèrent machinalement sur la bibliothèque. Quelque chose lui parut inhabituel. Sur l'étagère… Oui, la photo de mariage… Elle n'y était plus !

La sonnerie du téléphone la fit sursauter et son cœur se mit à battre très fort. Elle hésita une fraction de seconde puis décrocha.

— Léa ?

— Mon Dieu ! C'est toi ?

— Viens me rejoindre, Léa, je t'aime.

— Allô, Geoffrey, Geoffrey !

Mais il avait déjà raccroché.

3.

— Vous êtes incorrigible, O'Hara ! Vingt minutes de retard

Charles Ambrose l'accueillit à l'extérieur de son bureau dont la porte était fermée.

Imperturbable, Ronald accrocha son imperméable sur le portemanteau.

— Je suis vraiment navré, j'ai été retardé par les embouteillages dus à la pluie.

— Savez-vous qui se trouve dans mon bureau en ce moment ? Vous n'en avez pas la moindre idée, n'est-ce pas ?

— Non, pas la moindre. Qui ?

— Une espèce de...

Ambrose baissa soudain la voix et se retourna d'un air inquiet vers son bureau.

— La CIA, mon vieux ! Un type qui s'appelle Van Dam. Il m'a téléphoné ce matin pour m'interroger au sujet de l'affaire Fontaine. Figurez-vous que c'est lui qui m'a appris ce qui se passait dans mon propre département ! Nom de nom, O'Hara, où vous croyez-vous pour prendre de telles initiatives ?

— Je fais mon travail, c'est tout.

— Votre travail consistait à présenter vos condoléances à la veuve et à faire rapatrier le corps. C'est tout, mon vieux ! Personne ne vous a demandé de jouer les James Bond avec Léa Fontaine !

— Je reconnais que je suis allé aux funérailles et que je l'ai raccompagnée chez elle. Ça s'appelle jouer les James Bond, d'après vous ?

Excédé, Ambrose haussa les épaules et ouvrit la porte de son bureau.

— Entrez, O'Hara !

Ronald obtempéra sans sourciller et se trouva face à un homme assez pâle, d'environ quarante-cinq ans, qui le fixait intensément. Ambrose alla s'installer à côté de l'éminent personnage.

— Asseyez-vous, monsieur O'Hara. Je suis Jonathan Van Dam.

Il tapota un classeur rouge posé ouvert devant lui.

— C'est votre dossier de carrière que j'ai là sous les yeux.

Il esquissa un faible sourire en voyant le froncement de sourcils de Ronald.

— Ne vous inquiétez pas. Il n'y a rien de bien grave. Voyons, vous travaillez pour le département d'Etat depuis huit ans.

— Huit ans et deux mois, monsieur.

— Deux années au Honduras, deux au Caire et quatre années à Londres. Toujours dans les services consulaires. De bons états de service, à l'exception de deux avertissements. Je vois qu'au Honduras vous avez été... euh, trop complaisant vis-à-vis des intérêts indigènes.

— En effet. Notre politique dans cette région du monde n'est pas irréprochable.

Van Dam eut une moue ironique.

— Vous n'êtes pas la seule personne à le dire.

Ronald, qui commençait à se détendre, lança un coup d'œil à Ambrose qui avait l'air surpris. Il s'attendait certainement à une violente algarade entre Van Dam et Ronald, et non à ce courant de complicité qui semblait passer entre les deux hommes.

Van Dam se carra sur son siège.

— O'Hara, on peut penser très diversement dans ce pays et je respecte toutes les opinions. Mais malheureusement, lorsqu'on est au service de l'Etat, on ne peut cautionner les opinions individuelles. Est-ce bien le motif du second blâme ?

— Vous voulez parler de celui de Londres, j'imagine.

— Oui. Pouvez-vous vous en expliquer ?

— Roy Potter a dû remettre à vos services un rapport à ce sujet. Sa propre version des faits, tout du moins.

— Eh bien, exposez-moi la vôtre.

Ronald se redressa, et sentit renaître une colère froide comme chaque fois que l'on évoquait cette affaire devant lui.

— Cela a dû se produire durant la semaine où notre consul Dan Lieberman était absent de Londres. Je le remplaçais. Un homme du nom de Vladimir Sokolof m'a abordé un soir, à l'occasion d'une réception donnée par l'ambassadeur. C'était un attaché de l'ambassade soviétique à Londres. J'avais eu l'occasion de le rencontrer plusieurs fois, et j'avais remarqué que cet homme était particulièrement nerveux, je dirais agité intérieurement, et visiblement inquiet. Il voulait s'entretenir confidentiellement avec moi car il souhaitait que nous lui donnions l'asile politique. Il avait en contrepartie des informations à nous communiquer. Des informations qui m'ont paru intéressantes. J'ai aussitôt fait part de cette conversation à Roy Potter.

Ronald jeta un coup d'œil à Ambrose, immobile.

— Il était à l'époque le directeur de nos services de renseignements à Londres.

Il poursuivit en regardant Van Dam :

— Il n'a pas accueilli cette proposition avec beaucoup d'enthousiasme. Il a d'abord pensé proposer à Sokolof de nous fournir des renseignements logistiques pour s'assurer de sa bonne foi. Mais je lui ai fait comprendre que cet homme était vraisemblablement en danger de mort, qu'il avait sa famille à Londres, sa femme et deux enfants. Mais Potter a décidé de suspendre sa décision et de ne rien faire pour lui.

— Je le comprends. Sokolof avait des liens très étroits avec le KGB. Mais effectivement, si je m'étais trouvé à sa place, j'aurais au moins essayé de savoir pourquoi ce Sokolof se sentait menacé.

— Si, comme vous semblez le dire, il était un agent du KGB, comment expliquer que ses enfants l'ont découvert assassiné, quelques jours plus tard ? Ce n'est pas sans motif valable que les Soviétiques décident de liquider un des leurs. Vos hommes l'ont laissé aux loups, monsieur Van Dam !

— Ces affaires sont délicates et dangereuses. Ça arrive, vous savez.

— Je n'en doute pas. Mais comme je m'étais senti personnellement responsable, je voulais que Potter se rende compte qu'il aurait pu faire quelque chose pour sauver la vie de ce pauvre homme.

— Le rapport mentionne une altercation dans l'escalier de l'ambassade.

Van Dam hocha la tête et se mit à rire en lisant la suite du rapport.

— Il paraît que vous avez traité Potter d'une palette de qualificatifs particulièrement colorés. Tiens, je n'avais jamais entendu celui-là ! Et en public, c'est du joli !

— J'ai eu tort, je sais.

— M. Potter prétend que vous étiez, je le cite, « furieux, hors de vous et proche de la violence ».

— Je n'étais en aucun cas proche de la violence.

Van Dam referma le dossier et lui sourit avec une certaine complicité.

— Je vous comprends, monsieur O'Hara, je sais ce que c'est que d'être entouré de personnes incompétentes. Dieu sait s'il ne se passe pas un seul jour sans que je me demande comment ce pays parvient à surnager. Je ne pense pas uniquement aux services de renseignements… C'est une constatation générale ! Je suis moi-même veuf, voyez-vous. Ma femme m'a laissé une grande maison à tenir. Figurez-vous que je n'arrive pas à trouver quelqu'un de convenable pour s'occuper de la maison ou même un jardinier qui sache prendre soin de mes azalées ! Il m'arrive souvent de me dire que je vais faire les choses comme je l'entends et tant pis pour le règlement ! Ça vous arrive aussi, non ? Je ne doute pas que vous soyez un non-conformiste comme moi !

Des jardiniers et des azalées ? Ronald se demanda si cette

conversation à bâtons rompus et d'apparence anodine n'allait pas finir par se retourner contre lui. Qu'avait-il derrière la tête, ce bon Van Dam ?

— Je vois que vous enseigniez à l'université avant d'entrer au département d'Etat…

— Oui. J'étais professeur assistant, à la chaire de linguistique.

— Oh, excusez-moi, je devrais donc dire Professeur O'Hara, n'est-ce pas ?

— C'est un détail, monsieur.

— Je vois que, même à l'université, vous étiez du genre indépendant. Ah ! là, là ! On ne se refait pas.

» M. Ambrose me dit que vous n'êtes pas fait pour le poste que vous occupez actuellement dans ce département. J'imagine qu'on doit ressentir une certaine solitude lorsqu'on fait cavalier seul, n'est-ce pas ?

— Je ne vois pas où vous voulez en venir.

— Au fait qu'un homme seul pourrait être tenté, je dirais, de s'associer à d'autres non-conformistes comme lui, et que, sous l'impulsion d'un certain sentiment de révolte, il cède à des sollicitations extérieures.

Ronald se raidit.

— Non, monsieur, je ne suis pas un traître, si c'est ce que vous voulez insinuer.

— Pas du tout ! Ce n'est en aucun cas ce que je voulais dire. D'ailleurs, ce mot est trop vague. La notion de traître peut varier selon l'orientation politique de l'individu.

— Je connais la définition de ce mot, monsieur, et il se trouve que je n'approuve pas de nombreux points de notre politique. Je n'en suis pas pour autant déloyal vis-à-vis de mon pays !

— Eh bien, alors, peut-être pourriez-vous nous expliquer votre implication dans l'affaire Fontaine ?

Ronald se força à inspirer profondément pour s'exhorter au calme. « On y vient enfin », se dit-il.

— Il y a deux semaines, Geoffrey Fontaine mourait à Berlin. J'ai appelé sa veuve, comme à l'accoutumée dans ce genre de situation. Certains éléments m'ont troublé. J'ai fait des recherches sur les fichiers informatiques à titre de vérifications, vous comprenez. Je me suis alors aperçu qu'il y avait beaucoup de points obscurs. Cela m'a incité à recourir aux services d'un ami…

— M. Bronstein, répliqua Van Dam.

— Ecoutez, ne le mêlez pas à cette histoire. Il a simplement voulu me rendre service. Il connaît quelqu'un au FBI qui a fait des recherches concernant ce Fontaine. Il n'en est pas résulté grand-chose. Je me suis retrouvé avec davantage de questions que de réponses. A la suite de cela, je me suis directement adressé à la veuve.

— Pourquoi n'êtes-vous pas venu nous voir ?

— J'ignorais que votre autorité s'étendait sur le territoire national… légalement, cela s'entend.

Ronald perçut une première lueur d'irritation dans les yeux de Van Dam.

— Est-ce que vous réalisez que vous auriez pu faire des dégâts considérables ?

— Je ne comprends pas.

— Nous avions la situation bien en main. A présent, vous l'avez avertie, n'est-ce pas ?

— Elle n'est avertie de rien. Nous naviguons dans le noir, aussi bien elle que moi !

— Est-ce là la conclusion d'un espion amateur ?

— C'est mon intuition.

— Mon pauvre ami, la mort de Geoffrey Fontaine n'a pas encore été élucidée, et il se peut fort bien que sa femme en sache plus que vous ne le pensez. Par ailleurs, cette affaire peut avoir des répercussions, disons, internationales.

— Il était donc un agent ?

— Pour un diplomate, vos questions manquent de diplomatie, rétorqua Ambrose d'un ton suffisant.

Van Dam se tourna vers lui.

— Il est peut-être sincère, mais tout compte fait, Ambrose, j'approuve votre décision.

— Eh bien, reprit celui-ci d'un air embarrassé, après examen de votre dossier et suite à vos récentes… incartades, nous pensons qu'il est préférable de vous donner un congé indéterminé. Votre congé définitif nécessitera une réévaluation. Vous serez relevé de vos fonctions jusqu'à ce que nous soyons en mesure de confirmer que vous n'êtes pas impliqué dans cette affaire de façon subversive. Dans le cas contraire, vous comparaîtrez devant la justice.

Ronald se leva, le visage impassible.

— C'est tout à fait clair. Est-ce tout, messieurs ?

— C'est tout, O'Hara.

Ronald sortit et ferma doucement la porte, étonné par la sensation de délivrance qu'il ressentait. Mis à part le fait d'avoir été soupçonné d'être un traître, il ne regrettait pas du tout d'être relevé de ses fonctions. Au contraire, il se sentait libre et soulagé.

Cette décision qu'il avait eu tant de mal à prendre venait d'être prise pour lui. Il pouvait à présent se refaire une nouvelle vie. Il avait suffisamment d'économies pour tenir environ six mois.

Peut-être même retournerait-il à l'enseignement ? Cette perspective l'attirait assez, d'autant que, durant les huit dernières années, il avait acquis une solide expérience du monde et des hommes, qu'il n'aurait jamais eue s'il avait continué sa carrière dans l'enseignement.

Parvenu à son bureau, il entreprit de mettre de l'ordre dans ses affaires, de trier et jeter les paperasses entassées dans ses tiroirs. Il se surprit en train de siffloter et envisagea d'aller fêter l'événement le soir même. Mais il y renonça tout aussi subitement car il avait trop à faire pour se permettre de perdre la journée du lendemain à soigner sa gueule de bois.

En tout cas, il n'était pas question de laisser subsister un doute quelconque quant à son intégrité et à sa loyauté. Et pour cela, il lui fallait revoir Léa Fontaine. Peut-être même pourrait-il dîner avec elle ?

Il ressentait néanmoins un certain agacement de son impatience à la retrouver. Il composa son numéro et raccrocha brutalement en entendant le répondeur. Et c'était lui qui lui avait suggéré d'aller chez son amie…

Léa. Pourquoi penser à elle entre toutes les femmes du monde ? Au cimetière, elle lui avait paru si désemparée, si fragile. Lorsqu'il était allé vers elle, il l'avait trouvée non pas belle, mais d'un charme fou, et dans la voiture, elle lui avait fait penser à une hirondelle surprise par le froid et la pluie, pelotonnée sur elle-même. Lorsqu'elle avait ôté ses lunettes et l'avait regardé avec ses immenses yeux de velours, il avait été subjugué.

Ce n'était pas très intelligent d'être attiré par elle. Ni très sage ! Il ne faisait pas de doute qu'il valait mieux refréner ses élans vis-à-vis d'elle.

Mais c'était plus fort que lui. Il ne pouvait s'empêcher de l'imaginer chez elle, dans sa chambre à coucher, avec ses longs cheveux acajou retombant sur ses épaules. Timide et gauche, mais sensuelle et ardente.

— Ronald, qu'est-ce que tu fais encore ici ?

Tim Bronstein interrompit sa rêverie en entrant dans son bureau.

— D'après toi, que suis-je en train de faire ? Je range mes affaires.

— Quoi ? Tu veux dire que tu as été renvoyé ?

— A peu près, oui. On m'a demandé de prendre un congé illimité.

— Quelle guigne ! gémit Tim en s'asseyant en face de lui.

— Et toi, où étais-tu ? Tu m'avais dit au téléphone que je te retrouverais dans le bureau d'Ambrose.

— J'ai reçu un sérieux avertissement de la part de mon directeur, du FBI et de la CIA. Ils m'ont même menacé de me retirer ma carte d'accès aux fichiers informatiques classés.

Ronald hocha la tête et poussa un soupir.

— Tout ça est ma faute. Je suis vraiment désolé, Tim. Il faut croire que nous nous sommes aventurés dans un sacré bourbier. Est-ce que ton ami du FBI a été sanctionné aussi ?

— Non. Et le plus drôle, c'est qu'il y a des chances pour qu'il s'en sorte avec des fleurs. Ses recherches ont mis la CIA dans l'embarras. Et comme le FBI et la CIA se tirent dans les pattes constamment, il a des chances d'être promu pour avoir discrédité la Compagnie. C'est un comble !

— Mais qui est ce Geoffrey Fontaine au juste ?

— Je ne sais pas, et je ne veux plus savoir, Ron. Je te conseille, pour ton bien, de laisser tomber cette affaire. Cela pourrait ruiner ta carrière.

— Ma carrière ? Mais elle est déjà largement compromise. Je ne suis désormais qu'un citoyen comme les autres. Cela étant, je ne perds rien à m'occuper de Léa Fontaine.

— Ron, c'est un conseil amical que je te donne. Laisse tomber cette femme. Tu te trompes à son sujet. Elle n'est pas l'oie blanche que tu imagines.

— Tu n'es pas le seul à me le dire, mais je suis celui qui a passé le plus de temps avec elle. Je sais ce qu'il en est !

— Je te dis que tu te trompes !

Tim lui lança cet avertissement en le regardant droit dans les yeux. Ronald crut y percevoir une mise en garde.

— Qu'est-ce que tu essaies de me dire, Tim ?

Le regard de Tim s'assombrit.

— Elle est étroitement surveillée, Ron. Mon copain du FBI m'a encore appelé et m'a appris que…

— Que quoi ?

— Qu'elle sait quelque chose. C'est la seule explication au fait qu'elle… soit partie.

— Partie ? Comment ça ?

— Lorsque tu l'as quittée, peu de temps après, elle a pris un taxi pour l'aéroport. Elle s'est envolée pour Londres.

*
* *

Londres

C'était logiquement par Londres qu'il fallait commencer pour retrouver Geoffrey. Il lui en parlait très souvent car c'était sa ville favorite et il la connaissait comme sa poche. Léa était convaincue que ce serait là qu'il se cacherait s'il se sentait menacé.

Le taxi la déposa sur le Strand, devant l'hôtel Savoy. La réceptionniste leva la tête en la voyant entrer et lui sourit aimablement. Léa obtint une chambre sans problème car l'afflux des touristes n'avait pas encore commencé en ce début de printemps.

— Mon mari est descendu chez vous il y a deux semaines, dit Léa en remplissant le registre.

La jeune femme jeta un coup d'œil sur le nom qu'elle avait écrit.

— Fontaine ? Vous êtes la femme de Geoffrey Fontaine ?

— Oui, vous vous souvenez de lui ?

— Bien sûr, madame. M. Fontaine descend régulièrement ici. Viendra-t-il vous rejoindre ?

— Non, pas tout de suite, malheureusement. Avez-vous eu des messages pour nous ?

— Attendez, je vérifie... Non, rien, madame Fontaine. De toute façon, s'il y avait eu quelque chose, nous l'aurions fait suivre à votre domicile à Margate.

Léa sentit ses jambes flageoler. Geoffrey ne lui avait jamais parlé d'un domicile à Margate. Elle prit son courage à deux mains en espérant qu'elle saurait mentir de façon convaincante.

— J'espère que vous avez la bonne adresse. Nous sommes toujours à Margate, mais nous avons déménagé récemment.

— Eh bien, je vais vérifier... J'ai comme adresse : 25, Whistable Lane. Est-ce votre nouvelle adresse ou l'ancienne ?

Léa ne répondit pas tout de suite car elle s'efforçait de mémoriser l'adresse.

— Madame Fontaine ?

— Euh, oui, c'est la bonne adresse…

Léa prit sa valise et se dirigea vers l'ascenseur.

— Madame Fontaine, vous pouvez laisser votre valise, je vais appeler le groom…

Mais les portes de l'ascenseur s'étaient déjà refermées sur elle.

25, Whistable Lane… Y trouverait-elle Geoffrey ?

Le 25 se trouvait au bout de la petite rue. C'était une villa entourée d'une palissade blanche. Un jardin sur le devant était planté de rosiers, de soucis et de bleuets. Un cliquetis provenant de la maison adjacente attira l'attention de Léa. Un vieil homme était en train de tailler une haie de buis.

— Bonjour, monsieur. Je cherche M. Geoffrey Fontaine.

— Il n'est pas chez lui, mademoiselle.

Les mains de Léa se mirent à trembler. Geoffrey habitait donc ici ? Mais pourquoi ici, si loin de Londres ?

— Peut-être pourriez-vous me dire où je pourrais le trouver ?

— Non, je ne sais pas.

— Savez-vous quand il doit rentrer ?

— Ni lui ni sa dame ne me tiennent au courant de leurs allées et venues, vous savez !

— Sa dame ? répéta-t-elle bêtement.

— Oui, Mme Fontaine.

— Vous voulez dire : sa femme ?

— Ben, oui, à ce qu'il semble. Avec un peu d'imagination, on pourrait penser qu'il s'agit de sa mère, mais elle n'est pas si vieille que ça.

Léa s'obligea à garder son sang-froid pour sortir de son sac une photo qu'elle lui tendit.

— Est-ce bien M. Fontaine ?

— Oui, c'est bien lui.

Elle vacilla sous le choc de la révélation. Ainsi Geoffrey avait une autre femme dans sa vie... Ronald O'Hara avait évoqué cette éventualité... Il ne s'était pas trompé, finalement. Elle resta un long moment interdite, sa main crispée sur la palissade. Elle ne savait plus si elle avait envie de hurler ou de pleurer.

— Mademoiselle, vous ne vous sentez pas bien ?

Livide, les yeux hagards, Léa tourna la tête vers lui.

— Si, ça va. Merci.

— Vous êtes bien sûre ?

— Oui, oui. Mais s'il vous plaît... Il faut absolument que je les trouve.

— Je vous aurais volontiers aidée, mademoiselle, mais je ne sais pas où ils sont. J'ai vu la dame partir avec des valises il y a environ dix jours de cela.

Elle sortit un bout de papier de son sac et y inscrivit son nom et le nom de l'hôtel.

— Tenez, si vous voyez l'un d'entre eux, ayez la gentillesse de leur demander de m'appeler le plus tôt possible.

— Entendu, mademoiselle, dit l'homme en glissant le papier plié dans sa poche sans le regarder.

Léa repartit en ayant la sensation d'être ivre. En arrivant au bout de la rue, elle aperçut une rangée de boîtes aux lettres. Elle jeta un coup d'œil en arrière, et constata que le vieil homme avait repris ses ciseaux. Elle s'approcha et regarda à l'intérieur de celle portant le numéro 25.

Il y avait un catalogue. Adressé à Mme Eve Fontaine.

« Evie. »

Plusieurs fois, Geoffrey l'avait appelée ainsi.

Elle pleura tout le long du chemin vers la gare de Margate.

Six heures plus tard, elle rentrait à l'hôtel, épuisée et sans force.

Elle ouvrait la porte de sa chambre, lorsque le téléphone se mit à sonner.

— Léa Fontaine ? demanda une voix féminine enrouée ou voilée.

— Oui.

— Geoffrey avait une tache de naissance sur l'épaule gauche. Comment était-elle ?

— Mais…

— Quelle était la forme de cette tache ?

— Elle était en forme de demi-lune. Etes-vous Eve ?

— Soyez au pub du Mouton Vert, Dorset Street à 9 heures.

La femme raccrocha.

Léa regarda sa montre. Elle avait une demi-heure pour s'y rendre.

4.

Le taxi la déposa devant le Mouton Vert. A travers les vitraux colorés du pub, elle entrevit un accueillant feu à l'âtre. Elle poussa la porte et entra. Deux hommes assis devant un comptoir en acajou, leur chope de bière à la main, la dévisagèrent. Quelque peu intimidée, elle se dirigea vers la cheminée histoire se donner une contenance et tendit les deux mains comme pour se réchauffer. Elle parcourut la salle du regard, et ses yeux croisèrent ceux de la serveuse qui se tenait à l'autre extrémité du bar. Sans un mot, la fille fit un mouvement du menton, lui indiquant l'arrière-salle.

Surprise, Léa hocha la tête pour lui signifier qu'elle avait compris. La pièce était compartimentée par des cloisons de bois à mi-hauteur. Plusieurs box étaient occupés, mais Léa ne s'en soucia pas. Elle avait aperçu au fond de la salle une femme seule à une table, une cigarette à la main. Léa sut que c'était Eve. La femme tirait nerveusement sur sa cigarette tout en examinant Léa qui s'approchait.

— Vous n'êtes pas du tout comme je l'imaginais, dit-elle alors que Léa se glissait sur le banc en face d'elle. Vous êtes plus jolie et plus jeune qu'il le prétendait. Quel âge avez-vous ? Vingt-sept, vingt-huit ans ?

Son léger accent n'était pas anglais et Léa reconnut la voix du téléphone. Elle était blonde et mince, presque maigre, des cheveux lisses d'un blond pâle. Ses yeux verts ne quittaient pas Léa.

— J'ai trente-deux ans.

— Ah. Il ne m'a pas menti.

— Geoffrey vous a parlé de moi ?

— Bien entendu. Il était obligé. Votre mariage, c'était mon idée.

— Mais… pourquoi ? dit Léa, sidérée.

— Vous ne savez pratiquement rien de lui, n'est-ce pas ? Non, évidemment que vous ne savez rien ! ajouta-t-elle avec une pointe de méchanceté. Je suppose que je vous fais du mal en vous disant cela. Bravo, vous avez réussi à me retrouver. Moi aussi, je voulais vous voir.

— Pourquoi ?

— Curiosité morbide, masochisme… Je supportais mal de vous savoir ensemble. Je l'aimais trop. Etiez-vous heureuse avec lui ? demanda-t-elle en écrasant rageusement sa cigarette.

Léa acquiesça de la tête, les yeux brillants de larmes à cause de la fumée.

— Oui… Nous, enfin, j'étais heureuse. Quant à lui… je ne sais pas vraiment, je ne sais désormais plus rien.

— Vous faisiez l'amour souvent ? Tous les jours, une fois par semaine ?

Léa se raidit et répondit sèchement :

— En quoi cela vous importe-t-il ? Vous disiez que l'idée était de vous !

— Nous l'avons toutes les deux perdu, dit Eve, le regard plus doux brusquement. Il fallait s'y attendre. Ce sont les risques de notre métier.

— Quel métier ?

— Il est préférable, pour vous, que vous n'en sachiez rien. Mais vous êtes curieuse, vous voulez savoir… A votre place, j'essaierais de tout oublier et je rentrerais chez moi… alors qu'il en est encore temps.

— Dites-moi qui est Geoffrey.

Eve alluma une autre cigarette et inhala profondément la fumée en regardant ailleurs.

— Nous nous sommes connus il y a dix ans de cela, à Amsterdam.

C'était un autre homme à l'époque. Je veux dire au sens propre et au sens figuré. Il s'appelait alors Simon Dance. Nous travaillions tous les deux pour le Mossad, les services de renseignements israéliens. Nous formions une bonne équipe tous les trois. Il y avait Simon, moi et une autre femme, notre patron. L'équipe d'élite du Mossad. Puis nous sommes tombés amoureux, Simon et moi.

— Vous étiez des espions ?

— Je suppose que... oui, disons que c'était cela. Nous étions ensemble depuis un an lorsque l'une de nos missions a mal tourné. Simon était inquiet pour moi, et moi pour lui. Et cela ne doit pas arriver, car le travail, seul, doit compter. Autrement, cela complique tout, et les choses se mettent à aller moins bien. Et c'est ce qui s'est passé. Le vieil homme s'est échappé.

— Echappé ? Vous deviez arrêter quelqu'un ?

Eve se mit à rire.

— Non... Nous devions l'éliminer. Le vieux Magus a donc survécu. C'est ainsi que nous l'appelions. C'est un nom saint pour un individu de la pire espèce. Mais après cette affaire, nous étions grillés et nous avons renoncé à ce travail. Simon et moi, nous nous sommes mariés et nous avons vécu quelque temps en Allemagne puis en France. Nous avons changé deux fois de nom car nous savions que nous étions recherchés. Par les hommes de Magus, bien entendu. Nous avons alors décidé de quitter l'Europe.

— Pour l'Amérique.

— C'est ça. Les choses étaient très simples, en fait. Il a trouvé un nouveau nom et s'est fait refaire le visage. Il est devenu méconnaissable. Moi aussi, j'ai subi une opération de chirurgie esthétique. Simon est parti pour les Etats-Unis le premier. Ça prend du temps pour se faire de nouveaux quartiers généraux, et une nouvelle identité. J'étais supposée le suivre peu après.

— Pourquoi m'a-t-il épousée ?

— Parce qu'il lui fallait une épouse américaine. Il avait besoin d'être domicilié chez vous, d'avoir un compte bancaire... Bref, une couverture. Moi, je ne pouvais prétendre être américaine à cause de mon accent et de ma voix que je ne pouvais pas changer. Pour Simon, c'était différent. Il était capable d'imiter une douzaine d'accents différents.

— Pourquoi m'a-t-il choisie, moi ?

— Pour des raisons pratiques. Vous viviez seule, vous étiez moyennement jolie, vous n'aviez pas de petits amis. Et, surtout, vous étiez vulnérable. Vous êtes tombée amoureuse de lui très vite, n'est-ce pas ?

Léa retint un gémissement et acquiesça de la tête.

Avant de rencontrer Geoffrey, elle passait le plus clair de son temps chez elle, à travailler. Elle avait envie d'aimer un homme et de vivre avec lui, mais sa carrière l'avait accaparée. Elle était restée célibataire trop longtemps, et, les années passant, elle avait presque cessé d'espérer se marier un jour.

— La vérité, reprit Eve, est qu'il ne vous a jamais aimée. C'est moi qu'il a toujours aimée. S'il venait à Londres, c'était uniquement pour me voir. Il prenait la précaution d'aller au Savoy avant de venir à Margate. Il retournait à Londres pour vous téléphoner ou vous envoyer une lettre. Je ne supportais pas cette situation, mais ce n'était pas censé durer. C'était seulement nécessaire.

— Que s'est-il passé ensuite ?

Les yeux d'Eve s'emplirent de larmes, et elle resta silencieuse, perdue dans la contemplation du cendrier.

— A vrai dire, je ne le sais pas. Tout ce que je sais, c'est qu'il a quitté Londres depuis deux semaines. Il devait participer à une opération contre Magus. Les choses ont mal tourné. On l'a suivi. On a mis des explosifs dans sa chambre d'hôtel. Il m'a appelée de Berlin pour me dire qu'il avait l'intention de disparaître et que je devais me cacher. Il comptait venir me retrouver lorsqu'il estimerait qu'il pourrait réapparaître en toute sécurité. Mais le soir où j'ai quitté Margate, j'ai eu un pressentiment. J'ai essayé de le rappeler à Berlin, et c'est comme ça que j'ai appris qu'il était mort.

— Non… Il n'est pas mort, Eve. Il est toujours en vie !

— Quoi ?

Les yeux d'Eve lancèrent des éclairs.

— Il n'est pas mort. Il m'a appelée il y a deux jours. C'est la raison pour laquelle je suis ici. Il m'a dit qu'il m'aimait et que je devais venir le retrouver.

— Vous mentez !

— C'est absolument vrai, j'ai reconnu sa voix, dit Léa froidement.

— C'était peut-être un enregistrement. Ou quelqu'un qui a imité sa voix. Ce ne pouvait pas être lui. Ce n'est pas vous qu'il aurait appelée !

Léa haussa les épaules et resta silencieuse. Pourquoi quelqu'un voudrait-il imiter la voix de Geoffrey pour la pousser à venir en Europe ? Mais un détail lui revint subitement.

— Le jour où j'ai quitté Washington, on a forcé la porte de mon appartement. On n'a pris qu'une seule chose : une photo. Je n'ai pas compris…

— Une photo ? De Geoffrey ?

— Oui, c'est ça. Une photo prise le jour de notre mariage.

Le visage d'Eve devint livide. Elle éteignit sa cigarette nerveusement, ramassa son sac et se leva.

— Vous partez ?

— Il faut que je retourne à Margate. Il est sans doute en train de me chercher.

— Mais vous pensiez qu'il était mort !

— Je me suis trompée. Il est vivant, dit-elle, les yeux brillants. Ne comprenez-vous pas ? Ils ne le connaissent pas, pas son nouveau visage du moins. C'est pour ça qu'ils ont volé sa photo. Cela signifie qu'ils sont à sa recherche.

Eve enfila sa veste et se hâta vers la porte du pub.

Lorsque Léa sortit, la rue était déserte.

Eve n'était pas loin. Elle avait couru vers la station de métro, le cœur rempli d'espoir. Au bout d'une centaine de mètres, une douleur aiguë, qui lui martelait la poitrine, l'avait obligée à s'arrêter. La cigarette, sans doute. Immobile, sous un réverbère, elle avait attendu que la douleur s'apaise.

Peu à peu, son cœur s'était calmé. Elle s'apprêtait à reprendre sa course, lorsqu'elle entendit un faible bruit de pas à une dizaine de mètres d'elle.

Elle scruta l'obscurité mais ne vit personne. Lentement, elle ouvrit son sac et sortit son revolver. C'est alors qu'elle réalisa que la lumière du réverbère faisait d'elle une cible facile. Elle s'éloigna de la lumière lorsqu'un autre son l'alerta mais elle ne réussit pas à en localiser la provenance.

Elle réalisa trop tard que son agresseur se tenait derrière elle. Avant qu'elle ait eu le temps de se retourner pour tirer, elle fut projetée au sol. Son revolver lui échappa des mains et, l'instant suivant, elle sentit la pointe d'une lame sur sa gorge.

Le sourire sardonique et les cheveux blond platine de son agresseur ne lui étaient pas inconnus.

— Kronen !

— Petite Eva, ricana-t-il en faisant glisser la lame sur son cou.

Eve comprit que ses minutes étaient comptées.

Ronald aurait voulu pouvoir dormir comme tout le monde autour de lui sur ce vol en direction de Londres. Une foule d'idées grouillaient dans sa tête. Il pensait à Léa, à son air innocent et accablé. Quelle grande actrice ! Et dire qu'elle avait éveillé en lui des instincts protecteurs. Naïf de sa part !

Il se retrouvait sans travail à cause d'elle, et sa loyauté et son patriotisme étaient mis en question. Il avait la désagréable impression d'être le dindon de la farce !

Van Dam avait raison : comme espion, il n'était qu'un petit amateur !

En tout cas, Léa n'allait pas s'en tirer comme ça. Il comptait bien lui faire cracher toute la vérité lorsqu'il la retrouverait à Londres.

Il ne pouvait pas quitter les Affaires étrangères sans s'être blanchi, ne fût-ce que pour lui-même.

Bien que fulminant de rage contre elle, l'image de Léa le hantait sans cesse : la vision de cette femme, dans sa chambre à coucher, le regardant avec ses grands yeux implorants et ses cheveux flamboyants défaits. Ronald ne savait plus trop où il en était !

Néanmoins, il reconnaissait que ce coup de tête sur lequel il avait décidé de s'envoler pour Londres était pure folie !

« Le vieil homme ne sera pas content », se disait Kronen en essuyant la lame de son couteau. Peut-être valait-il mieux s'abstenir de lui téléphoner immédiatement ? Mais d'un autre côté, il devait être sans doute impatient d'avoir des nouvelles, et Kronen avait tout intérêt à le ménager car il était devenu très irritable depuis le drame. S'il souhaitait rester en vie, il ne fallait pas le contrarier.

Kronen se dit cependant qu'il n'avait pas à le craindre pour autant car le vieux avait besoin de lui.

Il avait huit ans, quand le vieux l'avait sorti des bas quartiers de Dublin. Peut-être étaient-ce ses cheveux blonds, presque blancs, qui avaient attiré son attention, ou ses yeux hagards, son regard sans âme.

Un garçon sans âme pouvait être très utile… Le vieux l'avait nourri, éduqué, lui avait sans doute aussi prodigué un peu d'affection, mais il ne lui avait jamais fait totalement confiance.

Kronen s'en était rendu compte très tôt et avait fait tout ce qui était en son pouvoir pour la gagner. Il exécutait tout ce que le vieux lui demandait. Trente ans d'obéissance absolue… Sans réfléchir.

Mais il n'avait pas à se plaindre, il s'en était toujours trouvé bien récompensé. De plus, il aimait son travail et les missions qui lui étaient confiées lui apportaient beaucoup de plaisir et de satisfaction, surtout lorsqu'il s'agissait de femmes…

Malheureusement, celle-ci n'avait pas parlé. Elle avait été plus résistante que tous les hommes qu'il avait rencontrés jusque-là. Il avait passé une heure à lui faire subir certains sévices persuasifs mais en vain.

Elle était morte subitement alors qu'il s'y attendait le moins. En fait, il n'avait pas l'intention de la tuer, pas encore. Quelle déveine de découvrir à la dernière minute qu'elle était cardiaque ! Elle n'en avait pourtant pas l'air !

Tout bien pesé, il n'y avait pas de raison valable pour ne pas téléphoner au vieux. Il mit son couteau dans sa poche et se rendit dans une cabine pour appeler Amsterdam.

— Eva n'a pas parlé, dit Kronen.

Le silence à l'autre bout du fil lui fit sentir la déception du vieux.

— Elle est donc morte.

— Oui, son cœur a lâché.

— Et l'autre ?

— Je continue à la surveiller. Dance ne s'est pas encore manifesté.

Le vieux émit un grognement d'impatience.

— Je ne peux pas attendre éternellement. Il faut lui forcer la main. Kidnappe-la.

— Mais la CIA la fait suivre.

— Je me charge de ça dès demain. Après tu pourras agir.

— Et ensuite ?

— Essaie de voir ce qu'elle sait. Si elle ne sait rien, nous pourrons quand même l'utiliser pour appâter Dance. Nous diffuserons un ultimatum. Si Dance est encore en vie, il se manifestera.

Kronen n'était pas convaincu du plan d'action du vieux. Contrairement à lui, il ne croyait pas en cette chose ridicule qu'est l'amour. En outre, il avait vu Léa Fontaine et ne pensait pas qu'un homme tel que Dance, ou n'importe quel autre homme, du reste, risquerait sa vie pour une femme comme elle.

Mais il avait encore du pain sur la planche et s'en réjouissait.

*
* *

Dans son cauchemar, Léa courait dans le brouillard tandis que les pas de son poursuivant se rapprochaient. Son cœur battait à tout rompre. Elle n'arrivait plus à avancer...

Elle se réveilla trempée de sueur. On frappait à sa porte. Elle alluma sa lampe de chevet, et constata qu'il était 4 heures du matin. Les coups se firent plus insistants.

— Ouvrez, madame.

Elle se leva, enfila sa robe de chambre et alla ouvrir. Deux policiers étaient accompagnés par le veilleur de nuit de l'hôtel.

— Madame Léa Fontaine ?

— Oui, qu'y a-t-il ?

— Nous devons malheureusement vous demander de nous accompagner au commissariat central.

— Mais je ne comprends pas. Pourquoi à cette heure-ci ?

— Nous devons vous placer en détention.

Léa tenait la porte avec ses deux mains et les regardait, complètement interloquée.

— Vous voulez dire que vous m'arrêtez ?

— Oui, madame. Pour le meurtre de Mme Eve Fontaine.

5.

Le policier sortit de la pièce violemment éclairée au néon. Après le long interrogatoire qu'elle venait de subir, Léa laissa tomber sa tête sur ses avant-bras posés sur la table. Elle frissonnait dans sa robe de chambre et faisait des efforts surhumains pour ne pas éclater en sanglots. Elle était désespérée.

Elle n'entendit pas la porte s'ouvrir mais une voix prononcer son prénom. Elle releva la tête. Ronald O'Hara se tenait devant elle. Un ami enfin !

L'expression qu'il arborait n'était pourtant pas pour la rassurer ou la sécuriser. Son visage était sombre, son regard lourd de reproches. Au bout de longues et pénibles secondes de silence, il posa son attaché-case sur la table.

— Vous êtes dans un sacré pétrin, chère madame !

— Oui, je sais.

— C'est tout ce que vous trouvez à dire ?

— Vous allez me sortir de là, n'est-ce pas ?

— Ça dépend.

— Ça dépend de quoi ?

— Si vous êtes innocente ou pas.

— Vous doutez de mon innocence ? Mon Dieu ! Même vous ?

Son cri le décontenança. Sans rien dire, il s'assit sur le bord de la table et croisa les bras.

Léa n'osa plus le regarder. Cet homme qu'elle croyait un ami pensait lui aussi qu'elle pouvait être coupable. Alors, qui allait la croire ?

— Pour quelle raison êtes-vous venu à Londres ? murmura-t-elle, la voix tremblante.

— Je vous retourne la question, et ne vous avisez pas de me mentir. Je veux la vérité !

— Mais je ne vous ai jamais menti. C'est vous qui…

— Allons, madame Fontaine. Ne prenez pas cet air innocent. Vous étiez au courant à propos d'Eve ?

— Mais pas du tout ! Je ne l'ai appris qu'hier. C'est vous qui m'avez menti, monsieur O'Hara.

— A quel sujet ?

— Au sujet de Geoffrey. Vous avez prétendu qu'il était mort et que vous aviez des preuves concrètes et irréfutables. Idiote comme je suis, je vous ai cru. Mais vous saviez, n'est-ce pas ?

— Je savais quoi, enfin ?

— Que Geoffrey n'est pas mort, vous le saviez !

Le regard incrédule qu'il lui lança la troubla.

— Vous feriez mieux de vous expliquer. Je dois tout savoir, dans le moindre détail parce que les preuves contre vous sont accablantes.

— Quelles preuves ?… Dites plutôt un malheureux concours de circonstances, car ce n'est que ça, en vérité !

— Ecoutez, on a trouvé le corps d'Eve Fontaine à minuit dans une rue déserte à une centaine de mètres du Mouton Vert. Je vous épargnerai les détails concernant l'état du corps. Disons qu'elle a été assassinée par quelqu'un qui ne… la portait pas dans son cœur. La serveuse du Mouton Vert se souvient de vous. Elle se souvient également qu'Eve s'est levée précipitamment et qu'elle a quitté le pub. Vous l'avez suivie. Ensuite, personne n'a plus revu Eve Fontaine vivante.

— Lorsque je suis sortie, moi aussi, du Mouton Vert, elle avait disparu.

— Vous avez des témoins ?

— Non.

— Dommage ! La police est allée chez elle à Margate. Ils ont parlé au vieux monsieur que vous avez vu et qui se souvient très bien de vous. Il dit qu'il a donné votre message à Eve lorsqu'elle a téléphoné. Il a même remis le bout de papier à la police.

— Je lui ai donné ce mot pour qu'elle m'appelle.

— Quoi qu'il en soit, la police pense que vous aviez un très bon mobile : vous avez découvert que Geoffrey Fontaine était bigame et vous avez voulu vous venger. Cette accusation est tout ce qu'il y a de plausible.

— Je ne l'ai pas tuée pour autant, vous devez me croire !

— Pourquoi devrais-je vous croire ?

— Parce que personne d'autre ne me croit !

Désespérée, elle baissa la tête et répéta :

— Personne ne veut me croire...

Ronald ne savait plus que penser. L'état de désarroi dans lequel il la voyait ne le laissait pas indifférent. Sa robe de chambre s'était légèrement ouverte sur sa gorge et laissait apparaître le haut de sa chemise de nuit bleu ciel. Une longue mèche de ses cheveux flamboyants lui retombait sur la joue. C'était la première fois qu'il voyait ses cheveux défaits.

Il l'avait tant de fois imaginée ainsi... Soudain, il eut envie de la serrer dans ses bras. Sa colère cédait peu à peu à un sentiment de culpabilité. Il s'en voulait de l'accabler avec tant de cruauté. Il lui caressa doucement les cheveux.

— Ça va s'arranger, Léa, ne craignez rien, ça va s'arranger.

Comme la jeune femme ne réagissait pas, il s'enhardit à accentuer sa pression. La tête de Léa reposait contre son torse et il pouvait percevoir les effluves de son parfum... L'émotion le submergea.

A contrecœur, il s'obligea à la relâcher et se redressa.

— Léa, parlez-moi. Dites-moi ce qui vous permet de penser que votre mari n'est pas mort.

Elle inspira et posa ses grands yeux de faon sur lui.

— Il m'a appelée, il y a deux jours, à Washington, après votre départ… le jour de l'enterrement.

— Il vous a appelée, dites-vous ? C'est pour cela que vous êtes venue à Londres ?

— Oui, l'appel semblait venir d'outre-Atlantique, mais il a raccroché très vite.

— Et vous avez pensé qu'il appelait d'ici ?

— C'est la première idée qui m'est venue. Il se sentait chez lui ici… et c'est ici qu'il était censé se trouver.

— Quand avez-vous appris l'existence d'Eve ?

— Après mon arrivée. La réceptionniste de l'hôtel m'a donné l'adresse qui figurait sur la fiche de Geoffrey. C'était l'adresse de la villa à Margate.

— Donc Geoffrey vous a appelée. Cette histoire est tellement insensée que je commence à croire que vous ne mentez pas.

— Mais je vous dis la vérité ! Est-ce que vous allez vous résoudre à me croire ?

— D'accord, d'accord. Je vous accorde le bénéfice du doute… pour l'instant.

Ronald commençait enfin à la croire : c'est tout ce qu'elle lui demandait.

Alors qu'elle frissonnait, il ôta sa veste et lui en couvrit les épaules. Ce simple geste l'apaisa un peu. Elle referma les revers de la veste autour de son cou.

— Notre consul à Londres doit arriver d'un moment à l'autre, il fera son possible pour vous sortir d'ici.

— Mais je croyais que l'affaire était entre vos mains !

— Non, hélas, ce n'est pas le cas.

— Qu'êtes-vous donc venu faire à Londres ?

Il n'eut pas le temps de lui répondre car la porte s'ouvrit brusquement. Léa vit entrer un petit homme trapu, son chapeau trempé à la main. Ronald se retourna.

— Ronald O'Hara ! Qu'est-ce que vous faites ici ?

— Salut, Potter. Ça fait longtemps…

— Pas assez longtemps, à mon goût !

Il posa son chapeau sur la mallette de Ronald et dévisagea la jeune femme.

— Vous êtes donc Léa Fontaine.

Elle lança un regard interrogateur à Ronald.

— Léa, c'est Roy Potter, un éminent collègue du consulat. Quel est votre grade à présent, Roy ?

— Troisième secrétaire, dit-il avec un air vexé.

— Et où est Dan Lieberman ?

— Il n'a pas pu venir. Je suis ici à sa place. J'espère qu'on ne vous a pas trop malmenée, madame Fontaine. Nous allons essayer de régler ça très rapidement.

Ronald eut une moue sceptique.

— Régler ça, comment ?

— Ecoutez, O'Hara, il me semble que vous devriez rester en dehors de cette affaire. Vous êtes désormais en congé, si mes informations sont exactes.

Léa fronça les sourcils.

— Je ne comprends pas. Que veut-il dire ?

— On vient de m'accorder un congé de durée illimitée. Les nouvelles circulent vite, à ce que je vois.

— Disons plutôt que votre nom figure sur une liste peu flatteuse, O'Hara. A votre place, je m'assurerais que…

— Non, laissons de côté ce qui me concerne pour nous occuper du cas de Mme Fontaine.

Potter tourna la tête vers Léa et la dévisagea sans aménité.

— Je me suis entretenu avec l'inspecteur Appleby qui m'a appris que les charges retenues contre vous ne sont pas aussi solides qu'il le pensait. Il est disposé à vous relâcher, à condition que j'en prenne la responsabilité.

— Vous voulez dire que je suis libre ?

— Exactement. Les charges produites contre vous ne sont pas retenues.

— Merci, monsieur Potter. Merci ! murmura Léa avec un sourire qui illumina son visage.

— Il n'y a pas de quoi. Quand vous serez sortie d'ici, évitez de vous mettre dans une situation qui pourrait vous causer des ennuis, c'est tout ce que je vous demande.

— C'est bien ce que j'entends faire, monsieur, rassurez-vous.

Léa tourna la tête vers Ronald, et son sourire s'effaça subitement lorsqu'elle vit sa mine sombre.

— Y a-t-il autre chose, monsieur Potter, quelque chose que je ne sais pas ? dit-elle, envahie d'un sombre pressentiment.

— Non, madame Fontaine. Vous pouvez partir tout de suite. Je peux vous raccompagner à votre hôtel, si vous le désirez.

— Ne vous donnez pas ce mal, rétorqua Ronald. Je vais la raccompagner moi-même.

Léa se leva et tendit la main.

— Merci, monsieur Potter, je vais rentrer effectivement avec M. O'Hara. Nous sommes devenus en quelque sorte de vieux amis.

Potter fronça les sourcils.

— Des amis ?

— Oui. Il m'a été d'un grand secours depuis la mort de Geoffrey.

L'air perplexe et visiblement contrarié, Potter ramassa son chapeau.

— Eh bien, je vous souhaite bonne chance, madame Fontaine. O'Hara, je vais envoyer un rapport à Van Dam à Washington. Je suis sûr qu'il sera très intéressé d'apprendre que vous vous trouvez en ce moment à Londres.

— Que signifie « congé de durée illimitée » ? demanda Léa dans la voiture.

— Ce n'est pas une promotion, répondit-il avec un sourire sans joie.

— Avez-vous été renvoyé ?

— En un mot, c'est ça, oui.

— Est-ce que je peux vous en demander la raison ?

Il s'arrêta à un feu rouge et soupira. Il semblait las et abattu.

— Est-ce que c'est à cause de moi ?

Il hocha la tête.

— En partie, oui. A cause de vous, ma loyauté a été remise en cause. Mais ce n'est pas grave, ne vous inquiétez pas. Dans une certaine mesure, je peux dire qu'inconsciemment, j'ai tout fait pour en arriver là. Vous n'avez été que la goutte qui a fait déborder le vase.

— Je le regrette.

Le feu vira au vert. Il était 10 heures du matin et les voitures se suivaient pare-chocs contre pare-chocs. La conduite à gauche incommodait Léa. Ronald lui-même ne se sentait pas tout à fait à son aise. Il fronça les sourcils en regardant dans le rétroviseur.

— Aïe ! L'étau se resserre.

— Que voulez-vous dire ?

— Regardez droit devant vous et ne vous retournez pas. Nous sommes suivis.

Elle dut faire un effort pour réprimer le réflexe de tourner la tête. L'angoisse la submergea et elle sentit son cœur s'emballer.

— Qu'allez-vous faire ?

— Rien. On va faire comme si nous n'avions rien vu. On va s'arrêter devant l'hôtel, vous allez monter vous changer, faire vos valises et payer votre note. Nous irons ensuite prendre un bon petit déjeuner. Je meurs de faim.

— Un petit déjeuner ? Mais ces gens qui nous suivent ?

— S'ils voulaient s'en prendre à vous, ils n'auraient pas attendu aujourd'hui pour vous mettre la main dessus. Ils l'auraient fait hier soir, je suppose…

— Comme pour Eve ? murmura-t-elle dans un souffle.

— Non, j'en doute, dit-il en regardant dans son rétroviseur. Accrochez-vous, nous allons voir ce dont ils sont capables.

Il vira brutalement dans une petite rue, dépassa une rangée de boutiques et de cafés puis freina brutalement. Leurs poursuivants manquèrent de peu d'emboutir leur pare-chocs arrière.

Ronald éclata de rire. Jetant un coup d'œil à Léa, il vit qu'elle s'était accrochée à la poignée au-dessus de la portière.

— Ça va ?

Elle acquiesça de la tête, trop effrayée pour parler.

— Il n'y a pas à s'inquiéter, je connais ces gars. Je les ai déjà vus.

Il sortit le bras par la vitre et leur fit un geste grossier. Il grogna de satisfaction, lorsque, à leur tour, ils lui répondirent dans le même langage.

— Oui, c'est ça. Je ne me suis pas trompé. Ce sont des types de la Compagnie.

— De la Compagnie ?

— Oui, la CIA.

— Ces hommes sont de la CIA ?

— Eh oui. Mais il ne faut pas se réjouir trop vite. Je ne leur fais pas confiance.

Malgré l'assurance de Ronald, Léa frémit en se demandant s'ils la suivaient depuis son arrivée à Londres. Et si c'était le cas, ils avaient peut-être été témoins du meurtre d'Eve ?

— Vous ne m'avez pas dit ce qui est arrivé à Eve.

— Vous voulez dire comment elle a été tuée ?

— Oui. Vous aviez l'air de dire que ce n'était pas beau à voir.

— On l'a trouvée dans une ruelle, les mains attachées à un poteau. On l'avait bâillonnée. On l'a torturée. Celui qui a fait ça a dû prendre son temps. Une heure, peut-être plus...

Il s'interrompit et ses yeux noirs plongèrent dans ceux de Léa. Elle sentait sa proximité, la chaleur et l'odeur de sa veste en laine qu'elle avait gardée autour des épaules. Une femme avait été torturée à mort. Une voiture les suivait et, malgré cela, elle se sentait en sécurité auprès de Ronald.

Ronald O'Hara n'était pas un surhomme, loin de là. Il était comme les autres et avait probablement passé le plus clair de son temps derrière un bureau. Elle ne savait pas pourquoi il était venu la rejoindre, mais il était là et, rien que pour cela, elle lui était reconnaissante.

— Pourquoi l'a-t-on tuée de cette façon ? Pourquoi la torturer ?

— La police a émis l'hypothèse que ce pourrait bien être l'œuvre d'un sadique.

— Ou de quelqu'un qui cherche à se venger. Eve avait joué avec le feu, et cela devait forcément se retourner contre elle. Magus, peut-être ?

Ronald la regarda sans comprendre.

— C'est un nom de code, un homme qu'ils appelaient « le magicien ». Elle m'a parlé de lui.

— Vous me raconterez tout à l'heure, dit-il en regardant dans le rétroviseur. Le Savoy se trouve un peu plus haut. Ils sont encore derrière nous.

Une heure et demie plus tard, ils étaient en train de déjeuner dans un restaurant sur le Strand. Après un copieux petit déjeuner composé d'œufs, de bacon, de tomates grillées, Léa se sentait renaître. La tasse de thé qu'elle tenait entre les mains la réchauffait. Surtout, elle était contente d'être enfin décemment vêtue d'une jupe et d'un pull-over en shetland gris.

Elle comprenait à présent pourquoi on l'avait emmenée au poste sans lui laisser le temps de se changer. Elle s'était sentie si mal à l'aise et désemparée dans ses vêtements de nuit qu'elle aurait presque fait n'importe quels aveux.

Elle acheva de raconter à Ronald les péripéties de la veille.

— Donc, Eve a cru que Geoffrey pouvait effectivement être encore en vie ?

— Oui. C'est le fait qu'on ait volé la photo qui l'a convaincue, il me semble.

— Essayons de récapituler. On cherche à liquider Geoffrey mais on ne connaît pas son nouveau visage. Il se fait appeler Fontaine. Il se sait menacé et se rend à Berlin. De là, il appelle Eve et lui conseille de se cacher pendant un certain temps. Ensuite, il met en scène sa propre mort.

— Ça n'explique pas pourquoi on a torturé Eve.

— Ça n'explique pas beaucoup de choses ! Notamment qui se trouve dans le cercueil de Geoffrey ! Tout ce que nous savons, c'est pourquoi on a volé la photo, c'est peu !

— Ceux qui nous suivent doivent certainement penser que nous pouvons les mener à Geoffrey.

— C'est très vraisemblable. Mais une autre question se pose. Pourquoi vous a-t-on relâchée si facilement ? Je suis sceptique quant au fait qu'il n'y avait pas assez de preuves contre vous. Lorsque j'ai moi-même parlé à l'inspecteur Appleby, il semblait convaincu de votre culpabilité. Qu'est-ce qui a bien pu le faire changer d'avis ? Potter ? Je crois qu'on a dû exercer une certaine pression sur ce brave inspecteur. L'ordre devait émaner de haut, de très haut. Quelqu'un qui veut vous voir libre et qui guette vos prochains mouvements.

La fatigue se lisait sur le visage de Ronald et il y avait une ombre noire sous ses yeux. Il ne devait pas avoir beaucoup dormi en quarante-huit heures. Peut-être seulement quelques heures sur le vol de Washington à Londres. Léa eut envie de tendre la main pour caresser sa joue envahie par une barbe de trois jours. Elle posa simplement sa main sur la sienne. Il fut surpris par son geste, mais lorsqu'elle voulut retirer sa main, il garda ses doigts emprisonnés.

— Vous croyez que Geoffrey est vivant, n'est-ce pas ?

— Oui. C'est plus que probable.

— En ce qui me concerne, je n'ai jamais vraiment été convaincue du fait qu'il soit mort. Reste que je ne sais plus que penser de lui. Je lui ai fait confiance, j'ai cru en lui. Vous devez penser que je suis naïve. Mais on a chacun ses rêves. Et quand on est comme moi, seule et pas très jolie, quand un homme vous dit qu'il vous aime, on veut tellement le croire…

— Vous avez tort, Léa. Vous êtes très jolie.

— Ce mariage ne repose que sur des mensonges. C'est étrange… je sens que tout ça n'a été qu'un rêve. Je n'ai peut-être jamais été mariée.

— Je vois ce que vous voulez dire. Je me suis déjà fait cette réflexion. Me permettez-vous de vous tutoyer, Léa ? dit-il après une légère hésitation.

Elle esquissa un sourire.

— Oui, nous sommes des amis, maintenant, n'est-ce pas ? Ainsi, tu as été marié ?

— Oh, pas très longtemps. Trois ans seulement. Nous avons divorcé depuis déjà quatre ans.

C'était la première fois qu'elle percevait une certaine amertume chez lui et elle n'insista pas. Ils avaient chacun leurs blessures. Mais les siennes ne se refermeraient pas tant qu'elle ne saurait pas ce qui était arrivé à Geoffrey.

— Quels que soient tes sentiments pour Geoffrey, dit Ronald comme s'il avait suivi le cours de ses pensées, tu sais que tu prends un grand risque à rester ici à Londres. Les gens qui veulent le retrouver savent que tu es la seule qui pourrait les mener à lui. Il est évident qu'on te suit. Tu les as déjà menés à Eve. Pour une professionnelle, ex-agent du Mossad, en cavale depuis des années, c'est sans doute la jalousie et la curiosité qui l'ont poussée à commettre des imprudences qui lui ont été fatales. Ce n'est certainement pas une coïncidence qu'elle ait été assassinée le soir où tu l'as rencontrée. On a dû te suivre jusqu'au Mouton Vert. Tu la leur as servie sur un plateau !

— Oh, Ronald, dit-elle avec un air épouvanté, quand je pensais à elle et à Geoffrey, je les haïssais, je ne pouvais m'en empêcher. Mais être responsable de sa mort… Je ne souhaitais pas ça…

— C'était une professionnelle, Léa. Pas toi. Elle savait qu'elle encourait de grands risques en te donnant rendez-vous dans ce pub. Tu n'as rien à te reprocher.

— Elle a parlé de vengeance, je m'en souviens à présent.

— En tout cas, si on l'a torturée, ce n'est pas seulement par vengeance. On a très certainement cherché à la faire parler.

6.

Dans sa chambre de la pension Kenmore, Ronald contemplait Léa profondément endormie, tout habillée, les lunettes abandonnées sur la moquette. Un rayon de soleil embrasait ses cheveux aux reflets cuivrés, et sa jupe découvrait légèrement ses genoux parfaits. Son visage était enfoui dans l'oreiller et l'un de ses bras pendait sur le côté.

Il resta un long moment à la regarder. Il la trouvait très belle.

C'était étrange comme elle paraissait insignifiante aux yeux de la plupart des gens. Peut-être fantasmait-il ? Peut-être était-il seul depuis trop longtemps ? Peut-être avait-il trop envie d'avoir une femme à côté de lui, quelqu'un à protéger, quelqu'un à aimer ?

Léa n'était pas d'une beauté à couper le souffle. Pas comme Lauren, son ex-épouse, dont les cheveux noirs et les yeux verts faisaient se retourner plus d'un homme sur son passage. Elle ne l'ignorait pas, du reste, et c'était sans doute ce qui avait tout gâché…

Léa ne ressemblait en rien à Lauren. Elle avait souffert en apprenant que Geoffrey ne l'avait pas épousée par amour. Comme lui avait été malheureux à cause de Lauren. Après son divorce, il s'était juré de ne plus recommencer, car il ne voulait pas souffrir d'aimer. Et puis, l'amertume s'était effacée. Au point qu'en contemplant Léa, il pensait que tout pouvait renaître. Il avait fermé ses yeux et son cœur, mais les portes s'ouvraient de nouveau.

Seulement, à l'évidence, elle aimait encore son mari et n'avait pas encore renoncé à lui. Et paradoxalement, ce qui l'attirait le plus chez Léa, c'était son attachement et sa fidélité à Geoffrey.

Il contourna son lit pour regarder par la fenêtre. La même Ford noire était garée devant le trottoir d'en face. La Compagnie les surveillait encore. Il tira les rideaux et alla s'allonger sur l'autre lit, proche de la porte de la chambre.

La lumière du jour qui filtrait à travers les rideaux était trop vive et l'empêchait de dormir. Il ferma simplement les yeux et se mit à penser.

Il avait laissé Léa dans sa chambre à la pension Kenmore pour se rendre chez Dan Lieberman qui lui avait finalement appris peu de chose. Sauf qu'un coup de fil venant « de très haut » lui avait donné l'ordre de ne plus s'occuper du cas Fontaine et que Roy Potter s'en chargerait.

Ainsi, la libération de Léa s'était faite avec la bienveillante complicité des autorités britanniques…

Lorsque Ronald avait confié à Lieberman que la jeune veuve était avec lui dans sa chambre, Dan lui avait demandé quel genre de femme elle était. « Tranquille et intelligente, avait répondu Ronald, mais un peu inquiète en ce moment. »

Lieberman avait eu une moue et un sourire ironiques en disant qu'il ne comprenait pas son intérêt pour le cas Fontaine…

La fatigue, enfin, le terrassa et il s'endormit.

Le récepteur radio, installé dans le bureau de Roy Potter, grésilla.

— O'Hara a quitté le bureau de Lieberman depuis quarante minutes. Il est à présent dans sa chambre au Kenmore. Nous n'avons pas vu la femme depuis une heure. Les rideaux sont tirés. Ils doivent être en train de dormir.

— Je te parie qu'ils ne sont pas en train de dormir, si tu vois ce que je veux dire, chuchota Potter à l'oreille de son assistant Tarasoff, qui n'eut pas l'ombre d'un sourire.

L'agent Tarasoff n'avait en effet aucunement le sens de l'humour ou de la plaisanterie. Il portait un très strict costume gris, une cravate à motifs bleus et une impeccable chemise blanche.

— Où êtes-vous postés exactement, les gars ?

— En face de l'hôtel, patron. Nous sommes juste devant la porte d'un pub. Y a pas à se plaindre !

— O'Hara vous a repérés ?

— Je crois que oui, patron.

— Ce n'est pas étonnant, mais aucune importance. Il est 1 heure et demie, refaites-moi signe dans une heure.

— Pour en revenir à O'Hara, dit Potter à Tarasoff, il ne faut pas croire que c'est un con. Il est intelligent et sait beaucoup de choses, c'est un type assez brillant. Seulement là où ça cloche, c'est qu'un intellectuel, très souvent, ça reste très théorique. On ne peut pas vraiment dire que c'est un incompétent, mais il rêve un peu trop à mon avis.

— C'est quand même étrange qu'il se soit impliqué dans cette affaire, dit Tarasoff. Pourquoi est-il en train de compromettre sa carrière ? Ça peut cacher quelque chose, non ?

— Tarasoff, est-ce que tu es déjà tombé amoureux ?

— Oui... je suis marié.

— Non, mon vieux, ce n'est pas ce que je te demande ! Etre amoureux, tu as connu ça ?

— Je suppose que oui.

— Si tu supposes, c'est que ça ne t'est jamais arrivé ou que tu as oublié ! Je veux parler de cet état passionnel qui peut pousser un homme à risquer sa vie pour celle qu'il aime, à faire n'importe quoi, ou tout simplement à aller jusqu'au mariage !

— Je vois, oui... Donc vous pensez qu'il est amoureux de Léa Fontaine ?

— Mais bien sûr ! Ce serait une erreur de sous-estimer ces choses-là.

Potter se retourna pour jeter dans la corbeille un papier qu'il avait froissé entre ses doigts en parlant. En relevant la tête, il eut la désagréable surprise d'apercevoir Jonathan Van Dam dans l'embrasure de la porte. Il se leva pour aller à sa rencontre et toussota pour se redonner une contenance.

— Monsieur Van Dam ! Je ne savais pas que vous étiez à Londres. Du nouveau ?

— Non, pas vraiment.

Van Dam traversa la pièce pour aller s'asseoir dans le fauteuil de Potter. Il posa son attaché-case devant lui sur le bureau.

— Je viens d'apprendre que Léa Fontaine a reçu un coup de fil de son mari il y a deux jours. Intéressant, n'est-ce pas ?

Potter et Tarasoff échangèrent un regard furtif.

— Ça peut s'expliquer, monsieur Van Dam, dit Potter.

Van Dam le regarda froidement.

— Je vous écoute, monsieur Potter.

Ronald et Léa remontaient à pied, le visage fouetté par le vent, la falaise de Margate. La ville, où ils avaient laissé la voiture, était blottie au pied de cette falaise. Le soleil brillait dans un ciel bleu presque entièrement dégagé. Des mouettes, nombreuses, semblaient les escorter et piaillaient autour d'eux.

— C'est encore loin ? demanda Ronald.

— Non. C'est juste au sommet là-bas, répondit Léa, rassurée par sa présence.

— Je me demande pourquoi les deux zigotos dans la Ford ne sont pas sortis pour nous suivre, dit Ronald qui semblait réfléchir à haute voix.

— Ils ont peut-être peur de se fatiguer. J'ai l'impression que tu n'as pas beaucoup de sympathie pour les gens de la CIA. Je me trompe ?

— Non, c'est tout à fait vrai.

— Et pourquoi ?

— Ils sont particuliers. Ils ne m'inspirent pas du tout confiance… Potter notamment.

— Qu'est-ce qu'il t'a fait ?

— A moi, pas grand-chose à vrai dire. Disons que c'est grâce à lui que je me suis retrouvé dans les bureaux de Washington.

— Et tu ne t'y plais vraiment pas ?

— Ce n'est pas exactement l'endroit où l'on peut faire une carrière diplomatique.

— Où faut-il aller pour ça ?

— Dans des pays où il se passe quelque chose. En Afrique, en Amérique du Sud…

— Tu étais à Londres avant ?

— Je ne l'avais pas choisi. En fait, on m'avait proposé le Cameroun mais j'ai dû refuser… à cause de mon ex-femme, Lauren.

— Ah !

Ils marchèrent en silence, chacun perdu dans ses pensées jusqu'au moment où Léa aperçut la villa blanche.

— Voilà, nous y sommes.

Ils traversèrent le jardinet désert, et Ronald sonna à la porte d'entrée.

— On dirait qu'il n'y a personne. Tant mieux.

Ils firent le tour de la maison et découvrirent une porte-fenêtre qui s'ouvrit sans difficulté alors que Ronald s'apprêtait à devoir la forcer.

Avec précaution, Ronald pénétra le premier et la lumière du jour se refléta sur le parquet brillant. Tout était parfaitement en ordre et propre. Ils allèrent jusqu'à la cuisine où des casseroles en cuivre étaient suspendues près de la cuisinière. Deux pots de fleurs garnissaient le rebord de la fenêtre. Hormis le robinet qui coulait, la maison était entièrement silencieuse.

Léa sursauta lorsque Ronald lui effleura le bras.

— Reste ici, lui dit-il à voix basse.

Tandis qu'elle l'attendait, son regard se promena autour d'elle. Ainsi, elle était chez Geoffrey et Eve. Eve s'était tenue là, avait préparé des plats qu'elle avait dégustés en riant avec Geoffrey.

Même maintenant, la pièce semblait encore imprégnée de leur présence. Léa n'était qu'une étrangère, ici.

— Léa, viens voir.

Elle alla le rejoindre dans le salon. Des livres reliés en cuir garnissaient des étagères murales et des figurines en porcelaine étaient posées sur le manteau de la cheminée. Dans l'âtre subsistaient les cendres d'un dernier feu de bois. Seul un bureau semblait avoir été passé au crible : les papiers posés dessus étaient en désordre, les tiroirs béants, et leur contenu complètement bouleversé. Des enveloppes ouvertes, éparpillées un peu partout, jonchaient le sol.

— Ce n'est pas pour voler qu'on est entré ici. Ils devaient être à la recherche d'informations précises, un carnet d'adresses ou un numéro de téléphone, j'imagine.

Un peu oppressée, Léa examina la pièce. L'atmosphère devait être assez intime avec un feu de bois, de la musique et des lumières tamisées. Elle imagina Eve assise tranquillement dans le fauteuil de cuir, la fumée s'échappant de sa cigarette en écoutant Mozart et Chopin, les préférés de Geoffrey. Le cendrier était plein de mégots. L'attente dans l'angoisse devait la pousser à fumer cigarette sur cigarette, seule dans la pénombre.

Léa aperçut une porte ouverte. Bien qu'elle sût déjà ce qu'elle y trouverait, elle ne put s'empêcher de s'avancer.

C'était la chambre. Les yeux pleins de larmes, elle resta debout devant le grand lit, au couvre-lit à fleurs. C'était le lit d'une autre femme. Elle imagina Geoffrey allongé auprès d'Eve et le désespoir l'envahit. Combien de nuits avaient-ils passées ici ?

Il fallait qu'il lui explique. Elle devait le retrouver pour savoir s'il pensait à elle lorsqu'il était ici… Elle devait savoir, sinon elle ne pourrait jamais se sentir libre et deviendrait folle.

Elle quitta la chambre en larmes et sortit de la villa. Elle était perdue dans la contemplation de l'océan lorsque Ronald la rejoignit. Elle sentit la main sur son épaule, mais il ne lui dit rien. Réconfortée par sa présence, elle ferma les yeux et s'appuya contre lui.

Elle avait été mariée avec Geoffrey, mais elle ne le connaissait pas vraiment. Et Ronald était près d'elle, presque un inconnu. Mais elle avait désespérément besoin qu'il la serre entre ses bras. Elle avait peur et, en cet instant, Ronald était le seul être au monde sur lequel elle pouvait compter. Elle n'était pas amoureuse de lui, mais elle avait envie de le croire.

Elle se détacha de lui et se retourna. Ses yeux étaient d'un gris sombre.

— Il faut que je retrouve Geoffrey. Seule.

— C'est absurde et très dangereux.

— Mais ce n'est pas à moi qu'ils en veulent, c'est Geoffrey qu'ils recherchent. Comme je suis leur seule piste, ils ne me feront pas de mal.

— Et comment comptes-tu t'y prendre ?

— C'est lui qui me retrouvera.

Ronald hocha la tête.

— C'est de la folie, Léa. Réfléchis un peu !

Elle se détourna et continua de marcher. Silencieux, Ronald la suivit, les mains enfoncées dans les poches. Arrivés au bas de la rue, ils s'arrêtèrent devant les boîtes aux lettres.

Léa plongea la main dans celle portant le numéro 25 et en sortit un catalogue et trois factures adressées à Eve.

— Elle n'en a plus besoin à présent, dit Ronald en haussant les épaules.

— J'espérais y trouver quelque chose qui…

— Tu espérais quoi ? Qu'il t'écrive ici ?

— C'est ridicule, je sais, mais je le retrouverai. Il faut que je le retrouve.

Elle rangea le catalogue et les lettres dans son sac et reprit sa marche. Il la rattrapa et la prit par le bras pour l'obliger à se tourner vers lui.

— Ne sois pas stupide ! Restons ensemble, c'est plus sûr, Léa.

— Mais pourquoi ? dit-elle d'un ton agacé en essayant de se libérer.

Sa réponse la déconcerta. Il l'attira vers lui, et avant qu'elle ait pu tenter quoi que ce soit, la bouche de Ronald se posa sur la sienne. Une bouche à la fois douce et exigeante, à laquelle elle s'abandonna. Plus rien n'existait que ces lèvres sur les siennes, les cris des mouettes au-dessus de leurs têtes, l'odeur de l'océan sur la peau de Ronald.

— Je crois bien que c'est pour ça que je ne veux pas te laisser partir seule ! dit-il doucement en s'écartant d'elle.

Elle secoua la tête, comme si elle refusait de comprendre les paroles qu'elle venait d'entendre. Mais ce baiser avait fait renaître le goût du bonheur, et elle voulait le retrouver encore.

— Pourquoi as-tu fait cela, Ronald ?

— Je ne sais pas, Léa. C'est arrivé, c'est tout ! Ne m'en veux pas.

Non, elle ne lui en voulait pas. Elle ne savait plus où elle en était. Il y a quelques jours seulement, Geoffrey, seul, existait. Elle aimait Geoffrey. Et maintenant, c'était comme si le baiser de Ronald avait tout effacé. Elle ne désirait plus qu'une chose : qu'il l'embrasse de nouveau.

Non. Il ne pouvait rester avec elle. Pas après ce qui venait de se produire.

— Je t'en prie, Ronald, retourne à Washington. Il faut que je revoie Geoffrey toute seule. Il le faut, tu comprends...

— Attends, Léa.

Mais déjà, elle était repartie.

Tant qu'elle le considérait comme un ami, les choses étaient simples.

A présent, il suffisait qu'elle le regarde pour que s'allume en elle une flamme dont elle n'avait jamais soupçonné l'existence.

La veille, épuisée et effrayée, elle n'avait pas hésité à partager sa chambre. Mais aujourd'hui, tout était changé. Elle devait le quitter. Dès qu'ils auraient regagné Londres, elle ferait ses valises.

Marchant côte à côte comme deux étrangers, ils rejoignirent la M.G. de location qu'il avait garée dans une rue touristique. La Ford noire qui les avait suivis depuis Londres était en stationnement à une dizaine de mètres derrière. La CIA opérait donc ouvertement à présent. Léa se dit que cela lui rendrait la tâche plus facile et qu'elle pourrait leur échapper sans trop de mal.

On pouvait distinguer la silhouette de l'un des agents à l'intérieur de la Ford aux vitres fumées. En les dépassant, Léa trouva étrange de ne percevoir aucun mouvement à l'intérieur de la voiture. Ronald l'avait remarqué également. Il s'arrêta et tapota sur la vitre. L'agent ne broncha pas.

— Ronald, j'ai l'impression qu'il se passe quelque chose de bizarre.

— Ne reste pas ici. Viens dans la voiture.

Il lui ouvrit la portière de la M.G. et retourna à la Ford. L'agent qui se trouvait à l'intérieur n'avait toujours pas bronché. Ronald avança sa main, et hésita l'espace d'une seconde, puis il saisit la poignée et tira brusquement.

L'homme bascula lourdement vers l'extérieur. Du sang se mit à couler sur le pavé.

7.

Ronald eut à peine le temps de réagir lorsqu'il surprit un mouvement à l'intérieur de la Ford, derrière le dossier du siège du conducteur. A sa grande stupéfaction, il vit le bout du canon d'un fusil-mitrailleur qu'on s'apprêtait à braquer sur lui. Son réflexe immédiat fut de se jeter à plat ventre sur le bitume. Une rafale de balles fit voler en éclats le pare-brise avant. Les balles allèrent se planter dans les vitrines des magasins ainsi que dans la M.G., dix mètres plus haut.

Léa, affolée, s'était retournée aussitôt avant de baisser la tête sur la banquette. Elle eut le temps d'apercevoir Ronald qui se relevait pour contourner la Ford à quatre pattes. Elle avait compris qu'il venait la rejoindre.

Sans se relever, elle tendit le bras pour ouvrir la portière. Il s'installa au volant et mit le contact, avec la tête de Léa quasiment sur ses genoux. Le moteur s'emballa lorsque Ronald appuya brusquement sur l'accélérateur pour déboîter. Enfin la voiture s'élança dans la rue.

Ils sortirent de Margate sans être suivis.

— Pourquoi essaye-t-on de nous tuer ? dit Léa, recroquevillée sur le siège.

Ne recevant pas de réponse, elle le regarda. Il avait la bouche crispée, l'air préoccupé. Ils s'engagèrent sur l'autoroute, et elle le vit jeter un rapide coup d'œil dans le rétroviseur.

— Qui, Ronald ? Qui peut vouloir notre mort ?

— Espérons que nous ne sommes pas sur le point de le découvrir.

Epouvantée, elle tourna la tête et aperçut une Peugeot 403 bleue qui accélérait visiblement pour les rattraper.

La voiture arriva tout près derrière eux, et elle put voir l'homme qui était au volant. Il portait des lunettes à verres miroirs.

— Accroche-toi, Léa, nous allons essayer de le semer.

Ronald appuya sur l'accélérateur, distançant la Peugeot qui accéléra à son tour.

— Je n'y arrive pas, Léa. Il est encore en train de nous rattraper !

Léa réussit à mieux voir le visage de l'homme. Ses cheveux blond platine, son teint pâle et ses yeux dissimulés derrière des lunettes lui donnaient une expression menaçante.

Ils arrivèrent à une bifurcation. Les panneaux indiquaient Canterbury sur la gauche, et Ronald s'y engagea à la dernière seconde. Surpris, leur poursuivant manqua l'embranchement et se rabattit en catastrophe une dizaine de mètres après le terre-plein central sur la voie de droite. Il fit aussitôt une marche arrière audacieuse pour reprendre la voie de gauche.

— Attention, le voilà ! Baisse la tête, j'ai l'impression qu'il tient son volant d'une main et un revolver de l'autre. Il va nous rattraper d'un moment à l'autre. Si nous sommes obligés de nous arrêter, sors de la voiture et enfuis-toi à toutes jambes.

— Non, il n'en est pas question. Je reste avec toi, Ronald.

— Tu feras comme je te dis ! hurla-t-il.

La 403 les talonnait.

— Mais pourquoi est-ce qu'il ne tire pas ? Il est suffisamment près pour nous avoir.

Comme pour lui donner une réponse, la Peugeot emboutit leur pare-chocs arrière. Léa s'accrocha à la portière tandis que Ronald zigzaguait de droite à gauche.

— Il semble vouloir nous faire quitter la route.

Il y eut un nouveau choc, cette fois contre la portière arrière gauche, et leur voiture fit une embardée. Paralysée par la peur, Léa, horrifiée, aperçut par sa vitre le visage grimaçant de l'homme sans regard.

Ronald vira à droite brusquement et les pneus crissèrent. Les voitures qui les suivaient furent obligées de donner un coup de volant brutal pour les éviter. Léa, les yeux agrandis d'effroi, fixait les mains de Ronald essayant de rattraper le volant. Comme dans un brouillard, elle entendit un choc métallique, suivi de bris de glaces quelque part derrière eux.

Le silence et le calme les entourèrent d'un seul coup. Leur voiture s'était immobilisée dans un champ où des vaches broutaient au loin paisiblement. Ronald posa son front sur ses mains qui n'avaient pas quitté le volant et poussa un profond soupir. Il se redressa et fit un sourire à Léa pour la réconforter.

— On continue ?

Sans attendre sa réponse, il redémarra en trombe, et la M.G. en cahotant retrouva l'autoroute.

— Ça le retardera un peu, dit Ronald en riant.

Léa, qui n'avait pas encore réalisé ce qui s'était passé, se retourna et aperçut la 403 sur le flanc et le conducteur en train de s'extraire difficilement par la portière droite. Il semblait fou de rage.

— Tu vas bien ? demanda Ronald.

La gorge sèche, Léa se contenta de hocher la tête pour acquiescer.

— Une chose est certaine, c'est que tu ne peux pas t'en aller toute seule.

Les panneaux de l'autoroute indiquaient Canterbury et Londres à gauche. Ronald prit la voie en direction de Douvres sur la droite.

— Mais... nous n'allons pas à Londres ?

— Non. Ils nous y attendent très certainement. Nous savons maintenant que nous ne pouvons compter que sur nous-mêmes. Nos hommes sont soit des incapables, soit, et c'est plus grave, des agents doubles !

— La CIA ne tuerait pas ses propres agents tout de même !

— Peut-être pas la Compagnie elle-même, mais quelqu'un qui en fait partie...

— Et si tu te trompais ?

— Enfin, réfléchis un peu ! Cet agent n'a pu se faire tuer que par quelqu'un qu'il connaissait et en lequel, *a priori*, il avait confiance. Il doit y avoir une taupe, quelqu'un qui cherche à se débarrasser de nous.

— Et si on prenait le premier vol pour Washington ?

— Tu crois que là-bas nous serions plus en sécurité ?

— Sans doute pas, non... Où allons-nous maintenant ?

Il jeta un coup d'œil à son bracelet-montre.

— Il est midi. Nous allons laisser la voiture quelque part et prendre l'aéroglisseur pour Calais. Nous prendrons ensuite le train pour Bruxelles. Nous allons essayer de leur faire perdre nos traces, pendant un moment, du moins.

A la façon dont il tenait le volant, Léa voyait qu'il était nerveux et tendu. L'idée que lui aussi s'inquiétait sérieusement décuplait sa propre angoisse.

— Je suppose que je dois te faire confiance, Ronald ?

— Tu n'as pas le choix.

— A qui d'autre pouvons-vous faire confiance ?

— Personne.

Roy Potter décrocha le combiné à la première sonnerie. Lorsqu'il reconnut la voix de Ronald O'Hara, il appuya sur le bouton du magnétophone.

— J'ai une seule chose à dire, mon vieux...

— O'Hara, mais où êtes-vous ?

— Nous avons l'intention de laisser tomber cette affaire, Potter, alors vous et vos hommes, laissez-nous tranquilles.

— Ce n'est pas raisonnable, O'Hara. Vous avez besoin de nous !

— Ah oui ? Ecoutez-moi bien, Potter. Vous avez intérêt à surveiller vos hommes parce qu'il y a une taupe parmi eux... et si je découvre que vous y êtes pour quelque chose, comptez sur moi, vous ne vous en sortirez pas indemne !

— Attendez, O'Hara.

Mais il avait raccroché, et Potter émit un juron en reposant le combiné.

Il osa à peine regarder Jonathan Van Dam qui était assis en face de lui.

— Ils sont encore en vie, dit-il à voix basse.

— Et où sont-ils ?

— Il ne me l'a pas dit. Nous allons essayer de savoir d'où il appelait.

Van Dam appuya ses avant-bras sur le bureau et se pencha en avant.

— Il me les faut, Potter. Avant que quelqu'un d'autre leur mette la main dessus.

— Il se sent traqué, monsieur. Il ne nous fait plus confiance.

— Vu ce qui vient de leur arriver, comment s'en étonner ? Retrouvez-les !

Potter reprit le téléphone. Il maudissait intérieurement Ronald O'Hara. Tout ça était sa faute.

— Tarasoff ? aboya-t-il. Tu as trouvé le numéro ? Quoi ? Qu'est-ce que ça veut dire, quelque part à Bruxelles ? Ça, je le savais déjà qu'il était à Bruxelles, je veux savoir où exactement.

Il claqua bruyamment le récepteur en raccrochant.

— Vous vouliez le surveiller à distance, c'est ça, n'est-ce pas ? Et quel est le résultat, pouvez-vous me le dire ?

— J'ai mis deux agents très fiables pour filer cette Léa Fontaine. Je ne comprends pas ce qui s'est passé. L'un d'entre eux est à la morgue et l'autre a disparu.

— Il faut absolument que vous la retrouviez. Quant au reste, c'est votre problème. Vous avez fait surveiller les gares et les aéroports ?

— Les gars de la Compagnie à Bruxelles sont sur le pied de guerre. Ils nous ont appris que Léa Fontaine et O'Hara ont effectué de gros retraits avec leurs cartes de crédit. Cela laisse à penser qu'ils vont s'évanouir dans la nature pendant un certain temps.

— Continuez de surveiller leurs comptes bancaires et envoyez leurs photos aux autorités locales et à Interpol. Mettez à contribution tous les organismes susceptibles de coopérer. Ne la faites pas arrêter, je souhaite simplement qu'on ne la perde pas de vue. J'aurais aimé également en savoir plus au sujet de cet O'Hara. Je veux savoir ce qui l'a poussé à s'embarquer dans une pareille histoire.

— A son sujet, je peux vous dire tout ce que vous souhaitez savoir.

— Eh bien, que va-t-il faire à présent, par exemple ?

— C'est un nouveau venu à ce jeu. Il ne sait certainement pas comment s'y prendre pour obtenir une nouvelle identité. Cependant il parle parfaitement le français et pourrait circuler en Belgique sans le moindre problème. Il est assez malin, il donnera certainement du fil à retordre, si vous voulez mon avis.

— Et la femme ?

— Elle ne parle pas de langues étrangères à ma connaissance. Toute seule, elle serait totalement désemparée.

Il s'interrompit et regarda d'un air furieux Tarasoff qui entrait dans la pièce.

— J'ai réussi à savoir d'où venait leur appel. D'une cabine publique dans le centre de Bruxelles. Il est un peu tard pour les repérer à l'heure qu'il est.

— Qui contacterait-il éventuellement en Belgique ? demanda Van Dam. Des gens en qui il puisse avoir confiance, par exemple ?

Potter fit une grimace.

— Il faut que je vérifie son dossier...

— Vous pourriez le demander à M. Lieberman. Il est peut-être susceptible de connaître les amis d'O'Hara, n'est-ce pas ? dit Tarasoff.

Van Dam le gratifia d'un regard approbateur.

— C'est un bon début. Je suis content de voir qu'il y a des gens qui pensent, ici. Quoi d'autre ?

— Eh bien, monsieur, je me demande s'il ne faudrait pas envisager les choses sous un angle différent. Je veux dire examiner les autres aspects de sa vie, ses motivations.

Potter, mal à l'aise, s'agita sur son siège en le fixant méchamment.

— De quelles motivations voulez-vous parler, monsieur Tarasoff ? demanda Van Dam.

— Eh bien, je me demande s'il… travaille pour quelqu'un.

— C'est très peu vraisemblable, répliqua Potter d'un ton condescendant. O'Hara est un solitaire, il tient trop à son indépendance pour vouloir rendre des comptes ou exécuter les ordres de qui que ce soit.

Van Dam leva une main pour l'interrompre.

— Mais votre assistant soulève un point intéressant, Potter. Je me demande si, durant sa carrière, il n'a pas pu établir des rapports avec certaines personnes…

— Il a été en poste à Londres quatre ans, c'est largement suffisant pour se faire de nombreux contacts.

— Non. Je connais l'homme, insista Potter. Il ne travaillerait pour personne.

Potter était furieux de constater que Van Dam ne tenait pas compte de ce qu'il pouvait dire. Pourquoi devait-il toujours être celui qu'on ne considérait jamais ? Il s'était démené comme personne pour devenir un bon agent, mais cela ne suffisait pas aux yeux de gens comme Van Dam. Il n'arrivait pas à s'imposer, il manquait de style. Tarasoff, lui, en revanche, en avait.

— Je compte avoir de vos nouvelles très bientôt, monsieur Potter, lança Van Dam en prenant son pardessus. Tenez-moi au courant. Et ce que vous ferez d'O'Hara ensuite ne me concerne pas.

— Que voulez-vous dire ? demanda Potter en fronçant les sourcils.

— Je vous laisse vous en charger. Pourvu que vous vous y preniez discrètement.

Van Dam quitta le bureau en laissant Potter dans le plus grand désarroi. Qu'avait-il voulu dire par : « Je vous laisse vous en charger » ? Oh, il savait ce qu'il aimerait faire à cet O'Hara ! Comme à tous ces diplomates, tel Van Dam, imbus d'eux-mêmes et prétentieux, qui ne voulaient jamais tacher leurs mains avec de sales besognes.

Pourtant il fallait bien que quelqu'un les fasse ! C'était toujours la même rengaine : lorsque les choses vont bien personne ne dit rien. Dans le cas inverse, qui écope des blâmes ?

Potter se dit qu'il ne pouvait plus se permettre de faire la moindre erreur. Il venait de perdre deux de ses agents, et, pire encore, avait perdu toute trace de Léa Fontaine.

Jonathan Van Dam avait des raisons personnelles pour vouloir les retrouver et l'hypothèse de Tarasoff le tracassait. O'Hara était-il à la solde de quelqu'un ?

Il réfléchissait, assis devant une grillade dans l'un de ses restaurants londoniens favoris. Il aimait se sentir entouré de gens à condition qu'ils fussent anonymes. Cela lui permettait de mieux se concentrer sur ce qui le préoccupait.

Ayant fini de déjeuner, il dégusta un digestif en se disant que ce Tarasoff avait sans doute raison. Il était imprudent de se fier aux apparences. Plus que tout autre, il était bien placé pour le savoir, lui qui avait passé deux années de sa vie avec une femme qu'il ne supportait pas de toucher. Sans broncher, il avait bordé Claudia tous les soirs ou presque, alors qu'elle était ivre morte.

Il se souvenait avec une ironie amère des paroles de leurs amis : «

Vous êtes si bon pour elle » ou « Vous savez, Jonathan, vous rendez Claudia si heureuse » ou encore « Que ferait-elle sans vous ? »

La mort de Claudia avait surpris tout le monde, elle-même certainement en tout premier lieu ! Elle se croyait immortelle...

Assise sur le lit d'une chambre d'hôtel de troisième catégorie éclairée au néon et qui sentait le moisi, Léa regarda sa montre une nouvelle fois.

Depuis Calais, tout s'était bien passé. Ronald l'avait quittée voilà deux heures, et elle l'attendait, solitaire et glacée, guettant le bruit de ses pas dans l'escalier. Elle se leva et alla regarder par la fenêtre. La nuit tombait sur Bruxelles, accompagnée d'une bruine continue.

En arrivant, l'aspect de la chambre l'avait laissée indifférente, mais à présent, elle se sentait prisonnière des quatre murs hideux qui l'entouraient. Elle avait besoin de respirer l'air frais. Surtout, elle avait très faim. Son dernier repas avait été un petit déjeuner.

Mais où était Ronald ?

Des pas résonnèrent dans le couloir et il y eut un bruit de clé dans la serrure. La porte s'ouvrit sur une silhouette étrange portant un béret qui lui retombait sur les yeux, et un mégot au bord des lèvres...

Elle éclata de rire.

— Ronald, c'est toi !

— Qui voulais-tu que ce soit ? dit-il, l'air faussement ulcéré.

— Cet accoutrement...

Il fit une moue de dégoût.

— Et l'odeur n'est pas mal non plus...

Il ôta le mégot de sa bouche et lui tendit un paquet en papier kraft.

— Voilà. Avec ça, madame, je vous garantis que personne ne vous reconnaîtra.

Elle découvrit une perruque brune, un paquet d'épingles à cheveux et une robe particulièrement hideuse.

— J'espère que tu ne trouveras rien à redire au sujet de la robe. Une minijupe et des bas résille auraient attiré l'attention sur nous.

Perplexe, elle retourna la perruque dans ses mains.

— Noire ?

— Elle était en solde. Attends, je vais t'aider à la mettre.

— J'ignorais que tu fumais !

— J'ai arrêté depuis longtemps. Ce soir, c'est pour les besoins du rôle.

Il lui mit la perruque sur la tête après qu'elle eut ramassé ses cheveux. Il la retourna face à lui.

— J'ai l'air idiote, n'est-ce pas ?

— Non, tu es différente. C'est tout le but de l'opération. Allez, essaie la robe.

— Elle est trop grande !

— Je sais, mais...

— Elle était en solde également ? dit-elle avec un sourire. Bon, si nous sommes supposés être ensemble, explique-moi ce que nous sommes censés être l'un pour l'autre.

— A l'odeur de mon caban, je dirais que je suis un pêcheur qui aime bien boire. Disons que tu es ma femme. Seule mon épouse pourrait supporter un clochard comme moi.

— Bien. En tout cas, je suis une femme drôlement affamée. As-tu prévu que nous irions manger ?

— Oui, mais tu dois te changer.

Ronald s'approcha de la fenêtre, luttant contre une très forte envie de se retourner pour la regarder. Le bruissement des étoffes, la jupe qui glissait sur ses hanches... Son effort fut très méritoire...

Ils allèrent dîner dans un restaurant proche de leur hôtel. C'était une brasserie très fréquentée, assez enfumée et particulièrement bruyante.

Bien que le bourgogne fût un peu âpre à son palais, Léa en était à son troisième verre. Elle se sentait déjà formidablement mieux après ce copieux repas, et se réjouissait de ne pas être obligée de se cacher.

Ronald la regardait en souriant, les yeux mi-clos derrière le nuage de fumée qui s'échappait de sa cigarette.

Son visage portait encore des traces de fatigue et ses yeux étaient cernés. Elle avait peine à croire qu'elle se trouvait en face du même homme qui la recevait dans son bureau deux semaines auparavant. Mais elle n'était plus la même femme non plus. Ce qu'ils avaient vécu ensemble les avait tous les deux profondément changés.

— Tu as fait honneur au repas. Comment te sens-tu maintenant ?

— Oh… très bien !

— Du café ?

— Pas tout de suite, s'il te plaît. Quand j'aurai fini mon verre de vin.

Il secoua la tête en repoussant le verre.

— Tu devrais peut-être t'en tenir là, tu ne crois pas ? Nous ne pouvons pas nous permettre de commettre des imprudences, Léa.

Elle le regarda avec irritation et reprit le verre. De quoi se mêlait-il ?

— Je n'ai jamais été ivre de ma vie, tu sais !

— Justement, ce n'est pas le moment de commencer !

— On dirait que tu te plais beaucoup à commander. Tu aimes sentir que c'est toi qui diriges, n'est-ce pas ?

— Que veux-tu dire ?

— Depuis que nous nous sommes rencontrés, c'est toi qui mènes la barque.

— A peine ! Ce n'est en tout cas pas moi qui ai eu la brillante idée de venir à Londres !

— Tu ne m'as jamais dit pourquoi tu m'as suivie. Tu m'en as voulu, n'est-ce pas ?

— Oui, beaucoup. J'étais fou de rage. Mais j'ai changé d'avis.

— Quand ?

— Lorsque je t'ai vue si désemparée au commissariat de police.

— Tu sais, je suis plus forte que tu le penses.

— Vraiment ?

— Je ne suis pas une enfant, Ronald. J'ai trente-deux ans et je me suis toujours débrouillée toute seule.

— Mais je ne doute pas que tu sois une femme brillante, un chercheur chevronné, ça c'est incontestable.

— Qu'en sais-tu ?

— Je l'ai vu sur ton dossier.

— Ce fameux dossier secret ! Et qu'as-tu appris d'autre ?

— Voyons... Léa Gilian Fontaine, diplômée de l'université de Chicago, chercheur associé à diverses publications dans le domaine de la microbiologie. Ayant bénéficié d'un crédit de recherche de deux ans... Pour obtenir un crédit pareil, il n'y a pas de doute : il faut avoir fait ses preuves. Mais malgré tout, je pense que tu as besoin de mon aide dans les circonstances actuelles.

— Je reconnais que j'ai peur, Ronald. Je suis fatiguée aussi. Fatiguée d'avoir à me tenir sur mes gardes tout le temps, de devoir regarder derrière moi dans la rue pour m'assurer que je ne suis pas suivie. Mais ce n'est pas une raison pour sous-estimer mes capacités et ma résistance. Je suis prête à tout pour rester en vie.

— Je suis heureux de l'apprendre. Mais tant que tout ceci n'est pas terminé, je te rappelle que désormais tu n'es plus Léa Fontaine. Jamais plus en public, du moins. Oublie-la.

— Mais encore ?

— Tu dois t'inventer un nouveau personnage. Devenir ce personnage. Tiens, essaie de te décrire un peu. Qui es-tu ?

— Euh... Je suis la femme d'un pêcheur. Je dois travailler très dur pour joindre les deux bouts… J'ai six enfants qui n'arrêtent pas de crier toute la journée à la maison…

— Très bien, continue.

— Mon mari, il… Je veux dire, tu n'es pas souvent à la maison…

Il poursuivit avec un sourire tendre.

— Suffisamment pour t'avoir donné six enfants. Oui, nous sommes heureux, j'adore mes enfants, cinq filles et un garçon. J'aime aussi ma femme. Mais je bois un peu trop et je ne suis pas très gentil…

— Est-ce qu'il t'arrive de me battre ?

— Seulement quand tu le mérites. Mais après l'avoir fait, je le regrette et je m'excuse.

Ils se regardèrent, troublés et heureux. Léa se demanda comment elle allait réagir lorsque Ronald s'installerait à côté d'elle sur le lit dur de leur sinistre chambre d'hôtel.

Il demanda l'addition puis, d'une main imperceptiblement hésitante, il prit la sienne.

— Depuis combien de temps sommes-nous mariés déjà ? reprit-elle.

— Depuis quatorze ans. J'avais vingt-quatre ans lorsque je t'ai épousée. Toi, tu en avais… dix-huit.

— Ma mère était farouchement contre ce mariage !

— Euh… la mienne aussi d'ailleurs. Mais ça nous était égal à l'époque…

Il lui caressa la main doucement.

— … Nous étions fous l'un de l'autre.

Léa se rendait compte que ce qui avait commencé comme un jeu prenait un tour plus grave. Son cœur battait violemment et le sang lui martelait les tempes. Il n'existait plus que le visage de Ronald dont les yeux brillants ne quittaient pas les siens.

— Oui, reprit-il à voix très basse, nous sommes fous l'un de l'autre.

Elle revint brutalement à la réalité lorsque le verre de bourgogne se renversa sur la nappe. Le bruit de fond du restaurant la submergea de nouveau.

Ronald se leva aussitôt pour éponger la nappe avec sa serviette.

Pourquoi agissait-elle de la sorte ? Elle était complètement folle. Non, elle était ivre…

— Léa, qu'y a-t-il ?

Elle repoussa sa chaise brusquement, et s'élança en direction de la sortie.

8.

Avidement, Léa respira l'air frais de la nuit. Elle avançait rapidement, mais elle entendit bientôt les pas de Ronald derrière elle.

— Léa, écoute-moi !

— Ce n'est qu'un jeu, Ronald. C'est tout. Juste un jeu stupide.

Il la saisit par le bras et la força à s'arrêter. Sans prononcer une parole, il l'attira vers lui et elle ne fut pas surprise lorsque ses lèvres se posèrent sur les siennes. Elle voulut résister mais n'en trouva pas le courage. Elle avait la tête qui tournait et l'impression que ses jambes ne la portaient plus. Ses doigts s'accrochèrent à la nuque de Ronald pour mieux s'abandonner.

— Léa, non, Léa, murmura-t-il tout contre sa bouche. Je ne joue pas. C'est la chose la plus réelle qui me soit arrivée depuis longtemps.

Il se détacha d'elle pour la regarder dans les yeux.

— J'ai peur, Ronald. J'ai peur de faire la même bêtise que j'ai faite avec Geoffrey.

— Mais Geoffrey et moi n'avons rien en commun, Léa. Je suis juste quelqu'un de très ordinaire, moyennement brillant, moyennement riche… Seulement je suis seul depuis longtemps, trop longtemps peut-être… et j'ai envie de toi, Léa.

Il la serra contre lui, et resta immobile, le visage dans les cheveux de Léa.

La bruine s'étant transformée en averse, ils coururent en riant pour s'abriter sous un porche, avant de s'élancer en direction de l'hôtel.

Ils étaient trempés de la tête aux pieds lorsqu'ils montèrent l'escalier. Ronald ouvrit la porte de la chambre et lui céda le passage. Hors d'haleine, ils restèrent silencieux, debout l'un en face de l'autre, à se dévorer des yeux. Doucement, Ronald ôta la perruque de Léa et retira une à une les épingles qui retenaient sa flamboyante chevelure.

Tendrement, il essuya avec un mouchoir la pluie sur le front et le nez de Léa, puis la débarrassa de son imperméable mouillé qu'il envoya sur une chaise à proximité. Quand il prit son visage entre ses mains pour embrasser les lèvres glacées, elle frissonna.

Au moment où elle s'écartait pour lui permettre d'enlever sa veste, elle eut une légère hésitation que Ronald perçut. Il lui souleva le menton pour l'obliger à le regarder.

— Tu trembles, Léa. Qu'y a-t-il ?

— J'ai peur, Ronald.

— De quoi ? De moi ?

— Je ne sais pas. De moi, peut-être. J'ai peur de me sentir coupable.

— De faire l'amour ?

— Ronald… Mon mari n'est pas mort, tu comprends ?

— Quel mari, Léa ? Simon Dance ? Geoffrey ? Un mari fantôme ?

— Non, un homme que j'ai aimé et à qui je suis encore mariée…

— Mariée ? Tu appelles cela un mariage ?

— Je suis stupide, tu as sans doute raison. Mais je n'arrive pas à oublier, pas encore.

— Léa, laisse tes souvenirs. Ce sont des chimères. Vis ta vie et oublie cet homme.

Il embrassa son front.

— Mais il fait encore partie de moi, tu comprends ? J'ai appris quelque chose qui m'a fait souffrir. J'ai aimé une illusion. Rien d'autre qu'un rêve. Je voulais tellement qu'il existe ! Et je l'ai fait exister. J'en avais besoin, dit-elle en secouant tristement la tête.

— Besoin ! C'est ce qui nous détruit et nous trompe. Et nous rend aveugles à tout le reste. Et maintenant, c'est moi qui ai besoin de toi.

— Tu penses que c'est une erreur ?

— Je ne sais plus. Je ne sais pas si je suis amoureux de toi ou si j'ai simplement envie de faire l'amour avec toi.

Lentement, avec réticence, il s'écarta d'elle.

— Je ne veux pas te brusquer, Léa. Nous avons tous les deux besoin d'avoir des réponses aux questions que nous nous posons. Et je veux que tu viennes à moi lorsque tu auras trouvé les réponses à tes questions.

— Ce n'est pas que je ne te désire pas, Ronald, c'est simplement que…

Elle ne continua pas et Ronald put déchiffrer le tourment qu'elle endurait. Il pouvait lire toutes les émotions qu'elle ressentait dans les grands yeux de velours qui le fixaient.

Il la désirait et son désir ressemblait à une souffrance. Mais Léa devait venir d'elle-même. Il attendrait que les ombres de son passé se soient effacées.

— Tu es déçu ? dit-elle doucement.

Il lui fit un petit sourire.

— Je dois l'admettre.

— C'est que…

— Ne cherche pas à te justifier. Je te comprends très bien. Allonge-toi seulement près de moi. J'ai envie de t'avoir contre moi.

Ils s'étendirent sur le lit et elle enfouit la tête dans le creux de son épaule.

— Tu es mon ange gardien, lui murmura-t-elle à l'oreille.

— Oui, mais je n'ai hélas pas encore perdu mon auréole avec toi !

Ils restèrent enlacés et silencieux quelques instants, et Ronald réalisa qu'il ne lui suffirait pas de faire l'amour avec Léa. Non, il voulait tout d'elle, mais elle ne serait complètement à lui que le jour où elle cesserait de se poser des questions au sujet de Geoffrey.

— Et maintenant, Ronald, qu'allons-nous faire ?

— C'est justement ce à quoi je pensais.

— Est-ce qu'il nous faudra fuir continuellement ?

— J'espère bien que non. Mais cela peut durer un jour, un mois, plus longtemps. Nous devons absolument retrouver Geoffrey pour que tu puisses te sentir libre.

Il se redressa sur un coude et la regarda intensément.

— Rechercher un homme dans toute l'Europe, c'est peut-être impossible. Mais nous devons essayer, par tous les moyens. J'ai pris un gros risque cet après-midi, j'ai appelé Roy Potter.

— Tu l'as appelé d'une cabine téléphonique ?

— Oui. Il savait déjà que nous nous trouvions à Bruxelles. Ils doivent surveiller de près tous nos faits et gestes. Il ne fait aucun doute que la CIA a repéré le retrait d'argent que nous avons fait tout à l'heure avec nos cartes de crédit.

— Je ne comprends pas pourquoi tu as appelé Potter. Je croyais que tu te méfiais de lui.

— En effet. Mais je tenais simplement à lui signaler qu'il y avait une taupe parmi ses hommes et qu'il avait intérêt à aller vérifier...

— Il va mettre ses hommes à nos trousses.

— Bruxelles est une grande ville et rien ne nous empêche de bouger. Seulement nous n'avons aucune piste... Essaye de te souvenir de quelque chose qui nous mettrait sur une voie...

— Je n'arrête pas d'y penser, mais je ne vois rien, malheureusement. Que veux-tu... ?

— Aurait-il pu te laisser un message quelque part ?

— J'ai quitté Londres avec mon sac, en tout et pour tout.

— Eh bien, soit, commençons par le sac.

Léa en renversa le contenu sur le lit. Outre ses quelques affaires personnelles, il y avait les factures qu'elle avait prises dans la boîte aux lettres d'Eve et le catalogue. Ronald ramassa son portefeuille et la regarda comme s'il quêtait son approbation.

— Je n'ai rien à te cacher, Ronald.

Il examina rapidement les cartes de crédit puis sortit une série de photos.

— Tu peux faire un album entier avec tout ça.

— Ce sont mes neveux et nièces. Je n'ai pas le cœur de m'en séparer. Toi, tu n'as pas de photos sur toi ?

— Euh... non. Mon permis de conduire, c'est tout.

Elle aurait aimé voir une photo de sa femme. Pourquoi n'avait-il pas conservé de photo d'elle ? S'étaient-ils quittés en si mauvais termes ? Pour quelle raison n'avait-il pas eu d'autres femmes dans sa vie depuis son divorce ?

Léa mit ses lunettes et prit le courrier qu'elle avait ramassé dans la boîte aux lettres. Après avoir examiné la facture d'électricité, elle parcourut le relevé bancaire. Eve n'avait utilisé sa carte de crédit que deux fois durant le mois précédent. Les articles qu'elle avait payés avaient été achetés chez Harrod's à Londres.

Elle ouvrit la troisième enveloppe qui était la facture du téléphone. On relevait un appel effectué deux semaines plus tôt à Berlin. Le numéro de téléphone y figurait.

— Regarde ! Elle a appelé Berlin le jour de l'incendie. Elle m'avait bien dit d'ailleurs qu'elle avait essayé d'appeler Geoffrey. Elle devait savoir où le joindre à Berlin.

— C'est très imprudent de sa part de laisser une piste pareille !

— Ce n'est peut-être que le numéro d'un intermédiaire, d'un contact. Elle ignorait ce qui était arrivé à Geoffrey et où il pouvait se trouver. J'imagine que lorsqu'elle s'est décidée à téléphoner là-bas, elle devait être désemparée. Nous pourrions tenter ce numéro, non ?

— Pas encore. Un appel de l'étranger pourrait effrayer quelqu'un. Attendons d'être arrivés là-bas. Demain nous prendrons un train pour Düsseldorf, et, de là, l'express pour Berlin. Nous monterons à bord du train séparément et nous nous retrouverons après le départ seulement.

— Que ferons-nous à Berlin ?

— Nous commencerons par appeler ce numéro, puis nous verrons bien. Je pense également téléphoner à un vieil ami au consulat là-bas, Wes Corrigan. Il pourrait nous être d'un grand secours.

— C'est quelqu'un en qui tu as confiance ?

— Oui… nous étions en poste ensemble au Honduras.

— Mais tu as dit que nous ne devions nous fier à personne.

— Nous n'avons pas le choix, Léa. C'est un risque que nous devons prendre. Je mise sur l'amitié.

Léa fut incapable de dissimuler l'angoisse qui la tenaillait.

— C'est affreux de savoir que l'avenir est encore plus incertain que le présent, balbutia-t-elle.

— Si ça peut te réconforter, pense que je suis là, avec toi, et que tu peux compter sur moi, tant que je suis encore en vie.

Elle dessina tendrement du bout du doigt le contour de sa bouche.

— C'est vrai que j'ai cette chance, dit-elle avec un sourire.

— Lieberman m'a rappelé qu'on me surnommait Don Quichotte, à l'époque. J'ignorais que j'offrais une image si ridicule.

— Non, Ronald, tu fais beaucoup plus que te battre contre des moulins à vent. Mais c'est moi qui les intéresse. Tu peux rentrer à Washington, c'est mon affaire de le retrouver après tout !

— Ne dis pas de bêtises, Léa. Que ferais-tu toute seule ? Tu ne parles pas un traître mot d'allemand, et ton français n'est pas tout à fait… au point, si je puis dire. Ce n'est vraiment pas le moment de te laisser tomber. De toute façon, je suis obligé de rester avec toi.

— Ah oui ? Pourquoi ?

— N'oublie pas que je suis au chômage jusqu'à nouvel ordre !

— Mon tendre Don Quichotte…

Elle approcha son visage du sien et déposa un baiser sur ses lèvres.

*
* *

La matinée s'annonçait ensoleillée comme elle se devait de l'être en cette journée d'avril. L'hiver belge avait été long et pluvieux et tout le monde était impatient de voir arriver les beaux jours. La plupart des voyageurs avaient ôté leur imperméable et le tenaient sur le bras.

Léa était au bout du quai et observait à la dérobée Ronald qui, quelque vingt mètres plus loin, s'apprêtait à monter dans le train en partance pour Anvers. Avec son béret enfoncé jusqu'aux yeux, il était méconnaissable.

Il écrasa le mégot qui n'avait pas quitté le bout de ses lèvres et monta. Une dizaine de secondes plus tard, il réapparaissait à la fenêtre d'un compartiment de seconde classe.

D'un pas apparemment tranquille, elle se dirigea vers le même train lorsqu'un reflet attira son attention. Un reflet sur des verres de lunettes. Une peur prémonitoire la paralysa.

Osant à peine tourner la tête sur le côté, elle aperçut un visage blafard sans regard, des cheveux très blonds... Elle reconnut immédiatement l'homme au volant de la 403. Il venait vers elle.

Son cœur se mit à battre la chamade, mais elle s'efforça de ne pas courir car elle n'était pas sûre d'avoir été reconnue. Elle regarda droit devant elle sans accélérer le pas.

Kronen, lui, en revanche, pressa le pas. Il la rejoignit alors qu'elle posait le pied sur le marchepied.

— Madame !

Léa se retourna. Terrorisée, elle aperçut son propre reflet dans les verres des lunettes.

— Ayez l'obligeance de me suivre.

— Je ne vous connais pas, monsieur, laissez-moi tranquille !

Kronen sortit de la poche de son imperméable un petit couteau dont il déplia la lame avec deux doigts.

Léa se sentit défaillir... et pensa au sort d'Eve. Ce pourrait bien être le sien incessamment !

Le train commençait très lentement à quitter le quai. Elle faillit trébucher, mais se redressa puis, au lieu de fuir vers l'avant comme Kronen aurait pu s'y attendre, elle fit demi-tour sous son nez pour monter dans le wagon dont la portière arrivait juste derrière lui.

Kronen pesta et s'élança vers le wagon suivant où il réussit à s'accrocher.

Ronald, qui avait assisté à la scène, quitta la fenêtre et se rua vers la portière que Kronen, arrivé sur la plate-forme intérieure, était en train de refermer. Il lui assena un coup de pied dans les reins qui le fit hurler de douleur, puis il défit le loquet de la portière et l'envoya rouler sur la voie ferrée puis dans les champs en contrebas.

Léa, montée à l'autre bout du wagon, se remettait de ses émotions et n'avait rien vu. Elle tressaillit lorsqu'une main vint se poser sur son épaule.

— C'est toi ! J'ai cru que cette fois j'étais sur le point de rejoindre Eve au paradis… Cet homme a un visage monstrueux. Est-ce qu'il est dans le train ?

— Non, je m'en suis occupé. Il a voulu monter de l'autre côté, mais je l'ai envoyé promener. Nous en sommes débarrassés, calme-toi. Nous sommes tranquilles maintenant.

Elle se blottit dans ses bras tandis qu'il la serrait fort contre lui.

— Mais qui est cet homme, Ronald ? Que me voulait-il ?

— Je ne sais pas qui il est, mais… écoute-moi bien, Léa. Il va nous falloir quitter ce train dès que possible. Cet homme peut donner notre signalement à ses acolytes qui pourraient nous attendre à l'un des arrêts. Tout dépend de leur rapidité. Enfin, je ne crois pas qu'ils pourront être à la prochaine gare. Nous descendrons là et nous ferons de l'auto-stop jusqu'à la frontière néerlandaise. Nous prendrons ensuite un autre train vers l'est et Berlin.

Léa resta serrée contre lui. Elle ne l'écoutait pas vraiment mais elle avait compris. L'étau se resserrait à présent, et cet homme aux lunettes de soleil la terrorisait. Elle ferma les yeux, appréhendant qu'il fût là pour les cueillir à leur descente du train.

*
* *

Les battements d'ailes des pigeons réveillèrent Léa. Par la petite fenêtre ovale, elle apercevait les ailes blanches du moulin où ils étaient venus se réfugier.

Ronald, les yeux fermés, était étendu sur le dos à côté d'elle, les mains croisées derrière la nuque. Sa poitrine se soulevait au rythme tranquille de sa respiration.

Ils étaient passés en Hollande en auto-stop puis avaient fait des kilomètres à pied avant de décider, épuisés, de faire étape dans un moulin désert avant de poursuivre leur chemin jusqu'à la gare suivante.

Elle avait peur, elle avait faim... elle était émerveillée. Tandis que la lumière du jour s'affaiblissait, elle réalisait combien chaque moment était précieux désormais. Tous les moments qu'elle venait de vivre, elle les devait à Ronald.

Il ouvrit les yeux.

— Il faut nous dépêcher ; nous allons rater le train pour Berlin.

Léa inspira profondément.

— Je suis prête, allons-y.

Wes Corrigan mit cinq bonnes minutes pour venir ouvrir. Il apparut en robe de chambre et l'étonnement se peignit sur son visage. Il ne reconnut pas Ronald tout de suite.

— Alors, c'est ainsi qu'on accueille les amis ? demanda Ronald.

— Mais ma parole, c'est toi, Ronald ?

— Pouvons-nous entrer ?

— Bien sûr, je vous en prie.

Corrigan s'effaça pour les laisser passer et les introduisit dans la cuisine. C'était un homme d'environ quarante-cinq ans, grand, mince, aux cheveux déjà grisonnants. Il n'était pas encore rasé et ses yeux étaient bouffis de sommeil.

— Mais tu as les cheveux tout blancs toi aussi, Ronald ! Mon Dieu, ça fait si longtemps que nous ne nous sommes vus !

Ronald hocha la tête et se mit à rire.

— Ce n'est que du talc, mais les rides sont bien à moi ! Tu es seul ?

— Oui, avec mon chat. Que t'arrive-t-il ? Suis-je censé le savoir ?

Il se tourna vers Léa.

— Bonjour. Ronald, tu ne me présentes pas ?

— Euh… c'est Léa.

— Enchanté.

— La rue semble déserte…, dit Ronald qui s'était approché de la fenêtre.

— A cette heure-ci, il n'y a encore personne. Quoi qu'il en soit, c'est toujours calme par ici. Il faut dire qu'il ne se passe jamais rien de très exaltant dans ce quartier.

— En fait, je me demandais si tu n'étais pas surveillé. Nous avons de petits ennuis, Wes.

— C'est bien ce qu'il me semble. Alors, raconte-moi ça.

— Nous avons la Compagnie… et d'autres personnes à nos trousses.

Wes les considéra d'un air perplexe pendant quelques secondes. Puis il alla tirer le store de la fenêtre.

— La CIA est à tes trousses ? Tu as vendu à l'ennemi des secrets nationaux ?

— C'est une longue histoire. Nous avons besoin de ton aide, Wes.

— C'est bien ce que je craignais. Asseyez-vous, je vous en prie. Excusez l'état dans lequel se trouve la cuisine. Je n'ai pas l'habitude de recevoir le matin. Je vais faire du café. Vous voulez manger quelque chose ?

Ronald et Léa échangèrent un regard complice.

— Nous mourons de faim, répondit Léa en souriant.

— Bien. Je vais vous faire des œufs au bacon, répondit Wes en ouvrant la porte du réfrigérateur.

Une heure plus tard, ils avaient mis Wes Corrigan au courant de toutes leurs péripéties, vidé une grande cafetière et mangé chacun deux œufs sur le plat entourés de trois tranches de bacon.

Corrigan était visiblement inquiet.

— Qu'est-ce qui te fait penser que Potter est responsable de tout ça ?

— D'abord, c'est lui qui a fait relâcher Léa et c'est lui qui nous a fait suivre à Margate. C'est là-bas que les choses se sont sérieusement gâtées. On a assassiné cet agent de la Compagnie puis on s'est mis à nous tirer dessus.

— Et cet homme aux lunettes de soleil, vous le connaissiez ?

— Non, pas du tout.

— Donc tu veux que je fasse des recherches pour essayer de trouver quelque chose sur Magus. Il y a fort à parier que ce ne sera pas facile. Si ces renseignements existent, ils doivent être top secrets, à n'en pas douter. Je ne sais pas si je pourrai y avoir accès.

— Fais ce que tu peux, Wes. Nous n'avons aucune piste et nous n'arriverons à rien par nos propres moyens. Pour l'instant, nous sommes dans le noir le plus total.

— Ce doit être particulièrement inconfortable, je ne vous envie pas ! Au fait, où comptez-vous passer la nuit ?

— Nous avons pris une chambre dans une petite pension près du Kurfürstendamm.

— Vous pourriez passer la nuit ici sur la moquette, si vous préférez.

— Non. C'est trop risqué. Nous avons eu la chance de pouvoir passer la frontière allemande sans problème, mais maintenant, ils doivent savoir que nous sommes à Berlin. S'ils sont malins, ils ne tarderont pas à te surveiller.

— Comment pourrai-je vous joindre ?

— Je te téléphonerai. Je me présenterai sous le nom de Barnes. Il vaut mieux que tu ne saches pas où nous nous trouvons.

— Pourquoi, tu ne me fais pas confiance ?
— Tu sais bien que ce n'est pas ça. Il est préférable pour toi que tu ne sois pas trop impliqué dans cette affaire.
— J'apprécie cette bienveillante intention, mais c'est déjà chose faite, mon vieux !

Le jour commençait à peine à se lever. Ronald et Léa, enlacés, étaient allongés sur le lit de leur chambre. Malgré leur épuisement, ils n'avaient pas réussi à fermer l'œil. Ils attendaient beaucoup de Wes Corrigan et de la journée qui allait commencer. Au moins, ils n'étaient plus seuls. Wes allait les aider.
Ronald tourna la tête et son souffle balaya la joue de Léa.
— Lorsque tout cela sera terminé, j'aimerais que nous restions comme ça, exactement comme maintenant, le plus longtemps possible.
Elle soupira tristement.
— Je me demande si cela se terminera un jour…
— Il faut avoir confiance. Je te promets que tout ira bien très bientôt. Ronald O'Hara tient toujours ses promesses.
Elle blottit son visage dans le creux de l'épaule de Ronald.
— Je ne sais plus si j'ai peur ou si, tout bêtement, je suis amoureuse de toi. Je ne sais plus où j'en suis.
— Je n'en crois rien.
— Toi, tu sais… Tu ne doutes de rien ?
— Vis-à-vis de toi ? Non. C'est peut-être ridicule, mais j'ai vraiment l'impression de te connaître, Léa. Tu es la première femme dont je puisse dire cela.
— Et ta femme ?
— Lauren ? Oui… je la connaissais, bien sûr. Je l'ai surtout mieux connue après notre divorce.
— Qu'est-ce qui n'allait pas entre vous ?
— Si tu le demandais à Lauren, elle te dirait que je ne l'ai jamais vraiment comprise et que je n'ai rien fait pour la comprendre.

— Et ta version à toi ?

— Avec le temps, on prend forcément du recul. Je dirais que ce n'était la faute de personne, en fait. Nous avons été mariés environ trois ans. Elle se plaisait assez au Caire. Elle aimait surtout l'ambassade. C'était une femme de diplomate exceptionnelle. Elle était faite pour ce rôle et pensait que nous ne cesserions pas de voyager à travers le monde. Malheureusement, les endroits où l'on m'envoyait n'étaient pas toujours à son goût.

— Comme le Cameroun, par exemple ?

— Exactement. Et je tenais à ce poste là-bas. Ma mission ne devait durer que deux ans au maximum. Elle a refusé catégoriquement de m'y accompagner et je me suis senti obligé d'y renoncer. Ensuite, il y a eu Londres. Elle était très contente, et tout aurait pu marcher parfaitement bien si…

Il hésita et sa voix sembla se casser.

— Si c'est trop difficile pour toi, tu n'es pas obligé de me le raconter.

— On dit que le temps cicatrise les blessures, mais ce n'est pas toujours vrai. Elle était enceinte. Je l'ai su à Londres. Ce n'est pas elle qui me l'a appris, c'est le médecin de l'ambassade. Pendant quelques heures, j'ai été fou de joie. Puis je suis rentré à la maison. Elle m'a annoncé qu'elle ne voulait pas garder le bébé. Pour Lauren, c'était une contrainte insupportable. Qu'est-ce que je pouvais répondre à cela ? Une contrainte !

Léa se contenta de hocher la tête. Elle avait l'impression que les mots qu'elle aurait pu dire auraient été trop faibles, trop banals.

— C'est à ce moment-là que j'ai réalisé que nous ne pouvions pas nous entendre. Nous nous sommes beaucoup disputés, mais elle a préféré rentrer et se faire avorter. Un mois plus tard je recevais, en recommandé, à Londres, la demande de divorce. Cela fait maintenant quatre ans.

— Tu as beaucoup pensé à elle ?

— Non ! Au contraire, j'ai éprouvé un grand soulagement

lorsque j'ai reçu les papiers du divorce. Ça me simplifiait beaucoup la vie.

Ronald passa tendrement son doigt sur le bout du nez de Léa et sa bouche esquissa un sourire malicieux.

— ... Puis tu es venue à mon bureau, avec tes grandes lunettes en écaille. Je ne t'ai vraiment regardée que lorsque tu les as enlevées et que j'ai vu tes yeux.

— Je vais jeter ces lunettes.

— N'en fais rien, s'il te plaît, je les adore.

Léa se mit à rire doucement. Pour la première fois de sa vie, elle se sentait presque belle.

Une brise légère leur arrivait par la fenêtre ouverte ainsi que les rumeurs d'une journée qui commençait. Berlin était en train de s'éveiller...

— Léa ? As-tu pensé à ce qui se passera lorsque nous le retrouverons ?

— Ça me semble assez loin.

— Tu l'aimes encore.

Elle secoua la tête.

— Je ne sais plus qui j'aime. En tout cas, pas Simon Dance. L'homme que j'ai aimé n'a jamais existé.

— Mais moi, j'existe, murmura Ronald. Et contrairement à Geoffrey Fontaine, je n'ai rien à cacher.

9.

Léa et Ronald étaient assis dans un autobus qu'ils étaient allés prendre dans le Kurfürstendamm pour se rendre dans les quartiers nord de Berlin.

Une demi-heure auparavant, ils avaient appelé le numéro trouvé sur la facture adressée à Eve. La femme qui leur avait répondu avait été assez courtoise. C'était une fleuriste et elle leur avait expliqué comment se rendre à sa boutique, située à quelques pas de l'arrêt où ils devaient descendre.

Le contraste avec le centre-ville était frappant. Ce n'étaient plus les larges avenues aérées et les résidences luxueuses respirant le confort et l'opulence d'une société berlinoise aisée. Une population en majorité ouvrière habitait ce faubourg triste et gris.

En cette matinée ensoleillée, des enfants jouaient dans la rue et des vieillards avaient installé leur chaise sur le seuil de leur porte pour profiter de la tiédeur d'une journée printanière.

Ils descendirent du bus et trouvèrent très vite la boutique de fleurs. A l'intérieur, une femme d'une cinquantaine d'années, assez plantureuse, leur sourit derrière son comptoir recouvert de papier cristal, de verdure pour étoffer ses bouquets et de rubans en satin multicolores.

A peine étaient-ils entrés que son regard s'attarda avec un intérêt non dissimulé sur Léa d'abord puis sur Ronald.

— *Guten Tag*, dit-elle.

Ronald lui répondit de même. Quelques dizaines de secondes

s'écoulèrent, le temps qu'elle achevât d'enrubanner le bouquet qu'elle venait d'empaqueter. C'était un bouquet de mariage où étaient mêlées des roses blanches et des roses jaune pâle.

— *Ja ?* s'enquit-elle en relevant la tête.

Sans rien dire, Léa sortit de son sac une photo de Geoffrey et la posa devant elle sur le comptoir. La femme la considéra avec une certaine attention, mais son visage n'exprima rien.

Ronald lui demanda en allemand si elle avait déjà vu ou si elle connaissait cet homme. Elle lui répondit par la négative en secouant la tête.

— Geoffrey Fontaine, précisa-t-il.

La femme ne réagit pas davantage.

— Simon Dance ?

Même silence impénétrable.

— Ce n'est pas possible ! Je suis sûre que vous le connaissez, lança Léa. Cet homme est mon mari, je suis à sa recherche, il faut que je le retrouve !

— Léa, laisse-moi faire.

— Il m'attend, madame, continua-t-elle sans prêter attention à l'interruption de Ronald. Si vous savez où il se trouve, téléphonez-lui et dites-lui que je suis là.

— C'est inutile, Léa, elle ne te comprend pas...

— Il faut qu'elle me comprenne ! Demande-lui si elle connaît Eve.

A toutes les questions que lui posa Ronald, la fleuriste haussa les épaules. Elle semblait ne rien savoir du tout ou, si elle savait quelque chose, elle semblait décidée à ne pas le montrer.

Tous les espoirs de Léa étaient anéantis. Traverser l'Europe pour en arriver là ! Sans cacher sa cruelle déception, Léa reprit la photo pour la remettre dans son sac. La fleuriste, sans plus s'occuper d'eux, s'était remise à son occupation.

Léa regarda Ronald d'un air désespéré.

— Qu'allons-nous faire maintenant ?

— Je ne sais pas. Je n'en sais rien.

La femme tira brutalement sur un rouleau de papier. Le bruit du papier froissé fit frissonner Léa.

— Pourquoi ici ? murmura-t-elle. Pourquoi a-t-elle appelé ce numéro ? Il doit bien y avoir une raison !

Elle regarda sans les voir les fleurs qui remplissaient toute la boutique. Elle commençait à avoir mal au cœur à cause de l'odeur entêtante, et cette profusion de fleurs lui rappelait la matinée sordide passée au cimetière.

— Allons-nous-en maintenant, s'il te plaît.

Ronald salua la fleuriste de la tête.

— *Danke schön.*

Celle-ci tenait à la main une rose rouge dont elle enveloppa rapidement la tige dans un papier brillant. Elle regarda Léa dans les yeux et la lui offrit. Bien que leurs regards ne se soient croisés que brièvement, Léa comprit quelque chose. Un message à elle seule destiné.

— *Auf Wiedersehen.*

Dans la rue, Léa serrait convulsivement la tige de la fleur. Son esprit fonctionnait à toute vitesse. Elle savait que la femme avait glissé un message sous le papier enveloppant la tige. Elle n'avait qu'une hâte : pouvoir le lire. Mais elle avait cru lire un autre message dans les yeux de la fleuriste, un avertissement. *Vous êtes en danger, méfiez-vous de quelqu'un...*

Se méfier de qui ? Ronald ? L'homme en qui elle avait confiance et qu'elle... aimait !

Depuis la disparition de Geoffrey, il lui avait témoigné une amitié et un dévouement indéfectibles. Etait-ce une simple coïncidence ? Ou un plan savamment calculé ? Si c'était le cas, il était vraiment très fort. Ils avaient trouvé exactement l'homme qu'il fallait pour cette mission. Elle était seule, elle avait peur, elle avait désespérément besoin d'un ami et, comme par magie, il s'était trouvé là ! Il était même accouru à Londres et, depuis, il partageait son existence vingt-quatre heures sur vingt-quatre. Pourquoi ?

Elle ne voulait pas le croire, mais le regard de la fleuriste était là, obsédant, pour lui intimer l'ordre de se méfier.

Le retour en autobus parut durer une éternité. Ronald avait gardé sa main dans la sienne posée sur son genou. Elle aurait voulu le regarder, mais elle avait peur de ce qu'elle aurait pu lire dans ses yeux. Et peur qu'il découvre ce qu'il y avait dans les siens.

Aussitôt arrivée à la pension, Léa s'enferma dans la salle de bains et, les mains tremblantes, déroula l'emballage autour de la tige. Le message était en anglais, écrit au feutre rouge.

POTSDAMER PLATZ À 13 HEURES DEMAIN. NE VOUS FIEZ À PERSONNE.

Ses yeux ne pouvaient se détacher des derniers mots. « Ne vous fiez à personne. » Elle n'avait pas le droit de faire une autre erreur. La vie de Geoffrey en dépendait.

Elle déchira le message en menus morceaux qu'elle jeta dans la cuvette des toilettes, et alla rejoindre Ronald dans leur chambre. Il n'était pas question qu'elle le quitte tout de suite. Il lui fallait d'abord en savoir davantage. Au fond d'elle-même, elle l'aimait, elle avait confiance en lui et savait qu'il ne lui ferait jamais de mal. Mais elle se devait d'en avoir le cœur net. Il fallait qu'elle sache pour qui il travaillait vraiment.

Demain, Potsdamer Platz, elle saurait.

— Nous commencions à croire que tu avais renoncé, dit Ronald.

Assis en face d'eux, Wes Corrigan semblait mal à l'aise et inquiet.

— Il y a un peu de ça, marmonna-t-il en se retournant pour scruter le lieu.

— Tu as eu des ennuis ?

— Je ne sais pas trop, à vrai dire. C'est ce qui me chiffonne.

C'est comme dans les films d'horreur : on n'est jamais sûr du moment où le monstre va apparaître.

Ils avaient choisi ce café faiblement éclairé d'une bougie sur chaque table pour se retrouver. Autour d'eux, les gens parlaient à voix basse, indifférents à ce qui se passait à la table voisine.

— Eh bien, pour tout te dire, cette histoire me tracasse beaucoup.

— Pourquoi ? Que s'est-il passé ?

— Pour commencer, tu avais raison : on me suit. Peu après votre départ, hier soir, une camionnette est venue stationner devant chez moi. Elle y est restée et j'ai été obligé de sortir par l'arrière-porte. Je n'ai pas l'habitude de ce genre de chose et cela me rend nerveux.

— Tu as trouvé quelque chose pour nous ?

Wes balaya le café du regard et baissa le ton.

— Tout d'abord, j'ai voulu réexaminer le dossier Fontaine. Lorsque je t'ai appelé, il y a quinze jours, j'avais toutes les données concernant les circonstances de la mort de Geoffrey Fontaine. Le rapport du médecin légiste et celui de la police. J'avais également tout un dossier avec la photocopie de son passeport, etc.

— Eh bien ?

— Ils n'y sont plus.

Wes regarda Léa.

— De plus, tout a été effacé de l'ordinateur.

— Mais alors, que reste-t-il ?

— Au sujet de Geoffrey Fontaine ? Rien. Comme s'il n'avait jamais figuré sur nos fichiers informatiques ! De toute évidence, on cherche à effacer toute trace de son existence. J'ignore qui a pu faire ça. Ce pourrait être n'importe qui à l'ambassade.

Il s'interrompit car une serveuse vint leur servir le dîner qu'ils avaient commandé : du pain grillé et croustillant et un plat d'escargots pleins de beurre aillé et persillé.

— Et au sujet de Magus ? demanda Ronald.

Wes s'essuya la bouche.

— Justement, j'allais y venir. Après avoir vu le sort qu'on avait fait au dossier de Geoffrey Fontaine, je me suis appliqué à chercher des informations concernant Magus. Il n'y a rien à son sujet.

— Cela ne m'étonne pas ! fit Ronald.

— Je n'ai pas le code d'accès aux informations confidentielles. J'imagine que ce Magus entre dans cette catégorie.

— Donc, nous nous retrouvons avec rien du tout ! remarqua Léa.

— Pas tout à fait, rétorqua Wes.

Ronald fronça les sourcils.

— Ah bon ?

Wes sortit une enveloppe de la poche de sa veste et la jeta sur la table.

— J'ai trouvé quelque chose sur Simon Dance.

Ronald prit l'enveloppe et en sortit deux feuilles.

— Mon Dieu ! Tiens, regarde, Léa !

Il s'agissait de la photocopie d'une demande de visa vieille de six ans et d'une mauvaise reproduction d'une photo de passeport. Les yeux lui étaient étrangement familiers, mais si elle avait vu cet homme dans la rue, elle serait passée à côté de lui sans broncher.

Le cœur de Léa se mit à battre très vite.

— C'est bien lui, dit-elle.

— C'est sans doute ce à quoi il ressemblait avant qu'il se fasse refaire le visage. Il était encore Simon Dance à l'époque.

— Comment as-tu trouvé ces documents ? demanda Ronald.

— Celui qui s'est chargé de supprimer les renseignements sur Geoffrey Fontaine ne s'est pas inquiété d'en faire de même pour Simon Dance. Peut-être ce dossier est-il trop ancien pour qu'on s'en préoccupe ? Et comme cet homme a changé de visage et de nom, on n'a pas estimé indispensable de supprimer son ancien signalement.

Léa examina la deuxième page du document. Simon Dance avait eu un passeport allemand. Domicilié à Berlin, il était architecte et était marié.

— Pour quelle raison a-t-il fait cette demande de visa ?

— C'est un visa touristique, fit remarquer Wes.

— Oui, mais pourquoi voulait-il obtenir le visa ?

— Tourisme, sans doute.

— Est-ce que vous avez vérifié son ancienne adresse à Berlin ? demanda Léa.

— Bien entendu. L'immeuble n'existe plus. On l'a démoli l'année dernière pour construire un gratte-ciel.

— Nous n'avons donc plus de piste, dit Ronald d'un ton découragé.

— Il en reste encore une, répliqua Wes. J'ai un vieil ami qui travaillait pour la Compagnie. Il a pris sa retraite l'année dernière. Il n'est pas improbable qu'il ait connu ou entendu parler de Simon Dance et de Magus.

— Espérons-le, lança Ronald en regardant Léa.

Wes se leva.

— Ecoutez, il faut que je rentre maintenant. Cette voiture doit être encore postée devant ma porte. Appelez-moi demain vers midi. J'aurai peut-être du nouveau.

— Même endroit qu'aujourd'hui ?

— Oui, d'accord. Mais donnez-moi un quart d'heure pour venir vous rejoindre. J'espère que nous aurons tout élucidé d'ici peu de temps, Léa. Vous devez être fatiguée de cette course.

Léa acquiesça de la tête, le visage sombre. Ce n'était pas tant le fait de cette course sans fin, de ne pas dormir suffisamment ou de manger à n'importe quelle heure qui la fatiguait, que l'inquiétude et l'angoisse du lendemain, et, surtout, le fait de ne plus savoir à qui se fier.

— Tu as été particulièrement silencieuse, lui dit Ronald

sur le chemin du retour à la pension. Est-ce qu'il y a quelque chose qui te tracasse ?

Léa leva les yeux vers le ciel sans étoiles. La nuit était noire. Seules les lumières de la ville éclairaient le ciel d'une lueur pâle et diffuse.

— Je ne sais pas, Ronald, dit-elle en soupirant.

Elle s'arrêta et se tourna vers lui. Sous le néon d'une enseigne lumineuse, ils se regardèrent. Les yeux de Ronald étaient particulièrement sombres. C'était pour elle le regard d'un étranger.

— Ronald, est-ce que je peux vraiment avoir confiance en toi ?

— Léa, ta question est ridicule !

— Si seulement nous nous étions rencontrés dans d'autres circonstances ! Si seulement nous étions comme tout le monde !

Il lui caressa doucement le visage, espérant la rassurer et la réconforter.

— Ce qui est arrivé est arrivé. Prenons les choses comme elles viennent. Nous n'avons pas le choix, tu le sais bien. Tu dois me faire confiance, Léa.

— J'ai fait confiance à Geoffrey, dit-elle timidement.

— Je m'appelle Ronald.

— Qui est Ronald O'Hara ? Je me demande souvent si tu existes vraiment, si tu es bien en chair et en os. J'ai peur qu'un jour ou l'autre, tu disparaisses subitement…

Il glissa ses bras autour de la taille de Léa.

— Non, Léa. Dans peu de temps, tu vas cesser de te poser toutes ces questions. Tu apprendras à me faire confiance.

« Confiance… Oh ! Ronald, ce n'est pas si simple ! » songea-t-elle en se dégageant doucement.

Ils reprirent leur route, chacun perdu dans ses pensées.

Plus tard, alors qu'ils étaient allongés dans leur chambre, Léa se demanda quel souvenir elle garderait de Ronald. Son rire ? Son regard ? L'odeur de sa peau ? De quelque part, dans l'immeuble, leur parvenait un air de musique. Une femme chantait en allemand d'une voix triste et rauque. Une voix de nuit et de cigarettes indissociable des cabarets enfumés et sombres. Ronald éteignit la lumière, et la musique sembla envahir toute la pièce. Léa se blottit davantage contre lui.

— Fais-moi l'amour, Ronald. S'il te plaît, fais-moi l'amour maintenant.

Tout fut silencieux soudain, et ils n'entendirent plus que le rythme oppressé de leur souffle. Les doigts de Ronald glissèrent sur le visage de Léa et s'attardèrent sur ses joues humides.

— Léa, je ne comprends pas... Qu'y a-t-il ?

— Ne me demande pas, ne me demande rien. J'ai besoin d'oublier, fais-moi tout oublier.

— Oui, je te ferai oublier toutes ces épreuves, je te les ferai oublier dans mes bras...

Ronald laissa libre cours au désir qu'il avait d'elle. Il l'embrassa avidement, ses mains glissèrent le long de son chemisier. Lentement, il en écarta les pans.

Léa sentit d'abord ses mains puis son souffle sur ses seins...

— Je t'ai désirée depuis le premier jour, Léa, j'ai rêvé de te voir ainsi, de t'avoir toute à moi et de goûter à ta peau.

En déboutonnant sa chemise, il arracha un bouton qui tomba sur le ventre de Léa. Il le ramassa, se pencha sur elle pour l'embrasser là où le bouton était tombé, puis il se releva pour finir de se déshabiller.

Par la fenêtre, les lumières de la rue éclairaient faiblement Ronald. Elle apercevait à peine les traits de son visage. Il n'était qu'une silhouette, une silhouette dont elle désirait sentir toute la chaleur et toute la force. Leurs lèvres se mêlèrent dans un baiser fougueux et trop passionné pour être doux.

Il la désirait plus que tout au monde et elle lui répondit avec la même ardeur. Ce fut presque comme un affrontement, qui les laissa comblés, heureux, mais néanmoins troublés par la sorte de rage qu'ils avaient tous deux ressentie.

Lorsqu'il retomba épuisé à côté d'elle, et que le rythme des battements de leurs cœurs s'apaisa, Ronald se demanda une nouvelle fois pourquoi elle restait silencieuse.

Le seul fait de sentir sa tête posée contre son torse ranima son désir. Mais quelque chose n'allait pas. Lorsque ses doigts caressèrent la joue de Léa, des larmes tièdes les inondèrent.

Demain, il lui demanderait pourquoi. Elle le lui dirait demain. Maintenant, le même désir exigeant reprenait possession de leurs corps.

— Bonjour, monsieur Corrigan. Pourrions-nous avoir un entretien ?

Au ton de la voix, Wes comprit très vite qu'il ne s'agissait pas d'une visite de courtoisie. Il leva les yeux et vit deux hommes qui se tenaient en face de lui, dans l'encadrement de la porte. L'un d'eux était plutôt petit et gros, l'autre était grand et sans doute trop maigre pour être un homme de la Compagnie. Ils étaient loin d'être souriants.

Wes s'éclaircit la gorge.

— Bonjour, messieurs. En quoi puis-je vous être utile ?

L'homme de grande taille s'assit et fixa Wes droit dans les yeux.

— Où est Ronald O'Hara ?

Wes hésita une seconde, le temps de reprendre contenance. Mais ce fut une seconde de trop, hélas. Il venait de se trahir. Il ramassa les documents étalés sur son bureau.

— Ronald O'Hara… ? N'est-il pas à Washington ? répondit-il d'un ton faussement désinvolte.

— N'essayez pas de vous moquer de nous, monsieur Corrigan !

— Me moquer ? Mais qui êtes-vous ?

— Mon nom est Van Dam et voici M. Potter.

C'étaient bien des gens de la Compagnie et il n'allait pas tarder à avoir de sérieux ennuis. Il se leva de son fauteuil en jouant l'indignation.

— Ecoutez, nous sommes samedi, et j'ai beaucoup à faire aujourd'hui. Nous pourrions peut-être prendre rendez-vous pour un jour de la semaine prochaine ?

— Asseyez-vous, Corrigan.

Wes posa la main sur le téléphone pour appeler un vigile, mais Potter intercepta sa main avant qu'il appuyât sur le bouton. Une terreur panique s'empara de Wes pour la première fois de sa vie.

— Nous voulons O'Hara, lança Potter.

— Je ne peux pas vous aider.

— Où est-il ?

— Je viens de vous le dire. A Washington. D'ailleurs je l'ai appelé il y a deux semaines pour une affaire consulaire.

Wes regarda sa main que Potter emprisonnait encore.

— Et à présent, si vous voulez bien me lâcher...

Potter s'exécuta.

— Arrêtons ce jeu, dit Van Dam en soupirant. Nous savons qu'il est à Berlin. Nous savons également que, hier, vous avez fait des recherches sur les fichiers informatiques. Cela ne fait pas l'ombre d'un doute qu'il vous a contacté.

— Mais ce sont de pures spéc...

— Une personne qui possède le même code d'accès que vous s'est acharnée sur notre base de données, dit-il en ouvrant un petit calepin. Voyons... Vous avez effectué une recherche hier à 19 heures pour trouver quelque chose au sujet de Geoffrey Fontaine...

— Oui, effectivement. J'avais archivé un rapport sur le décès de cet homme il y a deux semaines. J'ai voulu réexaminer les faits.

— Et à 19 h 30, vous avez fait des recherches sur Simon

Dance. C'est un nom curieux. Pour quelles raisons avez-vous effectué cette recherche ?

Wes resta silencieux.

— Et enfin, vous avez cherché à obtenir des renseignements sur un dénommé Magus, à midi. L'heure à laquelle vous allez habituellement déjeuner, je présume ?

Wes le regardait sans répondre.

— Allez, monsieur Corrigan, nous savons tous les deux pourquoi vous effectuez ces recherches. Vous le faites pour O'Hara, n'est-ce pas ?

— En quoi cela vous intéresse-t-il ?

— Nous le recherchons, rétorqua Potter nerveusement.

— Que lui voulez-vous ?

— Nous nous inquiétons pour lui, répliqua Van Dam. Et pour sa compagne.

— Ha ha, je vois.

— Vous devez comprendre, dit Potter d'un ton doucereux, que leur vie est menacée et que tout dépend de la rapidité avec laquelle nous les retrouverons.

— Allez raconter ces histoires à d'autres.

Van Dam se pencha, les yeux rivés sur Wes.

— Ils sont sur une affaire très dangereuse. Ils ont besoin de notre protection.

— Pourquoi devrais-je vous croire ?

— Si vous ne nous aidez pas à les retrouver, vous aurez leur mort sur la conscience.

— Ecoutez, comme je viens de vous l'affirmer, je ne sais pas où ils sont.

— Vous ne savez pas ou vous ne voulez pas le dire ?

— Non. C'est clair, je ne peux pas vous aider. J'ignore où ils se trouvent. C'est la stricte vérité.

Van Dam et Potter se regardèrent.

— Très bien, dit Van Dam, dites à vos hommes d'être sur le pied de guerre. Nous n'avons plus qu'à attendre.

Potter acquiesça de la tête et quitta la pièce. Wes se leva.

— Ecoutez, bon sang, je ne sais pas ce que vous avez l'intention de faire mais si vous...

Van Dam lui fit signe de se rasseoir.

— Je crains que vous ne soyez pas autorisé à quitter ce bâtiment, monsieur Corrigan. Nous allons jouer à un jeu de patience. Nous allons nous installer confortablement et attendre aussi longtemps qu'il le faudra que votre téléphone sonne.

10.

Il était 12 h 50 lorsque le taxi déposa Léa sur la Potsdamer Platz. Elle était seule. Echapper à Ronald avait été plus facile qu'elle ne le pensait. A peine était-il sorti pour appeler Wes Corrigan, qu'elle avait pris son sac pour se rendre au rendez-vous de la fleuriste. Durant tout le trajet, elle s'efforça de ne pas penser à lui.

La Potsdamer Platz se trouvait à l'intersection des secteurs anglais, américain et soviétique à Berlin. Le fameux mur s'élevait là devant elle, sinistre frontière entre l'Est et l'Ouest. Où que l'on se trouvât sur cette place, le mur s'imposait à vous inévitablement.

Touristes et badauds déambulaient sous le soleil voilé de cette timide journée de printemps, et regardaient le mur, imaginant l'autre Allemagne de l'autre côté, à la fois si proche et si lointaine.

Léa s'arrêta près d'un groupe d'étudiants, faisant mine d'écouter le professeur qui leur donnait des explications en allemand. Mais ses yeux guettaient un visage. Où était la femme ? Le cœur de Léa battait à tout rompre.

— Suivez-moi, mais restez à distance, chuchota une voix féminine derrière elle.

En se retournant, elle reconnut la fleuriste qui s'éloignait, tenant à son bras un filet à provisions. Elle avait l'air d'une ménagère qui, d'un pas nonchalant, se dirigeait vers le nord-est, vers Bellevuestrasse. Léa la suivit.

Cent mètres plus loin, la femme entra dans une boutique de

bougies et de fleurs séchées. Léa hésita un bref instant sur le trottoir.

Des rideaux décoraient la vitrine de la boutique et cachaient l'intérieur. Elle se décida enfin et poussa la porte. La femme n'était pas là. Une odeur de bougies parfumées, de lavande dans des écrins en tissu, une senteur de résine de pin emplissaient la pièce faiblement éclairée.

Un vieux monsieur qui sortit de derrière une tenture la fit sursauter.

— *Geradeaus*, lui dit-il.

Léa lui lança un regard interrogateur. Il pointa le doigt vers l'arrière de la boutique en répétant le même mot. Elle comprit enfin ce qu'il lui demandait.

La bouche sèche et les jambes tremblantes, elle passa devant lui, pénétra dans une petite pièce qui servait de dépôt et sortit par l'arrière-porte. Le soleil l'éblouit et elle cligna des yeux tandis que la porte se refermait bruyamment derrière elle.

Elle se trouvait dans une ruelle étroite depuis laquelle on entendait le bruit de la circulation sur la Potsdamer Platz. La fleuriste n'y était pas mais le ronronnement d'un moteur de voiture la fit se retourner. Une DS noire s'arrêta sur le trottoir d'en face. Prise de panique, elle chercha à revenir sur ses pas.

C'est alors que la portière de la voiture s'ouvrit. La fleuriste sortit la tête.

— Vite, montez.

Léa hésita une seconde puis s'exécuta.

— *Schnell !* lança la femme au chauffeur.

Il démarra en trombe, bifurqua à droite puis à gauche et se faufila dans une large avenue.

La femme se retourna à plusieurs reprises pour s'assurer qu'ils n'étaient pas suivis. Elle lui adressa enfin la parole.

— Nous pouvons parler à présent. Le chauffeur est un ami, il n'y a rien à craindre.

— Qui êtes-vous ? demanda Léa.

— Je suis une amie de Geoffrey.

— Savez-vous où il se trouve ?

La femme ne répondit pas. Elle s'adressa au chauffeur en allemand et celui-ci tourna dans une avenue bordée d'arbres et stationna deux ou trois minutes plus tard devant un parc boisé.

La femme posa la main sur l'épaule de Léa.

— Venez, nous allons marcher.

Une légère brume avait commencé de voiler le soleil. Elles marchèrent le long des pelouses.

— Comment avez-vous connu mon mari ?

— Nous avons travaillé ensemble, il y a quelques années de cela. Il s'appelait alors Simon. C'était un de mes meilleurs hommes.

— Ainsi, vous aussi... Vous êtes dans le même engrenage.

— J'y étais. J'ai abandonné il y a cinq ans.

Léa avait du mal à imaginer que cette femme, à l'allure d'une ménagère tranquille, avait été une espionne. Sa chevelure était parsemée de cheveux blancs et son visage était joufflu et brillant.

— A me voir, on ne s'en douterait jamais, n'est-ce pas ? Ceux qui n'en ont pas l'air sont souvent les meilleurs !

Elles firent quelques pas sans parler. Même dans ce parc, au milieu des fleurs et des arbres, l'odeur de la ville flottait dans l'air.

— Comme Simon, j'étais parmi les meilleurs, lui confia-t-elle. Ce qui ne m'empêchait pas d'avoir peur, comme à présent.

La femme s'arrêta et regarda Léa.

— Où est-il actuellement ?

— Je l'ignore.

— Alors pourquoi m'avez-vous donné ce rendez-vous ?

— Pour vous mettre en garde. Au nom de mon amitié avec Simon. Dans ce métier, on a peu d'amis, mais les vrais amis comptent énormément.

Elles reprirent leur chemin d'un pas tranquille.

— Nous nous sommes revus il y a un peu plus de deux semaines, poursuivit-elle. J'ai failli ne pas le reconnaître ! Je savais que Simon ne faisait plus de contre-espionnage. Il est cependant revenu à Berlin, pour une nouvelle mission. Il était très inquiet. Il pensait avoir été trahi par les gens pour lesquels il travaillait.

— Trahi ? Par qui ?

— La CIA.

Léa s'arrêta, interloquée.

— Il travaillait pour la CIA ?

— On lui a un peu forcé la main. Mais c'est un garçon particulièrement doué, vous savez, il était au courant de beaucoup de choses, ce qui le rendait indispensable à leurs opérations. Mais ils avaient des fuites, à l'intérieur même de leurs services. Simon voulait les quitter définitivement. Il est venu me voir parce qu'il avait besoin d'un nouveau passeport et d'une carte d'identité pour pouvoir quitter Berlin. Nous nous sommes vus quelques heures.

Elle hocha la tête tristement.

— Nos vies ont été complètement bouleversées… J'ai aperçu votre photographie dans son portefeuille. C'est ce qui m'a permis de vous reconnaître hier. Il m'a dit que vous étiez… très fragile, qu'il regrettait d'avoir eu à vous faire du mal. En partant, il a promis que nous nous reverrions un jour. Mais la même nuit, j'ai appris qu'il avait été tué dans l'incendie. Qu'on avait trouvé un corps presque entièrement calciné dans sa chambre d'hôtel.

— Vous croyez vraiment qu'il est mort ?

— Non.

— Pourquoi ?

— S'il était mort, on n'aurait aucune raison de vous faire suivre.

— Vous avez parlé d'opérations de la CIA. Y a-t-il un lien avec un dénommé Magus ?

La femme sembla surprise.

— Il n'aurait pas dû vous parler de lui.

— Ce n'est pas lui qui m'en a parlé. C'est Eve.

— Vous avez donc connu la petite Eva, dit-elle, le regard

songeur. J'espère que vous n'êtes pas jalouse d'elle. On ne peut pas se permettre d'être jaloux dans ce métier. La petite Eva ! Elle doit avoir près de quarante ans maintenant. Et encore jolie, j'imagine ?

— Vous ne savez donc pas ce qui lui est arrivé ?

— Non.

— Elle est morte.

— Quelle horreur ! Comment cela est-il arrivé ?

— A Londres, dans une ruelle déserte, il y a quelques jours...

— On l'a torturée ?

Léa, submergée par la nausée, se contenta de hocher la tête.

— Pauvre Simon !

La fleuriste jeta un coup d'œil autour d'elle dans le parc. Elle n'aperçut que le chauffeur au loin dans la DS.

— Nous n'avons pas de temps à perdre, dit-elle en se tournant vers Léa. Ils seront à nos trousses sous peu. Ecoutez bien ce que je vais vous dire. Nous allons nous séparer et nous ne nous reverrons plus jamais. Lorsque votre mari est venu me voir, il y a deux semaines de cela, il avait une mission extrêmement dangereuse.

Elles allèrent dans la direction de la voiture.

— Magus ?

— Exactement. Tout du moins, ce qui reste du pauvre homme. Il y a cinq ans, on nous avait confié à Simon, Eve et moi, une mission qui consistait à, comment dirais-je... achever une œuvre déjà entreprise auparavant mais sans succès. Notre cible était Magus. Simon a placé des explosifs dans sa voiture. Le vieil homme se rendait à son travail en voiture tous les matins, mais ce matin-là, il est resté chez lui. C'est sa femme qui a pris la voiture : elle est morte sur le coup. Lorsqu'il a entendu l'explosion, le vieux Magus s'est précipité pour essayer de la sortir de la voiture. Les flammes l'ont gravement défiguré, mais il s'en est tiré. A présent, c'est à nous qu'il en veut.

— Vengeance ? balbutia Léa, terrorisée.

— En effet. Et nous sommes tous visés. Eva, moi et surtout Simon. Magus a déjà réglé son compte à la pauvre Eva.

— Que dois-je faire d'après vous ? demanda Léa en frissonnant.

— Vous êtes sa femme, et ils comptent sur vous pour les mener à lui.

— Que me conseillez-vous de faire ? Pensez-vous qu'il serait plus raisonnable que je rentre à Washington ?

— Non, c'est absurde ! Vous ne pouvez pas rentrer maintenant. Même chez vous, on ne vous laissera pas tranquille.

— Mais je ne peux pas être en cavale indéfiniment ! Je ne suis pas comme vous, je ne pourrai pas mener ce genre de vie longtemps. Si seulement vous pouviez me dire où je suis susceptible de le trouver...

— Si Simon est en vie, il doit se trouver à Amsterdam.

— Pourquoi à Amsterdam ?

— Parce que Magus y est.

— Consulat américain, bonjour.

— M. Wes Corrigan, s'il vous plaît.

— Un moment...

Une autre voix reprit la communication.

— Vous demandez M. Corrigan ? Je crois qu'il est en train de déjeuner. Je vais essayer de le retrouver. Ne quittez pas, s'il vous plaît.

Avant que Ronald ait pu protester, on le mit en attente. Il patienta cinq bonnes minutes au bout du fil, et s'apprêtait à raccrocher lorsque l'opératrice reprit la communication.

— Je suis désolée, je ne le trouve pas. Mais il a un rendez-vous dans quelques minutes, il doit revenir incessamment. Voulez-vous lui laisser un message ?

— Oui, dites-lui que Steve Barnes l'a appelé. C'est pour mon problème de passeport.

— Voulez-vous me donner votre numéro pour qu'il vous rappelle ?

— Il le connaît.

Selon ce qu'ils étaient convenus, Wes devait sortir de l'ambassade pour le rappeler. S'il ne l'avait pas fait dans un quart d'heure, Ronald essaierait de nouveau. Mais il savait qu'il prenait des risques en attendant que le téléphone sonne. Déjà, le fait d'être passé par une autre standardiste lui avait semblé étrange. Il n'était pas rassuré à l'idée d'attendre dans cette cabine publique. Il était 13 h 14, il attendrait jusqu'à la demie.

Une jeune femme vint frapper à la porte de la cabine avec une pièce de monnaie. Ronald pesta intérieurement et sortit pour lui laisser la place.

A 13 h 25, elle était toujours en communication.

Ronald commença à remonter la rue. Mais il avait déjà trop attendu. Emergeant de la foule des piétons, un homme en costume gris foncé qui venait dans sa direction attira son attention. Arrivé à quelques mètres de lui, Ronald le vit mettre la main à l'intérieur de sa veste.

L'homme sortit un revolver qu'il pointa sur Ronald.

— Ne bouge pas, O'Hara.

Ronald essaya de filer sur la droite mais déjà deux autres individus le cernaient. L'un d'eux lui mit son revolver sur la tempe et actionna la détente. L'espace de quelques secondes, personne ne bougea. Ronald retint son souffle jusqu'à ce qu'il voie arriver et s'arrêter devant eux une limousine noire.

— Grimpe ! lui intima Potter.

— Où m'emmenez-vous ?

— Jonathan Van Dam voudrait avoir un petit entretien avec toi.

— Et après ?

— Ça dépendra de toi.

*
* *

— Nous voulons savoir où se trouve Léa Fontaine.

Affalé dans un fauteuil de cuir, Ronald lança à Van Dam un regard ironique. Mais il était moins rassuré qu'il n'en avait l'air.

— Monsieur O'Hara, je commence à m'impatienter. Je vous ai posé une question.

Ronald haussa les épaules sans répondre.

— Si vous tenez à elle, vous avez tout intérêt à nous dire où elle se trouve et tout de suite.

— Bien sûr que je tiens à elle. C'est même la raison pour laquelle je ne vous dirai rien.

— Est-ce que vous réalisez que sa vie est menacée si elle reste sans protection ? Nous devons la retrouver au plus tôt, sinon…

— Sinon quoi ?

— Tu es le roi des casse-pieds, O'Hara, marmonna Potter, fulminant de rage. Tu l'as toujours été et le resteras pour la vie !

— Oh, tu sais… moi non plus je ne te porte pas en haute estime dans mon cœur !

Van Dam les interrompit brutalement.

— O'Hara, cette femme a besoin de notre secours. Elle sera plus en sécurité sous notre surveillance. Dites-nous où elle se trouve, vous lui sauverez peut-être la vie.

— Vous la suiviez bien à Margate. Quelle protection lui avez-vous alors fournie ? Enfin, que se passe-t-il, bon sang ?

— Je ne peux pas vous le dire.

— C'est Geoffrey Fontaine que vous recherchez, n'est-ce pas ?

— Non.

— Ne me racontez pas d'histoires !

Potter perdit son sang-froid et frappa du poing sur le bureau.

— Tu ne comprendras jamais rien, O'Hara ! Fontaine était des nôtres, enfin !

Ronald fut frappé de stupeur. Il regarda Potter, l'air hébété.

— Vous voulez dire qu'il travaille pour la Compagnie ?

— Exactement.

— Où est-il alors ?

— Il est mort, lui répondit Potter avec une évidente lassitude dans le ton.

Ronald se redressa dans son fauteuil.

— Euh… je crois que je ne comprends plus. Qui en veut à Léa ?

Van Dam intervint.

— Je ne crois pas que nous puissions…

— Nous n'avons pas le choix, répliqua Potter. Nous devons le mettre au courant.

Van Dam prit quelques secondes de réflexion.

— Très bien. Allez-y, Potter.

— Il y a cinq ans de cela, l'un des meilleurs agents du Mossad s'appelait Simon Dance. Les deux autres étaient des femmes, Eva Saint-Clair et Helga Steinberg. On leur avait confié une mission qui a échoué. C'est l'épouse de l'homme qu'ils devaient liquider, Magus, pour tout te dire, qui a été tuée à sa place.

— Dance était donc un assassin à la solde du Mossad ?

— O'Hara, on doit quelquefois combattre le feu avec le feu, ne t'en déplaise. Figure-toi qu'il peut arriver qu'on n'ait pas le choix. La cible de Dance était le chef d'un réseau terroriste international. Des gars comme lui n'opèrent pas pour des motifs idéologiques. Ils sont payés pour le faire. Cette mission devait être accomplie et, à l'époque, c'est l'équipe de Dance qui devait s'en charger.

— Mais ils ont raté leur cible ?

— C'est ça, malheureusement. Les trois agents du Mossad ont été obligés de disparaître de la circulation parce que Magus et ses hommes étaient déterminés à les abattre. Helga Steinberg est, d'après nous, toujours quelque part en Allemagne. On avait perdu la trace de Dance et d'Eva Saint-Clair, depuis environ cinq ans. Puis, il y a trois semaines de cela, l'un de nos agents à Londres, par le plus grand des hasards, a entendu et reconnu la voix de

Dance, alors qu'il était assis dans un pub. Ce qui nous a permis de le recontacter et d'apprendre qu'il avait changé de visage et d'identité et était devenu Geoffrey Fontaine.

— Comment en est-il venu à travailler pour la Compagnie ?

— Je l'en ai persuadé.

— Par quel moyen ?

— Toujours la même chose. De l'argent. Une nouvelle vie. Mais ça ne l'intéressait pas. Il n'y avait qu'une seule chose qui pouvait le convaincre : cesser de vivre en homme traqué. Il n'avait donc pas le choix : il fallait qu'il termine sa mission et liquide Magus. Nous avions retrouvé sa trace à Amsterdam. Dance a accepté.

— Et puis ? Les choses ont encore mal tourné, semble-t-il...

— C'est vraisemblable. Il n'a sans doute pas pu accomplir sa mission à Amsterdam et, pour une raison que j'ignore, Dance s'est retrouvé à Berlin, dans cet hôtel. Tu connais la suite.

— Etait-ce bien son corps que l'on a retrouvé ?

— Comme nous n'avions pas d'empreintes de ses dents, nous ne pouvons l'affirmer avec une absolue certitude, mais je suis enclin à penser que c'était bien lui. Meurtre, suicide ? Personne ne peut le dire. Lorsque je l'ai rencontré, avant tous ces événements, il était assez déprimé de mener ce genre de vie.

Ronald fronça les sourcils.

— S'il a trouvé la mort dans cet incendie, qui a appelé Léa à son domicile ?

— C'est moi qui l'ai appelée, répondit Potter.

— Toi ?

— Oui. Nous avons fait un montage avec des bouts d'enregistrements de sa voix. Nous avions installé des micros dans sa chambre du Savoy à Londres.

— Si je comprends bien, vous vouliez pousser Léa à venir ici, en Europe. En fait, vous vouliez vous servir d'elle comme d'un appât !

— J'ai appris que Magus voulait liquider Dance coûte que coûte, et qu'il ne croyait pas à sa mort. En lui faisant croire que

Léa était susceptible de le mener à son mari, cela nous permettait de mettre la main sur les gens aux trousses de Léa Fontaine. Elle a fait l'objet d'une surveillance sans relâche, jusqu'à ce que tu arrives et que tu bouleverses tous nos plans…

— Je suis écœuré par vos procédés ! Vous me dégoûtez tous autant que vous êtes. Vous vouliez la donner en proie à des loups !

Van Dam, mal à l'aise, se redressa dans son fauteuil.

— Les enjeux de cette affaire sont considérables. Les répercussions peuvent être beaucoup plus graves que ce que vous imaginez, O'Hara.

— Mais je me moque des enjeux ! Vos procédés sont odieux ! dit Ronald en se levant pour arpenter la pièce.

— Monsieur O'Hara, je vous prie de vous rasseoir. Essayez de considérer la situation…

— C'est vous, Van Dam, qui êtes à l'origine de toutes ces initiatives ?

— Non, rétorqua Potter, c'est moi. M. Van Dam n'y est pour rien. Il n'a pris connaissance de tous les détails de l'affaire qu'en venant à Londres.

Ronald regarda Potter.

— Toi ? J'aurais dû m'en douter… Qu'allez-vous faire maintenant ?

Potter secoua la tête.

— M. Van Dam voudrait qu'elle reparte dès que possible. Tout le monde pensera que Fontaine est bien mort, et on la laissera tranquille. Nous nous occuperons de Magus plus tard.

— Et Wes Corrigan ? Je voudrais qu'on le laisse tranquille également.

— C'est déjà fait. Nous ne tiendrons pas compte des démarches qu'il a entreprises pour vous.

Ronald se rassit lentement en lançant à Potter un regard haineux. La décision qu'il devait prendre à présent et les conséquences qu'elle pouvait entraîner ne dépendaient que du degré de confiance qu'il accordait à Van Dam et à Potter.

Même s'il ne leur faisait pas confiance, il était clair qu'il n'avait guère le choix. Léa était toute seule à la pension, et il n'était pas question de la laisser seule face à d'éventuels assassins.

— Si je comprends bien, je suis coincé, n'est-ce pas ?

— Nous savons ce dont tu es capable, O'Hara.

— Détrompe-toi, Potter. Tu ne sais pas grand-chose, en fait. Et je ne te souhaite pas de le savoir !

— Et où pourrai-je le trouver à Amsterdam ? demanda Léa à la fleuriste tandis qu'elles rejoignaient la DS.

— Etes-vous sûre de vouloir le retrouver ?

— Il le faut. C'est la seule personne qui puisse me sortir de ce traquenard. Il m'attend de toute façon.

— Il faut que vous sachiez que vous risquez votre vie dans cette aventure. Vous en êtes consciente, n'est-ce pas ?

Léa frissonna.

— Je ferai comme maintenant. J'ai peur, à tous les instants. Je me demande toujours quand et où ils me retrouveront. Ils ont poignardé Eve…

La fleuriste écarquilla les yeux.

— Un couteau ? C'est la signature de Kronen !

— Kronen ?

— Oui. Nous l'appelions « le fils du Diable ». C'est l'homme de confiance de Magus.

— Avec des lunettes de soleil et des cheveux blonds presque blancs ?

— Vous l'avez donc vu ! Eh oui, ça ne me surprend pas qu'il soit à vos trousses. Il vous poursuivra où que vous alliez.

— Que feriez-vous si vous étiez à ma place ?

La femme regarda Léa pensivement, l'air d'évaluer ses chances de survie.

— A Amsterdam, il y a un night-club qui s'appelle la Casa Morro et qui se trouve dans la rue Oude Zijds Voorburgwal. Il est tenu par une femme du nom de Corrie. Elle était autrefois une amie du Mossad, de nous tous, en fait. Si Simon est à Amsterdam, c'est elle qui saura où le trouver.

— Et si elle ne le sait pas ?

— Je ne vois personne d'autre, malheureusement.

Elles montèrent dans la voiture et le chauffeur prit la direction du Kurfürstendamm.

— Ne vous laissez pas impressionner par la Casa Morro.

— Pourquoi ?

La femme eut l'ombre d'un sourire.

— Vous verrez bien ! Nous allons vous déposer près de votre pension. D'accord ?

Léa hocha la tête sans répondre. Elle pensait à Amsterdam. Elle allait avoir besoin d'argent liquide et c'était Ronald qui le gardait. Elle décida qu'elle le prendrait pendant son sommeil et quitterait Berlin dans la nuit. Le matin, elle serait déjà loin.

La femme dit quelques mots au chauffeur, puis se tourna vers Léa.

— Encore une chose. Ne faites confiance à personne. Cet homme qui vous accompagnait hier, comment s'appelle-t-il ?

— Ronald O'Hara.

— Depuis combien de temps le connaissez-vous ? demanda-t-elle en fronçant les sourcils.

— Quelques semaines.

— Partez seule, c'est plus sûr.

Ils arrivaient près de la pension et la voiture avait été obligée de ralentir à cause de la circulation, très dense à cette heure de la journée.

Brusquement, le chauffeur émit un juron et accéléra. La voiture prit de la vitesse en essayant de se faufiler.

— *Nach rechts !* cria la femme dont le visage avait blêmi.

— Que se passe-t-il ? demanda Léa.

— La CIA. Ils sont partout dans la rue. Regardez !

En effet, deux hommes étaient plantés devant la porte de la

pension. Léa les reconnut. Le petit, Roy Potter, les ayant aperçues alerta du coude l'homme qui se tenait près de lui. Ce dernier leva la tête dans leur direction : Ronald.

Il semblait incapable de réagir ou de bouger. Tandis que la voiture les dépassait, ses yeux croisèrent ceux de Léa. Il attrapa le bras de Potter et tous deux s'élancèrent vers le véhicule, mais en vain. Ronald appela Léa plusieurs fois, mais la DS avait déjà viré à droite.

Ainsi, tout était clair : Ronald n'avait pas cessé de coopérer avec Potter ! Ils avaient tout manigancé ensemble, très astucieusement. Ronald était donc lui aussi de la CIA. Elle venait d'en avoir la preuve.

Il avait dû retourner dans la chambre et, ne la trouvant pas, avait immédiatement donné l'alarme.

Elle se laissa retomber en arrière sur son siège, bouleversée et désespérée. La CIA était à ses trousses, Magus également. Où qu'elle aille, on la retrouverait.

— Ecoutez, nous allons vous conduire à l'aéroport. Si vous prenez un avion immédiatement, ils n'auront pas le temps de vous rattraper.

— Et vous ?

— Nous devons filer aussi, mais ailleurs.

— Et si j'ai besoin de vous, comment pourrai-je vous contacter ?

— Ce ne sera pas possible.

— Mais je ne connais même pas votre nom !

— Si vous retrouvez Simon, dites-lui seulement que c'est Helga qui vous a envoyée.

Les panneaux annonçant l'aéroport de Tegel apparurent trop rapidement. Léa n'avait pas eu le temps de se faire à l'idée qu'elle partait seule pour Amsterdam.

La DS s'arrêta devant le terminal des départs. Elle ouvrit la portière et sortit sans avoir eu le temps de prononcer un mot pour saluer Helga, car la voiture redémarra aussitôt.

En se dirigeant vers le guichet pour acheter son billet, elle ouvrit son sac et sortit son portefeuille. Il lui restait à peine de quoi s'offrir un repas... Elle allait être obligée d'utiliser sa carte de crédit...

Vingt minutes plus tard, elle embarquait sur le premier vol pour Amsterdam.

11.

Après avoir déposé Léa à l'aéroport, Helga voulut passer chez elle pour y prendre certaines de ses affaires. Elle n'ignorait pas que c'était courir des risques supplémentaires mais elle y tenait.

Elle monta dans sa chambre où, rapidement, elle remplit un grand sac. Ensuite, elle regarda par la fenêtre avant de redescendre : son ami et complice l'attendait au volant de la DS.

Tandis qu'elle refermait la porte de la maison, elle entendit un crissement de pneus, aussitôt suivi d'une rafale de fusil-mitraillette. Les balles claquèrent sur la carrosserie de la voiture.

Elle eut le temps de se jeter à terre derrière un grand bac de tulipes avant qu'une nouvelle rafale s'abatte sur toute la façade de la maison dont les carreaux volèrent en éclats au-dessus de sa tête.

En tirant son sac après elle, elle rampa un peu plus loin pour mieux se dissimuler derrière les fleurs. Elle n'avait que quelques secondes pour agir… Le claquement sec d'une portière de voiture précéda un bruit de pas dans sa direction.

Helga sortit son revolver et se figea. L'homme montait les marches du perron depuis lequel, s'il regardait sur sa droite, il ne manquerait pas de la voir. Elle l'aperçut la première et lui tira dans le dos sans hésiter. Il tomba sur le ventre devant la porte.

Elle ne se donna même pas la peine de vérifier s'il était mort. Elle en était certaine. Son acolyte devait certainement le penser aussi car elle entendit une voiture redémarrer en trombe et disparaître avant qu'elle ait eu le temps de se relever.

Un seul coup d'œil à l'intérieur de la DS lui confirma que le chauffeur aussi était mort. C'était un homme en lequel elle avait eu pleine confiance et pour lequel elle avait une très grande amitié. Bouleversée, elle ramassa son sac et remonta la rue. Elle devait absolument quitter Berlin.

Elle venait de faire une erreur qui aurait pu lui coûter très cher. Mais elle était vivante. La prochaine fois, elle aurait peut-être moins de chance.

Ronald se fraya un chemin parmi les badauds attroupés devant la maison et autour de la DS noire criblée de balles. Les ambulanciers et les policiers étaient accroupis devant un cadavre gisant sur le seuil de la porte de la maison, dans une mare de sang.

— Potter !

Il fut obligé de hurler pour que sa voix domine le brouhaha des sirènes et des voix criant en allemand.

A son tour, de l'autre côté de la rue, Potter l'aperçut et fit un signe de la main.

— O'Hara ! Elle n'est pas ici. On n'a trouvé que deux hommes ; le chauffeur d'Helga et un autre type devant le porche de la maison. Morts tous les deux.

— Où est-elle ?

Potter haussa les épaules puis se tourna vers Tarasoff qui s'avançait.

Exaspéré par sa propre impuissance, Ronald ne traversa même pas pour rejoindre Potter. Il continua droit devant lui et remonta la rue sans destination précise. La vue du sang l'avait bouleversé. Il imagina le corps de Léa étendu sur le sol, ou dans la voiture…

Que pouvait-il faire ? Tous ses espoirs reposaient sur ces hommes dans lesquels il n'avait qu'une confiance limitée, sur une organisation qui ne lui avait toujours inspiré qu'un profond mépris.

Potter, essoufflé, le rattrapa.

— O'Hara, partons d'ici. Nous avons une nouvelle piste.

— Comment ?

— La KLM. Elle a payé avec sa carte de crédit.

— Tu veux dire qu'elle va quitter Berlin ? Roy, il faut arrêter cet avion.

— Trop tard ! Il a atterri il y a dix minutes. A Amsterdam.

On dit que les Hollandais ne ferment jamais leurs rideaux. Sinon, cela signifie qu'ils ont quelque chose à cacher. En marchant dans les rues d'Amsterdam, le soir, lorsque les maisons sont éclairées, les passants peuvent voir tout ce qui se passe à l'intérieur d'un foyer hollandais.

Même le quartier de Wallen, où les femmes exercent le plus vieux métier du monde exposées dans des vitrines, n'échappe pas à cette règle des rideaux tirés.

Et c'est dans ce quartier que Léa trouva la Casa Morro. Elle se souvint de la moue amusée d'Helga la mettant en garde.

Dans l'ombre du vieux pont de pierre, elle resta là à regarder le va-et-vient des passants. L'eau sombre du canal reflétait la lumière des réverbères anciens et les fanaux rouges des maisons.

Elle se décida enfin à entrer à la Casa Morro. Une grande femme brune, assez élégante, se tenait derrière un comptoir. Elle leva les yeux sur elle.

— *Kan ik u helpen ?*

— Je cherche Corrie.

— Vous êtes américaine, n'est-ce pas ?

Léa ne répondit pas. Lentement, elle effleura du regard la cheminée dans laquelle brûlaient quelques bûches, le rayonnage chargé d'ouvrages illustrés, les fauteuils capitonnés de velours rouge, la moquette à motifs persans. Puis, enfin, elle se tourna vers la femme.

— C'est Helga qui m'envoie.

Le visage de la femme n'eut aucune expression.

— Je cherche Simon. Savez-vous où il est ?

— Peut-être que Simon ne veut pas qu'on sache où il se trouve, répondit la femme sans agressivité.

— Je vous en prie, c'est important !

— Vous savez, avec lui, tout est toujours important !

— Est-il ici, à Amsterdam ?

— Peut-être.

— Alors il voudra me voir.

— Pourquoi ?

— Parce que je suis sa femme.

Une lueur de surprise traversa le regard de la belle jeune femme brune. Elle contourna le comptoir et vint s'asseoir sur un tabouret près de Léa. Elle avait l'air perplexe.

— Laissez-moi votre alliance et revenez plus tard dans la soirée.

— Il sera là ?

— Simon est un homme prudent. Il lui faudra des preuves pour qu'il vienne.

Léa ôta son alliance et la lui tendit.

— Je reviendrai à minuit.

Tandis que Léa s'apprêtait à sortir, elle la rappela.

— Je ne vous promets rien.

Léa hocha la tête.

— Je comprends.

Corrie attendit un long moment après que Léa fut partie pour aller téléphoner dans une cabine publique. On décrocha rapidement à l'autre bout du fil.

— La femme au sujet de laquelle Helga a appelé est ici. Elle a de longs cheveux roux, des yeux marron, la trentaine. Elle m'a laissé son alliance en or. L'inscription gravée à l'intérieur est « Geoffrey — 14-2 ». Elle reviendra à minuit.

— Elle était seule ?

— Oui. Je n'ai vu personne avec elle.

— Et cet homme dont Helga t'a donné le nom, O'Hara. Qu'as-tu appris à son sujet ?

— Il n'est pas de la CIA. Il semble que ses motivations soient strictement… personnelles.

Corrie ne dit plus rien. Elle écouta les instructions qu'on lui donna, raccrocha et retourna à la Casa Morro où elle alla poser l'alliance bien en évidence sur un guéridon dans la vitrine, de sorte qu'on puisse la voir depuis l'extérieur.

Corrie sourit en pensant à ce qu'elle réservait à cette jeune femme lorsqu'elle reviendrait à minuit. Toute sa vie, Corrie avait ressenti comme une blessure le regard de celles que le destin n'avait pas menées à la prostitution et qui considéraient son métier comme humiliant et déshonorant. C'était cette espèce de mépris mêlé de pitié qu'elle venait de déceler dans le regard de Léa.

Même si elle n'était pas tout à fait d'accord sur le sort réservé à Léa, Corrie ne posait jamais de questions, ne discutait pas les ordres qu'elle recevait.

En fait, secrètement, elle s'en réjouissait même.

— Pas de nouvelles de Léa, dit Potter en entrant dans la chambre d'hôtel de Ronald à Amsterdam.

Il avait dans les mains deux tasses de café et il en tendit une à son ancien collaborateur.

— Au fait, poursuivit-il, tu serais peut-être intéressé de savoir que nous avons eu des informations sur les deux hommes que nous avons trouvés morts à Berlin.

— Alors ?

— Celui qui était au volant de la DS était allemand, il a travaillé pour Mossad autrefois. D'après les voisins, Helga Steinberg et lui étaient liés comme frère et sœur.

— Et l'autre ?

— L'autre est néerlandais. D'après les papiers qu'on a trouvés sur lui, il était représentant de commerce, et voyageait beaucoup. Mais il y a un point intéressant qui peut bien nous mener à quelque chose. Il y a deux jours, un gros virement a été enregistré sur le compte bancaire de ce prétendu VRP. Un très gros virement effectué par une société du nom de F. Berkman, dont le siège est ici à Amsterdam. Ils font de l'import-export de café. La société Berkman existe depuis dix ans et a des succursales dans une dizaine de pays. Mais, bizarrement, il se trouve que cette affaire ne fait absolument aucun bénéfice. Intéressant, n'est-ce pas ?

— Et qui est ce Berkman ?

— Personne ne semble le connaître. Les différentes succursales sont dirigées par des gérants et aucun de leurs membres ne connaît son patron.

Ronald et Potter échangèrent un regard complice : ils avaient pensé à la même chose.

— Magus, lança Ronald.

— C'est ce que je me disais aussi !

— Léa est en train de se jeter dans la gueule du loup lentement mais sûrement. A sa place, je me mettrais à fuir à toutes jambes ! dit Ronald.

— J'ai comme l'impression que cette femme est impulsive et, donc, très imprévisible ! On dirait qu'elle n'a peur de rien.

— C'est assez vrai, bien que... Mais c'est surtout une fille intelligente.

— Tu es amoureux d'elle ?

— Un peu, oui.

— Ça doit te changer de Lauren ?

— Tu te souviens de Lauren ?

Potter le regarda avec des yeux brillants.

— Bien sûr ! Qui peut l'oublier ? Tu étais envié par tous les gars de l'ambassade. Manque de chance que vous ayez dû divorcer !

— Manque de chance qu'on se soit mariés un jour, plutôt !

Potter se mit à rire.

— Je vais te faire une confidence. Après deux divorces, j'en suis arrivé à la conclusion qu'un homme peut très bien se passer d'amour. Il nous faut quelqu'un pour préparer nos repas et repasser nos chemises, puis peut-être, euh… une femme dans les bras de temps en temps. Mais l'amour, pourquoi ?

Ronald secoua la tête.

— C'est ce que je croyais il n'y a pas si longtemps…

La sonnerie du téléphone l'interrompit.

— Ce doit être pour moi, dit Potter en écrasant sa cigarette.

Ronald se leva et décrocha avant lui.

— Allô, j'écoute…

S'ensuivit un silence de quelques secondes, le temps que son interlocuteur identifiât sa voix.

— Monsieur O'Hara ?

— Oui.

— Elle sera ce soir à la la Casa Morro. Venez seul.

— Qui êtes-vous ? demanda Ronald.

— Faites-lui quitter Amsterdam le plus tôt possible. Je compte sur vous.

— Attendez !

On avait déjà raccroché. Ronald claqua le récepteur sur le combiné en jurant et se précipita à la porte de la chambre.

— Mais où vas-tu comme ça ?

— A un endroit qui s'appelle Casa Morro. Elle y sera !

— Attends, laisse-moi appeler Van Dam avant, dit Potter en saisissant le récepteur. Nous avons besoin d'être couverts.

— Je n'en ai rien à faire, j'y vais tout seul !

— O'Hara !

Mais Ronald était parti.

Cinq minutes après que Ronald eut quitté l'hôtel, le vieil homme reçut un coup de fil de son indicateur.

— Elle est à la Casa Morro.

— Comment le savez-vous ? demanda le vieux.

— Il y a un type qui a appelé O'Hara mais on ne sait pas qui c'était. Les gars de la Compagnie y seront incessamment. Il vous reste peu de temps pour envoyer les vôtres.

— Je vais envoyer Kronen.

— Vous ne craignez pas qu'O'Hara vous mette des bâtons dans les roues comme il l'a déjà fait ?

— O'Hara ? Non ! Kronen s'en chargera sans problème.

Jonathan Van Dam raccrocha et sortit précipitamment de la cabine publique. Une brise assez froide avait commencé de souffler, et il boutonna son imperméable. L'idée de retourner dans sa chambre d'hôtel bien chauffée était réconfortante, mais auparavant, il devait s'arrêter dans une pharmacie. Il achèterait n'importe quoi et ce serait le prétexte qu'il donnerait si jamais on lui demandait pourquoi il était sorti.

Il en trouva une rapidement, et l'employé leva les yeux de son magazine en le voyant entrer. Il demanda un remède pour les maux d'estomac qu'il paya huit guilders. Un autre client en pardessus noir était entré après lui et s'était arrêté devant le rayon des remèdes contre la grippe.

Van Dam mit huit minutes pour rentrer à son hôtel. Il versa une dose de son remède dans le lavabo puis se mit en pyjama. Il ne lui restait plus qu'à attendre la sonnerie du téléphone.

A la Casa Morro, la pièce n'allait pas tarder à se jouer ! Van Dam préférait ne pas y penser. Jamais depuis qu'il travaillait pour la Compagnie, il n'avait eu l'occasion d'entendre les balles siffler au-dessus de sa tête. S'il avait été l'instigateur de plusieurs assassinats, il n'avait jamais directement mis la main à la pâte car il avait engagé des gens pour s'en charger.

Pour le meurtre de Claudia, son épouse, il s'était arrangé pour que tout se fasse en son absence. A son retour, les traces de sang avaient été nettoyées et le parquet ciré. Il n'avait enduré aucun des désagréments de ce genre de situation. Au contraire, il était devenu libre et extrêmement riche.

Mais un mois plus tard, il avait reçu un message inquiétant : « Le Viking m'a tout raconté ». Le Viking était l'homme qu'il avait chargé de cette sale besogne.

Il avait alors pensé fuir au Mexique ou en Amérique du Sud. Mais un jour, en se réveillant, il s'était dit qu'il ne pourrait jamais renoncer à sa maison et à son confort. Il avait donc attendu. Puis le vieil homme s'était manifesté, et Van Dam avait négocié avec lui.

Au début, il lui avait demandé des informations, des chiffres et des renseignements anodins : le budget de fonctionnement d'un certain service consulaire, les horaires de décollage d'un avion de fret aérien.

Il ne ressentait qu'une très légère culpabilité car, après tout, ce n'était pas au KGB qu'il fournissait ces renseignements... Le vieux n'était qu'un homme d'affaires dont les intérêts n'étaient en rien politiques. On ne pouvait pas le considérer comme un ennemi, et lui, par conséquent, ne pouvait pas être considéré comme un traître.

Très rapidement les exigences du vieux avaient pris des proportions plus importantes. Il ne savait jamais quand ni comment, et au moment où il s'y attendait le moins, un message lui parvenait. Il n'avait jamais rencontré le vieux ni su son véritable nom. Il ne disposait que d'un numéro de téléphone à n'utiliser qu'en cas d'urgence.

Les rares fois où il avait appelé ce numéro, les communications avaient été fort brèves et ponctuées de déclics et de silences destinés à brouiller et à empêcher toute tentative de repérage sur le réseau téléphonique.

Il était à la merci d'un maître chanteur qui n'avait pour lui ni nom ni visage et s'en accommodait assez bien car il ne s'était jamais senti réellement menacé. Il avait continué à jouir du confort et de l'opulence. L'existence du vieux n'était pour lui qu'un moindre mal, somme toute relativement bénin.

*
* *

— Il est minuit, dit Léa. Où est-il ?

Corrie ramena en arrière une longue mèche de ses cheveux noirs et releva la tête.

— Simon voudrait avoir des preuves.

— Mais il a eu mon alliance !

— C'est vous qu'il veut voir. Mais de loin. Montez à l'étage, deuxième chambre à droite. Vous regarderez dans l'armoire. Je crois que la robe en satin vert vous ira très bien.

— Je ne comprends pas.

Corrie lui sourit malicieusement. Elle était assise près d'un lampadaire sur pied qui éclairait son visage, mettant à nu les rides autour de sa bouche et les profondes pattes-d'oie dans le prolongement de ses yeux, et prouvait, s'il en était besoin, que la vie ne l'avait pas particulièrement gâtée.

— Il n'y a rien à comprendre. Mettez cette robe et revenez me voir !

Léa s'avança dans l'escalier faiblement éclairé, et entra dans la chambre qui était petite mais douillette. Elle trouva la robe sans difficulté et la revêtit, puis se regarda dans la glace avant de redescendre. La finesse du tissu et le profond décolleté ne dissimulaient rien des courbes de son corps. Mais c'était sans importance, l'essentiel étant de rester en vie. Elle se sentait capable de s'habiller n'importe comment.

Corrie la vit arriver et l'examina d'un œil critique.

— Vous êtes si maigre ! Ce serait mieux si vous enleviez vos lunettes. Vous pouvez voir quand même ?

— Oui, un peu.

Elle lui fit signe d'aller dans la vitrine.

— Je vais garder votre sac. Prenez un livre si vous voulez, mais asseyez-vous face à la rue pour qu'il puisse vous voir. Ce ne devrait pas être long.

— Assieds-toi, lui dit une des filles qui étaient déjà installées dans la vitrine. Tiens, prends ce livre, il est amusant.

Le livre était en néerlandais, mais il lui permettait d'avoir une certaine contenance. De l'autre côté de la vitre, on entendait des bruits de pas sur le pavé, des rires et de la musique venant d'un bar voisin.

Au bout d'un long moment, elle leva les yeux et le livre lui tomba des mains. Ronald l'avait reconnue et n'en croyait pas ses yeux.

— Léa ?

Impulsivement, elle écarta les rideaux et s'élança hors de la vitrine pour aller se réfugier à l'étage supérieur.

Il la rattrapa dans l'escalier et lui prit le bras. Elle parvint à se dégager en se débattant comme une furie, courut sur le palier, et ouvrit la porte de la chambre où elle s'était changée. Elle voulut l'empêcher d'entrer, mais il avait passé son pied pour bloquer la porte.

Elle se réfugia à l'autre extrémité de la pièce, et le regarda comme une bête prise au piège. Ronald tendit la main.

— Léa, écoute-moi.

— Non, va-t'en ! Je ne veux plus te voir. Laisse-moi tranquille.

Il s'avança vers elle, et lorsqu'il fut suffisamment proche, elle le gifla à toute volée. Ses doigts laissèrent des traces rouges sur ses joues. Elle leva la main une nouvelle fois, mais il la prit par les poignets et la maîtrisa.

— Tu t'es servi de moi ! lui jeta-t-elle au visage.

— Ce n'est pas vrai, Léa. Laisse-moi t'expliquer.

— Tu t'es bien amusé, n'est-ce pas ? Et moi qui croyais que tu m'...

— Mais je t'aime, Léa. Je t'aime !

— Assez ! Tu mens !

— Je ne te mens pas, je ne t'ai jamais menti, Léa, jamais !

— Tu travailles pour la Compagnie, n'est-ce pas, alors que tu as toujours prétendu le contraire.

— Mais pas du tout. Je n'ai jamais été avec eux. Ils m'ont surpris pendant que je téléphonais à Wes et m'ont mis au pied du mur avant de se décider à tout m'expliquer. C'est fini maintenant. Tu n'as plus besoin de fuir.

— Mais il faut que je revoie Geoffrey, il le faut !

— Tu ne le reverras jamais, Léa.

— Pourquoi dis-tu cela ?

— Il est mort.

— Mais ce n'est pas possible ! J'ai reconnu sa voix au téléphone.

— Ce n'était pas lui. C'est la Compagnie qui a manigancé cet appel. C'était un enregistrement. Geoffrey est bien mort dans l'incendie. C'est bien son corps que l'on a retrouvé à l'hôtel.

Léa pressa ses mains sur ses yeux.

— Je ne comprends plus rien, Ronald, plus rien du tout.

— La Compagnie te surveillait, Léa, parce que tu pouvais les conduire à Magus. Ils espéraient qu'il mettrait quelqu'un à tes trousses, qui les aurait menés à lui.

— Et maintenant ?

— C'est fini. Ils ont annulé l'opération. Nous pouvons rentrer à Washington.

— Je n'arrive pas à y croire. Je n'arrive pas à croire que c'est fini… et que tu es là.

Il lui souleva le menton et ses lèvres cherchèrent celles de Léa. Ce fut un baiser tendre, léger et apaisant.

Main dans la main, ils étaient sur le point de descendre l'escalier lorsque Ronald regarda en bas et s'arrêta net. Léa ne comprit pas tout de suite, mais elle suivit son regard.

Au pied de l'escalier, la moquette imprimée était tachée de sang et, un peu plus loin, le corps de Corrie était allongé sur le sol.

12.

L'ombre d'une silhouette se dessina sur le mur. Elle se mouvait lentement et s'approchait de l'escalier. Un cri d'horreur résonna, suivi aussitôt après de deux sifflements étouffés émis par un silencieux.

Pétrifiés, Ronald et Léa se tenaient sur le palier. Il leur fallait trouver une issue. Derrière eux, au fond du couloir du premier étage, ils aperçurent un autre petit escalier de bois. Ils se regardèrent et, sans plus tergiverser, se précipitèrent sur la pointe des pieds pour éviter de faire craquer le plancher. Ils montèrent les quelques marches.

Arrivé devant une porte, Ronald la poussa prudemment : c'était un grenier. Ils entrèrent s'y réfugier. La porte ne fermait pas à clé.

Les lumières de l'extérieur filtraient à travers une petite lucarne mais la pièce demeurait obscure.

Le craquement encore assez lointain de pas qui montaient l'escalier ne tarda pas à leur parvenir. Il leur sembla qu'on ouvrait méthodiquement toutes les portes de l'étage.

Ronald fit signe à Léa de se tapir derrière ce qui semblait être un grand coffre métallique.

— Et toi ? Où vas-tu ? murmura-t-elle.

— Près de la porte.

Les pas se rapprochèrent et Léa n'osa plus respirer. La porte s'ouvrit avec violence et alla taper contre le mur.

D'un seul coup, la lumière du couloir pénétra dans la pièce.

Léa crut deviner un gémissement consécutif à un coup de poing suivi d'un autre coup qui fit trembler le plancher.

Elle osa relever la tête et vit Ronald aux prises avec un homme qu'elle n'avait jamais vu auparavant. La bouche de Ronald saignait abondamment.

A son tour, l'homme envoya son poing dans le ventre de son adversaire. Ronald gémit et tomba, plié en deux. L'assassin en profita pour s'élancer sur le sol et saisir son revolver que le premier coup de poing de Ronald lui avait fait lâcher.

Encore étourdi, Ronald n'eut pas le temps de l'en empêcher. Le tueur tenait son arme dans la main, mais avant qu'il puisse la pointer sur Ronald, celui-ci, dans un geste désespéré, se redressa et essaya de saisir son poignet. Mais ses doigts ne rencontrèrent que la manche de l'homme.

Sans réfléchir, Léa bondit alors, lança un coup de pied vers la main de l'assassin… et atteignit son but. Le revolver valsa et retomba plus loin, sur une pile de livres.

Ronald en profita pour se relever et assener à son adversaire un direct dans la mâchoire qui le prit par surprise. Il tomba en arrière et son crâne heurta le coffre. Il s'affaissa et sembla ne plus bouger.

— Filons maintenant !

Léa appréhendait de voir le corps ensanglanté de Corrie dans le hall mais elle se précipita néanmoins dans l'escalier la première. Elle ne vit pas tout de suite l'homme qui attendait en bas.

A la vitesse d'un éclair, il s'empara de son bras et la tira brutalement contre lui, comme un bouclier. Sa main gantée tenant un revolver s'éleva devant les yeux de Léa. Mais l'arme ne la visait pas. Elle était pointée sur l'escalier.

Il tira sur Ronald qui eut le réflexe de se rejeter en arrière. Mais une tache de sang apparut aussitôt sur sa chemise. Léa se mit à crier tandis que son agresseur la traînait jusqu'à la porte.

Un air glacial lui fouetta le visage, et elle fut aveuglée par la lumière des phares de voitures qui passaient dans la rue. Sans ménagement, elle fut projetée à l'intérieur d'un véhicule, et une portière claqua.

Lorsqu'elle releva la tête, un revolver était pointé sur elle.

Elle devina dans la pénombre le sourire sardonique de Kronen, ses cheveux blonds presque blancs. Un visage de cauchemar.

Van Dam était encore assis près de son téléphone lorsque Tarasoff l'appela pour l'informer de la tuerie qui avait eu lieu à la Casa Morro et de l'échec complet de leur intervention.

— O'Hara a été transporté aux urgences mais la veuve Fontaine a disparu.

Profondément inquiet par ce qu'il apprenait, Van Dam fit de son mieux pour avoir l'air indifférent.

Mais après avoir raccroché, il se leva et se mit à arpenter nerveusement la pièce. Ce qui le troublait, c'était que l'on ait réussi à faire le lien entre le tueur qui avait opéré chez Helga et la société Berkman. Le tueur avait commis une imprudence qui pouvait lui coûter cher à lui… Avec tout ce sang versé, Potter allait sans nul doute s'acharner comme un chien qui tient sa proie entre les dents !

Il fallait écarter Potter. Son avenir en dépendait. Si Magus venait à être capturé, il allait essayer de s'en sortir par tous les moyens et il était tout à fait capable de négocier sa liberté contre des noms. Le sien serait sans doute le premier de la liste !

Les choses allaient trop vite subitement. Si le pire venait à se produire, aurait-il le temps de s'échapper ? Pour parer à cette éventualité, Van Dam décida de faire sa valise. Il imagina le scénario des prochains événements : fermer la porte, descendre l'escalier, chercher un taxi et aller se réfugier à l'ambassade soviétique. Il aurait préféré éviter cette dernière démarche car il n'avait jamais porté les Russes dans son cœur. Mais dans une telle situation, c'était tout ce qu'il lui restait à faire.

Absorbé dans ses pensées, il ne prêta pas attention au bruit de pas dans le couloir. Les coups frappés à la porte le firent sursauter.

— Oui ?

— Inspecteur Donaldson, monsieur. M. Potter m'a demandé de venir vous informer en détail des derniers événements. Puis-je entrer ?

— C'est inutile. Tarasoff vient de me téléphoner. A moins qu'il y ait du nouveau depuis ?

— En effet, monsieur, il y a du nouveau.

Van Dam s'apprêtait à ouvrir, quand son instinct l'avertit d'être prudent. Il fit glisser la chaîne de sécurité et entrebâilla la porte.

Elle vola aussitôt en éclats avec un bruit de tonnerre et Van Dam la reçut dans le visage. Le sang qui l'aveuglait et la douleur qui l'étourdit un moment formaient comme un léger brouillard dans sa tête. Il aperçut un homme entièrement vêtu de noir qui tenait quelque chose dans sa main.

« Pourquoi ? » eut le temps de penser Van Dam tandis que ses yeux écarquillés fixaient un petit trou noir.

— Voilà pour Eva, dit l'homme.

Trois balles éclatèrent dans la poitrine de Van Dam.

Recroquevillée par terre, les genoux contre la poitrine, Léa claquait des dents, frigorifiée dans sa robe de satin vert. La pièce dans laquelle elle se trouvait était glaciale et plongée dans l'obscurité. Au-dessus de sa tête, une lucarne lui permettait de voir la lueur de la lune sporadiquement découverte par les nuages. Quelle heure pouvait-il être ? 3 ou 4 heures du matin ? Cette effroyable nuit était interminable.

Toutes les fois qu'elle avait fermé les yeux, l'image atroce de Ronald recevant la balle de Kronen lui était revenue avec une acuité obsédante et douloureuse.

Elle était détenue dans une grande pièce servant d'entrepôt, dans un vieil immeuble. La porte métallique était blindée et la lucarne trop haute pour qu'elle puisse l'atteindre.

Une forte odeur de café flottait dans la pièce et dans tout le bâtiment. Elle avait vu au rez-de-chaussée d'énormes machines à torréfier et de gros sacs de jute sur lesquels elle avait pu lire : « F. Berkman, Kofie, Hele Bonen. » Si des gens travaillaient ici, elle avait peut-être une chance pour qu'on l'entende à un moment ou à un autre de la journée.

Mais elle se souvint que la veille était un samedi. Personne n'était susceptible de venir travailler un dimanche matin... à l'exception de Kronen !

Elle se raidit lorsqu'elle entendit une vague rumeur qui lui parvenait de derrière la porte. Quelqu'un était en train de monter l'escalier. Une porte s'ouvrit et se referma avec fracas. Deux voix masculines parlaient en néerlandais et elle reconnut celle de Kronen. L'autre était plus grave, comme éraillée et presque inaudible. Les pas quittèrent la pièce voisine pour se rapprocher de celle où elle était enfermée. On éclaira subitement de l'extérieur.

Son sang se figea dans ses veines lorsque la porte s'ouvrit.

L'homme qui s'avança vers elle n'avait pas de visage. Il portait un masque, et elle ne pouvait distinguer que sa bouche et ses yeux assez clairs. Quelques cheveux blancs épars laissaient apparaître la peau rose de son crâne. Une écharpe rouge autour de son cou apportait une surprenante note de couleur à l'ensemble assez sordide.

Les yeux se posèrent sur elle. Avant que l'homme ne lui adressât la parole, elle devina son identité. Magus, l'homme que Geoffrey était chargé de liquider.

— Madame Simon Dance, levez-vous que je puisse mieux vous voir.

Il lui prit le poignet pour la forcer à se lever.

— Ne me faites pas de mal, je vous en prie. Je ne sais rien du tout, je vous jure que je ne sais rien !

— Vous devez quand même savoir quelque chose puisque vous avez quitté Washington.

— C'est la CIA. Ils se sont moqués de moi !

— Pour qui travaillez-vous ?

— Pour personne !

— Si ce que vous dites est vrai, pourquoi êtes-vous venue à Amsterdam ?

— Pour retrouver Geoffrey... je veux dire Simon.

Magus se retourna vers Kronen qui souriait d'un air amusé.

— Alors c'est cette femme que tu as mis deux semaines à retrouver ?

Le sourire de Kronen se dissipa pour laisser place à une expression furieuse.

— Elle n'était pas seule, fit-il remarquer.

— Elle a quand même réussi à retrouver Eva toute seule !

— Oui, elle est plus maligne qu'elle n'en a l'air.

— A n'en pas douter ! Où est votre mari ? dit-il en se retournant vers Léa.

— Je ne sais pas.

— Vous avez trouvé Eva et Helga. Vous devez bien savoir où se trouve votre mari !

— Il est mort, dit-elle en baissant la tête.

— Vous mentez.

— Non. Il a trouvé la mort à Berlin, dans l'incendie.

— Qui vous a raconté cela ? La CIA ?

— Oui.

— Et vous les croyez ?

Léa acquiesça de la tête tandis que Magus ne pouvait contenir sa rage.

— Ah ! Kronen ! Cette femme ne peut pas nous aider ! Elle ne sait rien ! Nous avons perdu notre temps ! Je doute fort que Dance se montre pour venir la chercher !

La bouche sèche, malgré sa peur, Léa lui lança un regard de défi.

— S'il se montre, j'espère qu'il vous enverra au diable !

— Au diable, ou en enfer, rétorqua Magus, nous nous y retrouverons de toute façon ! J'ai déjà eu un avant-goût de ce qu'est le feu de l'enfer et d'être brûlé vif.

— Je n'y suis pour rien.

— Mais votre mari y est pour beaucoup !

— Il est mort et ce n'est pas en me tuant que vous le ferez souffrir ! Je suis innocente !

— Dans ce métier, il n'y a pas d'innocent.

— Et votre femme, elle n'était pas innocente ?

— Ma femme ?

Les yeux de Magus se fixèrent sur le mur au-dessus de Léa.

— Ma femme... oui, elle était innocente. Je n'aurais jamais pensé qu'elle payerait de sa vie... Vous savez comment elle est morte ?

— Oui, et j'en suis désolée. Mais je vous répète que je n'y suis pour rien.

— J'ai tout vu. Je l'ai vue mourir. Je l'ai vue de la fenêtre de notre chambre. Elle a traversé le jardin et s'est arrêtée devant les rosiers pour me dire au revoir avant de monter dans la voiture. C'est la dernière image que j'ai gardée d'elle.

Il se redressa, comme s'il se sentait coupable d'avoir tant parlé, et il s'adressa sèchement à Kronen.

— Toi, arrange-toi pour la mettre dans un endroit plus sûr. Si Dance ne fait pas surface d'ici à deux jours, tue-la, à petit feu, comme tu sais si bien le faire.

Soudain, une sonnerie d'alarme se mit à retentir dans tout l'immeuble, tandis qu'une lumière rouge au-dessus de la porte clignotait.

— C'est Dance, ce ne peut être que lui, s'exclama Magus. Allons-nous-en !

La porte se referma sur eux, et Léa se retrouva seule, les yeux rivés sur l'ampoule rouge dont le rythme de clignotement semblait s'accélérer avec celui de son cœur. Elle se ressaisit et examina les lieux à présent éclairés.

La pièce contenait un bureau placé à gauche de la porte sur lequel traînaient une série de factures. Dans un coin, plusieurs chaises de bois et des caisses en carton portant l'inscription « F. Berkman » étaient entassées les unes sur les autres. Par terre, un rouleau de ruban adhésif d'emballage avait été abandonné. Elle en déroula une longueur pour en tester la résistance. Elle pourrait facilement étrangler un homme avec ce ruban. Elle ne savait si elle en aurait la force ou le courage, mais ce pouvait être une arme...

Puis il lui vint une autre idée qu'elle mit aussitôt à exécution. Comme la porte était la seule issue par laquelle elle pouvait s'échapper, elle fixa le ruban autour de l'un des pieds du bureau à côté de la porte. De l'autre côté, elle empila les chaises. Entre les deux, à vingt centimètres du sol, elle déroula entièrement le ruban juste devant la porte. Quiconque entrerait se prendrait les pieds dans le ruban et trébucherait, lui donnant le temps de l'assommer avec une chaise. Elle calcula que le ruban devait être assez tendu devant la porte, mais suffisamment écarté pour que l'on puisse l'ouvrir.

Des coups de feu lui parvinrent brusquement du rez-de-chaussée. Puis des cris. On ne tarderait pas à venir la chercher, et son évasion serait plus facile au milieu de toute cette agitation.

Elle prit une chaise et monta dessus pour atteindre le tube de néon qu'elle déboîta à l'une de ses extrémités pour plonger la pièce dans l'obscurité. Puis elle alla s'asseoir et attendit.

Lorsque des pas s'approchèrent de la porte, elle était prête : elle brandissait une chaise au-dessus de sa tête.

La porte s'ouvrit et la personne qui était entrée trébucha comme prévu et tomba. Léa se précipita sur elle et lui assena un violent coup sur la tête. L'homme essaya de se relever, mais elle réitéra son geste en lâchant cette fois la chaise sur lui. Elle enjamba sa victime, fila par la porte qu'elle claqua. Elle entendit remuer à l'intérieur et accéléra sa course. Elle traversa une pièce mansardée qui devait servir de bureau, et s'arrêta lorsqu'elle entendit du remue-ménage en provenance de l'étage inférieur.

La lucarne qui éclairait le bureau était assez basse. Elle monta sur la table et essaya de l'ouvrir. N'y parvenant pas, elle se résolut à casser le carreau avec sa chaussure. Elle élargit le passage en ôtant les quelques débris de vitre sur les bords de la lucarne et se hissa à l'extérieur.

Il lui sembla entendre une porte s'ouvrir, et elle reconnut la voix de Kronen qui proférait un juron.

La nuit était glaciale. Avançant avec précaution sur les tuiles glissantes, elle longea la bordure de la toiture au-dessus de la gouttière jusqu'à l'angle du bâtiment. Il y avait un autre toit adjacent, mais il était beaucoup trop bas pour qu'elle puisse sauter. Elle n'aurait rien pour se retenir, glisserait et se retrouverait deux mètres plus bas, les os rompus. Désespérée, elle s'accroupit et ce geste lui fut fatal. L'un de ses pieds se déroba, et elle commença à déraper. Ses doigts cherchèrent une prise mais les tuiles moussues glissaient. Lorsqu'elle pensa que tout était fini, qu'elle allait s'écraser sur le sol, ses mains saisirent la gouttière qui craqua avec un bruit sinistre sous son poids. Elle resta là, les bras douloureux et les jambes battant l'air.

13.

— La balle t'a simplement effleuré la poitrine, O'Hara. Tu l'as échappé belle ! Allez, remets-toi au lit.

Ronald ne sembla pas avoir entendu et alla ouvrir le placard de sa chambre d'hôpital.

— Mais où est ma chemise ?

— Ecoute, sois raisonnable, tu as quand même perdu beaucoup de sang.

— Potter, où est ma chemise ?

— On l'a jetée. Elle était trempée de sang. Va t'allonger, tu es encore faible. Laisse-moi me charger du reste. Dans ton état, tu ne pourras rien pour elle !

Ronald le foudroya du regard.

— Et dire que je la tenais par la main !

— Nous la retrouverons, Ronald, ne t'en fais pas.

— C'est ça, oui… dans l'état où vous avez retrouvé Eva Saint-Clair, n'est-ce pas ?

Potter leva les sourcils.

— Non, quand même pas !

— Et que fais-tu pour éviter que cela se reproduise ? hurla Ronald.

— Calme-toi. Nous cherchons qui est l'homme que tu as abattu dans le grenier du bordel. Nous essayons aussi de savoir si cette société F. Berkman peut nous mener à une autre piste.

— Pourquoi ne faites-vous pas fouiller le bâtiment ?

— Nous ne pouvons pas sans le feu vert de Van Dam et malheureusement nous n'arrivons pas à le joindre. Nous avons par ailleurs besoin de davantage de preuves pour avoir l'autorisation de perquisitionner dans le bâtiment.

Ronald ouvrit la porte de la chambre.

— Où vas-tu ?

— Je vais aller voir par moi-même !

— Il te faut un appui, Ronald, tu ne peux pas y aller sans autorisation. C'est de la folie !

Il le suivit dans le corridor.

— Je n'ai pas besoin d'autorisation. Tout compte fait, je préfère avoir un revolver !

— Et tu sais t'en servir ?

— J'apprends très vite.

— Ecoute, laisse-moi avoir l'aval de Van Dam, après nous pourrons faire tout ce que nous voudrons.

— Van Dam ? Pas pour moi ! Donne-moi plutôt ta chemise !

— Quoi ?

— Comme je vais entrer par effraction et que c'est déjà répréhensible, je voudrais éviter d'ajouter l'attentat à la pudeur !

— Mais tu es complètement fou ! Je ne te prête pas ma chemise car je n'ai pas envie de la récupérer sur ton cadavre, mon vieux, et criblée de balles par-dessus le marché !

Ronald avait appuyé sur le bouton d'appel de l'ascenseur. Les portes s'écartèrent pour laisser apparaître Tarasoff.

— Monsieur, nous avons du nouveau !

Potter regarda son assistant avec un air ennuyé.

— Quoi encore ?

— On vient de nous signaler une fusillade dans le bâtiment de la société Berkman.

— Une fusillade ? Bonté divine ! Et Léa ? s'exclama Ronald, fou d'inquiétude.

— Où est Van Dam ? demanda Potter.

— Je l'ignore, monsieur. Ça ne répond toujours pas à sa chambre d'hôtel.

— On ne peut plus attendre davantage, allons-y, O'Hara !

Dans l'ascenseur, Potter regarda la chemise de Tarasoff.

— Quelle taille fais-tu, Tarasoff ?

— Pardon, monsieur ?

— Je veux dire en chemise, quelle taille ?

— Euh… du quarante et un, monsieur.

— Ça ira, il me semble. Veux-tu prêter ta chemise à O'Hara ? J'ai assez vu son torse velu. Et ne t'inquiète pas, je veillerai personnellement à ce qu'il ne te la tache pas.

Tarasoff s'exécuta sur-le-champ mais sans prendre la peine de cacher sa contrariété.

Dans le parking, en ouvrant la portière de la voiture, Potter demanda à son assistant de contacter leur équipe par radio et de les envoyer devant l'immeuble Berkman.

— Voulez-vous également que je continue d'essayer d'appeler M. Van Dam ?

— Non, lui répondit-il après avoir pris un temps de réflexion. J'en prends la responsabilité.

— Tu sais, Potter, lança Ronald, tu commences à remonter dans mon estime.

La gouttière avait fini par céder. Il lui avait semblé que sa chute ne finirait jamais. Avec un bruit sourd qui avait résonné longuement dans sa tête, elle avait heurté le sol. Elle était restée étendue, n'osant pas bouger de peur de souffrir. Puis, peu à peu, l'étourdissement était passé et la conscience du sol glacé sous son dos l'avait forcée à remuer un bras, puis une jambe, pour tenter enfin de se redresser.

Le jour commençait à se lever.

Elle regarda autour d'elle. Elle était tombée sur un toit en terrasse recouvert de gravier… et il y avait une porte en fer qui permettait sans doute d'avoir accès à l'intérieur. Elle resta assise, tremblant de tout son corps. La robe de satin vert était comme une seconde peau glacée. Elle avait mal partout, ses pieds nus étaient écorchés.

En entendant du bruit, la terreur la fit se lever. Comme un automate, elle se dirigea vers la porte et saisit la poignée glacée qu'elle actionna. Il lui fut impossible de l'ouvrir car elle était verrouillée de l'intérieur. Le ciel était en train de s'éclaircir très rapidement. Une voix assez lointaine qui criait lui apprit qu'elle avait été repérée.

Elle regarda autour d'elle, affolée. La voix s'était rapprochée, et bientôt elle aperçut Kronen qui se hissait par la lucarne qu'elle avait empruntée, sur l'autre toit.

Elle fit le tour de la terrasse et se pencha pour regarder en dessous. Il n'y avait rien d'autre que le vide, et, tout en bas, le pavé mouillé de la rue.

Elle entendit quelque chose résonner sur les tuiles, et Kronen, tout proche d'elle maintenant, poussa une série de jurons : son revolver lui avait échappé.

Les yeux de Léa se remplirent de larmes. Elle était perdue, elle ne pouvait plus s'échapper. Même sans son arme, Kronen allait la tuer de ses mains… ou avec son couteau. Si seulement elle pouvait voler !… A travers ses larmes, elle aperçut un câble noir qui courait sur la terrasse où elle se trouvait, rejoignait une antenne de télévision installée sur le toit juste au-dessus de la porte fermée. En regardant plus attentivement, elle remarqua que le câble courait tout le long de l'arête du toit. Mais à l'autre extrémité, qu'y avait-il ?

Le bruit des pas de Kronen balaya ses dernières hésitations. Elle saisit le filin et monta en s'aidant de ses pieds contre le mur. Elle était tellement glacée qu'elle ne ressentait plus aucune souffrance. Son corps était devenu comme une machine qu'elle commandait et qui devait obéir. Enfin, l'antenne se dressa devant elle, toute proche. Pendant une seconde, elle ne bougea pas, reprenant son souffle. L'effort qu'elle devait encore fournir pour saisir l'antenne et se hisser sur le toit lui semblait impossible. Mais l'énergie du désespoir la galvanisa et elle s'accrocha à sa bouée de sauvetage, en fermant les yeux.

Mais ce n'était pas fini. Le salut était à l'autre bout du toit. Elle se releva et, lentement, en prenant garde à ne pas déraper, elle avança en s'aidant du câble qui parcourait le faîte du bâtiment.

La lueur d'espoir qui la portait disparut soudain, la laissant désemparée : il n'y avait plus aucune possibilité de fuite. Le mur du bâtiment était droit, lisse, jusqu'au sol. Elle se mit à sangloter comme un enfant terrifié.

Une sirène se fit entendre dans le lointain, et elle releva la tête, n'osant croire que les secours arrivaient. Elle vit que Kronen hésitait à monter en se guidant du câble comme elle venait de le faire. Lui aussi avait entendu la sirène et ce fut peut-être la raison pour laquelle il entreprit l'escalade.

Les voitures de police étaient stationnées à côté du bâtiment. Quelques minutes de plus et elle serait tirée d'affaire !

Kronen avait déjà parcouru la moitié de la distance qui le séparait de Léa. Il s'arrêta et lâcha le câble d'une main pour fouiller dans sa poche, pour prendre son couteau sans doute.

Sans réfléchir, elle saisit le filin et tira. Kronen, qui avait relâché son attention, fut brusquement déséquilibré. Il essaya de se retenir mais ses pieds dérapèrent. Elle le vit glisser à plat ventre sur la toiture, entraînant dans sa chute le câble qui s'était détaché. Il réussit à s'accrocher à la gouttière l'espace de quelques brèves secondes, puis lâcha prise, et avec un hurlement strident alla s'écraser sur le bitume.

Terrorisée, Léa n'osa plus remuer jusqu'à ce qu'elle entendît la voix de Ronald. Il lui faisait de grands signes de la main.

Elle eut envie de lui crier qu'elle l'aimait, qu'elle l'aimerait toujours mais en fut incapable.

— Ne bouge pas, Léa. Les pompiers vont arriver d'une seconde à l'autre avec l'échelle.

« C'est fini, c'est fini, je suis sauvée », se dit-elle.

La porte de la terrasse se referma avec un bruit sec qui la fit sursauter. Elle tourna la tête et vit Magus en contrebas, un fusil dans les mains. Il leva lentement son arme. Léa se mit à hurler mais elle était seule à pouvoir le voir. Il accomplissait son dernier geste de vengeance…

Elle ferma les yeux, croyant sa dernière heure arrivée. Le bruit d'une détonation fracassante fut suivi par un long silence. Surprise de ne rien ressentir, elle osa regarder et vit Magus qui titubait, une large tache rouge maculant sa poitrine. Il laissa tomber le fusil et s'affaissa sur le sol.

Un reflet du soleil sur une surface métallique attira le regard de Léa de l'autre côté. Elle vit la silhouette d'un homme qui tenait une arme. Le vent soulevait sa chemise et il la regardait. D'où elle était, elle ne distinguait pas son visage, mais elle le reconnut.

— Geoffrey ! Reviens, cria-t-elle désespérément, reviens !

— Qu'est-ce qui se passe là-haut ? Qui est-ce qui a tiré ? demanda Potter à Tarasoff.

— Ce ne sont pas nos hommes, monsieur. Ce sont peut-être les policiers néerlandais.

— Non, ce ne sont pas mes hommes non plus, lança l'officier de police qui se tenait devant la porte de l'immeuble Berkman.

Ronald avait levé la tête et vu que Léa était saine et sauve.

— Au nom du ciel, Potter, fais quelque chose !

— Tarasoff ! hurla Potter, demande à tes hommes de monter et de rechercher celui qui vient de tirer.

Il se retourna vers l'officier de police.

— Combien de temps faut-il à vos hommes pour installer l'échelle ?

— Cinq à dix minutes, monsieur.

— C'est trop long ! rétorqua Ronald en se précipitant dans l'immeuble.

— O'Hara, n'y va pas ! Attends ! cria Potter en le suivant néanmoins.

Ronald grimpa l'escalier avec une horrible appréhension.

Puis il prit un petit escalier en colimaçon qui le mena jusqu'à une porte en fer. Il l'ouvrit d'un coup d'épaule et déboucha sur la terrasse. Emportée par le vent, une écharpe rouge voletait sur le gravier. Un homme masqué gisait sur le dos, la poitrine ensanglantée, un fusil à son côté.

Potter poussa la porte à son tour et sortit.

— Mon Dieu, mais c'est Magus ! Il s'est suicidé ?

Mais Ronald ne lui prêta aucune attention et se dirigea vers Léa.

Ronald avait à peine conscience de ce qu'il avait fait ou dit jusqu'à ce qu'il déposât Léa sur la civière que deux infirmiers portèrent à l'intérieur de l'une des deux ambulances qui attendaient à la porte du bâtiment.

Il s'apprêtait à s'installer à côté d'elle, lorsque Potter fit un signe de la main pour l'arrêter.

— Je vais avec elle. Elle a besoin de moi !

Les ambulanciers voulurent s'interposer.

— Non, s'il vous plaît, dit Léa d'une voix tremblante. Laissez-le, je voudrais qu'il reste avec moi.

Potter haussa les épaules, convaincu qu'un homme amoureux était un peu fou. Et qu'il avait bien de la chance de ne pas l'être…

14.

Roy Potter regarda l'ambulance qui emportait Ronald et Léa s'éloigner en poussant un profond soupir de soulagement. Pour la première fois en vingt-quatre heures, il pouvait se permettre de se sentir fatigué. Toutefois, « épuisé » correspondait mieux à ce qu'il éprouvait. Epuisé, mais triomphant.

Il fit le bilan de cette opération. Magus et ses complices étaient morts. Quatre autres hommes étaient sous les verrous et Léa Fontaine était saine et sauve.

Près de lui, on transportait les cadavres de Kronen et de Magus dans l'autre ambulance.

Il trouvait tout de même bizarre qu'un homme tel que Magus décide de mettre un terme à son existence après une vie tumultueuse durant laquelle il avait toujours tenu tête à ses adversaires. Mais le suicide était la seule explication. Il n'y avait pas eu d'autre tireur. Personne, sauf dans la tête de Léa Fontaine. La pauvre était un peu traumatisée, et elle avait sans doute cru voir un fantôme.

— Monsieur Potter ?

Il se retourna et vit un policier néerlandais qui venait vers lui.

— Oui ?

— Il y a un homme à l'intérieur qui souhaite vous parler. Un Américain, je crois.

— Dites-lui de s'adresser à M. Tarasoff.

— Il insiste pour vous voir, vous.

Potter poussa un profond soupir et le suivit. Tout ce qu'il désirait maintenant, c'était un bon lit. Il entra dans le bâtiment où l'odeur de café qui flottait partout lui rappela qu'il n'avait pas mangé depuis la veille. Un petit déjeuner avec des œufs au bacon et une bonne douche tiède auraient été les bienvenus. Et il le méritait bien.

D'ailleurs, tous ses hommes le méritaient. Tarasoff et les autres s'en étaient finalement assez bien sortis. Il le signalerait dans son rapport.

L'officier l'accompagna jusqu'à la porte de l'un des bureaux du rez-de-chaussée et lui fit un signe de la tête.

— Voilà, c'est ce monsieur.

Un homme se tenait au fond de la pièce devant la fenêtre. Il était entièrement vêtu de noir. Potter avait l'impression d'avoir déjà vu quelque part ces cheveux blonds…

Potter referma la porte après lui.

— Je suis Roy Potter, vous vouliez me voir ?

L'homme se retourna et lui sourit.

— Bonjour, monsieur Potter !

Potter resta interdit et se demanda s'il avait des hallucinations… Simon Dance !

Une heure plus tard, Simon Dance, alias Geoffrey Fontaine, quitta sa chaise et, les mains dans les poches, retourna vers la fenêtre.

— Voilà ce qui s'est passé, monsieur Potter, dit-il calmement. Plus compliqué que ce que vous pensiez, n'est-ce pas ? Je savais que tout cela vous intéresserait. En échange, je voudrais vous demander une faveur.

— Si j'avais su ! Mais pourquoi ne m'avez-vous pas dit tout cela avant ?

— Parce que, au début, ce n'étaient que des soupçons qui se sont transformés en certitudes lorsque j'ai vu les explosifs dans ma chambre d'hôtel. Mais je savais que je ne pouvais pas compter sur vous. Sur personne, d'ailleurs. Les fuites émanaient de haut, malheureusement.

Potter ne dit rien. Il avait deviné qui était à l'origine des fuites.

— Van Dam, dit Dance.

— Comment en être sûr ?

— Pour quelle raison un homme quitte-t-il sa chambre d'hôtel à minuit pour aller téléphoner dans une cabine publique ? répondit Dance en haussant les épaules.

— Quand était-ce ?

— La nuit dernière, juste après que j'ai téléphoné à O'Hara pour l'envoyer à la Casa Morro.

— C'était vous ? dit Potter en secouant la tête. Et dire que c'est moi qui ai informé Van Dam peu après. Je ne pouvais pas faire autrement !

— Je n'ai pas compris tout de suite. Mais lorsque j'ai vu Kronen et ses hommes débouler à la Casa Morro peu de temps après, j'ai compris que ce ne pouvait être que Van Dam qui avait informé Magus.

— Ecoutez, ce n'est pas suffisant pour l'accuser. Il me faut des preuves tangibles.

— Ce ne sera plus nécessaire. Le problème est réglé à présent.

— Réglé ? Qu'entendez-vous par là ?

— Vous n'allez pas tarder à l'apprendre.

— Mais enfin, pourquoi faisait-il cela ? Quels étaient ses motifs ?

Dance alluma une cigarette.

— Nous avons tous nos motifs. Nous avons tous nos jardins secrets. Il paraît que Van Dam était un homme très riche.

— Oui, en effet. Sa femme lui a laissé des millions.

— Etait-elle âgée ?

— La quarantaine. Il y a eu un cambriolage, je crois, et elle a été tuée. Van Dam était à l'étranger lorsque cela s'est produit.

— Naturellement !

Potter soupira. Il comprenait tout à présent.

— Je vais demander que l'on fasse une enquête immédiatement.

— Il n'y a pas le feu, vous savez. Il va sans doute disparaître de la circulation sous peu.

— Et vous ? Maintenant que tout est terminé, est-ce que vous comptez refaire surface ?

— Je ne sais pas encore..., répondit-il avec une expression un peu triste. Eva était tout ce qui comptait pour moi. A présent... je ne sais plus.

— Il y a Léa...

Simon Dance regarda par la fenêtre.

— Non, je lui ai déjà fait assez de mal. Le rapport balistique vous révélera que Magus n'a pas été tué par une balle de son fusil... Promettez-moi que Léa ne l'apprendra jamais.

— Si vous y tenez !

— Oui, j'y tiens.

— Vous ne voulez pas la revoir ?

— Ce serait plus sage.

— Mais dites-moi, Dance, l'avez-vous jamais aimée ?

— A la vérité, non. Mais je ne voulais pas qu'il lui arrive quoi que ce soit. La prochaine fois, évitez d'impliquer des gens innocents dans ce genre d'affaire. Nous faisons assez d'erreurs durant notre vie, nous n'allons pas de surcroît tourmenter des gens qui n'ont fait de mal à personne.

Sous le regard autoritaire de Dance, Potter se sentit mal à l'aise.

— Il est temps que je m'en aille, maintenant, monsieur Potter.

— Vous comptez revenir aux Etats-Unis ? Si c'est le cas, je pourrai me charger de vous trouver une nouvelle identité.

— Merci, ce ne sera pas nécessaire. Je me suis toujours mieux débrouillé tout seul.

Potter n'insista pas car la brève association de Dance avec la Compagnie avait failli lui coûter la vie.

— Un changement de climat me fera du bien, de toute façon, dit Dance en se dirigeant vers la porte. Je n'ai jamais aimé l'humidité ni le froid.

— Mais si j'ai besoin de vous ?

— Je crains de ne pas être disponible.

— Mais... Où puis-je vous joindre ?

— Vous ne le pourrez pas. Au revoir, monsieur Potter.

Léa se réveilla vers le milieu de l'après-midi. Ronald était assoupi dans un fauteuil près de son lit. Sa chemise était dans un piteux état. Il dormait profondément mais sa bouche esquissait un sourire attendrissant. Elle lui trouva plus de cheveux blancs qu'il n'en avait dans son souvenir. Elle se pencha pour lui caresser la main. Il se réveilla en sursaut et la regarda avec des yeux encore rouges de sommeil.

— Mon pauvre Ronald, tu as plus besoin de ce lit que moi !

— Et toi, comment te sens-tu ?

— Bizarrement, je me sens en sécurité !

— Mais tu es en sécurité, ma chérie.

— Je veux bien te croire mais il y a encore quelque chose qui me tracasse. Je l'ai vu, Ronald, j'en suis sûre !

— Ça n'a plus d'importance, Léa.

— Si. Pour moi, c'est très important. Je me demanderai toujours si cette vision était réelle ou si ce n'était que le fruit de mon imagination.

— Quand on a peur, notre esprit peut nous jouer de sales tours, tu sais, dit-il en prenant sa main pour l'embrasser.

A ce moment, on frappa à la porte. Après quelques secondes de silence, la poignée tourna et la porte s'entrouvrit.

— Je ne vous dérange pas ? demanda Potter avec un sourire. Je voulais vous saluer, car vous partez, je crois ?

— Oui, nous rentrons chez nous, répondit Ronald en regardant tendrement Léa. Nous prenons un vol pour Washington, demain après-midi.

— Et ensuite ?

— Mon cher Potter, je te laisse deviner.

Après les salutations d'usage, Potter les laissa seuls et sortit de l'hôpital. Le soleil éclatant de l'après-midi avait dissipé tous les nuages et emporté tous les fantômes, même celui de Geoffrey Fontaine.

DANS LA MÊME COLLECTION

Par ordre alphabétique d'auteur

BARBARA BRETTON	*Le lien brisé*
JASMINE CRESSWELL	*La Manipulatrice*
JASMINE CRESSWELL	*Le secret brisé*
JASMINE CRESSWELL	*La mort pour héritage*
JASMINE CRESSWELL	*Soupçons mortels*
MARGOT DALTON	*Amnésie*
MARGOT DALTON	*Kidnapping*
WINSLOW ELLIOT	*L'innocence du mal*
LYNN ERICKSON	*Le Prédateur*
TESS GERRITSEN	*Présumée coupable*
TESS GERRITSEN	*Crimes masqués*
HEATHER GRAHAM	*L'invitation*
HEATHER GRAHAM	*L'ennemi sans visage*
HEATHER GRAHAM	*Le complot*
HEATHER GRAHAM	*Soupçons*
HEATHER GRAHAM	*La griffe de l'assassin*
GINNA GRAY	*Le voile du secret*
GINNA GRAY	*La cavale*
KATHRYN HARVEY	*La clé du passé*
CHRISTIANE HEGGAN	*Miami Confidential*
CHRISTIANE HEGGAN	*L'Alibi*
CHRISTIANE HEGGAN	*Intime conviction*
CHRISTIANE HEGGAN	*Labyrinthe meurtrier*
GWEN HUNTER	*Faux diagnostic*
GWEN HUNTER	*Virus*
GWEN HUNTER	*Les mains du diable*
PENNY JORDAN	*De mémoire de femme*
PENNY JORDAN	*La femme bafouée*
R.J. KAISER	*Qui a tué Jane Doe ?*
ALEX KAVA	*Sang Froid*
ALEX KAVA	*Le Collectionneur*
ALEX KAVA	*Les âmes piégées*
ALEX KAVA	*Obsession meurtrière*
RACHEL LEE	*Neige de sang*
RACHEL LEE	*Le lien du mal*
CARLA NEGGERS	*L'énigme de Cold Spring*

.../...

DANS LA MÊME COLLECTION

Par ordre alphabétique d'auteur

MEG O'BRIEN	*Le piège*
MEG O'BRIEN	*En lettres de sang*
MEG O'BRIEN	*Pluie de sang*
MEG O'BRIEN	*La déchirure*
MEG O'BRIEN	*Spirale meurtrière*
SHIRLEY PALMER	*Zone d'ombre*
EMILIE RICHARDS	*Le refuge irlandais*
EMILIE RICHARDS	*Mémoires de Louisiane*
EMILIE RICHARDS	*Le testament des Gerritsen*
EMILIE RICHARDS	*L'héritage des Robeson*
EMILIE RICHARDS	*L'écho de la rivière*
EMILIE RICHARDS	*Promesse d'Irlande*
HELEN R. MYERS	*Mortelle impasse*
NORA ROBERTS	*Le cercle brisé*
NORA ROBERTS	*Possession*
NORA ROBERTS	*Et vos péchés seront pardonnés*
NORA ROBERTS	*Tabous*
NORA ROBERTS	*Coupable innocence*
NORA ROBERTS	*Maléfice*
NORA ROBERTS	*Enquêtes à Denver*
NORA ROBERTS	*Crimes à Denver*
FRANCIS ROE	*L'engrenage*
FRANCIS ROE	*Soins intensifs*
JOANN ROSS	*La femme de l'ombre*
TAYLOR SMITH	*Le carnet noir*
TAYLOR SMITH	*La mémoire assassinée*
ERICA SPINDLER	*Rapt*
ERICA SPINDLER	*Black Rose*
ERICA SPINDLER	*Le venin*
ERICA SPINDLER	*La griffe du mal*
ERICA SPINDLER	*Trahison*
ERICA SPINDLER	*Cauchemar*
ERICA SPINDLER	*Pulsion meurtrière*
ERICA SPINDLER	*Le silence du mal*
CHARLOTTE VALE ALLEN	*L'enfance volée*
LAURA VAN WORMER	*La proie du tueur*

6 TITRES À PARAÎTRE EN JUILLET 2006

MIRA

Composé et édité par les
éditions Harlequin
Achevé d'imprimer en avril 2006

par

LIBERDÚPLEX

Dépôt légal : mai 2006
N° d'éditeur : 12042

Imprimé en Espagne